HAUSFRAU

하우스프라우

HAUSFRAU

하우스프라우

질 알렉산더 에스바움 장편소설
박현주 옮김

이 책은 실로 꿰매어 제본하는 정통적인 사철 방식으로 만들어졌습니다.
사철 방식으로 제본된 책은 오랫동안 보관해도 손상되지 않습니다.

나의 아버지
짐 슐츠
(1942~1999)
에게 드립니다

아침 하늘이 붉게 물들어
그 광채를 비출 때
오, 주님께서 그 빛 속에 나타나신다.
알프스가 광휘로 환히 반짝일 때
주님께 기도하며, 주님 앞에 무릎 꿇네.
너는 마음으로 느끼고 깨달으니,
너는 마음으로 느끼고 깨달으니,
주님이 이 땅에 사신다는 것을.
주님이 이 땅에 사신다는 것을.

— 스위스 국가의 1절

형이상학적인 모든 것이 그러하듯이 사고와 현실 사이
의 조화는 언어의 문법 속에서 발견된다.

— 루트비히 비트겐슈타인

자신의 정열이라는 지옥을 통과하지 못한 자는 절대 그

것을 극복할 수 없다.

— 카를 융

사랑은 불이에요. 하지만 당신의 난롯가를 따뜻이 데워 줄지, 아니면 집을 태워 버릴지는 절대 알 수 없는 일이죠.

— 조앤 크로퍼드

9월

1

안나는 좋은 아내였다, 대체로.

오후도 반쯤 지난 시각, 안나가 탄 기차는 구부러진 선로를 지나며 처음에는 덜컹하는가 싶더니 이윽고 편안히 달려가 평소처럼 34분에 디틀리콘 역에 들어섰다. 그냥 하는 말이 아니다. 절대적인 진실이다. 스위스 기차는 정시 운행한다는 것. S8은 30킬로미터 떨어진 작은 마을, 페피콘에서 출발했다. 페피콘에서부터 기차의 운행 노선은 취리히 호수를 따라 위로 올라가며 서쪽 호변에 있는 호르겐, 탈빌을 지나 킬히베르크를 통과했다. 사람들이 자그마한 일상을 살아가는 자그마한 마을들이었다. 페피콘에서부터 열여섯 개의 정류장을 지나면 디틀리콘에 이른다. 안나가 자신의 자그마한 일상을 살아가는 자그마한 마을이었다. 그러므로 열차 시간표라는 평범한 사실이 안나의 일과를 조절했다. 디틀리콘의 버스는 시내까지 들어가지 않았다. 택시는 비싸고 실용적이지 못했다. 벤츠 가족에게 차가 한 대 있긴 했어도, 안나는 운전하지 않았다. 운전면허가 없었다.

그리하여 그녀의 세계는 교통수단이 들고 나는 일정에 따라서 빡빡하게 제한되었다. 안나의 남편인 브루노와 시어머니인 우르줄라가 버스가 운행하지 않는 곳까지 얼마나 기꺼이 데려다주려는지에 따라서. 안나의 다리가 얼마나 잘 움직이는지, 얼마나 멀리까지 걸을 수 있는지에 따라서. 하지만 안나가 가고 싶은 만큼 다리가 버텨 주는 일은 드물었다.

그러나 스위스의 기차는 정시에 운행하므로 안나는 그다지 힘들이지 않고도 다닐 수 있었다. 그리고 그녀는 기차 타기를 좋아했다. 기차가 앞으로 나아가며 양옆으로 흔들리면 누가 안고 살살 얼러 주는 듯 편안함을 느꼈다.

안나처럼 외국인 체류자인 이디스 하머는 언젠가 안나에게 스위스 기차가 일정보다 늦게 운행한다면 그 이유는 딱 한 가지뿐이라고 말했다.

「누가 기차 앞으로 뛰어들었을 때야.」

메설리 박사는 안나에게 자살을 고려하거나, 아니면 시도해 본 적이 있느냐고 물었다. 「네.」 안나는 첫 번째 질문에는 긍정했다. 두 번째 질문에는 이렇게 대답했다. 「〈시도〉가 무슨 뜻인지 정의해 주세요.」

메설리 박사는 금발에 체구가 작은 여자로, 가늠이 잘 안되긴 해도 장년에 이른 나이였다. 박사는 트리틀리가세의 진료소에서 환자를 받았다. 취리히 미술관 서쪽, 통행이 적고 자갈이 깔린 거리였다. 박사는 미국에서 정신의학을 공부했으나, 정신분석 연수는 7킬로미터가량 떨어진 취리히 지방 자치 지역인 퀴스나흐트에 있는 융 연구소에서 받았다. 스위스 태생의 메설리 박사는 외국인 억양이 강하긴 해도 흠

없는 영어를 썼다. w는 v로 모습을 바꾸었고, 모음은 개방되어 포물선처럼 길게 늘어졌다. 무우슨 새앵각이에요오, 안나? 박사는 종종 묻곤 했다(보통 안나가 정직한 대답을 내놓으려 하지 않을 것 같을 때, 이렇게 묻곤 했다).

유명한 어학원을 홍보하는 텔레비전 광고가 있었다. 이 광고에서, 신병인 해군 무선 통신사가 상관에게 보직을 배정받는다. 시계에서 몇 초가 흐르고, 수신기가 핑 울린다. 〈메이데이! 메이데이!〉 뚜렷하게 미국인으로 들리는 목소리가 스피커 사이로 직직 흘러나온다. 〈우리 말이 들립니까? 우린 가라앉는 중입니다. 우린 가라앉는 중입니다!〉 통신사는 하던 일을 멈추고 송신기 앞으로 몸을 내밀며 아주 우아하게 대답한다. 〈여기는 도옥이일 해변 경비대입니다.〉 그러더니 이렇게 말한다. 〈무우엇을 새애앵각하는 중입니까?〉[1]

안나는 언제나처럼 귀찮다는 듯 어깨를 으쓱하며, 말할 가치가 있는 한마디만 했다. 「모르겠네요.」

다만, 물론 안나는 거의 언제나 알고 있었다.

부슬비가 내리는 오후였다. 스위스의 날씨는 변덕스러웠지만 취리히 주에서는 심하게 오락가락하는 때는 드물었고, 9월에는 전형적으로 일정했다. 그때는 9월이었다. 안나의 아들들이 벌써 학교로 돌아갔으니까. 안나는 역에서부터 디틀리콘의 중심가까지 천천히 죄 많은 반 킬로미터를 걸었고 상품진열창 앞에서 서성거리기도 하면서 자투리 시간을 좀

---

1 영어로 〈가라앉다*sink*〉와 〈생각하다*think*〉의 발음을 구분하지 못해서 발생한 오류를 담은 광고. 이하 모든 주는 옮긴이의 주이다.

때웠다. 성교 후의 희열은 모두 증발해 버렸고, 그녀의 손에는 느슨해진 권태의 고삐만이 남았다. 새롭게 느끼는 감정도 아니었다. 이런 상태는 자주 있었다. 지치고 물려 버린 나른함. 안경점에 전시된 안경을 보고 있노라니 따분해졌다. 그녀는 하품을 하며 *Apotheke*(약국)에 피라미드처럼 쌓인 동종 요법 치료약들을 보았다. 스파²에서 할인하는 행주를 담아 놓은 통은 보기만 해도 회생 불가능할 정도로 지루했다.

지루함은 기차처럼 안나가 하루하루를 보내는 수단이었다.

과연 사실일까? 안나는 생각했다. 전적으로 사실이라고는 할 수 없지. 사실이 아니었다. 한 시간만 전만 해도 안나는 낯선 사람의 침대 위에 벌거벗고, 젖은 채로 활짝 열려 누워 있었다. 취리히의 니더도르프 구에 있는 아파트, 구 시가지의 구불구불한 뒷골목과 모르타르를 바른 돌길이 내려다보이는 4층이었다. 노점에서 케밥을 팔고, 비스트로에서는 녹인 에멘탈 치즈를 담은 냄비를 함께 나눠 먹도록 내놓는 동네였다.

아까 느꼈던 하찮은 수치심도 이제는 다 사라져 버렸네, 그녀는 생각했다.

「수치심과 죄책감 사이에 차이가 있나요?」 안나는 물었다.

「수치심은 심리적 착취죠.」 메설리 박사는 대답했다. 「수치심은 거짓말을 해요. 한 여자에게 수치심을 주면, 그 여자는 자신이 근본적으로 잘못되었다고, 본질적으로 범죄 성향

2 슈퍼마켓 프랜차이즈. 네덜란드에서 창립된 다국적 기업이다.

이 있다고 믿게 되죠. 오로지 자신이 실패할 거라는 확신만 갖게 됩니다. 어떻게 해도 다른 확신을 줄 수 없어요.」

안나가 두 아들이 다니는 학교에 다다랐을 때는 오후 3시가 다 된 시각이었다. 초등학교는 도서관과 3백 년 된 집 사이에 있는 마을 광장 옆에 자리 잡고 있었다. 한 달 전 스위스의 국경일에는 불꽃으로 환한 하늘 아래에서 소시지를 먹거나 민속 악단이 연주하는 음악에 맞춰서 주정뱅이처럼 몸을 흔드는 시민들로 광장이 가득 찼다. 군대 훈련 시에는 군인들이 공급 트럭을 광장의 중앙 분수 옆에 대강 비스듬하게 주차해 놓았다. 그 분수도 여름날이면 물이 튀고 벌거벗은 아이들이 뛰어놀고는 했다. 아이어머니들은 근처 벤치에 앉아 책을 읽으며 요구르트를 먹었다. 브루노는 몇 년 전에 예비군 의무까지도 끝냈다. 그 경험에서 남은 것은 지하실에 있는 소총뿐이었다. 안나로 말하자면, 책에도 취미가 없었고, 아이들이 수영하고 싶어할 때는 시립 수영장으로 데려갔다.

그날 광장에는 오가는 사람이 적었다. 여자 세 명이 도서관 앞에서 잡담을 나누고 있었다. 한 사람은 유모차를 흔들고 있었고, 다른 사람은 헉헉거리는 독일 셰퍼드의 목줄을 잡고 있었으며, 마지막 여자는 그냥 빈손으로 서 있었다. 그들은 아이들을 기다리는 어머니로, 안나보다 열 살 정도는 어렸다. 안나가 분리되어 가라앉는다고 느끼는 공간에서 그들은 우유처럼 뽀얗고 가볍게 떠 있었다. 그들의 얼굴에는 존재의 빛나는 편안함, 느긋한 몸가짐, 타고난 광채가 떠올라 있다, 고 안나는 생각했다.

안나는 뼛속 깊은 곳에서 편안하다 느낀 적이 드물었다. 나는 뻣뻣한 얼굴을 한 서른일곱 살이야, 안나는 생각했다. 나는 나의 모든 경련의 통합이야. 한 엄마가 안나에게 손을 흔들며, 의무적이긴 해도 환한 미소를 던졌다.

그녀가 이 낯선 사람을 만난 것은 독일어 수업에서였다. 하지만 안나, 그의 성기가 네 입 안에 있었잖아, 그녀는 자기 자신에게 상기시켰다. 이젠 낯선 사람이라고 할 수는 없지 않겠어. 그리고 그는 낯선 사람이 아니었다. 그는 아치 서덜랜드, 스코틀랜드인이었고, 외국인 체류자였으며, 안나처럼 어학생이었다. **안나 벤츠, 어학생.** 독일어 수업을 들어 보라고 부추긴 사람은 메설리 박사였다(그리고 무시무시한 역설의 반전이기도 한데, 안나에게 정신과 의사를 만나 봐야 한다고 우긴 사람은 브루노였다. 당신이 비참하다고 난리 치는 거 이제 지긋지긋해, 안나. 가서 정신 좀 차리고 오라고. 남편이 한 말이었다). 그때 메설리 박사는 안나에게 수업 시간표를 건네면서 말했다. 「이제 안나를 둘러싼 세계에 좀 더 충실하게 참여하도록 이끄는 궤도에 진입할 때예요.」 박사의 젠체하는 연설은 오만하기는 했어도 맞는 말이었다. 때가 되었다. 때가 지났다.

그날 진료의 끝에 이를 때쯤, 좀 더 날카로운 회유를 받은 끝에 안나는 수긍하고 미그로스 클럽슐레의 독일어 초급반 수업에 등록하겠다고 했다. 9년 전 스위스에 처음 왔을 때, 아무 말도 못 하고, 친구도 없이, 자신의 운명에 진작 좌절해 버린 그때 받았어야 하는 수업이었다.

한 시간 전에 아치가 자기 집 부엌에서 안나에게 말했다. 커피 마시고 싶어? 차로 할까? 먹을 건? 달리 필요한 건 없어? 아무것도? 전혀 없어? 안나는 옷의 솔기에 가시라도 꿰매어져 있는 듯이 조심하며 옷을 입었다.

거리 아래에서는 점심 식사 후 학교로 돌아가는 아이들이 점점 크게 외치는 소리, 취리히의 교회당 그로스뮌스터가 지어진 언덕이 가파르다며 불평하는 미국인 관광객들의 목소리가 들려왔다. 감히 흉내 낼 수 없게 지어진 중세의 회색 교회당은 웅장한 건물로, 정문에는 같은 높이의 탑 두 개가 우뚝 서 있고 그 위로 높게 솟은 지붕은 쫑긋한 토끼의 귀처럼 튀어나왔다.

아니, 바람난 아내를 둔 남자의 뿔이라고 할까.[3]

「필요와 바람의 차이는 뭐죠?」

「바람은 긍정적이지만, 본질적이진 않죠. 필요는 그것 없이는 살 수 없는 거예요.」박사는 덧붙였다. 「그것 없이 살 수 없다면, 없이 살지 않겠죠.」

전혀 없어? 메설리 박사처럼, 아치는 꽤 지역색이 강한 영어를 썼다. 메설리 박사처럼 고지대 알레만어 특유의 자음 변화가 들어간 악센트가 아니라, 휘저어지고 개방되어 비틀린 단어에서 티가 나는 것이었다. 여기서는 높낮이가 심한 r이, 저기서는 뜨겁게 달아올라 맞물린 대장장이의 풀무처럼

---

3 *cuckhold's horns*. 오쟁이 진 남편의 머리 뒤에서 손가락 두 개를 펴 놀리는 제스처를 〈오쟁이 진 남편의 뿔〉이라고 한다.

서로 뭉쳐진 연속 모음이 나타났다. 안나는 억양이 심한 남자들에게 끌렸다. 첫 데이트에서 그녀의 팬티 안으로 엄지손가락이, 혀가 스르르 들어오게 놔둔 것은 브루노의 외국인 영어 때문이었다(그리고 두 사람 모두 멍청할 정도로 마셔버린 윌리엄스버넨 슈냅스, 배를 넣은 브랜디 때문이기도 했다). 젊었던 시절, 안나는 언젠가 자신이 사랑하게 될 남자, 언젠가 자신을 사랑해 줄 남자를 상상하며 그들에 대해 부드럽고 촉촉한 꿈을 꾸었다. 그녀는 그들에게 고유한 이름을 붙이긴 했지만, 불분명한 외국인의 얼굴을 주었다. 진흙이 말라붙은 긴 손가락을 가진 프랑스 조각가 미셸. 피부에서 장뇌, 시스터스 꽃, 백단향 수지, 그리고 몰약 냄새를 풍기는 정교 교회의 관리인 드미트리. 투우사의 손을 가진 연인 기예르모. 그들은 유령 남자들, 소녀 시절의 이상형이었다. 하지만 그녀는 그들로 이루어진 국제 연합군을 조직했다.

그녀가 결혼한 남자는 스위스인이었다.

그것 없이 살 수 없다면, 없이 살지 않겠죠.

메설리 박사는 초급 강좌에 등록해 보라고 제안했지만, 안나는 기초 독일어 정도는 **알고 있었다**. 그녀는 여기저기 돌아다니기는 했다. 하지만 그녀의 독일어는 형편없이 익혔을 뿐이라, 말하려 할 때면 피나는 노력을 해야만 한다는 이유로 눈에 띄는 독일어였다. 하지만 9년 동안, 그녀는 이 기초적인 언어 능력만 가지고도 그럭저럭 버텼다. 우체국에서 일하는 여자에게 우표를 샀고, 소아과 의사나 약사와도 꽤 상세하게 의논했으며 미용실에 가서는 원하는 헤어스타일을 묘사했고, 벼룩시장에서는 가격 흥정을 했으며, 이웃과 짧게

잡담하고, 매달 『파수대』의 독일어판을 들고 문 앞에 나타나는 상냥하지만 끈질긴 여호와의 증인 두 명을 받아 줄 수 있었다. 안나는 유창하진 못해도 낯선 사람에게 길을 안내해줄 수 있었고, 요리 프로그램에서 본 조리법을 응용할 수 있었으며, 굴뚝 청소부가 느슨한 모르타르 이음새나 막힌 연통이 얼마나 구조적으로 위험한지를 상세하게 설명할 때 받아 적기도 했고, 기차 차장이 요구했을 때 유효 승차권을 꺼내지 못해서 법정 출두 명령을 받았을 때도 빠져나올 수 있었다.

하지만 안나의 문법과 어휘 구사 능력은 약했고, 유창하지 못해 자주 막혔으며, 숙어나 적절한 문장 구성력은 완전히 빠져 있었다. 매달, 적어도 수십 건 정도는 브루노의 손에 맡겨서 해결해야만 하는 과업들이 있었다. 지역 관청을 상대해야 하는 것도 남편, 보험료, 세금, 주택 대출 이자를 내는 것도 남편, 안나의 영주권을 위해 서류를 작성한 것도 남편이었다. 그리고 가족의 재정을 담당하는 것도 브루노였다. 그는 크레디트 스위스 은행에서 중간급 관리자로 일했다. 안나는 은행 계좌조차 없었다.

메설리 박사는 안나에게 가족 문제에서 좀 더 능동적 역할을 취해 보라고 격려했다.

「그래야겠죠.」 안나는 말했다. 「정말 그래야 할 거예요.」 브루노가 직장에서 무슨 일을 하는지, 안나는 자기가 제대로 아는지조차 자신이 없었다.

안나가 광장에서 수다를 떠는 어머니들 틈에 끼지 못할 이유는 없었고, 그것을 금지하는 법도 없었다. 그들이 사담을 공유하지 못하게 막는 건 아무것도 없었다. 그들 중 두 사람은 안면이 있었고, 한 사람은 클라우디아 츠뷔가르트라는 이름도 알았다. 그 여자의 딸 마를리스가 찰스와 같은 반이었다.

안나는 그들 사이에 끼지 않았다.

설명의 방식으로 안나는 자기 자신을 다음과 같이 묘사했다. 나는 수줍음이 많고 낯선 사람과는 이야기를 할 수 없어요. 메설리 박사는 동정해 주었다. 「외국인들이 스위스인 친구를 사귀기는 어렵죠.」 이 문제는 독일어 구사력이 모자라다는 것보다 더 뿌리가 깊었다. 언어 능력의 부재만 해도 충분히 문제였는데 말이다. 스위스는 섬과 같은 나라이고, 2세기 동안 국경이 봉인되었으며 선택에 따라 중립을 지켰다. 왼손은 난민과 망명자들에게 뻗었다. 오른손은 갓 세탁한 돈과 나치가 묻어 놓은 금을 움켜쥐었다(불공정하다고? 어쩌면 그럴 수도 있다. 하지만 안나는 외로울 때면 신랄해졌다). 그리고 스위스인들은 그들이 정착한 곳의 풍경과 마찬가지로 폐쇄적이었다. 그들은 자연적으로 고립 성향이 있었고, 하나나 둘, 셋이 아니라 네 개의 언어를 국어로 지정함으로써 외부인들을 멀리 떼어 놓을 음모를 꾸몄다. 스위스의 공식 이름은 심지어 다섯 번째 언어로 불렸다. *Confoederatio Helvetica*(헬베티아 연방). 그래도 대부분의 스위스 사람들은 독일어를 했고, 취리히에서 쓰이는 말도 독일어였다.

하지만 정확히 독일어는 아니었다.

스위스에서 쓰는 문어 독일어는 교과서에 나오는 표준 독일어 호흐도이치였다. 하지만 스위스 사람들이 말하는 구어 독일어는 슈비처뒤치로, 표준과는 거리가 멀었다. 정해진 글자 체계가 없었다. 발음표도 없었다. 합의된 어휘도 없었다. 주(州)마다 약간씩 달랐다. 그리고 그 언어 자체가, 염증이 생겨서 빠져나오고 싶어 하는 편도선처럼 목 뒤에서 튀어나오는 소리였다. 이건 그저 사소한 과장일 뿐이다. 스위스인이 아닌 사람들의 귀에는 괴상한 리듬과 이상하게 딱 부러지는 자음, 그리고 입을 크게 벌리고 길게 늘려야 하는 모음의 거슬리는 배치로 만들어 낸 단어들을 화자가 일부러 끌어내는 것처럼 들린다. 그 언어는 배우려 하는 외부의 시도에 휘둘리지 않는다. 모든 단어가 시볼레스[4]이기 때문이다.

안나는 슈비처뒤치는 전혀 하지 못했다.

안나는 다른 엄마들 틈에 끼지 못했다. 대신에 포장된 보도 위로 갈색 샌들 바닥을 질질 끌며 걸었다. 그녀는 머리카락을 넘기고 눈에 보이지 않는 새가 머리 위로 날아가는 것을 보는 척했다.

모국어 바깥에서 한 사람을 사랑하기란 쉽지 않다. 그런데도 안나가 결혼한 남자는 스위스인이었다.

학교 종이 울리고 학생들이 건물에서 정원으로 쏟아져 나왔다. 안나는 두 친구와 함께 걸어오는 빅터를 먼저 알아보았다. 뒤에 바짝 붙어 따라오는 찰스는 떠들어 대는 어린이

---

4 *shibboleth*. 타 집단이 발음하기 어렵기 때문에 화자가 어떤 집단에 속한 구성원임을 드러내 주는 언어적 특성.

들 무리에 끼어 있었다. 그 애는 안나를 보더니 뛰어와서 안나를 안아 주며 안나가 부추기지 않아도 오늘 하루 있었던 일을 재잘재잘 늘어놓기 시작했다. 빅터는 친구들과 함께 어물쩍거리며 발을 질질 끌었다. 이것이 빅터다운 빅터였다. 서먹서먹하면서 어느 정도 초연하다. 안나는 아이의 과묵함을 받아 주며 그저 머리카락을 쓰다듬어 주는 걸로 만족했다. 빅터는 얼굴을 찡그렸다.

집으로 걸어갈 때 안나는 처음으로 따끔거리는 죄책감을 경험했다(찔러 온다고까지는 할 수 없었다). 그런 기분은 뜬금없이 찾아오고, 그것으로 마음이 약해지지도 않았다. 이런 정도의 무관심은 그녀의 병증에서는 비교적 새로운 것이었다. 이상할 정도로 자기 만족감을 주었다.

벤츠 가족은 마을 초등학교에서 백 미터도 떨어지지 않은 곳에 살았다. 그들의 집은 학교 운동장에서 보일 정도였지만 *Kirchgemeindehaus*(교구 회관), 19세기에 마을 교회의 회관으로 쓰였던 목조 건물이 학교와 집 사이에 서 있었다. 안나가 아이들을 집까지 데리고 걸어오는 일은 별로 없었다. 그래도 그런 일이 있고 한 시간이 흘러서도 아직 젖가슴에서 아치의 손길이 느껴졌으므로 미약한 후회를 느낄 만했다.

그들이 스위스로 이사 온 것은 1998년 6월이었다. 당시에 임신 중이어서 기운이 없었던 안나는 논쟁을 벌일 여력이 없었다. 그녀는 길고 고요한 한숨으로 자신의 순응을 전보처럼 신호로 보냈고, 가슴속 수천 개의 방 중 하나에 수많은 걱정을 숨겼다. 그녀는 반쯤 찬 물컵처럼 밝은 면을 보려 했다. 결국, 유럽에서 살 기회가 주어졌는데 그걸 움켜쥐지 않을

사람이 누가 있단 말인가? 중학교 때 안나는 밤이면 자기 방에 틀어박혀서 그녀의 남자들이 언젠가 데려가 줄 **다른 장소**들을 수없이 상상했다. 그렇게 께느른하고 순종적인 꿈속에서 안나는 남자들에게 모든 책임을 넘겼다. 브루노가 크레디트 스위스에 근무한 것도 몇 년이나 되었다. 그들은 궁금해했다. 언젠가 브루노가 취리히 지점으로 발령받을 수 있을까? 안나는 결혼했고 임신했으며 어느 정도 사랑에 빠져 있었다. 그것만으로 충분했다. 이걸로 충분할 거야, 그녀는 생각했다.

그리하여 그들은 디틀리콘으로 이사했다. 두 개의 도시 철도로 이어져서 취리히까지 충분히 가까웠다. 거대한 쇼핑센터 근처였다. 도로는 안전했고, 집들은 관리가 잘됐으며, 도시의 모토는 커다란 전망을 담고 있었다. 그 모토는 웹사이트와 팸플릿마다 찍혀 있었다. *Gemeinde*(회관) 앞 간판에도 붙어 있고, 디틀리콘의 작은 주간지 『쿠리어*Kurier*』 1면에도 나와 있었다. *Menschlich, offen, modern*(인간적, 개방적, 현대적). 안나는 이 세 단어에 모든 낙관주의를 쏟아부었다.

디틀리콘은 브루노의 고향이기도 했다. 그의 *Heimatort*(고향). 방탕한 아들이 돌아가는 곳. 안나는 스물여덟이었다. 서른넷의 브루노는 별다른 노력을 들이지 않고서 그의 모국의 공간으로 뚜벅뚜벅 걸어갔다. 쉽게 해낼 수 있었다. 시어머니인 우르줄라는 얼마 떨어지지 않은 클로테너슈트라세에 살았다. 브루노와 그 여동생 다니엘라를 키웠던 집이었다. 브루노의 아버지인 오스카어는 10여 년 전에 세상을 떠났다.

브루노는 그럴듯한 구실을 내세웠다. 디틀리콘에 살면 아이들(아이를 더 갖는다고? 확실해? 첫 아이는 신중하게 고려했던 것도 아니었다)이 온전하고도 자유로운 어린 시절을 안전하게, 안정적으로 보낼 수 있었다. 일단 그녀가 그 생각에 적응하자(브루노가 앞으로 아이를 가지려면 수정 전에 의논하겠다는 약속을 엄중히 한 후에) 안나는 이사의 이점을 수긍할 수 있었다. 그리하여 다섯 달도 되지 않아 결국은 그렇게 되었을 때, 외롭고 한 번도 그리워할 거라는 꿈도 꾸지 않았던 사람들과 물건, 장소를 아쉬워하게 되었을 때, 그녀는 아이의 얼굴을 상상하며 자신을 위로했다. 나를 *Mueti*(엄마)라고 부르는 붉은 뺨의 하인츠가 태어날까? 나를 닮은 금발을 딿은 하이디일까? 그리고 브루노와 안나는, 다소간, 사랑에 빠져 있었다.

〈다소간〉이라는 수식어에 메설리 박사는 당황했다.

안나가 설명했다. 「항상 그런 건 아닐 때가 있잖아요? 관계를 맺은 두 사람이 있다고 한다면, 한 사람은 늘 좀 더 많이 사랑하고, 다른 사람은 덜 사랑하지 않나요?」

여덟 살의 빅터는 안나의 장남이었다. 찰스는 여섯 살이었다. 두 아이는 정말 안나가 상상한 대로 불그레한 얼굴에 모유로 자란 아이들이었다. 두 아이는 잿빛 금발에 개암빛 눈을 가졌다. 둘 다 사내아이들, 장난기 많아서 형제임을 확실히 알 수 있었다. 그리고 의심의 여지 없이 안나가 결혼한 남자의 아이였다.

「하지만 아이가 더 있지 않나요? 그렇다면 그렇게 끔찍하기만 하진 않았을 텐데.」

물론 아니죠. 전혀 끔찍하지 않았어요. 항상은 아니죠. 모든 것이 항상 끔찍하지만은 않은 것은 아니죠. 안나는 이중 부정을 써서 그 말을 망가뜨렸다. 열 달 전 검은 머리에 피부가 가무잡잡한 딸을 낳았고, 이름을 폴리 진이라고 지었다.

그리하여 그들은 벤츠 가족이었고, 취리히 주, 뷜라흐 구, 디틀리콘에 살았다. 벤츠 가족: 브루노, 빅터, 찰스, 폴리, 안나. 평범하고 대체로 원만한 가족은 로젠베크 — 장미의 길 — 라고 하는 거리에 살았다. 바로 그들 집 앞에 있는 막다른 사유(私有) 도로였다. 그들 집은 완만히 비탈진 언덕의 발치에 있었는데, 뒤로 반 킬로미터 정도까지는 오르막길이다가 디틀리콘 숲과 나란히 평평하게 이어졌다.

안나는 막다른 골목, 마지막 출구 도로에 살았다.

하지만 집은 좋았고, 그들의 정원은 주변의 다른 집들보다도 컸다. 바로 남쪽으로는 농장들이 있었고, 인접한 부지는 옥수수, 해바라기, 유채 밭이었다. 완숙한 *Apfelbäume*(사과나무) 여덟 그루가 옆 뜰에서 자랐고, 8월이 되어 나무에 잘 익어 묵직한 사과들이 달리면, 나뭇가지에서 땅으로 떨어진 열매가 가벼운 빗소리와 거의 비슷하게 쿵-따-쿵-쿵 하는 리듬으로 굴러갔다. 라즈베리 덤불과 딸기밭도 있었고, 붉고 검은 열매들도 열렸다. 옆 뜰의 텃밭은 보통 가꾸지 않고 놓아두었지만, 벤츠 가족은 집 앞에 세워 둔 굵고 높은 널빤지 울타리 뒤에서도 만발한 장미 덤불과 온갖 색깔로 핀 꽃들을 감상할 수 있었다. 로젠베크에서는 모든 것이 장미

25

가 되지. 이따금, 안나는 혼자 이런 생각을 하곤 했다.

빅터와 찰스는 현관으로 쏜살처럼 뛰어 들어갔다. 아이들이 신발을 놓는 방을 빠져나가기도 전에 무뚝뚝한 얼굴의 우르줄라가 손가락을 입술에 대고 아이들을 맞았다. 여동생이 자고 있잖니!

안나는 우르줄라에게 감사했다. 정말로 그랬다. 하지만 우르줄라는 안나에게 가혹하리만큼 심술궂게 대한 적은 없어도 안나를 낯선 대상으로만 대했다. 당신 아들의 행복을 이뤄 주는 도구(그러나 〈행복〉이 브루노의 상태에 어울리는 말이었을까, 안나는 그렇지 않다는 것을 거의 확신하고 있었다). 혹은 당신이 깊이 사랑하는 손자들을 세상에 실어다 준 배. 시어머니가 제공하는 도움은 아이들을 위한 것이지, 안나를 위한 것이 아니었다. 우르줄라는 30년 동안 중학교 영어 교사로 일했다. 그녀의 영어는 딱딱하긴 했으나 유창했고, 그녀는 안나가 방에 있을 때마다, 심지어 브루노는 영어로 말하지 않을 때도 자기만은 영어로 말하려고 애썼다. 우르줄라는 간식을 먹이려 남자아이들을 부엌으로 몰고 갔다.

「저는 샤워 좀 할게요.」 안나가 말했다. 우르줄라는 한쪽 눈썹을 치켰지만 빅터와 찰스를 따라 부엌으로 들어가며 도로 내렸다. 우르줄라가 신경 쓸 바가 아니었다. 안나는 침구와 천을 넣어 놓는 장에서 수건을 꺼내고 욕실 문을 잠갔다.

그녀는 샤워가 필요했다. 그녀에게는 섹스의 냄새가 났다.

2

「이것이 없으면 살 수 없겠다 싶은 게 뭐야?」

안나는 아치와 부주의하게 침대에 누워 담배를 나눠 피며 이 질문을 던졌다. 안나는 평소에는 담배를 피우지 않았다. 그녀는 담요를 둘둘 감고 있었다. 금요일이었다.

「위스키와 여자.」아치가 말했다.「그 순서로.」

아치는 위스키 파였다. 말 그대로. 그는 위스키를 쟁여 두고, 쌓아 두고, 동생 글렌과 같이 운영하는 가게에서 팔기도 했다.

그는 해석에 맡겨 두지, 라는 식으로 웃음을 터뜨렸다. 아치와 안나는 새로운 연인, 파릇파릇한 연인, *ganz neue Geliebte* (아주 새로운 연인)였다. 서로에게는 거의 동정이나 다름없었으므로 여전히 만지고픈 이유가 있었다. 아치는 안나보다 열 살 많았으나, 그의 적갈색 고수머리는 아직 숱이 적어지지 않았고 몸도 탄탄했다. 안나는 그의 웃음에 그녀다운 웃음으로 답했다. 이 새로움은 그 자체로 좋기는 해도 오래가지 않는다는 것을 아는 슬프고 공허한 웃음이었다. 신기함

이란 놀랄 정도로 빨리 닳아 없어지는 천이었다. 그래서 안나는 그 천이 해어지기 전에 즐기기로 했다. 해어지는 건 확실하기 때문이었다.

「만약에 말이죠」 메설리 박사가 물었다. 「안나가 그렇게 비참하다면, 왜 떠나지 않죠?」

안나는 깊이 생각하지도 않고 말했다. 「내 아이들은 스위스인이잖아요. 내 아이들인 만큼, 아빠의 아이들이기도 하고요. 우린 결혼했어요. 난 정말로 비참하지도 않고요.」 그런 후에 그녀는 덧붙였다. 「남편은 이혼을 받아들이지 않으려 했어요.」

「말은 해봤군요.」 질문이 아니었다.

안나는 브루노에게 이혼해 달라고 말하지 않았다. 직접적으로는. 그렇지만 가장 감정적이고 낙담한 순간에 그런 가능성을 암시하기는 했다. 내가 떠나면 어떨 것 같아? 그녀는 물었다. 내가 떠나서 다시 돌아오지 않으면? 그녀는 이 질문들을 마치 가정하듯이, 끼워 넣듯이 명랑한 목소리로 던졌다.

브루노는 히죽 웃었다. 당신이 절대 떠나지 않을 걸 알아. 내가 필요하잖아.

안나는 이 말을 부정할 수 없었다. 절대적으로 그가 필요했다. 그 말은 사실이었다. 그리고 솔직히, 안나는 떠날 계획도 없었다. 우리가 어떻게 애들을 갈라놓겠어? 그녀는 생각했다. 마치 아이들이 나무판이고, 이혼은 도끼인 것처럼.

「안나.」 메설리 박사가 물었다. 「다른 사람이 있어요? 다른 사람을 만났던 거예요?」

점심시간은 이른 오후로 접어들었다. 아치와 안나는 치즈와 녹색 자두 한 접시와 미네랄워터 한 병을 나눠 먹었다. 그런 후에 두 사람은 모든 걸 치워 두고 다시 섹스를 했다. 아치는 그녀의 입에 사정했다. 녹말풀처럼, 끈끈하고 진한 맛이 났다. 이건 내가 하는 좋은 일이야. 안나는 혼잣말을 했지만, 〈좋은〉이라는 표현은 적당해 보이지 않았다. 안나는 이 사실을 알았다. 그녀가 하려고 했던 말은 **편의적**이라는 뜻이었다. 그녀가 하려고 했던 말은 **편리하다**는 뜻이었다. 그녀가 하려던 말은, 거의 모든 면에서 잘못되었지만 내 기분이 좋아지니까, 난 오랫동안 아주, 아주 기분이 나빴으니까, 정당화할 수 있다는 뜻이었다. 더 정확하게는 이 모든 의미들이 뒤섞인 조합이 한데 묶여, 안나에게 불법적이지만 부인할 수 없는 희망을 주는 말 못 할 무엇이 되어 버렸다.

하지만 모든 것들이 끝을 향해 가고 있다.

그날 밤, 아이들을 재우고 저녁 설거지를 하고 브루노가 요구한 대로 싱크대를 나무랄 데 없이 윤이 나도록 빡빡 닦은 후(메설리 박사는 〈남편이 정말 그렇게 끔찍한 괴물이란 말이에요?〉라고 물었고, 안나는 그 질문에 〈아니요〉라고 대답했는데 그 말은 〈가끔은요〉로 번역될 수 있었다) 안나는 탁자 위에 공책을 펴고 독일어 연습 문제를 시작했다. 진도가 뒤처졌다. 브루노는 자기 서재에 틀어박혀 있었다. 따로따로 고독을 누리는 것은 그들 사이에서 특별한 결정도 아니었다. 브루노는 밤이면 대체로 자기 서재로 물러갔다. 혼자 남겨진 안나는 책을 읽거나 텔레비전을 보거나 재킷을 걸치고 집 뒤에 있는 언덕으로 산책하러 나갔다.

안나가 홀로 있을 때면 집 안에는 짙은 먹구름처럼 참을 수 없이 긴장증[5]적인 고요가 흘렀다. 언제나 이랬나? 그랬다고 하면 안나는 거짓말하는 셈이 될 것이다. 그들에게는 좋았던 때도 있었다. 브루노와 그녀에게는. 그것까지 부인하는 건 너무 부당했다. 그리고 참지 못하고 그녀를 〈우울증 걸린 허풍쟁이〉라고 부른다거나 〈뚱한 기질〉이라고 했을 때도 브루노는, 재촉을 당하면, 안나를 사랑하고 소중히 여긴다고 인정할 것이었다. 그 감정은 가끔 좌절감으로 대치되기도 하지만, 그의 마음속에서는 반박할 수 없는 영예였다.

안나가 대학 이후 처음으로 학교에 갈 각오를 다진 건 바로 지난 주 월요일이었다. 미그로스 클럽슐레의 수업은 독일어 초급 심화반이었다. 기초에서 중급 정도 되는 언어 지식은 이미 갖췄지만, 문법이나 문맥에 맞는 구문을 미묘하게 사용하는 지식은 없는 사람들을 위한 강좌였다.

미그로스는 스위스에서 가장 큰 슈퍼마켓 체인의 이름이자, 스위스에서 가장 많은 일자리를 제공하는 회사였다. 전 세계의 스위스 은행에서 일하는 사람보다도 미그로스의 직원 수가 더 많았다. 미그로스는 그냥 슈퍼마켓 이상이었다. 미그로스 소유의 서점, 미그로스 소유의 주유소, 미그로스 소유의 전자 제품 상점, 스포츠용품점, 가구점, 남성 의류점, 골프장, 환전소가 있었다. 미그로스는 또 성인을 위한 교육 센터 프랜차이즈도 관장했다. 웬만큼 인구가 있는 스위스 도시라면, 미그로스 클럽슐레가 있었다. 어학 프로그램만 있

5 정신 질환의 일종으로, 온몸의 운동 기능이 발휘되지 않는 무기력한 증상.

는 것이 아니었다. 미그로스 클럽슐레에서는 뭐든 공부할 수 있었다. 요리, 바느질, 뜨개질, 그림, 노래. 악기 연주를 배우거나 타로 카드로 미래를 읽을 수도 있었다. 꿈을 해석하는 방법도 배울 수 있었다.

메설리 박사는, 안나의 분석 초기에는, 안나에게 꿈에 관심을 가져 보라고 말했다. 「꿈을 적어 보세요.」 박사는 지시를 내렸다. 「꿈 내용을 적어서 우리가 만날 때 가지고 오면 논의할 수 있죠.」

안나는 반대했다. 「저는 꿈을 꾸지 않아요.」

박사는 흔들리지 않았다. 「말도 안 되는 소리예요. 꿈은 누구나 꿔요. 안나도요.」

안나는 다음 약속에 꿈을 하나 가지고 갔다. 난 아팠어요. 브루노에게 도와 달라고 했는데, 남편은 그러지 않았어요. 누가 다른 방에서 영화를 찍고 있어요. 나는 거기 나오지 않아요. 10대 여자애들 열 몇 명이 카메라 앞에서 자살을 해요. 나는 어떻게 해야 할지 몰라서 아무것도 하지 않았어요.

메설리 박사는 즉시 해석에 이르렀다. 「이건 정체(停滯)의 징조예요. 영화를 찍고 있는데, 안나는 거기 나오지 않죠. 여자아이들이 생존하지 못하는 이유죠. 여자애들은 당신이에요. 바로 당신이 여자애들이에요. 당신은 생존하지 못해요. 행동하지 않아서 아프고, 어두운 극장 안에 수동적으로 앉아 있는 사람이죠.」

안나의 수동성. 안나의 심리 대부분이 발산되는 중추. 결국은 모든 일에 고개를 끄덕이며, 묵인했다. 그래, 여보. 안나

도 이 사실을 알았다. 안나가 한 번도 의문을 품거나 고치려 하지 않았던 특질이었지만, 어떤 건조된 신랄함이라는 렌즈를 들이대고 보면, 그 증거인 듯 보였다. 안나는 회전문, 다른 사람의 몸 안에서 무력해진 몸, 바다를 헤매는 노 없는 나룻배였다. 내가 그 정도로 공격당하기 쉬운가? 그래, 가끔은 그렇게 보였다. 나는 자발성에는 재주가 없어. 나의 등뼈는 보철 장치에 묶였지. 이것이 내 인생의 이야기야. 그리고 정말 그러했다. 그녀의 부엌 창문에서 내다보이는 광경이 바로 그러했다. 거리와 사과나무, 언덕으로 이르는 길이 삼각형을 이루며, 그녀가 꿈에서 본 바로 그 어두운 극장으로 들어가는 비밀의 문 위에서 투명한 차양이 번쩍였다. 안나는 그 문이 그 자리에 있다는 확인도 할 필요가 없었다. 제목은 바뀌었지만, 영화는 온갖 종류가 다 있었다. 어떤 주에는 〈너는 당당히 말할 수 있어, 네가 하고 싶은 말을 해!〉라는 제목이었다. 그리고 〈너는 희생자가 아니라, 공범이야. 그리고 선택하지 않는 것도 여전히 선택이야〉라는 제목의 영화가 해마다 상영되기도 했다.

그리고 아이들도 있었다. 안나는 그렇게 어머니가 되고 싶었던 것도 아니었다. 다른 여자들처럼 그렇게 갈망하지 않았다. 안나는 겁이 났다. 내가 다른 인간을 책임져야 해? 작고, 무력하고, 필요한 게 많은 인간을? 그래도 안나는 임신했다. 그리고 다시, 그런 후에 또다시. 그저 일어나 버린 것 같았다. 그녀는 이걸 하자고 말한 적도 없었고, 하지 말자고 말한 적도 없었다. 안나는 아무 말도 하지 않았다. (이 경우에는 브루노조차 하지 않았다. 미래 가족계획 논의? 그런 건 없었다.)

하지만 그녀가 두려워했던 것만큼 끔찍하지 않았고, 대체적으로 봐서는, 혹은 대부분의 시간 동안 안나는 어머니로 사는 것이 기뻤다. 안나는 아이들을 사랑했다. 그녀는 그녀의 아이들을 모두 사랑했다. 안나는 절대로 알 수 없을 만큼 이 땅에 단단히 뿌리박은 아름다운 스위스 아이들. 그리하여 안나의 수동성은 이점이 있었다. 그건 유용했다. 로젠베크의 집 안에 상대적인 평화를 주었다. 자기 대신 브루노가 결정을 내리게 놓아둠으로써, 자신은 책임을 면할 수 있었다. 그녀는 생각할 필요가 없었다. 그저 따르기만 했다. 다른 사람이 모는 버스를 탔다. 그리고 브루노는 그 버스를 운전하는 걸 좋아했다. 명령 또 명령. 규율 또 규율. 바람이 불면, 쓸려간다. 그건 안나의 자연적 성향이었다. 그리고 테니스를 치거나 폭스트롯을 추듯이, 혹은 외국어를 말하듯이 연습을 하면 훨씬 쉬워졌다. 안나가 자신의 병적 증상에 뭐 다른 이유가 더 있지 않을까 의심은 했는지 몰라도, 그건 마음속 깊은 곳에 감춰 둔 비밀이었다.

「수동성과 중립성 사이의 차이는 뭐죠?」

「수동성은 공경(恭敬)이죠. 수동적이라는 건 자신의 의지를 내주는 겁니다. 중립성은 초당파적이에요. 스위스인은 중립적이지, 수동적이진 않죠. 우리는 어떤 편을 들지 않아요. 우린 완벽한 균형을 이루는 저울이죠.」 메설리 박사는 목소리에 자부심 같은 것을 품고 말했다.

「선택하지 않는다. 그것도 여전히 선택인가요?」

메설리 박사는 뭐라 말 하려고 입을 벌렸지만, 그만두었다.

안나가 식탁에 앉아 반 시간 가까이 숙제를 뒤적거리고 있을 때, 브루노가 땅굴에서 나온 마멋[6]처럼 나타났다. 그는 탁자로 와서 하품을 하며 눈을 비볐다. 안나는 이 동작에서 아들들의 모습을 보았다. 「수업은 어때?」 브루노가 물었다. 안나는 브루노가 자기 안부를 물어본 게 언제인지도 기억할 수 없었다. 그에 대한 애정이 순간적으로 솟아나, 안나는 팔로 그의 허리를 감아 가까이 끌어당기려 했다. 하지만 브루노는 별다른 감정이 없던 건지 완고한 건지 유사한 반응을 보이지 않았다. 그는 손을 내리고 안나의 공책을 넘겼다. 안나는 팔을 내렸다.

브루노는 연습 문제 페이지 한 장을 집더니 눈으로 훑으며 정확한지 확인했다. 「*Du hast hier einen Fehler*(당신 여기 실수했어)」 그는 도와주려는 듯한 목소리로 말했으나, 안나는 오로지 오만한 태도로밖에 해석할 수 없었다. 당신 실수했네. 「이 동사가 맨 뒤로 가야지.」 브루노가 말했다. 그가 맞았다. 미래와 과거 시제 양쪽 다 본동사는 뒤에 와야 한다. 현재 시제에서만 동사는 행위를 실행하는 명사 옆에 놓는다. 브루노는 무심하게 그녀의 숙제를 돌려주었다. 「난 자러 가야겠어.」 그는 그녀에게 키스하려고 허리를 굽히지 않았다. 브루노는 침실 문을 닫고 자러 들어갔다.

안나는 숙제에 흥미를 깡그리 잃어버렸다.

그녀는 벽시계를 확인했다. 11시가 넘었지만 피곤하지 않았다.

6 *marmot.* 바위 틈이나 땅굴 속에서 서식하는 다람쥣과의 포유류.

「꿈은 심리적 진술입니다.」메설리 박사가 설명했다. 「꿈이 무시무시할수록, 자신의 그 부분을 들여다봐야 할 필요가 있는 거죠. 그 목적은 자신을 파괴하는 것이 아닙니다. 그건 단지 굉장히 불쾌한 방식으로 필요한 과업을 완수하는 것뿐이죠.」그런 후에 박사는 덧붙였다. 「주의를 기울이지 않을수록, 악몽은 더 무서워질 거예요.」

「그럼 악몽을 무시해 버린다면요?」

메설리 박사의 얼굴은 심각한 표정을 지었다. 「마음은 귀기울여 주어야 합니다. 그걸 요구하죠. 그리고 당신의 관심을 끌기 위해서, 다른, 더 위협적인 방법들을 쓸 수도 있죠.」

안나는 그것이 뭐냐고 묻지 않았다.

그날 저녁 늦게 로젠베크의 모든 집에서 불이 완전히 꺼지고, 주민들은 벌써 잠이 들었다. 안나가 이에 익숙해지기까지 몇 년이 걸렸다. 스위스, 기계처럼 동작하는 이 나라는 밤이면 전원이 꺼진다. 상점은 문을 닫는다. 사람들은 마음먹은 때에 잠든다. 미국에서는 잘 수 없거나 자고 싶지 않다면 언제든 24시간 여는 슈퍼마켓에서 쇼핑할 수 있었고, 24시간 세탁소에서 빨래를 할 수 있었고, 24시간 식당에서 파이를 먹고 커피를 마실 수 있었다. 텔레비전에서는 밤새도록 프로그램을 방영했다. 아무것도 완전히 꺼지지 않았다. 어딘가에서 불빛이 항상 타올랐다. 불면증 환자의 위안이었다.

메설리 박사는 안나의 불면증에 대해 물었다. 얼마나 오랫동안 겪었는지, 어떤 식으로 나타나는지. 어떻게 억제하는

지. 안나는 진짜 해답은 없었으므로 대신 이렇게 대답했다. 「잠잔다고 제 문제가 해결되지 않아요.」안나의 귀에도 공허하게 들리는 말이었다.

안나가 밖으로 발을 내딛자, 동작 감지 기능이 있는 포치 전등에 깜빡 불이 들어왔다. 앞 계단은 차로로 이어졌다. 차로는 도로를 향해 트였다. 교구 회관은 길 건너였다. 안나는 길을 건너 작은 나무 울타리를 넘어서 아기용으로 만든 나무 그네에 걸터앉았다. 그녀는 불편하고 심란했으며, 밤공기는 잔인하리만큼 축축했다.

안나 본인도 이런 어두운 시각에 디틀리콘의 거리를 돌아다니는 일이 너무 잦다는 것을 인정할 수밖에 없었다. 이 나라에 온 지 두 달쯤 되었을 때, 브루노가 한밤에 깨어나 보니 안나가 없었다. 안나는 집 안에도, 다락방이나 정원에도 없었다. 그는 밖으로 달려 나와 그녀를 불렀다. 그녀가 대답을 않자, 그는 *Polizei*(경찰)에 신고했다. 내 아내가 사라졌어요! 임신 중인데! 경찰들이 집으로 왔고 의미심장한 질문을 하며 뜻이 훤히 보이는 표정을 교환했다. 최근에 싸운 적이 있습니까? 짐을 챙겨 갔나요? 결혼 생활은 어땠습니까? 아내가 혹시 만나는 사람이 있는지 알고 있습니까? 브루노는 얼굴을 물음표 모양으로 일그러뜨리며 주먹을 주머니 속에 찔러 넣었다. 아내는 임신했고, 지금은 새벽 두 시라고! 브루노가 경찰들의 그쪽 계열 심문에서 빠져나올 때쯤 안나가 집에 돌아왔다. 안나가 문지방을 넘기도 전에, 브루노는 안나가 무슨 돌아온 참전 용사라도 되는 것처럼 달려가서 그녀

를 끌어안았다. 경찰 한 명이 안나는 이해하지 못하는 슈비처뒤치로 짧고 무뚝뚝하게 뭔가 말했다. 브루노는 툴툴거리듯 대답했다. 경찰들은 떠났다.

두 사람만 남고 주위에 엿들을 사람이 없을 때, 브루노는 손가락으로 안나의 어깨를 꽉 잡고 흔들었다. 대체 당신 누구랑 바람피우고 오는 거야? 누구랑 같이 있었어? 그녀 때문에 그는 경찰들 앞에서 망신을 당했다. 아무도 없어, 브루노. 절대로! 맹세해! 브루노는 그녀에게 욕하며, 잡년이고 창녀라고 불렀다. 누구를 빨아 주고 오는 거야? 어떤 자식 걸 입으로 해줬어? 그런 사람 없어, 브루노, 맹세한다니까! 그건 진실이었다. 안나와 브루노는 어떤 형태의 사랑에 빠져 있는 사이이고, 안나는 잠이 오지 않아서 산책하러 갔다 왔을 뿐이었다. 그냥 산책이었어! 그것뿐이야! 그리고 그녀가 빨아 주는 일이 있다 한들 그게 누구의 것이겠는가? 그녀는 이런 생각을 했으나 입 밖에 내지 않았다. 거의 한 시간이 걸려서야, 브루노는 마침내 그녀의 말을 믿어 주었다. 아니, 그렇다고 말했다.

옆집의 고양이가 고슴도치 같은 걸 보았는지 식식대며 조르르 뛰어갔다. 3분이 지나자, 15분 동안 울리는 교회당 종소리가 들렸다.

안나가 큰맘 먹고 독일어 첫 수업에 갔을 때도 기대감이라고는 없었다. 그래도 그 나이에도 개강 첫날이라는 떨림에는 전적으로 무관심할 수 없었다. 아침 식사 때, 그녀는 아들들에게 오늘부터 학교에 다닌다고 말했다. 찰스는 다정하게

자기 필통을 주었다. 찰스는 그런 아이였다. 빅터는 아무 말 하지 않았다. 그 애는 아무런 의견을 말하지 않았다. 우르줄라는 행주를 탁탁 내려치며 불편한 심기를 드러냈다.

도이치쿠어스 인텐시프 수업은 일주일에 5일, 아침에 열렸다. 첫날, 안나는 6분 지각했고, 사람들 사이를 지나쳐 책상에 남은 마지막 자리에 앉으려다가 책가방으로 어떤 여자를 쳤다. 중간 규모의 수업에는 연령도 다르고 국적도, 해외 체류의 이유도 다양한 학생이 열다섯 명 있었다. 선생님은 롤란트라고 하는 키 큰 스위스 남자로, 학생들에게 첫 번째 지시 사항으로 교실을 돌아다니면서 뭐든 좋으니 이미 아는 독일어를 사용해서 자기소개를 하라고 했다. 그는 눈꺼풀이 처지고 사람을 똑바로 쳐다보는 시선의 금발 여자를 가리켰다. 그녀의 이름은 잔, 프랑스인이었다. 그 옆의 여자 마르티나도 금발이었지만, 잔보다 열 살은 어렸다. 그녀는 교실을 향해 자신이 모스크바 출신이고 음악을 사랑하지만 개는 싫어한다고 말했다. 다음으로는 안나 또래 정도 되는 여자가 메리 길버트라고 자기 이름을 소개하고 캐나다 출신이며 아이들과 남편과 함께 왔다고 말했다. 그녀의 남편은 취리히 하키 팀의 레프트윙이었다. 스위스에 온 지는 두 달밖에 되지 않았다. 메리는 독일어가 서툴다며 양해를 구했지만 기초반은 이수해서 여기 말고는 갈 데가 없었다. 그건 별로 중요하진 않았다. 모든 사람의 독일어는 확실히 느낄 정도로 이국적이고, 느렸으며, 군데군데 실수가 있었다.

그때 메리 옆에 앉은 남자가 몸을 앞으로 내밀었다. 더듬 더듬 말하는 독일어로 들어도 그의 억양은 반박할 수 없이

스코틀랜드 쪽이었다. 글래스고 사람이라는 것을, 안나는 나중에 알게 되었다. 그의 이름은 아치 서덜랜드였다. 그는 말하면서 탁자 주변을 쓱 훑었다. 소개가 끝났을 즈음에는 그의 시선이 건너편 각을 이루는 곳에 앉은 안나에게 못박혔다. 그는 그녀 혼자만 보라는 듯 살짝 윙크하면서 끝을 맺었다. 안나는 보이지 않게 얼굴을 붉혔다.

안나 안의 무언가가 타오르기 시작했다.

그다음에는 필리핀에서 온 데니스였다. 둘 다 오스트레일리아 출신인 앤드루와 질리언. 베트남에서 온 쩐. 일본에서 온 유카. 영국에서 온 에드. 남아프리카에서 온 낸시. 페루에서 온 알레한드로. 그리고 안나가 이름을 미처 듣지 못한 다른 여자 둘. 그들은 모두 합쳐 작은 UN 같았다.

안나는 자기소개를 하며, 진실해 보이는 미소를 던지고(스스로 익힌 기술이었다) 머릿속으로 연습한 말을 했다. *Ich bin Anna. Ich bin in die Schweiz für nine years. Mein Mann ist a banker. Ich habe three children. Ich bin from America. Ich bin, ich bin, ich bin.* (저는 안나입니다. 저는 9년 스위스에 있었습니다. 제 남편은 은행가입니다. 저는 아이가 셋입니다. 저는 미국 출신입니다. 저는, 저는, 저는.) 독일어 단어가 잘 나오지 않을 때는 영어로 대치했다. 안나는 자기소개가 싫었다. 그건 마치 문을 여는 것만 같았다.

안나는 아치를 보았다. 탁자 건너편에서도 그의 손이 어찌나 억세게 보이는지, 그녀는 시선을 돌릴 수밖에 없었다. 남자의 손은 언제나 그녀에게는 매혹적이었다. 남자의 성기는 구멍을 원하지. 하지만 그건 몇 군데 안되잖아. 하지만 손

은 어디든 원하는 데 댈 수 있어. 내가 해달라고 하는 데면 어디나.

첫 번째 쉬는 시간에 매점 앞에서 줄을 서 있을 때, 아치는 안나를 향해 몸을 기울이며 나직하게 울리는 소리로 말을 했다. 성당이나 박물관 벽감이 아닌 곳에서는 쉽게 들을 수 없는 소리였다.

「안나, 맞죠?」

「그래요.」

「난 아치예요.」

「그렇다고 들었네요.」 안나는 머뭇거리긴 했으나 애교 있게 답했다. 띄우고 친다 이거지. 탁구를 하자고. 그래, 상대해 주지. 안나는 생각했다.

아치는 줄줄이 접시에 놓인 페이스트리 중에서 초콜릿 크루아상을 집어 자기 쟁반 위에 놓았다. 「하나 먹을래요?」

안나는 고개를 저었다. 「저는 페이스트리를 그렇게 좋아하지 않아서.」 줄은 일정하게 앞으로 조금씩 나아갔다. *Kantine*(매점)는 붐볐지만, 스위스인 판매원은 유능했다.

「그럼 한입 하고 싶다고 생각할 땐 뭘 먹죠?」

아, 이 남자 선수네. 안나는 생각했다. 「한입이요? 한입 먹고 싶을 때 말하는 거죠?」

아치는 초조한 척 연기했다. 허스키한 목소리는 섹시했다. 「뭘 먹는데요, 당신?」 안나는 얼굴을 붉히고 시선을 내리깔며 비뚜름한 웃음으로 답했다. 그들은 다시 앞으로 나아갔다. 아치는 씩 웃었다. 「은행에 다니는 남편?」

「그렇다고 해야겠네요.」 대답은 무척 뻔뻔했다. 내가 지금

이 남자와 불장난하는 건가? 그래, 완전히 불장난에 빠진 거지. 오랜만이었다. 이 게임 제대로 해주지.

「그럼 안나는 어때요? 안나는 독일어 배우지 않을 때는 뭘 하죠?」

안나는 잠시 뜸을 들였다 대답했다. 「안나는 안나가 바라는 걸 하죠.」 뭐든 자신감 있게 말해야 해. 안나는 생각했다. 그러면 그 말이 사실이라고 세계가 믿어 줄 거야.

아치의 웃음은 장난기가 가득했고 여우 같았다. 「좋은 정보네요.」 그들은 줄의 맨 앞에 이르렀다. 안나는 자기 커피 값을 내고 재빨리 몸을 돌려 아치를 본 후 종지부를 찍는 미소와 함께 걸어가 버렸다.

교실로 돌아오자, 롤란트가 독일어 전치사 목록을 복습하자고 했다. 아래에, 반대로, 위에, 뒤에서.

두 번째 쉬는 시간이 끝날 때쯤, 아치는 안나를 쓰레기통 옆으로 몰고 갔다. 「오늘 오후에 뭐 해요?」

조신한 대답이 10여 개 정도 마음에 떠올랐다. 안나는 모두 무시해 버렸다. 그녀는 한 손을 아치의 팔에 얹고 그녀의 입을 그의 귓가에 바짝 갖다 댔다. 「당신요.」 그녀는 속삭였다. 그리고 그걸로 끝이었다.

음, 그건 어때? 안나는 걸어가면서 생각했다. 어지럽고 쨍그랑하는 전율이 온몸을 훑고 갔다. 그래, 그건 어떻겠니. 그 질문은 불필요했다. 그날의 모든 질문에 대한 대답은 긍정이었다.

하지만 열렬한 승낙은 아니었다. 이전에는 확실히 좋아요, 라고 말했었다.

수업 후, 안나는 우르줄라에게 전화를 해서 시내에서 볼 일이 있어서 3시까지 돌아갈 수 없다고 말했다. 그런 후에 안나와 아치는 중심에서부터 거리들이 끄트머리가 다섯 개인 별처럼 뻗어 있는 슈테르넨 외를리콘에서 10번 전차를 타고 취리히의 니더도르프 구 북쪽 끝에 있는 정류장인 센트럴까지 갔다. 거기서부터 아치의 아파트까지는 걸어서 5분 걸렸다. 그다음에는 한 시간 반짜리 거침없는 섹스가 이어졌다.

  화요일과 수요일에는 안나는 수업 후에 아치의 집으로 갔다. 목요일과 금요일에는 둘 다 수업을 빼먹었다.

  안나는 그네에 앉아 몸을 돌리며, 처음보다 땅에서 더 멀리 나갈 수 있도록 사슬을 끌어 올렸다. 그런 후에는 다시 발을 들어 재빠르게 빙글빙글 떨어졌다. 그녀는 어지럼증을 느끼지 않고 이걸 여러 번 해냈다.

  드디어 교회당에서 자정을 알리는 종이 울렸다. 심판이 닥쳐온다는 느낌이 벌레처럼 낮게 기어 왔다. 주어가 동사 바로 옆에 나란히 서서 결혼하는 건 현재 시제뿐이다. 행동 — 과거든 미래든 **모든** 행동 — 은 문장 맨 끝에 온다. 맨 끝에, 행위 외에는 할 수 있는 다른 게 남지 않았을 때에.

  그렇다고는 해도, 안나는 종이 열두 번째로 울리기 전에 집 안으로 도로 들어갔다.

3

안나는 스티브라는 이름도, 밥도, 마이크도 **정말로** 사랑할
수는 없었다.

그녀는 지소형[7]이 함축하는 평범한 무심함을 혐오했다.
애칭은 대개 〈나는 네가 만났던 모든 맷의 총합이야, 크리
스, 릭, 제프의 수학적 평균이야〉라고 선언하는 것만 같았
다.[8] 길이 때문이 아니었다. 그 이름들이 〈안나〉보다 딱히 더
짧은 것도 아니었다. 그녀는 사람의 이름은 위엄과 의의를
지니고 울려 퍼져야 한다고 생각했다. 무게를 지니고 개인의
개성이라는 압박을 견딜 수 있어야 했다. 슈테피라는 이름이
내각에 임명되어서는 안 된다. 채드는 그녀를 임명하지 않을
것이었다.[9]

안나는 점잖은 안목으로 아이들의 이름을 붙였다. 아이들

---

7 문법적으로 원래의 것보다 더 작은 것이나 새끼 등을 뜻하는 말.

8 위의 이름 일곱 개는 각각 스티븐, 로버트, 마이클, 매튜, 크리스토퍼, 리
처드, 제프리의 약칭이다.

9 슈테피는 슈테파니의 독일식 애칭이며, 채드Chad는 애칭이 아닌 온전
한 이름이지만 종종 채드윅Chadwick의 애칭으로 오해될 때도 있다.

이름은 미국식이었지만, 많은 스위스 사람들이 외국식 이름을 지녔다. 은행 사업 때문에 취리히 인구의 3분의 1이 외국인이었다. 가령 브루노가 일하는 크레디트 스위스는 스위스인이 다수였지만, 독일인이 몇몇 있고, 영국인 약간, 적지만 미국인이 있었으며, 슈프륑글리 초콜릿처럼 매끈하고 짙은 피부를 지닌 너무나도 잘생긴 나이지리아인이 한 명 있었다. 모든 것이 궁극에는 다양성이라는 이름으로 정상적인 것으로 받아들여졌다. 안나의 아이들 이름은 스위스에서 드물 정도까지는 아니지만 흔하진 않았다. 그녀는 그 점을 염두에 두고 이름을 골랐다. 아이들 이름이 좋았다. 딱 어울리는 것만 같았다.

이름은 연약한 것이다. 떨어뜨리면 깨질 수도 있다.

스티브처럼. 안나가 절대로 사랑할 수 없던 남자의 이름.

안나는 극도로 난해하게 얽힌 꿈을 정신분석에 맡겼다. 주제나 환경과는 상관없이 혼란스럽게 조직된 꿈이었으며, 시간과 공간의 지리학과도 연관이 없었다. 날카로운 상징, 원형(原型)의 이미지, 우화적 함의의 꿈이라고, 안나는 확신했다.

꿈에 문이 있다면, 의사가 들어올 수 있는 문은 스무 개는 되었다. 말[馬]의 의미부터 시작해 보죠, 메설리 박사는 이렇게 말할 수도 있었다. 풍선과 비행선으로 연상할 수 있는 건 뭐죠? 롤러코스터가 오로지 뒤로만 간다면 그게 무슨 의미라고 생각해요? 하지만 의사는 그런 질문을 하지 않았고, 대신에 안나가 원치 않았던 질문 딱 하나를 던졌다.

「꿈에 스티븐이라는 사람이 나오네요. 그 사람이 누구죠?」

정신분석은 비싸고, 환자가 거짓말을 할 때는 효과가 떨어졌다. 단지 감추기만 하는 것이라도. 하지만 분석은 집게가 아니었고, 진실은 치아가 아니었다. 억지로 뽑아낼 순 없었다. 입은 원하는 만큼 꾹 다물 수 있다. 진실은 스스로 말할 때만 말해지는 것이다.

안나는, 그는 전혀 중요한 사람이 아니에요, 라고 말하려는 듯 고개를 저었다.

토요일 아침 5시 45분, 안나는 부자연스러운 비명 소리에 잠에서 퍼뜩 깼다. 그녀는 침대에서 뛰쳐나와 한 걸음에 두 칸씩 계단을 올랐다. 폴리 진이었다. 아이는 이가 나는 중이었다. 10개월에 첫 번째 이라니 늦은 편이었다. 빅터는 5개월에 났고, 찰스는 4개월에 났다. 안나는 폴리 진의 입 안에 자기 엄지손가락을 쓱 넣고 작고 하얀 끄트머리가 잡히는지 확인했다. 폴리는 어린아이의 욕설에 상응하는 거친 칭얼거림으로 대항했다. 안나는 딸을 안아 올리고 우쭈쭈 달래어 얼러 주며 다시 잠재우려 했다. 잠과 비슷한 상태로라도.

정말이다. 모든 것은 변이형이 있었다. 진실의 여러 형태처럼, 사랑의 여러 형태처럼, 잠에도 여러 형태가 있었다. 가장 깊은 잠은 오로지 아이들과 완전한 바보들만 취할 수 있는 것이었다. 그 외 다른 사람들은 매일 밤 휴식 없는 의무를 다해야만 한다.

하늘은 여전히 어두웠고, 이웃은 고요했다. 폴리의 요람 위 네모난 창문에서는 교회당의 겸손한 첨탑이 보였다. 벤츠

가족은, 말 그대로, 디틀리콘의 스위스 개혁 교회의 그늘 속에 거주하는 셈이었다. 그들은 은유적으로도 그 그늘 아래 살았다. 오스카어 벤츠, 브루노와 다니엘라의 아버지이자 우르줄라의 남편은 죽을 때까지 35년 동안 종신직으로 그 교구의 *Pfarrer*(목사)였다.

스위스에서 교회 참석은 관습의 문제이지, 열의의 문제가 아니다. 심지어 스위스에서 기독교인이 된다고 해도 종교적으로 뽐내고 다닐 일은 아닐 것이다. 그건 미국인 특유의 우스꽝스러운 행동이다. 스위스의 신앙은 좀 더 관료적이었다. 교회에서 세례를 받고, 교회에서 결혼을 하고, 교회에서 추도를 받고, 그게 다였다. 그래도, 브루노와 안나가 그녀의 영주권을 받기 위해 서류를 작성하러 회관에 갔을 때, 종교 성향을 질문받았다. 교회는 세금으로 운영된다. 돈은 시민의 소속에 따라 분배되었다.

스위스 기독교인들은 대부분 교회에 꼬박꼬박 나가지 않았지만, 미국에서처럼 아주 작은 마을에도 *Kirche*(교회)가 하나는 있었다. 디틀리콘에는 교회가 세 곳 있었다. 오스카어 벤츠가 한때 목회를 봤던 교회, 안나와 브루노의 집에서 5백 미터 떨어진 곳에 있는 가톨릭 성당, 그리고 교인이 너무 적어서 고정적 주소가 없고 대신에 묘지 바로 길 건너 눈에 띄지 않는 건물을 빌려서 예배를 갖는 정교 집단이 있었다. 우르줄라는 일요일이면 교회에 갔고, 가끔은 손자들을 데려갔다. 브루노와 안나는 집에 있었다.

안나는 종교에 대해서는 허술하고 들쑥날쑥한 지식밖에 없었다. 안나가 어렸을 때 부모님은 확신의 순간을 맞아 짧

게나마 성공회 교회를 드나든 적이 있었다. 1년 정도 교회를 드문드문 다니다가 일요일 아침 빈 시간에 할 만한 다른 일들을 찾아냈다(안나의 어머니에게는 여자들끼리 하는 브런치였고, 아버지에게는 골프였다). 교리에 반발했다기보다는 냉담해진 경우였다. 그들은 굳이 계속 다닐 만큼 관심이 없었던 것뿐이었다. 그리하여 안나의 종교 교육은 신앙의 문화적 표현 몇 가지를 접하는 것으로 끝났다. 크리스마스의 아기 예수와 선물, 부활절에 일어난 예수와 초콜릿 토끼, 그리고 어머니의 책장에서 발견한 『가시나무새』[10] 한 권.

안나는 종교적 믿음에 반대하진 않았다. 실천하지는 않더라도 원칙적으로는 인정했다. 자신이 신을 믿는지는 확실하지 않았지만, 믿고 싶었다. 그녀는 자신이 믿을 수 있기를 바랐다. 여하튼 가끔이라도. 다른 때에는 믿음은 그녀를 공포로 사로잡았다. 신에게는 아무런 비밀도 숨길 수 없어. 내가 그걸 좋아할까, 잘 모르겠네. 다만 한 가지는 알았다. 좋아하지 않는다는 것을.

그러나 취리히 도심을 걷는 사람이라면 누구나 그런 기분을 느낄 수 있었다. 구 시가지 알트슈타트에는 역사적으로 중요한 교회들이 모여 있었다. 어디를 돌아보든 신의 눈이 당신을 바라본다. 프라우뮌스터는 샤갈이 디자인한 스테인드글라스로 유명했다. 성 베드로 성당의 첨탑에 있는 시계는 유럽에서 가장 컸다. 바서키르헤는 취리히의 수호성인인 펠릭스와 레굴라가 순교한 장소 위에 지어졌다. 그리고 회색의

---

10 콜린 매컬로의 소설. 1977년 출간되었으며 가톨릭 신부와 소녀의 사랑을 소재로 다뤄 화제가 되었다.

위압적인 그로스뮌스터는 그 순교자들이 (더 이상 돌보아야 할 사역이 없자) 마침내 자신의 영혼을 죽음으로 해방시키기 전에 잘린 머리를 옮겨 왔다고 하는 바로 그곳 위에 세워졌다.

펠릭스와 레굴라. 행복과 질서. 그들이 자기 머리를 들고 언덕을 올라왔다니 참 취리히다운 이야기야! 안나는 생각했다. 완벽하게 스위스적으로 죽는 방식이잖아, 실용적으로 정확하게!

실용적이고, 정확하며, 효율적이고, 미리 정해진 대로. 무엇보다도 안나에게 가장 괴로운 건 신학의 그런 점이었다. 안나는 아무런 거리낌 없이 이런 걱정이 다 스위스인들의 책임이라고 치부해 버렸다. 죄인들이 신을 따르겠다는 선택을 의식적으로 내리기란 불가능하다고 주장한 사람은 다름 아닌 스위스에 입양된 아들 장 칼뱅이었다. 그는 모두가 타락했다고 가르쳤고, 모두가 길을 잃어버린 자들이라고 설교했다. 그는 우리를 수탈에 종속된 노예라고 불렀고, 신의 의지라는 변덕에 무력하다고 했다. 모든 영혼의 운명은 예정된 것이다. 영원은 결정된 것이다. 기도는 의미 없다. 복권을 샀지만, 경품은 정해져 있다. 그러니 할 수 있는 일이 없는데, 걱정해서 무엇하나? 이걸로 끝이었다. 소용이 없었다. 그러니 위기가 일어날 때마다 안나는 이런 식, 저런 식으로 떠올리고는 했다. 중요하지 않다고. 그녀의 운명이 미리 정해졌든가, 운명이란 없든가였다. 그녀가 바꾸기 위해 할 수 있는 건 없었다. 그러므로 걱정을 해도 오래가는 법은 없었다.

오스카어 벤츠는 사랑받는 목사였다. 이모저모 들어 봐

도. 참으로 너그러웠지. 참 현명하고. 분별 있고. 우아하고. 사려 깊고. 그러나 안나는 남편으로서의 그에 대해서는 아무것도 알지 못했다. 우르줄라와 그런 대화를 나눈 적도 없었다. 안나는 시아버지가 시어머니에게 다정했으려니 생각했다. 사진 속의 그들은 미소 짓고 있었다. 우르줄라는 여전히 결혼반지를 끼고 다녔다. 그 외에는 알지 못했다. 낭만적이었을까? 키스를 잘했을까? 침대에서 변태적이었을까? 닫힌 문 뒤에서는 폭력적이었을까? 내가 상관할 바는 아니잖아, 안나는 생각했다. 우르줄라가 말하지 않는다면, 나도 묻지 않을 거야.

다니엘라는 아버지 이야기를 할 때면 눈이 존경으로 반들거렸다. 「난 아버지를 **정말** 사랑했어요.」 그녀는 그리워하는 말투로 안나에게 말했다. 「매일 아버지가 보고 싶어요. 아버지란 여자의 삶에서 가장 중요한 남자죠.」 안나의 대답은 슬픈 침묵뿐이었다. 부모님이 교통사고로 돌아가셨을 때 안나는 스물하나, 대학 졸업식 2주 전이었다. 그녀도 아버지 — 아니 부모님 두 분 모두 — 를 사랑했지만 열여섯 이후로 열정은 시들해졌다(안나는 일단 그런 말로 부모님에 대한 애정을 절대 묘사하지 않을 사람이긴 했지만). 「모르겠네요.」 메설리 박사가 부모님과의 관계를 분류해 보라고 했을 때 안나는 이렇게 말했다. 「정상적이었어요. 별로 튀지 않는.」

박사는 놓치지 않았다. 「더 노력해 봐요.」

안나는 눈을 감고 기억 속을 탐색했다. 「아마도 긍정적이고, 진보적이랄까. 이따금 자제하는 편이었어요. 항상 예의를 갖췄죠. 충분했어요.」 좋은 분들이었다. 그녀를 사랑했다. 그

녀도 부모님을 사랑했다. 안나는 이 점은 빼놓았다.

「음.」 메설리 박사가 받아 적었다.

「뭐죠?」

메설리 박사는 웃음을 억눌렀다. 박사는 좀체 웃는 법이 없었다. 「우리의 영혼이 평형을 찾아가는 방식은 참 흥미로워요. 우리는 익숙한 것을 찾아 나서죠. 가족적인 것. 지금 알고, 어쩌면 우리가 태어났을 때부터 알았던 것. 그건 필연적이에요.」

「무슨 뜻이죠?」

「부모님을 뭐라고 묘사했잖아요?」

「네.」

「스위스도 그렇게 묘사했죠.」

브루노는 오스카어에 대한 말을 거의 꺼내지 않았다. 두 사람은 스키와 등산을 함께했으며, 야영과 낚시도 갔다. 브루노는 좋은 아버지였다. 안나는 오스카어도 그랬으리라 짐작했다. 안나와 만나기 오래전부터 브루노는 교회에 가지 않았고, 안나는 남편이 신을 어떻게 생각하는지 절대 묻지 않았다. 한 번도 없었지, 안나는 생각했다. 그게 옳은 걸까? 그게 옳을 수 있을까? 안나는 남편이 무엇을 믿는지 전혀 알지 못했다. 물어봤자 두 사람 다 당황스러울 뿐이었다.

오전 7시, 종이 울리기 시작했다. 종소리는 아침마다 그녀를 일으켰고, 저녁마다 그녀를 달래 주었으며, 맹수들이 사냥감을 찾아 돌아다니는 새벽 직전의 어두운 시간에는 동반자가 되어 주었다. 종은 한 시간에 한 번 울렸고, 하루에 두

번은 연속적으로 15분 동안 크게 울렸다. 일요일에는 예배 시작 전에 울렸다. 결혼식, 장례식, 그리고 국경일에도 울렸다. 종소리를 싫어하는 사람만큼이나 무관심한 사람도 많았다. 좋아하는 사람은 거의 없었다. 하지만 안나는 좋아했다. 종소리는 그녀가 스위스에서 누릴 수 있는 특이한 기쁨이었다. 딸을 팔에 안은 안나는 이를 완전히 인정하고 싶었지만, 그만두었다.

폴리는 결국 잠들어 아픔을 물리쳤고, 안나는 아이를 다시 아기 침대에 잘 뉘어 두고 방을 빠져나왔다. 그 애는 괜찮을 거야. 안나는 혼잣말로 말했다. 비명을 지른 건 아픔의 새로운 면 때문이었으니까. 폴리가 대처하는 법을 아직 익히지 못한 새로운 고통. 어린아이라 할지라도 썩어빠진 본능적인 진실을 이해한다. 어떤 아픔도 완전히 그 사람을 떠나진 않는다는 것을. 고통은 탐욕스럽고 물러서지 않는다는 것을. 육체는 아팠던 때, 그리고 아팠던 방식을 기억한다. 옛 고통은 새 고통에 삼켜진다. 하지만 더 새로운 고통이 언제나 따라오기 마련이다.

「고통의 목적이 뭐죠?」 안나는 메설리 박사에게 물었다. 영원한 저주에 걸려 집을 떠나지 못하고 다락방을 서성거리는 유령처럼 몇 년째 그녀 주위에서 공기를 훑고 다니던 질문이다.

「고통은 지시적이죠. 임박한 사건에 대해 경고를 해요. 고통은 변화에 앞서서 오죠. 그건 도구예요.」 박사는 교과서적인 문구를 읊었다. 안나는 이런 대답들이 의심스러웠다. 메설

리 박사는 한쪽 눈썹을 치켜세웠다. 「내 말이 못 미더운가요?」

안나도 같이 한쪽 눈썹을 치켰다. 그래요. 못 믿겠어요.

안나는 딸 방의 문을 꼭 닫고 아래층으로 내려와 커피를 내렸다. 로젠베크 가에 있는 집은, 미국 기준으로는, 작았다. 벤츠 가 다섯 사람은 120제곱미터가 좀 넘는 공간에 거주했다. 2층 침실은 두 개였지만, 커다란 옷장과 별 다를 바 없는 크기였다. 한 방은 남자아이들이 같이 쓰고, 다른 방은 폴리가 썼다. 다락방이 2층의 나머지를 아울렀다. 나머지는 모두 아래층에 있었다. 부엌, 욕실, 작은 식사용 탁자가 놓인 응접실, 브루노의 서재, 안나와 브루노가 함께 쓰는 침실. 그 아래는 모두 차가운 콘크리트 지하실이었다. 뭔가 꽉꽉 들어찬 비좁은 구역이었다.

안나는 될 수 있는 한 조용히 계단을 내려갔다. 그들의 집은 오래되어서 계단은 무게가 실릴 때마다 삐걱거리는 신음 소리를 냈다. 안나는 늘 자기가 내는 소리를 의식했다. 브루노는 적막이 깨지고 방해를 받으면 자주 짜증을 냈고, 일상적이고 무해한 사건들에도 쉽게 불쾌해했다. 안나는 발꿈치를 들고 천천히 디디는 법을 익혔다.

부엌은 작고, 좁았으며, 숨겨져 있었다. 전자레인지는 고사하고 조리대를 놓을 만한 자리도 없었으며, 냉장고는 대학 기숙사에서 쓰는 것보다 약간 큰 정도였다. 안나는 적어도 일주일에 두 번 장을 보러 다녔다. 그것이 안나의 토요일 오후 계획이었다. 일주일 내내 안나는 바빴고, 장보기를 빼먹었다. 찬장은 거의 비어 있는 것이나 다름없었다.

「현대적인 여자는 너무 제한된 삶을 살 필요는 없어요. 현대적인 여자가 너무 불행할 필요도 없죠. 좀 더 여기저기 다니고 더 많은 일을 해요.」 메설리 박사의 목소리는 짜증을 숨기지 못했다.

안나는 혼나는 기분이 들었지만 말대꾸하진 않았다.

그녀는 자기 커피를 들고 응접실로 들어갔다. 전날 밤에 보았던 독일어 책과 공책들이 침대 위로 벗어 던진 옷가지처럼 탁자 여기저기에 널려 있었다. 옆집 마구간을 향한 창문은 열려 있었다. 이웃은 한스와 마르그리트 체페트 부부였다. 나이가 지긋한 한스와 마르그리트 부부는 평생을 디틀리콘에서 살았다. 한스는 친절하고 명랑한 농부로, 트랙터를 타고 안나와 브루노의 집 뒤편 언덕을 오르내릴 때 마주치면 손을 흔들곤 했다. 한스는 안나에게 직접 양봉한 *Honig*(꿀) 단지를 주었고, 1년에 두 번 사과나무의 가지를 쳐주었다. 마르그리트도 다정했다. 하지만 또한 무척 눈치가 빨라서, 안나는 마르그리트가 자기가 알려 주고픈 것 이상을 늘 안다는 느낌을 떨칠 수 없었다. 마르그리트가 창문 너머로 엿보거나 벤츠 가의 쓰레기통을 들여다보는 장면을 잡은 건 아니었다. 대신에 마르그리트가 던지는 질문에는 뭔가 찜찜한 데가 있었고, 물어볼 때의 눈길은 정다운 이웃 같기는 했으나 날카롭기도 했다. *Wohin gehen Sie, Frau Benz* (어디 가요, 벤츠 부인)*? Woher kommen Sie*(어디 갔다 오죠)*?* 사실, 지난 수요일 오후, 아치의 침대에서 막 나온 몸으로 기차에서 내리던 안나는 마르그리트에게 걸렸다. 안나의

머리는 헝클어졌고, 화장은 땀에 젖어 다 지워졌다. *Grüezi, Frau Benz, woher kommen Sie*(안녕하세요, 벤츠 부인, 어디 갔다 와요)? 마르그리트는 물었다.

독일어 수업에 다녀와요, 프라우 체페트. 안나는 대답했고, 각자 원래 가던 길로 갔다. 이렇게 이른 아침에는 마르그리트와 한스의 창문은 여전히 캄캄했다. 토요일의 태양은 아직 뜨지 않았다.

폴리 진은 7시 반쯤 제대로 일어났다. 브루노와 남자아이들은 8시쯤 일어났다. 날씨는 우아했다. 너그럽다 할 만큼 화창한 날이었다. 잠을 푹 잔 두 사내아이들은 충전된 배터리처럼 밤새 축적해 둔 에너지로 집 벽이 흔들리도록 뛰어다녔다. 안나는 뜰에서 놀라고 애들을 밖으로 내보냈다. 찰스는 한마디 말대꾸 없이 문 밖으로 총총 나갔다. 빅터는 소파에 누워 빈둥거리며 못 들은 척했다. 안나가 빅터에게 밖에 나가라고 한 번 더 말하자, 아이는 입을 삐죽 내밀기 시작했다. 친구네 집까지 자전거를 타고 싶다. 텔레비전으로 만화를 보고 싶다. 위층에 가고 싶다. 안나가 자길 가만히 놔뒀으면 좋겠다. 이때 브루노가 끼어들었다. 가. 빅터를 포기하게 만드는 데는 이거면 충분했다. 헛소리를 용납하지 않는 브루노의 입술에서 나온 단호하고 간결한 한 단어.

찰스는 안나를 가장 편하게 해주는 아이였다. 유쾌하고, 엄마를 재빨리 돕고, 화를 잘 내지 않았다. 예절에 신경을 썼고, 불안해하는 일도 별로 없었다. 행복한 소년이었다. 대조적으로 빅터는 순수하게 행복해하는 적이 거의 없었다. 빅터

도 나름대로 좋은 아들이기는 했다. 웃기고, 영리하고, 매력적이며, 가끔은 나이보다도 눈치가 빨랐다(그는 언젠가 안나에게 이렇게 말한 적이 있었다. 엄마, 난 언제나 엄마를 사랑할 거예요, 아빠가 사랑하지 않아도). 하지만 빅터는 제멋대로이기도 했다. 사소한 일에 신경을 쓰고, 독차지하려 했다. 경직된 편이었고, 계획이나 타인의 필요에 쉽게 맞춰 주지 않았다. 그리고 자기가 가볍게 취급되는 것 같으면 심통을 부리고 신경질을 냈다. 그럴 때면, 안나는 자기 아들도 좋아하기가 힘들었다.

빅터는 아버지를 꼭 빼닮은 아들이었다.

찰스에 대해서, 안나는 메설리 박사에게 이렇게 말했다. 「그 애는 교활한 데가 전혀 없어요.」

「폴리 진은요?」

「걔는 아직 잘 모르겠어요.」 메설리 박사는 안나의 말뜻을 안다고 생각했다.

「그럼 빅터는요?」

「빅터는, 잘 알죠.」 그녀는 무엇도 입 밖에 내어 인정하고 싶지 않았지만, 추궁하면(무척 심하게 추궁할 때만) 두 아들 중에 찰스가 더 예뻐하는 아이라고 말해야 할 것이었다. 「물론, 빅터를 사랑하죠.」

안나는 수백 가지 면에서 미안했다.

메설리 박사는 표를 그렸다. 원 안에 원, 그 안에 또 다른 원이 있는 그림이었다. 안나는 그걸 보고 러시아의 마트료시카 인형이나, 파이렉스 유리 그릇들을 생각했다.

「이 원이요? 이건 **당신**이에요. 바깥의 원은 에고[11]죠. 이 에고는 당신의 심리가 입고 있는 옷 같은 거예요. 세상에 보이는 모습. 다른 사람이 볼 때 가장 먼저 볼 수 있는 부분이죠.」 박사는 몸을 앞으로 숙이며 만년필로 가운데 원을 가리켰다. 작은 잉크 자국이 넓게 퍼져 갔다. 「여기에 당신의 문제가 있죠.」 메설리 박사가 원의 가장자리를 다시 따라 그리는 바람에 테두리가 지저분하게 들쑥날쑥해졌다.

「어떻게요?」

「혼란이 막고 있어서 에고가 평온, 유대감, 자아와의 **유대감**을 얻지 못하는 거예요.」 안나는 박사가 이런 연설을 연습한 게 아닐까 생각했다. 고매하고 준비된 연설처럼 들렸다.

「해답은요?」

메설리 박사는 다시 의자에 뒤로 기댔다. 「한 가지 해답은 없어요.」

「자아와 영혼의 차이는 뭐죠?」

「안나, 시간이 다 되었네요.」

안나는 언젠가 읽은 적이 있었다. 창녀는 가장 좋은 아내가 된다. 그들은 남자의 다양한 기분에 익숙하고, 상처받은 마음을 속으로 숨긴다. 그리고 쉬운 여자들은 언제나 슬픔 속을 수월하게 지나가게 마련이다.

이런 생각은 안나가 인두스트리슈트라세에 있는 코오프[12]

11 외부 세계와 접촉하는 자기 자신을 가리키는 정신분석학의 개념.
12 Co-op. 협동조합 형태에 기반을 둔 유통 회사. 스위스 전역에 2천여 개의 상점을 운영하고 있다.

앞에서 맨 앞에 있는 쇼핑 카트를 줄줄이 늘어선 다른 카트에서 빼내려고 2프랑짜리 동전을 구멍에 쓱 집어넣었을 때 불쑥 떠올랐다. 어떤 물건을 그 목적에 맞는 구멍에 집어넣는 간단한 행동이 끄집어낸 생각이었다.

우르줄라가 안나를 슈퍼마켓까지 태워다 주었다. 우르줄라 쪽에서는 관대한 행동이었고, 안나는 고맙게 받아들였다. 그녀는 브루노가 남자아이들을 돌보면, 자기가 폴리 진을 데려가고 싶다고 말했다. 그래, 그러지. 브루노는 말하고 손을 흔들어 그녀를 보내고서는 올 때 생수 큰 걸로 여섯 병, 쿠아르크 치즈 몇 덩이, 그리고 다크 초콜릿바 서너 개를 사다 달라고 부탁했다. 이런 식으로 보면 브루노는 유별나게 스위스적이었다. 브루노는 달콤한 간식을 좋아했다. 안나는 받아 적었다.

우르줄라가 유모차를 밀었다. 안나는 카트를 조종했다. 폴리는 보챘고 아직도 젖니 때문에 아파했다. 안나는 딸을 보면서 울음을 그치길 바랐다.

디틀리콘에는 상점이 부족하지 않았다. 철로 남쪽에는 복합 쇼핑몰이 있었는데 — 인구가 7천 명에도 미치지 않는 마을에는 과했다 — 먹거리, 상점, 서비스들이 모여 있었다. 전자 제품 상점, 이케아 하나, 커다란 주택 관리용품 가게. 토이저러스도 하나 있었고, 아틀레티쿰, 신발 가게 몇 개, 생선 가게, 손톱 관리실도 있었다. 스타디움 형태로 좌석이 배치된 멀티플렉스 극장, 켈리펫, 볼링장, 마구(馬具) 전문점, 세차장, 피자 레스토랑, 아기 가구점, 저가형 백화점, 멕시코 식당도 있었다.[13] 최신 유행의 10대 패션 부티크가 몇 개 있

고, 주유소 하나, 약국 하나, 그리고 성인 영화 대여점과 건강식품점, 인두스트리슈트라세에 있는 코오프 말고도 한 블록 아래에 코오프 시티가 있었다. 거기에 가면 식품뿐 아니라, 가정용품, 의약품, 건강식품과 화장품, 옷, 장난감과 게임도 팔았다. 한 인간이 원하는 모든 것을 해결할 수 있도록 버스 노선으로 연결되는 편리한 상가들이 적절히 배치되어 있었다. 작은 필요와 사소한 바람을 담은 가깝고, 닫힌 원이었다.

원 안에 원, 그 안에 또 다른 원. 안나는 자신이 사는 빡빡하고 제한된 세계를 넘어서 바라본다는 게 무엇을 함의하는지 상상할 수 없었다.

안나와 우르줄라는 복잡한 관계를 함께했다. 우르줄라는 일관성 있는 비일관성이 날실과 씨실처럼 짜여 있었다. 어떨 때는 경건했고, 개방적이었으며, 대하기 쉽고, 너그럽고, 도움이 되었다. 다른 순간에는 무정하고, 좋은 인상을 주기 힘들고, 공격적일 만큼 시간을 잘 지키며, 무표정하고 화를 냈다. 주로 안나와 함께 있을 때 자주 그랬다.

어머니도 기분이 들쑥날쑥하신 거지, 브루노가 말했다.

「한 사람의 기분이 균형을 잃는다면, 정신은 항상 그걸 평형 상태로 되돌리려고 노력하죠. 무의식적인 반대편이 나타나요. 긴장은 느슨해지는 것을 추구하죠. 슬픔은 찾을 수 있는 환희의 상태에 매달립니다. 지루함은 활동을 찾아요. 한 사람의 극심한 기분 변화와 자기 인식의 부족은 상호 관계

13 토이저러스는 장난감 전문점, 아틀레티쿰은 스포츠용품 전문점, 켈리펫은 애완동물용품 전문점이다.

가 있어요. 그렇다고 하더라도,」메설리 박사는 덧붙였다. 「정서 불안이라고 의학적 진단을 내릴 수도 있죠.」

안나가 평소보다 말이 많았거나 빨리 말한 적이 있었나? 과도한 의심과 과한 자신감 사이를 오간 적은? 환희와 우울을 동시에 느낀 적이 있었던가? 메설리 박사가 너무 빠르게 질문을 던지는 바람에 다 흡수할 수 없었던 안나는 간단하게 대답했다. 「가끔은 슬픔을 느껴요. 가끔은 초조함을 느끼기도 하죠.」메설리 박사는 대답으로 그녀에게 가벼운 진정제를 처방해 주었다.

인두스트리슈트라세에 있는 코오프는, 안나가 짐작한 대로, 사람들로 붐볐다. 우르줄라와 안나는 각자 목록이 있었다. 폴리 진은 나름 아이다운 불안한 눈초리로 상점을 넓게 돌고 있는 쇼핑객의 물결을 쳐다보느라 정신이 없었다.

그들은 과일과 채소 코너에 있었다. 우르줄라는 천도복숭아를 꼼꼼히 따져 보는 중이었다. 그녀는 거의 20분 가까이 살펴본 후에야 집에 가져갈 네 개를 결정했다. 안나는 버섯을 살까 하던 중에, 재킷 주머니에서 진동이 울리는 것을 느꼈다. 휴대 전화였다. 그녀는 전화를 꺼내 열면서 상대방이 누군지 확인하지도 않고 대답했다. 「여보세요?」

아치였다. 아치는 그녀와 통화하기 위해 주말까지 기다릴 수 없다고 했다. 시내로 와, 안나. 그는 말했다. 여기로 와. 우르줄라는 며느리를 흘끔 보았지만, 다시 빨리 복숭아에 관심을 돌렸다. 안나는 아무 말 하지 않았다. 내 말 들려? 여보세요?

「이디스, 전화를 다 해주고.」 안나는 단조롭게 말했다. 조금도 뜸들이지 않았다. 우르줄라가 돌아와서 복숭아 봉지를 카트에 넣었다. 이디스 하며예요, 라고 안나는 입 모양으로 말했다. 우르줄라는 어깨를 으쓱하고 몸을 돌려서 폴리의 유모차를 밀고 셀러리와 리크를 사러 가 버렸다.

「혼자 있는 게 아니야?」

안나는 말을 이었다. 「월요일에 얘기해요, 알겠죠?」 안나는 으쓱했다. 안나는 언짢았다. 우르줄라는 녹색 콩이 담긴 봉지를 왼손에 들고, 오른손으로는 양념 코너로 따라오라고 손짓했다. 안나는 작별 인사도 없이 휴대 전화를 탁 닫았다.

20분 후, 그들은 계산을 하고 떠났다. 정오 직후였다.

「하지만 스티븐은 **누구죠**, 안나?」

4

다음 월요일, 독일어 초급 심화반에 등록한 학생들이 모두 — 안나와 아치를 포함해서 — 출석했다. 아치는 정시에 도착해서, 안나가 15분 늦게 나타났을 때 다른 사람들과 함께 연습 종이를 채우고 있었다. 안나가 들어설 때 문의 경첩이 삐걱하자, 반의 모두가 고개를 들어 안나가 교실로 구부정하게 들어오는 것을 보았다. 안나는 미안해요, 라고 입 모양을 지어 보이면서, 되도록 태연하게 보이려고 애쓰며 유일하게 남은 빈자리에 앉았다. 롤란트와 캐나다 여자 메리 사이의 좌석이었다. 하지만 안나는 종종 수동적인 만큼이나 어설프게 굴었고, 한 손으로 책가방을 뒤지다 다른 손에는 뜨거운 커피가 든 허술한 스티로폼 컵을 들고 있다는 사실을 잊고 말았다. 그녀는 컵의 내용물 전체를 쏟아 버리고 말았다. 자기에게, 탁자 위에, 메리에게까지.

안나와 메리는 동시에 소리를 질렀다. 메리는 〈어멋!〉이라고 소리를 질렀다. 안나는 성질을 부리듯 〈젠장!〉이라고 말했다. 자신의 귀에조차 거칠게 들리는 말이었다. 롤란트는

언짢은 표정을 지었다. 커피가 안나의 스웨터 앞면을 타고 흘러내렸다. 메리의 소맷부리와 허벅지에도 튀었다. 연습 종이는 엉망이 되었다. 안나는 모호한 사과의 말을 중얼거리면서 일어나 교실을 나갔다. 메리가 따라 나왔다. 아치의 눈은 여전히 그의 연습 종이에 박혀 있었다.

화장실에서 안나는 스웨터에 묻은 얼룩을 콕콕 찍어서 닦아 냈다. 그래 봤자 소용은 없었다. 캐시미어 스웨터가 망가졌다. 안나가 가진 것들 중 제일 좋은 물건에 드는 거였고, 자잘한 장신구나 장식품을 좋아하는 안나는 좋은 물건을 많이 갖고 있었다. 브루노에게 받은 크리스마스 선물이었는데. 이런 걸 수업에 입고 오지 않았어야 했다. 하지만 오늘 아침 그녀는 그날 오후에 경험하게 될 하늘하늘하고 비단같이 부드러운 쾌락을 상상하며 자기를 설득해서 입고 말았다. 옷을 벗어 달라는 말에 그녀가 너무 쉽게 넘어갈 때, 아치가 두 손을 스웨터의 밑단 속으로 넣어 그녀의 허리를 감았다가 쳐든 두 팔 안쪽을 따라 올라왔을 때, 그가 스웨터를 머리 위로 끌어 올려 벗겼을 때, 그다음에는 그녀를 침대에 눕히고 적어도 두 시간 동안 유린하게 될 때의 쾌락을 상상하며.

안나는 섹스를 좋아하면서도 좋아하지 않았다. 필요하면서도 필요하지 않았다. 섹스와 그녀의 관계는 그녀의 수동성과 다른 데로 관심을 돌리고 싶다는 난공불락의 욕망에서 우러난 난해한 동반자 관계였다. 그리고 원해진다는 것에 대한 욕망. 그녀는 누군가에게 원해지고 싶었다.

탈선에 대한 갈망은 최근에 일어난 변화였다. 누군가가 자신에게 허기를 느끼길 바라는 마음은 수십 년 묵었다. 하지만 둘 다 작은 불평불만, 사소한 상처에서 태어난 노곤함 속에서 자라났다. 그리고 그렇게 지내 온 지난 10년을 브루노 탓이라 여겼다. 거기서부터 지루함이 자랐고, 지루함에서 특별한 습관이 태어났다. 이건 브루노 탓을 할 수 없었다. 진실되어 보이는 미소를 살짝 지을 수 있는 능력처럼, 안나는 삶에 자리 잡고, 계속해서 그 자리를 **지켜 감**으로써 지루함을 스스로 깨우쳤다.

아치와의 불륜은 섹스 때문이기도 하고 아니기도 했다. 안나는 연약했고, 자기도 그 사실을 알았다. 하지만 아직도 어떤 면에서는, 그리고 특정한 취향의 남자들에게 예뻐 보일 정도로는 젊었다.

「한 사람의 삶을 성공으로 이끄는 건 뭐라고 생각해요?」 메설리 박사가 물었다.

「성취를 이루었다는 뜻인가요?」 그들은 성공과는 관계없는 얘기를 하고 있었다.

메설리 박사는 적절한 단어를 찾으려 하며 눈을 감았다. 「내가 말하는 성공이란 여성이 만족스러운 삶을 살 때 오는 거예요. 그녀가 나이 들어서, 지나온 세월을 돌아보며 회상에 빠질 때, 확신을 가지고 단언할 수 있는가 하는 거죠. 〈난 의식 있고 유용한 삶을 살았어, 온전하고 완전하게. 그리고 담을 수 있을 만큼 가득히 가치 있는 일들로 삶을 채웠지.〉 그게 제가 말하는 뜻입니다. 알겠어요? 그게 안나가 바라는 건가요?」

「모르겠네요.」안나는 몰랐다.

「당신이 그걸 바라는지 나도 모르겠네요.」메설리 박사는 동의했다.

메리의 셔츠는 입을 만했지만, 청바지는 허벅지까지 젖었다. 메리는 휴지를 뭉쳐서 커피 얼룩을 훔치는 동안에도 말을 이었다.

「지난주에 수업에 안 나오셨던데.」안나는 이 말에 비난이 들어 있나 귀를 기울였지만, 그런 느낌은 없었다. 메리의 어조는 밝았다. 그래도 안나는 자신의 결석을 누가 잠깐이라도 알아차릴 것이라고는 생각하지 못했으므로 당황스러웠다. 수업이 시작한 지도 며칠 되지 않았는데.

「커피 쏟아서 미안해요.」

메리는 신경 쓰지 말라는 손짓을 하며, 화장실을 나가려고 문으로 다가갔다. 「저기요, 안나…….」안나는 자기 스웨터에서 눈을 들어 거울에 비친 메리를 보았다. 메리의 얼굴은 둥글었고, 모랫빛 고수머리는 얌전하게 단발로 잘랐다. 키가 크고 살집이 있는 타입이었다. 뚱뚱한 편은 아니었지만, 가슴이 크고 엉덩이가 풍만했으며 어머니다운 느낌을 주는 몸매였다. 그리고 덩치가 있는 편임에도 예쁘지 않다고는 할 수 없었다. 안나는 시선을 거울에 비친 메리의 모습에서 자기 자신으로 돌려 차이를 가늠해 보았다. 「남편이랑 내가 안나와 남편, 아이들을 이번 주에 우리 집에 초대해서 저녁 식사나 하면 어떨까 해서요. 남자애들이 있죠? 애들이 하키 좋아해요? 남편은요?」안나는 그녀가 포기할 때까지 오래 아

무 말 하지 않았다. 「아니면,」 메리는 더듬거렸다. 「다음 주
도 괜찮은데. 뭐, 싫다면 할 수 없고요. 뭐든 편하신 대로.」
그녀의 목소리에는 사과하는 기색이 있었다. 안나가 실망을
준 것이었다.

「아, 아니에요.」 안나는 얼버무렸다. 「잠깐 정신이 딴 데
팔려서, 그랬을 뿐이에요.」 안나는 자기 스웨터를 가리켰다.
「물론…… 우리는 가고 싶죠. 남자애들…… 애들이 좋아할
거예요.」 그녀는 〈물론〉이라는 말에 담을 수 있을 만큼 친절
을 쏟아부으며 더듬더듬 말했다. 이 여자는 친구를 원하는
군. 안나는 그 소원을 알아차렸다. 그 때문에 그녀는 움찔했
다. 고독은 그녀의 닻이었다. 익숙한 비참함, 하지만 가장 안
전하고, 가장 분별 있는 접근 방식이었다.

하지만 화장실에서, 그 순간에 안나는 덫에 걸린 기분이었
다. 받아들일 수밖에 없었다. 「브루노의 일정을 확인해 봐야
해요. 남편 다이어리요.」

메리의 얼굴이 밝아졌다. 「그렇죠, 브루노.」 그녀는 한 번
도 들은 적 없는 이름을 기억해 낸 것처럼 말했다. 「저한테
이메일 주소 좀 꼭 주세요. 계획을 짜봐요.」

「저는 이메일을 별로 쓰지 않아서요.」

「정말요?」 메리는 그런 말은 평생 처음 듣는다는 듯 되물
었다. 「왜요?」

안나는 굴복하고 말았다. 「그렇게 필요가 없어요.」

「페이스북도 안 하세요? 마이스페이스나?」

「안 해요.」 살짝 거짓말이었다. 물론 안나는 이메일 주소
가 있었다. 이메일 주소가 없는 사람은 없으니까. 물론 안나

도 이메일을 썼다. 아이들의 학교에서 가정 통신문을 이메일로 보냈다. 치과 예약을 확정할 때도 이메일로 했다. 이메일 주소 없이는, 온라인 쇼핑을 할 수도 없었다. 하지만 필요가 없을 때는 쓰지 않았다. 주기적으로 보지도 않는 사람이라면 왜 그 사람에게 이메일을 하겠는가? 누구와 연결하거나, 다시 연결되고 싶겠는가? 이미 연락을 끊은 먼 친척들? 학교 친구들과 옛날 애인들? 안나가 그렇게 연락하고 싶거나 할 수 있는 사람은 없었다. 그리고 그 누구도 안나에게 연락을 취하지 않았다. 거짓말을 하는 편이 덜 굴욕적이었다.

「음, 어쨌든 전화번호 교환은 꼭 해요. 괜찮죠? 그럼」 메리는 심호흡을 했다. 「이제 돌아갈 시간이에요! 교실에서 봐요. 쉬는 시간에 더 얘기할까요?」

「그럼요.」안나는 무례하게 보이지 않는 한도 내에서 뻣뻣하게 굴었다. 기분이 좋지 않았고, 부당하게 처신한다는 느낌이었다. 안나는 〈그렇고말고요〉라고 자기 말을 고쳤고, 메리는 나갔다.

다시 한번 안나는 자기 스웨터를 바라보았다. 아름다운 걸 망쳐 버렸어. 안나는 생각했다. 달리 바꿀 수 있는 것도 없는데.

동경을 드러내는 순간에, 안나는 메설리 박사에게 투정을 부렸다. 「내가 좀 더 예뻤으면 좋을 텐데요.」

「당신 외모에 잘못된 점이 있다고 생각해요?」

안나는 어깨를 으쓱했다. 「〈잘못〉이라는 말은 잘못된 말인데요. 나는 못생긴 것도 아니고 예쁜 것도 아니죠. 돌이킬

수 없이 보통이죠.」

「융의 말에 따르면 아름다운 여성은 공포의 근원이라고
했어요. 일반적 법칙으로는, 아름다운 여인에게는 끔찍한 실
망을 하게 된다는 거죠.」

안나는 말도 안 된다는 듯 손을 한 번 저었다.

그러자 메설리 박사가 물었다. 「언제가 되어야 나를 완전
히 믿고 모든 걸 털어놓을 건가요?」

안나는 거울에 비친 자기 모습을 점검해 보았다. 키가 크
지도 않고, 작지도 않았으며, 너무 뚱뚱하지도 않고 너무 마
르지도 않았다. 머리카락은 숱을 친 웨이브로 어깨 길이 정
도에 편안하게 떨어졌다. 색깔은 표토(漂土)와 같았고, 이마
부분이 희끗희끗해지고 있었다(염색을 해서 가렸다). 그들
은 대체 내게서 무엇을 봤을까, 남자들은? 그녀는 겸손을 떨
려는 것이 아니었다. 정말로 몰랐다.

그녀는 화장실 거울에 바친 자신의 모습을 1분 동안 충분
히 응시한 후에 교실로 돌아갔다.

교실에서는, 롤란트가 형용사 변화를 설명하고 있었다.
안나는 받아 적으면서 따라가려고 애썼다. 형용사를 거절하
다니.[14] 무슨 찻잔이라도 되는 것처럼. 아뇨, 괜찮아요. 이미
충분히 마셨는걸요. 그녀는 관련 있는 형용사에 모두 표시했
다. 외로운. 평범한. 고분고분한. 쉬운. 겁 많은. 아뇨, 아뇨,
모두 이미 충분히 겪었는걸요.

14 영어로 〈어형 변화를 하다decline〉와 〈거절하다decline〉는 철자가 동일
하다.

하지만 롤란트가 설명했듯이 어형 변화는 명료함을 위한 것이었다. 각 단어의 기능을 모호하지 않게, 오해받을 일 없게 문장을 구성하는 것. 언어 단위를 목적에 따라 분류하고, 나비를 수집판에 꽂듯이 모든 단어를 일관되고 최종적인 어절로 통사 구문에 박는 것. 여기에는 남성 주어가 있고, 저기에는 여성 주어가 있어. 안나는 슬며시 웃었다. 단어의 문법적 제복이었다. 경찰의 배지. 왕의 관.

어떤 아내의 금반지.

롤란트는 단조롭게 읊었다. 「*Ich fahre ein blaues Auto*(나는 파란 자동차를 탑니다).」 안나는 멍하니 낙서했다. 화살표, 가위표, 슬픈 눈을 한 여자의 슬프게 처진 얼굴을 교과서 여백에 그렸다. 오늘이 그렇게 힘든 날이 될 이유가 없었다.

롤란트는 계속했다. 「*Ich fahre ein blaues Auto. Aber — ich fahre das blaue Auto* (나는 파란 자동차를 탑니다. 그렇지만 — 나는 〈그〉 파란 자동차를 탑니다). 차이를 알겠습니까?」

안나는 알고 있었다. 부정관사와 정관사 사이의 차이였다.

〈일반〉과 〈특수〉 사이의 단절이었다.

〈저것들 중 하나〉와 〈이 특정한 하나〉 사이의 넓고 맥 빠진 틈.

두 명의 〈그 남자〉를 갈라놓는 격차. 누가 굳이 지적해 줄 필요도 없었다.

아뇨, 아뇨. 나는 충분해요. 고마워요. 그만하면 됐어요.

후에 매점에서 안나는 아치와 메리, 남아프리카에서 온 낸시, 런던에서 온 에드와 함께 앉았다. 영어 사용자들은 옹기종기 모여 있었다. 유유상종이지. 우리는 익숙한 걸 찾기 마

런이야. 박사가 말한 것처럼. 아시아인들도 마찬가지로 널찍이 떨어져서 그들 뒤에 앉아 있었다. 그리고 오스트레일리아인 부부, 프랑스 여자, 모스크바에서 온 여자는 자기들 나름의 이유로 무리에서 떨어져 나갔다. 파티오로 나가 담배를 피우려는 것이었다. 탁자 아래로 아치는 한 손을 쓱 내밀더니 안나의 다리를 훑었다. 안나는 눈 하나 깜짝하지도, 자리에서 자세를 바꾸지도 않고 커피만 마셨다. 에드는 아치의 귀에 바짝 붙어서 정치를 논했고, 그동안 메리는 안나에게 아이들에 대해 물었다. 낸시는 관심사를 바꿔 가며 두 대화 사이를 오갔다.

안나는 메슬리 박사에게 꿈을 하나 가져갔다.

어떤 사진가가 내 사진을 찍고 싶어 해요. 그의 스튜디오는 사암(沙巖) 건물이에요. 거기엔 창문이 없어요. 방은 막힌 상자죠. 그는 내게 신분증을 보여 달라고 해요. 나는 스위스 *Ausweis*(신분증)밖에 없어요. 나는 그걸 보여 주지만, 무슨 영문인지 그걸로는 안 된다고 해요.

메슬리 박사는 일반적인 면을 말하기 시작했다. 「꿈의 해석에는 딱히 권위적인 규칙이 없어요. 각 상징의 중요성을 따로 하나씩 짚어 가면서 말할 순 없어요. 꿈의 메시지는 꿈을 꾼 사람의 연상에 달려 있으니까요. 하지만 지침은 있죠. 꿈을 꾸는 사람은 오로지 자기 자신에 관한 꿈만 꾸죠. 꿈속의 모든 인물은 어떤 면에서는 자기 정신 일면의 현현이에요. 모든 인물이 자기 자신의 무의식적 기질의 반영이죠.」

안나는 미간을 찌푸렸지만, 여하튼 고개는 끄덕였다.

롤란트는 손목시계를 톡톡 치며 학생들에게 신호를 주었다. 모두가 일어나서 커피와 차 같은 것을 다 치웠다. 그 작은 접시를 보면서 안나는 어렸을 때 가지고 놀던 장난감 접시를 떠올렸다. 모았던 장난감 인형들을 위해 차려 주었던 다과회와 모닝커피. 안나는 다섯 살 아이였을 때 기분이 어땠는지 기억해 보려고 했다. 그다음에는 서른일곱 살의 신체적 느낌을 상상하는 자신의 다섯 살 자아를 상상해 보려 했다. 그녀의 다섯 살 자아는 그 기분을 짐작할 수 없었다. 그렇게 어린 소녀에게 어떤 의미를 지니기에는 너무 먼 미래였다.

엘리베이터 앞 복도에서 아치는 안나의 주의를 끌며, 입모양으로 계단, 이라고 전한 뒤 바로 화재 비상구로 향했다. 안 될 것도 없지. 안나는 생각하고, 엘리베이터에 다른 사람들이 먼저 타서 만원이 되도록 놔두었다. 메리는 빈자리가 있다고 손짓했으나 안나는 고개를 흔들면서 〈괜찮아요〉라고 말했다. 엘리베이터 문이 닫히자, 안나는 계단으로 갔다. 아치가 위의 계단참에 서 있었다.

「그리웠다고.」 아치는 안나를 안더니 그녀를 콘크리트 벽과 자신 사이에 샌드위치처럼 밀어 넣으며 키스했다. 끼익 소리를 내며 브레이크를 밟듯이 30초 동안 쭉 키스를 하다가 안나가 그에게서 떨어져 나갔다. 두 사람은 함께 계단을 올라 교실로 돌아갔다.

나를 그리워하지 마, 아치. 안나는 생각했다. 그러는 건 어리석은 짓이야. 그것은 무모하고, 그럴 리 없고, 부적절하고, 사생활을 침해하는 행동 같았다. 안나는 모순을 이해했다.

그들 관계에 내재하는 쾌씸하거나 부적절한 모든 면 중에서도 그가 그녀를 그리워했다는 것(아니면 단순히 그렇게 말했다는 것)이 가장 점잖지 못하게 느껴졌다.

롤란트는 동사 활용에 대한 수업을 시작했다.

그날 오후 안나와 아치가 나눈 사랑은 다소 조급해서, 시작하자마자 끝났다. 글렌이 베른에서 약속이 있다고 했다. 가게를 보는 건 아치 차례였다. 두 사람은 서둘러 옷을 입었다. 안나는 기차 안에서 옷매무새를 마저 정돈해야 할 것 같았다.

복도에서 아치는 그녀의 스웨터를 가리켰다. 그녀는 스웨터를 뒤집어 입었다. 커피 얼룩이 몸에 가까이 붙었다. 안나는 갈아입으려고 다시 아파트로 들어가는 게 귀찮았다. 많은 사람들이 공동으로 쓰는 복도 한가운데에 서서 스웨터를 벗어 뒤집은 후 도로 입었다. 태평한 태도를 보여 주는 최소한의 몸짓. 나를 그리워하지 마, 아치. 그녀는 다시 생각했다. 생각도 하지 마.

안나는 슈타델호펜 역으로 걸어갔지만 디틀리콘으로 가는 S3 열차를 2분 차이로 놓치고 말았다. 슈타델호펜 역은 취리히에서 두 번째로 번잡한 기차역으로, 아치의 아파트에서 제일 가까웠다. 이 시간에 역에는 사람이 많았다. 안나는 그렇게 사람이 많다는 게 고마웠다. 누군가의 주의를 끌고 싶지 않았다. 그녀는 간이매점에서 프레첼을 하나 산 후 2번 플랫폼의 북쪽 끝에 앉았다. 그 순간에는 고찰 말고는 달리 할 일이 없었다.

간통은 깜짝 놀랍도록 쉬워. 턱을 살짝 들고 미소. 그 정

도밖에 필요하지 않지. 그가 머리를 살짝 갸웃하지. 공기 속에는 동요의 기운이 흘러. 눈치가 오지. 노력도 들지 않아. 항복은 네가 든 좋은 패야. 동의는 네가 가장 잘 하는 거지. 너는 매일 조금씩 내놓아. 의도한 건 아무것도 없어. 그것에 대항하지도 않지.

그저 살짝 건드리기만 하는 거야. 안나는 생각했다. 그리고 이번 한 번일 뿐이야. 하지만 결코 살짝 건드리는 정도로 끝나지 않지.

안나는 프레첼을 3분의 1 정도만 먹고 나머지는 던져 버렸다.

메설리 박사는 앞서 한 말과는 반대로, 밀어붙이면서 안나의 꿈을 해석했다. 「사진은 한 사람의 얼굴을 정직하게 비추는 것이죠. 카메라는 거짓말을 하지 않는다는 말이 있잖아요. 하지만 사진가는 안나의 사진을 찍지 않으려 했어요. 당신이 자신을 증명할 수 없었으니까. 안나는 그에게 신분증, ID — 자신의 〈이드〉[15]라고 해도 되겠죠 — 를 주었는데, 받아들여지지 않았어요. 스위스 신분증으로는 충분하지 않았던 거죠. 당신은 스위스인이 **아니고**, 당신이 이 나라와 **동일시하는 건** 거의 없으니까요. 사진가의 집은 사암, 모래로 지어졌다고 했죠. 구조적으로 안전하지 않다는 거죠. 당신 주변의 건물은 언제라도 무너질 수 있어요. 창문도 없는 스튜디오는 어둡고 답답하죠. 무의식의 본질도 그래요.」

15 *id*. 인간 정신의 본능적이고 원시적인 요소이자 영역을 가리키는 정신분석학의 개념.

그날 저녁을 먹으며 안나는 메리의 초대에 대해 브루노와 남자아이들에게 말했다.

「*Im Ernst*(진짜로)?」 브루노가 너무 기뻐하는 바람에 안나는 놀라고 말았다. 「농담 아니지?」 그의 목소리가 통통 튀었다. 브루노는 스포츠를 좋아했다. 축구, 테니스, 하키, 전부 다. 그는 아들들을 데리고 ZSC 라이온스[16] 경기를 보러 할렌슈타디온에 여러 번 갔었다. 물론 그는 팀 길버트라는 선수의 이름을 들어 본 적이 있었다. 「정말 근사한데, 안나!」 안나는 브루노의 순수한 기쁨에 즐거움을 느꼈다. 브루노는 식탁에서 일어나서 몸을 앞으로 내밀더니 안나의 턱을 자기 쪽으로 잡아당겨서 짧지만 너그러운 키스를 했다. 「*Merci vielmal*(정말 고마워), 안나.」

그날 저녁 나중에 안나는 메리에게 전화를 걸어 다가오는 금요일로 계획을 세웠다.

「이사 온 뒤에 친구랑 같이 저녁 식사를 하는 건 처음이에요.」 메리가 말했다.

안나는 벤츠 가에서 마지막으로 사람들을 부른 게 언제였는지 바로 기억해 낼 수 없었다.

다음 날 수업에서 롤란트는 의사 동족어에 대한 수업을 진행했다. 영어 단어와 발음은 같지만 뜻은 아주 다른 독일어 단어를 말하는 것이었다. 「가령, *Bad*는 나쁘다는 뜻이 아니라 〈목욕〉이라는 뜻입니다. 그리고 *fast*는 빠르다는 뜻이 아니라 〈거의〉라는 뜻이죠. *Lack*는 부족하다는 게 아니라 〈칠(漆)〉이라는 뜻이죠.」

16 취리히가 연고지인 아이스하키 팀.

그리고 *das Gift*도. 안나는 떠올렸다. 선물이 아니라 독일어로는 〈독약〉이란 뜻이지.

안나는 메설리 박사에게 영어 단어 트라우마*trauma*와 독일어로 꿈*der Traum*이 관련이 있느냐고 물어보았다.

「한 사람의 꿈과 한 사람의 상처 사이에는 언제나 연관이 있죠.」

화요일 수업 후, 안나는 아치를 따라 다시 한번 그의 집으로 갔다. 그는 그녀를 자기 침실로 이끌고 솔직하게 말했다. 당신이 옷을 많이 입고 있어서 내 마음이 편하지 않은 걸. 그러더니 그는 작은 단추를 작은 구멍에서 밀어냈다. 그리고 또 하나. 안나가 셔츠를 벗자, 그는 그녀의 흉곽 위쪽 작고 우묵 들어간 자리를 핥았고, 그의 손을 속옷 속으로 밀어 넣었다. 안나는 발기되어 붉게 달아오른 그의 성기에 굴복했다.

하지만 그다음 날 오후, 메리가 안나를 구석으로 몰아 자기 쇼핑에 끌고 갔다. 「새 드레스가 필요해요. 우린 다음 주에 가족사진을 찍을 예정이거든요. 우리 크리스마스카드에 쓰려고요. 도움이 필요해요. 전 워낙 패션 감각이 없어서.」 다시 한번 안나는 덫에 갇힌 기분으로 무너지고 말았다. 「제가 점심도 낼게요……?」 메리는 워낙 의욕적이었다.

안나는 그러면 글라트에 가보자고 했다. 디틀리콘 옆에 있는 마을, 발리젤렌에 있는 거대한 미국식 쇼핑몰이었다. 적어도 여남은 개의 숙녀복 부티크와 몇몇 백화점이 있는 곳이었다. 글라트는 취리히 하부 지역을 관통하여 흐르는 라

인 강의 지류 이름이었다. 독일어로 〈매끄럽다〉라는 뜻이기
도 했다.

「글라트.」메라는 〈아트〉 발음을 길게 끌며 말했다. 「〈그러
프〉[17]처럼 들리는데요!」

메리는 가는 내내 지껄였다. 안나는 듣기만 하고 대화에
아무것도 보태지 않았다. 메리는 이곳에서 아직 신참이고 필
요한 게 많았다. 하지만 그녀의 순진함은 지속적인 친절함
으로 누그러졌고, 아무리 안나라고 해도 이에 저항하기는 쉽
지 않았다.

「정말 취리히에 친구가 아무도 없어요, 안나? 안나랑만 친
하게 지내는 여자 친구들 없어요?」

안나는 무뚝뚝한 진실을 고백했다. 「네, 진짜로는 없어요.」
「브루노와 같이 만나는 친구는 있어요?」

이디스 하머라면 친구로 칠 수 있었다. 어떤 형태의 친구.
이디스의 남편 오토가 브루노의 직장 동료였다. 안나와 이
디스는 공통점이 거의 없었지만 이것만은 같았다. 스위스인
을 사랑하는 것이 그들 각자의 운명이라는 것. 벤츠 부부보
다 조금 더 나이가 많고, 두 배로 부자인 하머 부부는 보트도
있었고, 10대 쌍둥이 딸을 키웠다. 그들은 취리히 호수의 동
쪽 변인 에를렌바흐에 살았다. 골트퀴스테, 즉 황금 호반으
로 알려진 비싼 지역이었다. 이디스는 부산스럽고, 계급 의
식이 강하며, 철저하게, 남에게 미안한 마음 하나 없는 특권
층이었다. 그녀는 모든 일에 자기 의견이 있었다. 안나가 독

17 gruff. 영어로 〈거칠다〉라는 뜻.

일어 수업 얘기를 하자, 이디스는 코웃음을 치며 무관심한 표정을 지었다. 귀찮게 뭘 그렇게 신경 쓰고 그러는데? 여기 사람들 어쨌든 다 영어는 하잖아.

안나는 메설리 박사의 질문에 이렇게 대답했다. 「진짜로는 없어요.」

메리는 쇼핑몰에 압도당하고 말았다. 고급 상점의 옷걸이를 훑을 때 메리는 자기 손을 쥐어짜며 계속 재잘거렸다. 하지만 메리의 취향은 세련되었다고 하긴 어려워서, 결국 그들은 H&M에 들렀다. 거기서 메리는 검은 모직 일자형 원피스를 샀다. 안나라면 고르지 않을 옷이었지만, 실제로 메리에게는 잘 어울렸다. 메리는 골이 진 스타킹 한 켤레를 사서 쇼핑을 마무리했고, 안나는 충동적으로 자주색 새틴 브래지어와 팬티 세트를 집었다.

「브루노가 좋아하겠어요, 안나!」

후에, 두 사람은 쇼핑몰 한가운데에 있는 카페에 자리를 잡았다. 메리를 수프를 주문했고, 안나는 리벨라 한 병만을 시켰다. 유장(乳漿)[18]으로 만든 스위스 특산 탄산음료였다. 메리는 자기도 한 모금 마셔 볼 수 있겠느냐고 물었다. 안나는 입에 맞지 않을지도 모른다고 미리 경고했다. 메리에게는 맞지 않았다. 탄산 우유는 여기 살면서 얻은 취향이었다.

2분 정도 어색하게 아무 말 없이 앉아 있었을 때, 메리가 대화의 소강상태를 깼다. 「고향이 그리워요, 안나?」

대답하기 어려운 질문이었다. 안나는 미국을 떠난 이후로

18 우유에서 단백질과 지방을 빼고 남은 부분.

돌아가 본 적이 없었다. 미국에는 다시 돌아가고 싶을 만큼 그리워하는 게 없었다. 하지만 스위스는 결코 고향처럼 여겨지지 않았고, 앞으로도 그러지 않을 것이었다.

「아뇨.」

5

금요일이 오자, 벤츠 가 사람들은 길버트 가족과 저녁을 하기 위해 차로 우스터까지 갔다. 우스터는 디틀리콘에서 13킬로미터 떨어진 마을로, 취리히 주에서 두 번째로 큰 호수인 그라이펜 호수의 동쪽 둑에 있었다. 「당신 무척 근사한데.」팀과 메리의 집 앞 차로를 올라갈 때 브루노가 안나에게 말했다. 브루노는 영어의 v를 발음할 때 영어의 w처럼 발음했다. 베리를 웨리로, 볼트를 월트로, 뱀파이어를 웸파이어로. 대부분의 스위스인이 그랬다. 가끔 실수해서 빅터를 윅터라고 부를 때도 있었다. 브루노가 베푼 친절함의 효과는 매력적이고 예기치 않은 것이었다. 그가 항상 까다롭게 구는 건 아니었다. 누구도 그러진 않으니까. 하지만 모두 성향이라는 게 있고, 성을 쉽게 내는 것이 그의 성향이었다.

메리가 자기소개를 했고, 그다음엔 팀이, 그다음에는 그들의 딸인 알렉시스가, 그리고 마지막으로는 그들의 아들인 맥스가 했다. 이쪽 차례가 되자 안나는 브루노와 빅터, 찰스를 소개했다. 폴리 진은 우르줄라에게 맡기고 왔다.

벤츠 가 사람들은 선물을 가지고 왔다. 안나는 아이들을 팔꿈치로 쿡 찔렀다. 찰스가 메리에게 린트 프랄린 초콜릿 상자를 주었고 빅터는 체리브랜디 한 병을 주었다. 메리는 고마워했지만, 이런 걸 굳이 가져올 필요는 없다고 말해 주었다. 브루노가 대답했다. 「손님 집에 빈손으로 가는 건 스위스 사람답지 않지요.」

사람들은 작은 응접실로 이동했고, 메리는 거기서 음료를 대접했다. 그녀는 선의에 가득 찬 어조로 말하면서, 남자들을 위해선 맥주를, 안나와 자기 자신을 위해선 스위트 와인을 따랐다. 아이들이 벽에 바짝 붙어 서 있자, 메리가 맥스에게 찰스가 네 동갑이니 방으로 데려가서 기차를 보여 주면 어떻겠냐고 말했다. 두 아이는 그 말에 우당탕탕 뛰어서 사라졌다. 「알렉시스」 메리는 말을 이었다. 「너랑 빅터는 2층으로 가면 어떻겠니.」 알렉시스는 빅터보다 한 살 위였다. 둘 다 서로 놀고 싶어 하지 않았다. 하지만 알렉시스에게는 비디오 게임이 있었고, 궁지에 몰렸을 때 그건 언제나 효과가 있을 것이었다. 그래서 두 아이는 어깨를 으쓱하고 계단을 터벅터벅 올랐다.

어른들은 자리에 앉았다. 브루노와 안나는 2인용 소파에 앉았고, 팀은 등받이가 곧은 의자에, 메리는 남편 발치의 바닥에 앉았다. 안나가 자기 자리를 권했으나 메리는 단칼에 거절하며 자기는 지금 자리가 편하다고 했다. 메리는 벤츠 가족이 그녀가 이사 온 후로 처음 맞는 손님이라고, 초대한 후로 적어도 세 번은 말했다. 「*Zum Wohl*(건배)*!*」 브루노가 건배를 제안했다. 그렇게 저녁이 시작되었다.

안나는 술을 마시면서 주위를 돌아보았다. 응접실은 아늑한 방으로, 단기 거주하는 용도라면서도 놀랍도록 오래 생활한 느낌이 있었다. 책장이 벽을 따라 쭉 늘어서 있었다. 그 책장에는 주로 추리 소설 등 장르 소설로 채워져 있었고, 어린이 책, 백과사전과 요리책, 그리고 대중 심리학 책 몇 권이 있었다. 가족의 스냅 사진을 담은 액자들이 책이 없는 자리를 메웠다. 그중 한 사진은 작년 크리스마스에 찍은 것 같다고 안나는 짐작했다. 길버트 가족은 다함께 맞춘 산딸기색 스웨터를 입고 있었다. 고정된 겨울 배경막 앞에 선 네 사람의 웃는 얼굴. 벤츠 가는 크리스마스 가족사진 같은 것을 찍은 적이 한 번도 없었다.

「겉모습은 자주 사람을 속이죠, 안나.」 안나는 굳이 박사에게서 이 말을 들을 필요도 없었다. 처음 디틀리콘으로 이사 왔을 때, 안나는 창문들 옆에 특징이 없는 크고 검은 새의 전사(傳寫) 그림이 붙어 있는 것을 보았다. 아, 이게 관습인가봐, 그녀는 생각했다. 디자인상의 유행. 스위스에서 사람들이 하는 건가 보다, 그녀는 그렇게 짐작했다. 몇 달 후에 — 어쩌면 1년이 지난 후에야 — 그녀는 그 스티커가 유리로 날아드는, 살과 깃털이 있는 진짜 새를 쫓기 위한 실용적인 목적을 수행한다는 것을 깨달았다. 그녀는 이전에는 새들이 습관적으로 창문에 뛰어드는 곳에서 살아본 적이 없었다.

안나는 자신의 착각을 깨닫자 브루노에게 이 사실을 털어놓았다. 그는 10분 동안 웃어 댔다. 일주일 동안 들어 본 중에 가장 웃긴 얘기라고, 그는 말했다. 안나는 분개했다가, 창

피했고 나중에는 굴욕을 느꼈다. 자신이 너무 하찮고 어리석
게 느껴졌다. 그녀는 울음을 터뜨렸다. 「오, 안나.」 브루노는
웃음을 멈추지 않으면서 말했다. 「난 당신을 정말 사랑해,
바보 같은 여자 같으니.」 그런 후에 그는 몸을 숙여 그녀의
머리, 뺨, 입술, 코에 키스했다. 「정말 사랑해, 이렇게 바보 같
은 여자를.」 그전에는 그처럼 다정한 말을 해준 적이 없었다.
그는 자리를 뜨면서도 여전히 웃고 있었다. 난 당신을 정말
사랑해, 이렇게 바보 같은 여자를.

　그것들은 진짜 새가 아니었다. 그리고 그는 나쁘게 굴려
는 게 아니었다. 그건 어떤 형태의 새였다. 그리고 브루노는
그 순간에 그가 방법을 아는 유일한 종류의 사랑을 보여 준
것이었다.

　브루노와 팀은 스위스 내셔널 리그의 팀들 얘기에 빠졌
다. 안나는 가만히 듣고 있었지만 메리가 부엌으로 가지 않
겠느냐고 제안했다. 두 남편은 자동적으로 고개를 끄덕여
잘 가라는 인사를 했을 뿐 자신들의 대화에서 관심을 돌리
지 않았다.

　부엌에 가자 메리는 등받이가 있는 스툴 두 개 옆에 있는
높다란 탁자를 가리켰다. 안나는 그 세트를 알아보았다. 이
케아 매장에서 바로 온 것이었다. 「앉아요, 안나.」 안나는 자
리에 앉았다. 메리는 부산히 문을 열고 닫았다. 냉장고, 오
븐, 찬장. 메리는 부엌에서 편안해 보였다. 능력 있고 소박한
하우스프라우, 무척 행복하다. 메리는 저으면서, 뭉근하게
끓이면서, 간을 보면서 흥얼거렸다. 그녀는 예쁜 여자였지

만, 한편으로는 수수하고, 통통하기도 했고, 벽촌에서 온 캐나다 엄마였다. 그녀의 옷은 기능적이었다. 그녀는 실용적인 헤어스타일을 하고 화장은 거의 하지 않았다. 운동선수 부인들은 보통 화려하지 않나? 전형적으로 좀 더 스타일이 있는 여자들 아니었어? 안나는 메리에게서, 메리의 부엌에서, 메리의 집에서, 메리의 가족에게서 검소하지 않은 점은 하나도 발견하지 못했다. 안나는 이것이 길버트 가족의 매니토바식[19] 실용주의 덕이라고 생각했다. 메리는 안나보다 네 살 어렸다. 그 주의 초반, 쉬는 시간에 알아낸 점이었다.

이 사실을 듣자 안나의 허영심이 흔들렸다. 나도 저렇게 아줌마처럼 보일까? 그날 오후에 아치의 아파트에서 맨 가슴으로 그의 몸 위에 올라탄 안나는 자기가 그렇게 보이느냐고 물었다. 그러면서도 대답하기 전에 잘 생각하라고 경고했다. 그는 안나가 한 번도 들어 보지 못한 어떤 스코틀랜드 영웅의 뼈에 맹세하건대 **그렇게 보이지 않는다**고 대답했다. 안나는 기분이 좀 더 나아졌다.

「브루노는 **무척** 좋은 사람처럼 보여요, 안나. 그리고 안나의 아이들도……. 아, 애들은 참 소중하죠!」

안나는 잔에 든 술을 꿀꺽 들이켜며, 〈무엇처럼 보인다〉와 〈무엇이다〉는 사촌이지 쌍둥이가 아니라는 식의 말을 중얼거렸다. 브루노는 상냥하게 행동하고, 카리스마 넘치는 매력이 있었다. 하지만 그건 천 일 밤 중 하룻밤일 뿐이었다.

「오늘 와주셔서 기뻐요.」 메리는 이렇게 말했지만 성긴 면직물 틈으로 물이 스며들듯 슬픔이 그녀의 말 속에 스몄다.

19 Manitoba. 캐나다의 주.

「같은 팀의 다른 선수들 아내는 다 스위스 사람이고, 맥스와 알렉시스 학교 엄마들은 아직 아무도 몰라서요. 언젠가는 사람들을 만나서 사귀게 되겠죠. 다들 웬만큼 친절하니까요. 하지만 냉정한 것 같지 않아요?」

안나는 자기도 무슨 말인지 안다고 말했다.

메리는 오븐에서 구이 요리를 꺼내 접시 위에 올렸다. 안나는 일어나서 도우려 했지만, 메리가 말렸다. 「아니, 아니에요. 내가 할게요.」 안나는 다시 스툴에 슥 앉았다. 「안나.」 메리가 말을 꺼냈다. 「여기 속한다는 느낌이 들기까지 얼마나 걸렸어요?」 그녀의 목소리에는 안나가 〈그렇게 오래 걸리지 않았어요〉라고 대답해 주기를 바라는 느낌이 어려 있었다.

그건 안나의 대답이 아니었다.

「오.」

안나는 물러섰다. 「메리, 그렇게까지 나쁘진 않아요.」 그녀는 거짓말했다. 「그저 내내 기후가 서늘해서 그렇죠. 곧 자기 입지와 걸음걸이를 찾을 수 있을 거예요. 자기 보폭을 찾게 되겠죠. 당신이 여기 독일어 수업에 들어와서 다행이에요. 나는 9년씩이나 너무 오래 기다렸어요.」

「하지만 안나, 안나의 독일어 실력이 우리 반에서 제일 나은걸요.」

안나는 그녀의 말을 정정했다. 「취리히에서 몇 달 이상 산 사람은 나밖에 없잖아요.」

메리가 구이 요리를 들고 팔꿈치로 샐러드 그릇을 가리켰다. 안나는 접시를 들고 메리를 따라 식당으로 들어갔다. 「우리가 만나서 기뻐요.」 메리가 먼저 말했다. 「다음 주에 수업

끝나고 같이 뭐라도 해요. 뭐가 됐든지요. 얘기할 사람이 생겨서 참 좋아요. 팀도 그런 것 같고요.」 메리는 팀과 브루노가 몸을 앞으로 내밀고 앉아 있는 작은 응접실을 향해 손짓했다. 브루노는 커피 탁자를 책상처럼 이용하며, 스프링 공책에서 뜯어내서 가장자리가 들쑥날쑥한 종이에 무엇을 받아 적고 있었다. 안나는 그가 재정 상담을 해주는 것이라 짐작했다. 메리가 큰 소리로 불렀다. 「수프 다 됐어요!」 그러자 맥스와 찰스가 계단을 뛰어내려 왔다. 그녀는 다시 빅터와 알렉시스를 불렀다. 두 아이는 누가 게임할 차례인지를 두고 아웅다웅하는 중이었다.

맥스는 부엌 바닥에 서 있었다. 「아가, 엄마가 나갈 수 있도록 비켜 줘.」

맥스는 빙글빙글 춤을 췄다. 「엄마!」

「뭐야? 우리 귀염둥이?」 메리는 물병을 들고 식당으로 들어가며 아들을 휙 돌아갔다.

「찰스가 비밀을 말해 줬어!」 안나는 찰스를 슬쩍 쳐다보았다. 아이는 부끄러워 어쩔 줄 모르는 얼굴로 문과 벽 사이에 움츠리고 서 있었다.

메리도 찰스의 당황스러운 얼굴을 알아챘다. 「맥스, 그게 비밀이라면, 비밀이라고도 말하지 않아야 하는 거야. 알겠어? 가서 손 씻어라.」 맥스는 찰스를 잡았고 두 아이는 함께 달려가 버렸다.

안나는 그 비밀이 뭔지 알고 싶었다. 필사적으로.

「나한테 비밀을 숨기고 있군요.」 메설리 박사가 비난했다.

안나는 은행의 기밀 유지는 20세기 스위스의 발명품이라는 것을 아느냐고 물었다.

「비밀 유지와 사생활 사이엔 차이가 있죠.」

「그래요? 뭐죠?」 방어적인 반응이었다.

메설리 박사는 고개를 저으며 공책에 뭐라고 적었다.

금요일 수업이 끝나기 5분 전, 안나는 공책에서 눈을 들었다가 탁자 건너편에서 자기를 응시하는 아치를 보았다. 그는 한쪽 눈썹을 치켰다. 안나는 암묵적 초대를 감지했다. 그녀는 얼굴을 찡그리면서, 수업 끝나고 말하자, 라는 뜻임을 그가 이해했기를 바랐다. 5분 후, 롤란트가 수업을 끝낸 후에, 안나가 메리에게 그들 집에 가는 길을 잘 알고 있으며 시간 맞춰 도착하리라는 것을 확인시켜 준 후에, 메리가 기차를 타러 가고 같은 반 사람들은 다들 뿔뿔이 흩어졌을 때, 안나는 슈테르넨 외를리콘에서 노상 전차를 타러 가면서, 아무런 언어적 동의 없이 아치를 10번 플랫폼으로 이끌었다. 그들은 함께 차에 올라탔다.

안나는 창가에 앉아서 전차가 시내 중앙을 향해 남쪽으로 달려갈 때에 스쳐 가는 도시의 회색 거리를 바라보았다. 단색의 도시였다. 그녀의 기분과 어울렸다.

취리히 대학교 이르헬 캠퍼스를 막 지나쳤을 때, 아치가 몸을 숙이더니 그의 입술을 안나의 귀에 가까이 대며 더러운 말을 속삭였다. 「당신 입에다 하고 싶어.」 안나는 침묵으로 대응했다. 그는 한 박자 기다리더니 그 말을 한 번 더 했다. 「내 아파트에 가면, 당신 입에다 할 거야. 내 말 들려?」 밀히

부크에 이르렀을 때 짙은 청회색 치마를 입고 그에 어울리는 중간 길이의 머릿수건을 쓴 수녀 두 명이 전차에 올라타서 안나와 아치 바로 건너편 자리에 앉았다. 안나는 옷 아래에서 몸이 붉어지는 기분이었다. 아치는 모든 예절 규범을 무시해 버렸다. 「항문에다 하는 게 좋아? 내가 항문에 넣어 줬으면 좋겠어?」 수녀 중 한 명이 좌석에 앉은 채로 자세를 바꿨다. 아치는 코웃음을 쳤다. 「내 굵고 단단한 자지를 당신 항문에 넣어 주지.」 안나는 이 수녀들이 영어를 조금이라도 아는지 궁금했다.

전차가 센트럴에 가까워질수록, 곧 하게 될 섹스의 상세한 부분이 점점 더 노골적이 되었다. 난 당신의 항문에 할 거야. 당신 항문에 내 손가락을 찔러 넣을 거야. 당신을 벽으로 밀어붙일 거야, 안나, 꼭 할 거라고. 당신을 내 탁자 위에 엎드리게 하고, 당신 보지를 내 얼굴에 문지를 거야. 두 번째 수녀가 두리번거렸지만 시선은 그들을 빗겨 갔다. 아치는 히죽 웃었다. 안나는 무엇이 그를 자극하고 있는지 알 수 없었다. 더러운 말, 지금 하고 있는 대사의 호전적인 본질, 그들의 말을 엿들을 수도 있는 다른 관중. 그녀는 짐작할 수 있을 만큼 그를 잘 알지도 못했다.

아치는 전차에서 내릴 때까지 계속했다. 난 당신을 침대틀에 묶을 거야. 손목에 매듭을 지어서. 눈에는 테이프를 붙여서 가려 주지. 입에는 헝겊을 물릴 거야. 두 사람은 잽싸게 걸었다. 아치는 뒤에서 안내하는 각도로 손바닥을 안나의 등에 대고, 남편처럼 그녀를 이끌어 군중 사이를 헤집고 나아갔다. 당신 클리토리스가 자두처럼 부풀어 오를 때까지

빨아 줄게. 알트슈타트에 도착할 때쯤, 그가 이루려던 게 뭐였든 간에 효과가 나타나기 시작했다. 안나는 흥분 상태에 이르렀다. 맥박이 빨라지고, 머리가 어지러워져서 그가 하겠다고 한 걸 모두 하게 놔둘 준비가 되었다.

하지만 그건 모두 말뿐이었다. 그날의 섹스는 다른 때와 다르기는 했지만 단도직입적이었다. 그의 아파트에 이르렀을 때쯤엔 둘 다 너무 달아올라서 셔츠를 벗을 생각도 하지 않았다. 아치는 심지어 재킷도 벗지 않았다. 그는 소파 위에 뒤로 쓰러져 그녀를 자기의 벌거벗은 허벅지 위로 끌어당겼다. 그녀는 그의 위에 걸터앉았고, 그는 엄지손가락으로 그녀를 자극해서 열었다. 안나는 젖었다. 아치는 쉽게 안으로 들어갔다. 그는 그녀의 엉덩이를 손잡이처럼 잡아 그녀를 강압적으로 위아래로 오르내리게 했다. 그녀는 그가 얼마나 꽉 잡고 있었는지도 깨닫지 못했다. 다음 날 샤워할 때 그의 손가락이 파고든 자리에 옅은 자주색 멍이 남은 걸 보고 나서야 깨달았을 뿐이었다.

「당신 너무 아프게 하잖아.」 그건 진술이었다. 그녀는 항의한 게 아니었다. 아치가 끙 하고 신음을 내뱉자, 안나는 그것을 거의 한계에 이르렀다는 뜻으로 받아들였고, 실제로도 그랬다. 그가 얼마나 빨리 빠져나갔던지, 그녀를 밀어내다시피 했다. 그는 그녀의 배 위에 세차게 사정했다. 그의 성기에는 피가 묻어 있었다. 아주 많이. 반짝이는 빨간색, 정지하라는 신호등의 색, 번쩍이는 위험한 빛깔이었다. 「젠장!」 피가 사방에 흘렀다. 그의 성기에, 그녀의 허벅지에, 그의 무릎에, 소파에. 피는 그녀의 음모에 묻어 번들거렸고, 그녀의 무릎을

타고 한 줄로 굴러떨어져 종아리 중간까지 이르렀다. 「망할.」 피가 아치를 그의 오른가슴으로부터 흔들어 깨웠다. 수건이 없었으므로, 그는 양말 한 짝을 벗어서 그녀에게 건넸다. 「미안해.」 그렇게 말하며 안나는 눈물을 쏟을 것만 같았다.

안나가 몸을 닦는 동안 아치는 가볍게 웃었다. 그의 목소리에 어렸던 폭력성은 모두 쾌활하고, 실로 친구같이 허물없는 다정함과 안나의 몸에 대한 걱정으로 바뀌었다. 「사과는 무슨, 미안할 사람은 난데.」 그는 윙크했다. 「당신을 이렇게 갈라놓을 생각은 아니었는데.」 그는 다시 윙크하고 호색한 같은 미소를 지었다. 부적절한 때의 부적절한 윙크였다. 안나의 표정이 그렇게 말했다. 아치는 안나의 괴로움에 관심을 쏟고 직접적으로 물었다. 「괜찮은 거지?」 안나는 코를 훌쩍거리며 고개를 흔들어 그렇다고 했다. 이전에도 있었던 일이었다. 때마침 생리 주기의 그때에 거친 섹스로 피가 요동치고 해면 조직이 느슨해지는 것. 그건 그의 잘못이라고 할 수 없었다. 생리야 어쨌든 하게 마련이지만, 그날 오후는 아니었고, 확실히 그의 소파에서 할 건 아니었다. 「부끄러워할 필요 없어.」 아치는 친절하게 대하려 노력했다. 그가 친절하게 굴 필요는 없었다. 안나는 그 태도가 가식적이고 오만하다고 느꼈다. 그녀는 전혀 부끄럽지 않았다. 그는 어째서 그런 생각을 한 걸까? 하지만 그녀는 **어떤** 감정이 들긴 했다. 그게 뭔지는 아직 집어서 말할 수 없었다. 그녀는 다시 코를 훌쩍이고 양말로 허벅지를 훔쳤다. 아치는 고개를 까닥하며 욕실을 가리켰다. 「가서 샤워해. 난 당신이 마실 만한 걸 만들 테니. 그래야 착한 여자지.」

안나는 자기 자신과 옷, 핸드백을 그러모으고, 다리 사이에 양말을 끼운 채로 더듬더듬 욕실로 들어갔다. 피는 이제 양쪽 허벅지 안쪽을 타고 흘러내렸다. 그녀는 수건걸이에서 플란넬 수건 한 장을 찾았고 핸드백 안에는 탐폰도 있었다. 그녀는 재빨리 씻고, 옷을 입은 후, 아치에게 술 마실 시간은 없다고 말했다. 「가야 해.」 그녀는 이 말을 하면서 벌써 문 밖에 나갔다. 플란넬 수건과 여전히 피가 묻은 양말은 세면대 위에 남겨 두고 왔다.

「*En Guete*(맛있게 드세요)!」 첫 술을 뜨기 전에 브루노가 말했다. 메리는 그게 무슨 뜻이냐고 물었고, 브루노는 스위스 어로 〈맛있게 드십시오〉에 해당하는 말이라고 했다. 메리는 훌륭한 요리사였고, 그녀가 차린 저녁 식사를 모두가 칭찬했다. 대화는 여전히 다정하고 활기찼다. 팀은 브루노가 투자 조언을 해주었다는 말을 메리에게 했다.

「어머, 잘됐네요!」 메리의 목소리엔 진정성이 어려 있었다.

브루노는 겸손하게 미소 지었다. 「제가 하는 일이 그건데요. 그게 제 직업입니다. 도와줄 수 있어서 기쁘네요.」

아이들도 얌전하게 행동했지만, 빅터는 이따금 이전처럼 입을 삐죽거리곤 했다. 그 애는 여자애와 놀고 싶지 않았다. 애초에 따라오고 싶지 않았다. 안나는 아들을 향해 얼굴을 찡그렸고, 빅터는 평소처럼 뚱하게 자기를 방어하며 못된 엄마가 어쩌고저쩌고하는 말을 중얼거리더니 자기 좀 그만 보라고 말했다.

「빅터.」 브루노의 목소리에는 경고가 실렸고, 빅터는 거의

들리지 않는 소리로, 영어 아니면 독일어로 〈네〉라고 대답했다. 안나는 어느 쪽인지 알지 못했다. 중요하지 않았다. 브루노는 그날 밤 아내를 방어해 줄 만큼 사근사근했다. 그녀는 행복했다. 맥스와 찰스는 절친한 친구들처럼 행동하며 자기들끼리 아는 농담을 연신 나누고 계속 산만하게 장난치며 웃어 댔다. 알렉시스는 가만히 앉아서 먹었다. 그 애는 멍하니 순종적인 표정을 짓고 있었다. 고분고분했지만, 냉담했다. 딱히 수동적이라고 할 순 없었지만, 아닌 것도 아니었다. 안나는 그 표정을 알아차렸고 충동적으로 공감을 느꼈다. 난 이 여자애를 알아. 안나는 생각했다. 나도 이런 여자애였으니까.

「성인으로서 한 사람이 짓는 표정은 청소년기에 재단된 마스크죠.」

마스크엔 여러 종류가 있어, 안나는 생각했다. 연극용 가면과 핼러윈용 가면, 그리고 수술용 마스크, 펜싱 마스크, 운전용 마스크, 레슬링 가면, 스키 마스크. 용접용 마스크와 헬멧, 안대, 도미노 가면. 그리고 데스마스크.

박사는 말을 이었다. 「모든 마스크는 자기 의지에 따라 쓰거나 벗을 수 없을 때 데스마스크가 되죠. 자신의 정신적 얼굴 윤곽과 일치하게 될 때. 당신이 투사한 페르소나와 살아 있는 영혼을 혼동하게 될 때. 더는 둘을 구분할 수 없을 때요.」

디틀리콘 역이 시야에 들어왔을 때 S3이 날카롭게 덜커덕거렸다. 철로의 설계가 그런 식이라 슈테트바흐발 기차가 역

으로 진입할 때면 언제나 그랬다. 그런 일이 얼마나 자주 일어나는지는 중요하지 않았다. 그때마다 안나는 항상 감짝 놀랐다. 안나가 창가 자리에 앉아 유리에 머리를 기대고 있을 때 열차는 평소처럼 갑작스레 움직였다. 그녀는 이마를 부딪치고, 아야 소리를 냈다. 건너편에 앉은 10대 소년이 그녀를 보고 킬킬거렸다. 소년의 얼굴은 짓궂고 무례했다. 그들의 시선이 불편하게 3~4초 동안 얽혔지만, 휴대 전화가 울리자 소년은 시선을 돌렸다. 소년은 전화를 받더니 일어서서 다른 줄 좌석으로 옮겨 갔다. 지난 한 시간 동안 있었던 모든 사건 중에서도 이 사건에 안나는 제일 창피했다.

안나는 열차에 그대로 남았다. 아치의 아파트에서 나왔을 때, 항상 하고 싶었지만 그럴 시간이 없었던 무언가를 하고 싶다는 방종한 욕망에 사로잡혔다. 한 노선을 타고 쭉 가보는 것. 양방향으로. 이 경우에는 S3 노선의 동쪽 터미널인 베치콘까지 갔다가 서쪽 끝 도시인 아라우로 와서 다시 디틀리콘으로 돌아가야 했다. 그렇게 오가려면 오후를 다 잡아먹을 것이었다. 왜인지는 모르겠어. 그냥 해보고 싶어. 그게 중요할까? 그녀는 슈타델호펜 역에서 우르줄라에게 전화를 걸어 사과하고 오늘 오후에 상담 시간을 가외로 잡아 놓은 걸 잊어버렸다고, 되는대로 보충하겠다고 말했다. 완전한 거짓말은 아니었다. 메설리 박사는 한 번, 스무 번, 백 번 말했다. 정신분석은 분석가가 있든 없든 일어나는 거예요. 길버트 가족과의 식사는 저녁이나 되어야 할 것이었다. 안나는 시간이 있었다.

그날의 섹스에 안나는 심란했다. 아니야, 안나는 생각했

91

다. 연약해진 거지. 어떤 여자든 피 흘리는 자기 모습을 보면 자신을 잡아 주는 것은 피부와 가느다란 질막의 집합체뿐임을 깨닫게 된다. 그리고 환하고 기초적인 햇빛 때문에 피는 한층 더 놀라웠다. 그녀는 당황하지 않았다. 다만 **노출된** 느낌이었다. 섹스 전에 아치가 주절댄 것도 아무런 도움이 되지 않았다. 그녀를 뒤흔들었을 뿐이었다. 얼마나 쉽게 그의 끈질긴 요구에, 그가 지휘하는 속삭임에 자신이 휘어질 수 있는지. 하지만 연약함은 언제나 공격을 끄는 자석이다. 어떤 연약함은 붙잡히기를 간구한다.

안나는 열차를 타고 가는 내내 자아를 찾았다가, 자아로 부글거렸다가, 침묵에 빠져드는 주기를 반복했다. 그 은유가 똑똑히 들어와 박혔다. 승객*passenger*. 수동적*passive*. 나는 내 삶을 직접 이끄는 기술자가 아니지. 선로 위에서든 아니든. 나는 그렇게 훈련받았어. 안나는 이 적절하기 그지없는 언어유희에 미소를 띨 수밖에 없었다.

가장 최근에 한 상담에서 메설리 박사는 안나를 압박하며 수동성의 근원을 생각해 보라고 했다. 이 문제의 뿌리에 있는 게 뭐라고 안나는 생각하는가? 안나가 아는가? 그에 대해서 생각해 본 적이 있는가? 안나는 거짓말을 하려 했다. 물론 생각해 봤죠. 하지만 생각해 본 적이 없었다. 정말로는. 그녀가 자기 자신에게서 아는 것은 그뿐이었다. 그게 다였다. 뭐가 더 있단 말인가? 박사는 그녀를 꿰뚫어 보고, 아니라고, 생각해 본 적 없을 거라고 했다. 심오하게든, 피상적으로든. 생각해 봤다면 박사가 본 것을 그녀도 보았을 테니까.

「수동성은 질병이 아니에요. 증상이죠. 공모는 안나가 잘

갈고 닦은 여러 기술 중 하나일 뿐이에요. 저항이 기분 좋다면, 그에도 잘 훈련이 된 거죠.」 안나는 이 진술을 모욕으로 받아들였고 박사의 결론에 담긴 진실을 완화하려는 듯, 반박 없이 받아들였다. 유치하다는 것을 자신도 알았지만, 그 순간은 만족스러웠다. 안나가 탄 열차가 베치콘에 도착했을 때, 그녀는 이것이 바로 메설리 박사가 비난했던 그 조작임을 깨달았다. 이건 결코 수동성이 아니었다. 여러 빛깔의 책략, 소심하고 고분고분한 여자를 본떠 만들어진 마네킹이었다. 「이건 어디에서 왔나요, 안나? 무엇이 원인인가요?」 안나는 자기도 모르는 것 같다고 말했다.

「바로 그거예요. 당신은 두려운 거죠.」 박사는 더 이상은 말하지 않았다.

우스터에 있는 팀과 메리 부부의 집에서 함께 보냈던 저녁은 즐거웠다.

그때까지는.

메리는 식탁을 떴다가 디저트를 들고 돌아왔다. 팀은 안나에게 독일어 수업은 어떠냐고 물었다. 안나는 대답했다. 「괜찮아요. 좋아요. 유익해요. 배우고 있어요.」

메리가 자리에 앉았다. 「안나는 롤란트의 최고 모범생이에요, 브루노. 안나가 말할 때는 모두가 귀를 기울여요. 어떤 사람들은 다른 사람들보다도 더 열심히 윙크, 윙크도 하고.」 메리는 안나를 보면서 직접 신호를 보내듯 윙크했다. 메리가 〈윙크, 윙크〉란 단어를 입 밖에 내어 말했을 때 안나의 신경이 쫙 곤두섰다.

「이게 무슨 말이죠?」 브루노가 물었다.

「말 안 해줬어요, 안나?」

안나는 고개를 저으면서 메리가 무슨 말을 하는지 모르겠다고 말했다. 「메리가 무슨 말 하는지 모르겠는데요.」 안나는 평탄하고 경쾌한 목소리를 애써 불러냈다.

「그렇게 겸손할 필요 없어요.」 메리는 방백처럼 브루노를 보고 말했다. 「안나의 팬이 있어요.」

안 돼, 메리, 안나는 생각했다.

「아, 그런 거야?」 브루노가 물었다. 그의 목소리에는 짧게 의혹이 빛났다. 그것을 감지한 사람은 안나뿐이었다. 「그럼 나의 안나의 팬이라는 그 사람은 대체 누구죠?」

그의 안나. 안나는 메리가 무슨 말을 하는지 아직도 모르겠다고 말했다.

메리는 다른 상황이었다면 깜찍하다고 할 만한 태도로 히히 웃었다. 그 순간, 안나는 그 웃음이 공허하고 아기 같다는 걸 알았다. 「그 사람 이름은 아치예요. 안나를 졸졸 따라다니고 수업 시간에 옆자리에 앉는 걸 보면 정말 귀엽다니까요. 심지어 매일 수업이 끝나면 안나를 기다렸다가 전차 타는 데까지 데려다줘요.」

「전차?」 브루노의 목소리엔 의문이 서렸다. 전차는 디틀리콘까지 운행하지 않았다. 안나가 매일 전차를 탈 이유가 없었다.

안나가 끼어들었다. 「기차요. 기차 말하는 거예요.」

「아, 어쨌든요. 이 남자 완전히 홀딱 반했어요, 브루노. 내가 브루노라면 경계할 거예요!」 메리는 수다를 떠는 게 아니

었다. 그저 장난을 치는 것이었다.

안 돼, 메리. 안 돼, 안 돼, 안 돼, 안 된다고. 하지만 너무 늦었다.

메리는 계속 말했다. 「아, 그리고 하하, 이 남자 또 잘생겼어요. 그렇죠, 안나?」

안나의 심장 박동이 쪼개졌고, 순간의 순간, 안나는 충격을 받았다. 이 저녁 전체가 자신을 거짓말쟁이, 부정한 아내, 창녀로 몰아세우기 위해 꾸며진 음모라는 생각에 겁이 덜컥 났다.

안나는 얼굴이 빨개졌다. 팀이 끼어들었다. 「메리, 당신 때문에 손님들이 민망해하시잖아.」

메리는 진지한 미소로 자신의 장난에 종지부를 찍었다. 브루노의 미소는 태연자약해 보였다. 안나는 그것을 믿지 않았다. 「그럼」 메리는 물었다. 「케이크 드실 분?」 아이들은 (알렉시스를 포함해서) 입을 모아 〈저요!〉라고 고함을 질렀고, 어른들은 〈흐음〉이라고 대꾸했다. 메리는 진한 아이스 레몬 케이크를 잘라 커다란 조각을 모두에게 나눠 주었다.

「*Merci vielmal*(고마워요).」 브루노가 감사의 뜻을 표했고, 모두 먹기 시작했다. 「음.」 브루노는 음미했다. 「*Sehr gut*(정말 맛있는데요)!」

그렇게 저녁이 펼쳐지고, 웃음이 이어졌으며, 잡담은 계속되었다. 브루노는 재정 조언을 더 해주었으며, 고마움의 답례로 팀은 브루노와 남자아이들을 ZSC 라이온스의 경기에 초대했다. 브루노는 한 손을 저었지만 — 굳이 그럴 필요 없다고 — 결국에는 우아하게 그 초대를 받아들였다. 메리는

커피를 따라 주었고, 아이들은 다시 한번 2층에 가서 놀라고 보내졌다. 모든 사람의 기준에서 그 저녁 식사는 시작과 마찬가지로 성공적으로 끝났다.

하지만 안나는 무슨 일이 생겼는지 이미 보았다. 메리가 〈홀딱 반했다〉, 〈잘생긴〉, 〈팬〉, 〈전차〉라는 단어를 말했을 때 그녀와 브루노 사이의 공기가 얼마나 팽팽해졌는지.

난 대가를 치러야 할 거야, 안나는 생각했다.

벤츠 가족이 떠날 때가 되자, 서로 악수를 나누며 〈다음에 또 만나자〉며 대략적인 계획을 세웠다.

「다음 주 경기에서 봐요.」 팀이 브루노와 남자아이들에게 큰 소리로 외쳤다.

「다음 주 수업에서 봐요.」 메리도 합창하듯 안나를 향해 말했다.

맥스는 찰스에게 손을 흔들었고, 찰스도 마주 손을 흔들었다. 빅터와 알렉시스는 아무런 인사 없이 헤어졌고, 벤츠 가족은 집으로 향했다. 남자아이들은 가는 도중 꾸벅꾸벅 졸았다.

목이 졸리는 듯한 분위기였다. 안나는 대화를 시도했다. 「저녁 좋았지?」

브루노가 짜증스럽게 말했다. 「아치가 누구야?」

안나는 조심스럽게 말했다. 「아, 아무도 아니야. 같은 반 사람. 나를 좋아하는 것 같긴 해. 여하튼 메리가 그러네. 난 눈치 못 챘어.」

「알겠어.」

갈 때보다 돌아올 때는 시간이 더 적게 걸려서, 벤츠 가족

은 곧 집에 돌아왔다. 브루노가 로젠베크 거리에 다다라, 휙 돌아 차로에 들어서서 엔진을 툭 껐을 때는 10시가 다 된 시각이었다. 「Wacht auf(일어나).」 그는 차에서 내리면서 어깨 너머로 호통쳤다. 아이들은 졸려서 발을 질질 끌었다. 브루노는 차 문을 굳게 닫았다. 안나는 그나마 쾅 닫지 않은 것에 작은 안도감을 느꼈다.

브루노가 집 문을 열 때 안나는 뒤에서 그를 불렀다. 「폴리를 까맣게 잊어버렸네.」 브루노는 남자아이들에게 안으로 들어가라고 손짓하며 2층으로 올라가 잠자리에 들라고 했다. 안나는 차 문을 닫고 남편을 쫓아 앞 계단을 올랐다.

「브루노?」

브루노는 뭐라고 중얼거렸고, 안나는 당신이 가서 데려와, 라는 말로 이해했다.

그들 집 문 앞에서 우르줄라의 집까지 곧장 가는 길은 2분 정도 걸렸다. 곧장 간다면. 안나는 서둘러 봤자 유리할 게 없었다. 그녀는 빙 돌아가는 구불구불한 길을 택했다. 집 뒤의 언덕을 올라 반대 방향으로 가는 길이었다. 그녀가 가끔 천천히 걸어가는 길이었다. 안나는 그 길을 잘 알았다. 낮에는 북유럽 산책자들이나 개를 운동시키는 사람들로 막혔다. 밤에는 텅 비었고 열린 들판은 귀기가 서렸다. 수수께끼 같은 느낌이었다. 언덕 위에 오르자 안나는 암담하고, 고립되고, 거부당한 느낌이 들었다. 나는 달빛에 표백되었어, 그녀는 생각했다. 가난한 이의 무덤에 있는 망령.

「유령을 믿으세요?」 안나는 메설리 박사에게 물었다.

「유령을 믿든 안 믿든 그건 중요하지 않아요. 유령이 당신을 믿죠.」

안나는 오솔길을 따라 걷다가 언덕 위의 벤치까지 이르렀다. 이 언덕, 이 벤치, 많고 많은 밤의 한가운데. 안나는 얼마나 많은 밤, 그저 앉아 있기 위해 그 오솔길을 올랐는지 말할 수 없었다. 빗속에서도, 눈 속에서도. 주말에도, 주중에도. 비참한 절망의 밤에도. 공기가 무신경하고 무감한 밤에도. 외로움이 끔찍한 통증이 되어 그녀의 목을 무는 밤에도. 풍경과 그 아픈 마음이 그녀를 좌지우지할 때도. 이것은 그녀의 벤치였다. 그녀가 와서 앉아 울 수 있는 자리. *Wanderweg*(산책로)라는 노란 표지판이 숲으로 향하는 방향을 가리켰다. 벤치 뒤는 어떤 농부가 소떼를 가둬 놓는 울타리가 둘러쳐진 땅이었다. 그날 밤, 소들은 외양간에 있었고, 안나는 완전히 혼자였다. 몇 분마다, 그리고 겨우 1킬로미터 떨어진 곳에서 안나는 야간열차가 덜컹덜컹 선로 위를 달려가는 소리를 들었다. 어디로 가는 걸까? 어떤 사람이 타고 있을까? 그 여자는 자고 있을까? 슬플까? 언덕 꼭대기에서는 기차 소리가 참으로 맑고 가깝게 들린다는 것이 언제나 놀라웠다. 난 느낄 수 있어. 그 기차를 탄 여자는 슬퍼.

안나는 눈물이 나오기를 기다렸다. 하지만 눈물은 나오지 않았다. 다섯 대의 기차가 아래 골짜기를 지난 후에야 그녀는 일어서서 우르줄라의 집으로 향했다.

안나가 그날 오후 마침내 집에 왔을 때 우르줄라는 예상

가능하게도 무뚝뚝했다. 안나가 인사를 미처 다 전하기도 전에 우르줄라는 그녀를 밀어젖히고 가버렸다. 안나는 그냥 흘려보냈다. 우르줄라는 화낼 권리가 있었다.

폴리는 비명을 질렀고, 남자아이들은 다투는 중이었다. 안나는 시계를 보았다. 그녀는 세 시간 반이나 기차를 탔다. 처음 한 시간 동안에는 언제 검표원이 올까 봐 초조하기 그지없었다. 그녀는 마음이 회색으로 변할 때까지 가만히 있었다. 맥박이 느려졌다. 눈의 긴장을 풀고 기차의 흔들림이 엄마처럼 그녀를 어르는 동안 사물 사이의 공간에 초점을 맞추려 했다. 하지만 집, 소음, 아이들, 시어머니, 오후의 지각, 그날 저녁 식사 계획이 모두 합쳐져 날카롭고 미세한 끝이 되어 안나를 그녀 자신의 비탄의 벽으로 몰고 갔다. 그 순간에 그녀가 할 수 있는 일은 없었고 될 대로 되라고 놔두는 수밖에 없었다. 그리하여 그녀는 남자애들은 아웅다웅하고, 폴리 진은 혼자 울게 놔두었다. 어떤 눈물은 위로받을 수 없다. 그저 흘려야 할 뿐이다.

브루노가 퇴근했을 무렵에는, 아들들은 옷을 차려 입었고, 아내는 화장을 했으며, 폴리 진은 그날 저녁 우르줄라의 집에 맡길 준비가 되었다. 브루노는 자진해서 자기가 아이를 맡기러 갔다 오겠다고 했다. 안나는 거실 창문에서 그들을 보았다. 브루노는 아이를 허리에 둘러메고 통통 튕기면서 휘파람을 불고 있었다. 폴리는 안나가 샤워를 마치기 전에 울음을 그쳤다.

그날 아침 롤란트가 마지막으로 한 수업은 종속 접속사였다. *falls*는 〈⋯⋯의 경우에〉라는 뜻이었다. 그리고 *weil*은

〈……하기 때문에〉라는 뜻이었다. 「〈바일〉이라고 발음한다는 걸 기억해요.」[20] 롤란트가 말했고, 안나는 그것이 적절하다고 여겼다. 롤란트가 *damit*를 칠판에 쓰자, 학생들이 쿡쿡 웃었다.[21] 「그래요, 욕이랑 비슷하죠. 이건 〈…… 하기 위해〉 혹은 〈…… 을 하려고〉라는 뜻입니다.」 그런 후에 그는 모두 성인이니 애초에 웃기지 않은 일로 웃지는 말라고 일렀다.

안나는 그들, 남편과 딸이 걸어가는 광경을 보려고 창문 옆에 서 있었다. 안나는 잘 볼 수 있게 창문 옆에 섰다. 그녀는 그들이 모퉁이를 돌아 시야에서 사라질 때까지 보았다.

망할, 망할, 망할, 모두 망해 버려.

안나가 우르줄라의 문을 부드럽게 두드리면서 열었다. 안나를 못마땅해하는 우르줄라의 태도는 접어 두고, 그들은 처음에 문을 노크하고 다른 사람이 문을 열어 줄 때까지 기다리는 격식은 오래전에 그만두었다. 안나는 집 안으로 들어가며, 〈안녕하세요〉라고 속삭였다. 우르줄라는 뜨개질감을 무릎 위에 두고 텔레비전 앞에서 잠들어 있었다. 마이크 시바, 유명한 타로 점술가이자 예언가가 생방송 전화를 받고 있었다. 그의 프로그램은 매일 방영되었다. 그의 접시처럼 둥그런 얼굴, 여성용 머리띠로 고정한 곧고 뻣뻣한 머리카락에서 빠져나갈 길이 없었다. 안나는 그가 이상하면서도 그만큼 대단하다고 생각했다. 점쟁이는 너무나 비(非)스위스적이고, 너무나 비실증적이었다.

---

20 영어의 〈부도덕한*vile*〉이라는 단어와 유사하다.
21 영어의 〈망할*damn it*〉이라는 단어와 유사하다.

안나가 텔레비전 스위치를 끄자, 우르줄라가 몸을 떨었다. 그녀는 퍼뜩 놀라 일어났고 순간적으로 며느리를 알아보지 못했다.

「폴리 데리러 왔어요.」안나는 그런 늦은 밤에 우르줄라의 집에 나타날 이유가 달리 있기라도 한 듯 알렸다.

「개 가만 놔둬라.」우르줄라가 말했다. 「지금 깨우면 다시 안 자려고 할 거야.」

「아.」차 안의 긴장 때문에 정신이 흩어져 있었다. 안나는 이것을 짐작하지 못한 자기가 멍청하게 느껴졌다. 물론, 그럴 만했다. 폴리는 밤새 깨 있을 것이었다. 「말씀이 맞아요. 생각을 못 했네요.」생각을 못 했다. 하지만 폴리 진을 데리러 간다는 건 잠시라도 브루노로부터 떨어지기 위한 안성맞춤의 핑계였다.

우르줄라는 일어서더니 뭔가 떨쳐 내듯 머리를 탈탈 털었다. 「생각 못 하는 게 너의 가장 나쁜 습관이지.」그런 후에 우르줄라는 안나를 문까지 데려다주며 정중하지 못하게 그 사이로 밀어 넣고 15초도 되지 않는 순간에 문을 잠가 버렸다. 안나는 데리러 왔던 아이 없이 집으로 걸어갔다.

「유령은」메설리 박사는 말을 이었다. 「늘 땅에 묶인 죽은 인간의 영혼인 건 아니에요. 유령은 좋지 않은 감정을 느끼는 행위 뒤에 따라오는 잔여 감정일 수도 있죠. 아니면 행위 그 자체일 수도 있고. 과거의 모습이거나 과거에 했던 일이지만 벗어날 수 없었던 것이기도 하죠.」

6

 2주 후 일요일, 그달의 마지막 날, 안나와 브루노, 우르줄라와 아이들은 오전 10시 기차를 탔다. 그들은 뭄프, 스위스의 북쪽 국경 가까이 아르가우 주에 있는 동네로 가는 중이었다. 브루노의 여동생인 다니엘라와 파트너인 다비드가 사는 곳이었다. 다니엘라의 마흔 살 생일이었다.

 가끔은 기차를 타는 편이 운전보다 훨씬 현명한 행동이었다. 오늘의 선택은 상황에 따른 것이었다. 우르줄라가 합류했기 때문에 모두가 한 차에 탈 수 없었다. 그 계획에서 불편한 점이 있다면, 환승을 두 번 해야 한다는 것이었다. 그들이 도착하면 다비드가 뭄프 역으로 마중 나오기로 했다.

 지역 간 열차를 타자, 찰스가 순방향의 창가 좌석을 차지했고, 빅터는 역방향 좌석에 앉았다. 가족이 기차로 여행할 때는 고정적으로 이렇게 자리가 배치되었고, 이는 안나의 장남에게는 꽤 짜증 나는 일이었다. 찰스는 비위가 약하고, 차멀미가 있었다. 창가 자리에 앉으면 평형 감각을 유지하는 데 도움이 되었다. 확실히 고작 5분 타고 가는데도, 찰스의

얼굴에는 작고 신 피클 같은 빛이 떠올랐다. 「지평선을 봐봐, *Schatz*(보물).」 안나가 조언했다. 「숨을 깊게, 천천히 들이마셔 봐.」 이건 도움이 되는 듯했다.

안나는 빅터 옆 통로 좌석에 앉아 브루노를 마주 보았다. 그는 찰스처럼 언제나 순방향 좌석을 차지했다. 우르줄라는 건너편 좌석에 앉아서 다니엘라의 생일 선물을 무릎 위에 놓고 기도하듯 눈을 살며시 감았다. 브루노는 폴리 진을 무릎 위에 앉혔다.

한 번도 질문받은 적이 없었다. 브루노에게도, 우르줄라에게도, 다니엘라, 한스, 마르그리트, 이디스, 메설리 박사, 클라우디아 츠뷔가르트, 집배원이나 식품점 계산대의 점원, 메리나 아치, 그리고 안나를 얼굴만, 혹은 깊이 아는 사람들 그 누구에게도, 옛날 지인이나 새로운 지인에게도. 아무도 물어보지 않았다. 그리고 그들이 물어본다면 안나는 거짓말을 했을 것이었다.

하지만 물어볼 이유라고는 없잖아. 안나는 언제나 뒤로 물러서곤 했다.

그럼에도 불구하고, 그 사실은 폴리 진의 정교한 석고상 같은 얼굴에 새겨져 있었다. 그리하여 사람들이 소설에 도전해 보고 싶게 하는 얼굴이었다. 그리고 그 사실은 이것이었다. 폴리는 전혀 브루노를 닮지 않았다.

폴리 진은 벤츠 가의 핏줄이 아니었다.

「안나, 스티븐이 누구죠?」 메설리 박사가 세 번째로 물어보는 것이었다.

내가 절대 사랑할 수 없었던, 하지만 사랑해 버린 남자죠. 안나는 생각했지만, 아무 말 하지 않았다. 메설리 박사는 다시 묻지 않았다.

날씨는 언제나 속임수를 부렸다. 전날 밤 취리히를 통과한 한랭전선으로 디틀리콘에는 바람이 불었고, 축축했다. 하지만 뭄프까지 반쯤 가자, 하늘이 맑았다. 벤츠 가족은 비바람을 앞서 달리고 있었다.

오로지 혼잣말로만 했을 뿐이지만 너무 자주 되풀이해서 외워 버린 이야기였다. 바뀌는 것은 오직 그 이야기를 할 때의 방식뿐이었다. 가끔은 동정적인 편견을 가지고, 다른 때는 히스테리적인 고약한 연극조로, 그리고 또 다른 때는 매춘부의 무심한 침착성으로. 그 이야기는 가끔 그녀에게 안정을 주었다. 하지만 메스꺼운 적도, 가슴이 아팠던 적도 자주 있었다(모든 것이 늘 가슴을 아프게 했다). 하지만 슬픔의 빛나는 눈물을 통해서든 기억의 흐릿하고 어지러운 유리판을 통해서든 안나는 바꿀 수 없는 사실의 행렬을 받아들일 수밖에 없었다.

「우연이란 없어요, 안나. 모든 것이 관련되어 있죠. 모든 게 연결되어 있어요. 모든 세세한 것에 필연성이 깃들어 있죠. 한 순간은 다음 순간을 낳아요. 그리고 또 다음 순간을. 그리고 다시 다음 순간을.」

안나는 남편을 쳐다보았다. 브루노는 질투심을 풀어 버린 것 같았다. 지난 2주 동안은 아무런 사건 없이 보냈다. 사이 좋게 잘 지냈다. 같이 장도 보러 가고, 정원에서 함께 일하고, 가족으로서 식사도 하러 나갔으며, 둘 다 보고 싶어한 영화도 보러 갔다. 아치에 대한 말은 더는 꺼내지 않았다. 하지만 길버트네에서 보였던 명랑하고 마음 넓은 남자는 안나가 익히 잘 아는 뚱하고 투덜거리는 남편으로 바뀌어 있었다.

그가 투덜거리면 안 될 이유가 뭐 있겠어? 안나는 자기를 탓했다. 남편이 내가 뭘 하는지 모른다고 해서 내가 그런 짓을 안 하고 있다는 뜻은 아니잖아. 지난 2주 동안, 안나는 뒤로 물러서려고, 자기 자신으로부터 떨어져 있으려고, 자신의 가장 최근 선택들을 평가하고, 비용 대비 이득을 재보려고 했다. 대차 대조는 거의 비등했다. 아치가 누구야? 브루노가 물었다. 아무도 아니야. 안나가 대답했다. 실로 그랬다. 안나는 그 남자를 잘 알지도 못했다. 여기가 내가 죽고 싶은 언덕인가? 그녀는 자기 자신에게 물었다. 아니라고? 그럼 그 위에서 죽지 말라고.

하지만 정말 그렇게 아슬아슬한 상황일까? 그 사건을 지도에 그려 본다면, 브루노가 의심한 순간과 사건의 진상 사이의 거리는 도심과 교외만큼이나 멀었다. 그런 식으로 생각하자, 그녀가 입은 손해는 어느 모로 보나 최소인 것만 같았다.

그처럼, 안나는 필연과 선택 사이에서 튕겨 다녔다.

그리고, 결국에 공은 해롭지 않은, 파울이 아닌 쪽에 떨어졌다. 나는 좋은 아내야. 대체로는. 그녀는 자화자찬했다. 모두가 안전하잖아. 모두를 잘 먹여 주고.

안나는 아치를 계속 만났다.

「소녀 시절에, 자라면 뭐가 되고 싶었어요?」 메설리 박사가 한번 물은 적이 있었다.

안나는 서글픈 대답을 했다. 「사랑받고 싶었죠. 보호받고, 안전하고.」 박사의 말뜻은 이게 아니었다는 것은 알았다.

그러자 박사는 다른 접근을 시도했다. 「대학에서 무엇을 전공했죠?」 안나는 얼굴을 붉혔다. 말하고 싶지 않았다. 「말해 봐요.」

「가정학이요.」 안나는 속삭였다.

거의 2년 전의 일이었다. 크리스마스가 되기 나흘 전이었다. 수요일. 안나는 시내로 향하는 기차를 탔다. 원치 않은 항해, 바로 눈앞에 닥친 쇼핑을 해결하는 여행, 그녀가 미미하게만 시간과 노력을 투자하는 잔일이었다.

취리히에서 *Weihnachten*(성탄절) 직전의 몇 주는 꽤 참을 만했다. 보통 눈이 오지 않는 12월 취리히의 칙칙한 회색 풍경에 대비되어 더 멋지고 화사하게 보이는 코트를 입은 쇼핑객들이 거리에 우글거렸다. 짙은 색 피부의 남자들은 숯 검댕이 묻은 통에서 뜨거운 군밤을 떠서 얇은 종이봉투에 넣어 주었다. 계절에 맞게 촛불 만들기 가판들이 뷔르클리플라츠 케브뤼케 옆에 서 있었다. 그리고 얼마간은, 해 진 후에 반호프슈트라세에 가면 샴페인색으로 깜박이는 불빛과 1킬로미터 정도 쭉 뻗어 있는 2미터 길이의 튜브형 전구들 아래에서 거니는 기쁨이 있었다. 전구는 건물들 사이와 도시의 전차에 전원을 공급하는 케이블 위에 꽉 당겨 묶은 전선에

매달려 있었고, 그 아래 거리에서 움직이는 사람들의 활동 정도에 따라 반짝이는 정도를 다양하게 바꾸는 소프트웨어로 조절되었다. 이 설치 장식물은 현대적이었다. 사실 너무 현대적이었다. 웬만한 사람들은 그 장식을 싫어해서, 결국에는 시에서 좀 더 전통적인 장식으로 바꾸었다. 하지만 안나의 아이들은 그것을 좋아했다. 쉽게 싫증 내고, 나이치고는 꽤 시큰둥한 빅터조차 아이처럼 매료되고 놀라고 감탄했다.

안나는 그날 하루 종일 취리히의 도심 서쪽에서 동쪽까지 전체를 가로지르며 걸어다녔었다. 그리고 명절 시즌의 온갖 치장은 ― 규모가 더 작았더라면 사랑스러웠겠지만 ― 차츰 과도하고 불필요하게 느껴졌다. 그래도, 그녀는 쇼핑을 했다. 피츠 부흐 운트 베르크 서점에서는 브루노의 크리스마스 선물을 찾았다. 그라우뷘덴과 장크트갈렌 주의 소축척 등산 지도 몇 장과 스위스 쥐라 지역을 관통하는 추천 경로를 담은 도보 여행 가이드북이었다. 반호프슈트라세에 있는 마노르 백화점에서는 공격적인 군중과 싸우며 점잖은 카디건과 니트 세트를 골랐다. 이디스에게 배려가 담겼다고 보일 만한 괜찮은 선물이 될 것 같았다.

분한 마음으로 시작한 하루였다. 그날 아침 브루노는 지금은 애써 잊으려 해서 기억나지 않는 어떤 이유로 그녀를 짜증 나게 했다. 하지만 그 감정은, 뭐였든 간에 이빨처럼 그녀를 갉아먹었다. 그녀는 속을 태우고 부글부글 끓였으며, 종일 불 위에 올린 스튜처럼 뭉근하게 익어 갔다. 그녀는 외롭고 동떨어진 기분이었다. 안나는 어딜 가든 외롭고 동떨어진 기분이었다.

「외로운 여자는 위험한 여자죠.」 메설리 박사는 엄숙할 정도로 진지하게 말했다. 「외로운 여자는 지루한 여자죠. 지루한 여자는 충동적으로 행동해요.」

안나는 시선을 브루노에게서 떼어 창문으로 돌렸다. 아르가우 주는 유리에 찍힌 손자국과 기차의 속도 때문에 흐릿하게 보였다. 빅터와 찰스는 액션 피겨 장난감 하나를 두고 다투었다. 안나가 무심코 잊어버리고 두 개를 챙기지 못한 것이었다. 브루노는 둘이 화해하지 않으면 그것을 빼앗아 버리겠다고 으름장을 놓았다. 우르줄라는 뭄프까지 반쯤 갔을 때 이미 잠들어 버렸다. 가늘게 쌕쌕거리는 코골이 소리는 기차의 소음에 묻혀 거의 들리지 않았다. 아이들은 웃음을 터뜨렸다. 안나는 아이들에게 쉿 하고 주의를 주었다. 브루노는 눈을 흘기며 말했다. 「너무 많이 주무신다니까, 어머니는.」 브루노는 효자였지만, 때에 따라서 비판적이었다. 안나에게만 그러는 게 아니라 우르줄라와 다니엘라를 포함해, 그의 인생에 있는 모든 여자들에게 그러했다(하지만 안나에게 가장 혹독했다).

안나는 그를 째려보았다. 「눈을 흘기지 마. 당신 어머니시잖아.」 우르줄라는 코를 골 수밖에 없었다. 노인이 아닌가.

「어머니는 그렇게 나이 들지 않았어.」 안나는 브루노의 이 말만은 인정했다. 우르줄라는 다음 생일에 예순일곱이 되었다. 브루노가 태어났을 때는 고작 스물셋의 젊은 어머니였다. 그녀가 안나의 나이였을 땐, 시어머니의 아들은 버릇없는 10대였다. 안나는 50대나 되어야 모든 아이들이 집을 떠

날 것이었다. 그 생각을 하니 진이 빠졌다. 어머니도 기분이 들쑥날쑥하신다니까, 브루노가 이전에 불평한 적이 있었지만, 안나는 오직 한 가지 기분만 알 뿐이었다. 시큼한 유머, 딱딱거리는 성질, 안나가 못마땅한 행동을 할 때면 얼굴을 일그러뜨리며 보이는 찌푸린 눈빛, 듣고 싶지 않은 말을 안나가 할 때면 뱉어 버리는 침묵. 안나는 시어머니의 마음에 들려는 노력을 오래전에 포기했다.

「운명과 숙명 사이에 차이가 있나요?」 안나는 평소보다 더 불안해하며 안절부절못했다. 메설리 박사는 동시성이라는 개념을 이해하느냐고 물었다. 「아니요.」
「사건은 항상 시간과 공간의 규칙에 따라 일어나는 것만은 아니에요. 어떨 때는 몇 달 동안 연락이 끊긴 친구를 생각만 해도 전화가 오죠. 아니면 아내를 떠날까 고민하는 남자가 다음 순간에 라디오를 틀어 보니 아파트 광고가 나오는 거죠. 동시에 일어나는 어떤 사건들도 우연이 아니에요. 동시성은 내적 현실의 외적 현현이죠.」
안나는 질문하는 눈으로 박사를 보았다.

그날 안나가 정류장 하나를 놓치기만 했더라면, 혹은 상점이나 거리에서 물건을 사는 데에 1분 길게, 아니면 30초 짧게 걸렸더라면, 그 일은 일어나지 않았을 것이었다. 안나는 막 포기하고 집에 가기 직전이었다. 그녀는 배가 고팠다. 추웠다. 쇼핑은 거의 끝났다. 남은 건 우르줄라의 선물뿐이었다. 우르줄라는 뜨개질을 했다. 안나는 털실 뭉치를 사줄

계획이었다. 그녀는 라트하우스브뤼케에서 리마트 강을 건너 노이마르크트에 있는 수공예품점으로 향했다.

몸프로 가는 기차 안에서 벤츠 가족은 각자 자기만의 생각 벽장 속에 들어가 조용히 앉아 있었다. 안나는 외를리콘 기차역 판매대에서 산 독일어 여성 잡지를 뒤적였다. 10월 22일 태어난 안나는 천칭자리였고, 한 달도 지나지 않아 곧 서른여덟 살이 될 것이었다. 숲, 위험, 불, 시험. 별자리 점의 단어 대부분은 그녀가 알고 있는 것이었다. 그녀는 요점만 읽었다. 점은 경고로 끝났다. *Gib acht*(조심하시오).
조심하시길.

메설리 박사는 독일어 수업을 들어 보라고 제안하기 전에 안나에게 일기를 추천했었다. 「분석용으로 가져올 필요도 없고 원치 않으면 나와 공유하라고 하지도 않겠어요. 사적인 내면의 대화라고 생각해요. 하지만 완전히 정직해야 해요. 당신 자신에게만은 모든 것을 인정해야죠.」 안나는 이 생각이 마음에 들었고, 메설리 박사의 충고를 받아들여 그날 상담 후 곧장 박사의 진료실에서 가까운 고급 문구점에 가서 녹색 천 표지에 책등이 평평하고 줄이 없는 일기장을 샀다. 너무 예뻐서 쓰기 아까울 정도였다.
안나는 집에 오는 기차에서 첫 장을 썼다. 모두 인정해, 안나. 얼버무리지 말고. 그녀의 문장은 산만하고 연결되어 있지 않았다. 내가 도망친 모든 것이 나를 따라잡는다. 나는 기도한들 그 대가를 얻지 못한다. 나는 그것들을 내 등에 지고

110

다닌다. 내려놓을 수가 없다. 1년 동안 잠을 잃고 불면증에 시달렸다. 완전히 똑같은 생활이 질질 늘어질 따름이다. 내 얼굴은 일기장의 열쇠 같다. 열어야 할 뭔가가 있다. 나는 여러 종류의 활력 중 대부분이 부족하다. 나 자신만의 특별한 역설에 붙들려 있다. 생존하기 위해 나는 자기 파괴적이다. 하지만 심장의 논리는 자체적인 규칙을 따른다. 나는 그가 그립다. 그립다는 이유만으로.

안나는 자기가 쓴 걸 읽고 얼굴을 찡그렸다. 다시 한번 시도하게 되겠지, 그녀는 확신했다. 아마도. **어쩌면**. 그사이 그녀는 펜을 들어서 공격적인 가위표를 페이지 전체에 그어 버렸다.

「이것에서 뭘 원해, 아치?」 우스터에서 저녁 파티가 있은 후 수요일이었다. 안나는 아치의 침대에서 똑바로 누워 이불을 턱까지 끌어 올려 덮었다. 집에 갈 시간이었지만, 방이 추웠고 그녀는 벌거벗고 있었기 때문에 침대에서 나오면 이 두 가지 사실에 직면해야 했다.

「무슨 뜻이야?」

안나는 이것이 복잡한 질문이라고는 생각하지 않았다. 「이건 관계가 아니란 뜻이야.」

「하지만 우리 지금 막 관계했잖아.」 그는 윙크했다.

안나는 동요하지 않았다. 「어떤 종류의 남자가 유부녀와 불륜을 저지르는 걸까?」 비난하자는 게 아니었다. 그녀는 알고 싶었다.

「적절하지 않은 질문인데.」 안나는 눈을 깜박였다. 그녀는

뭐라고 반박했다. 그는 고개를 저으며 말했다. 「불륜 저지르는 사람이 안 하는 사람보다 더 많아.」

안나는 얼굴을 찡그렸다. 「그럴 리가 없어.」

그는 안나의 질문의 축을 돌렸다. 「유부녀는 어때? 어째서 그런 짓을 하지? 어떤 종류의 여자인 거야?」

「외로운 여자. 지루한 여자.」 안나는 권위자답게 말했다.

아치는 고개를 저었다. 「아니, 그렇지 않아.」

「당신이 어떻게 알아?」 안나는 아치가 이전에도 해본 적이 있을까 궁금했다.

「지루한 여자는 클럽 활동이나 자원봉사를 하지. 슬픈 여자가 불륜을 하는 거야.」

환원주의자의 진술이군, 안나는 생각했다. 하지만 그 점을 따지고 싶진 않았다. 「내가 슬프다고 생각해?」

「당신을 처음 본 순간부터 알았지.」 안나는 그게 어떻게 가능한지 물었다. 「남자는 여자의 슬픔을 냄새 맡을 수 있거든.」

「그래서 내 걸 냄새 맡은 거로군.」 안나는 〈냄새〉라는 단어가 거슬렸다. 슬픔이 장미로 덮을 수 있는 것이라는 듯이. 절망이 비누로 씻어 낼 수 있는 것이라는 듯이.

「그래.」

「그리고 그것을 이용했고.」 안나는 언짢았고 한편으로는 매료되었다. 또 다른 감정이 들었지만, 꼭 집어 말할 수 없었다. 죄책감? 들켰다? 나쁜 짓을 하다가 현장에서 잡혔다? 그런 기분이었다.

아치가 그녀의 말을 정정했다. 「그리고 그것에 반응한 거지.」

「차이가 있어?」

「당신 슬프지 않아?」

이번에는 안나의 차례였다. 「상관없어.」 그녀는 거짓말했다. 그녀는 침대 안에서 자세를 바꾸었다. 1~2분 정도 아무도 말하지 않았다. 「나의 어떤 점이 좋아?」

아치는 웃었다. 「그래, 우리 지금 대화란 걸 나누는 거야, 어?」 안나는 고개를 흔들었고, 아치는 부드러워졌다. 「당신은 복잡해. 쉽게 깨기가 힘들어.」

금고처럼 말이지. 하지만 나는 그렇지 않아. 「고마워. 그런 것 같네.」

「천만의 말씀.」 그들은 바로 누운 채로 각자 천장만 쳐다보았다. 「어째서 내 제안에 좋다고 했어?」

이제 안나가 웃을 차례였다. 「그것 말고는 달리 무슨 말을 하겠어?」

지역 간 열차는 10시 56분에 프리크 역으로 들어섰다. 뭄 프로 가는 S-철도가 지나가기까지는 8분 대기해야 했다. 벤츠 가족은 객차에서 우르르 나가 플랫폼을 바꾸기 위해 역 아래로 내려갔고 환승 열차를 기다리는 동안 빈 벤치에 옹기종기 앉았다. 기압은 내려갔다. 날씨가 바뀌고 있었다. 모두가 피곤했지만, 아직 점심시간도 되지 않았다.

한 달 전, 공룡 뼈의 거대 무덤이 프리크에서 발굴되었다. 아마추어 고생물학자가 찾아냈다. 그는 180개가 넘는 온전한 골격을 발견했다. 2백만 년 전의 플라테오사우루스 화석이었다. 어떤 날에는 안나는 멸망해 버린 공룡들을 부러워하기도 했다. 혜성은 그 궤도에서 벗어나지 않았다. 숙명으로

정해진 아름다운 재앙이 일어났다.

8분은 빨리 지나갔고, 11시 4분이 되자 벤츠 가족은 뭄프로 곧장 향하는 S-철도를 탔다.

수공예품점에는 예쁜 색깔의 부드러운 털실이 가득했고, 모든 것에서 라벤더와 시나몬, 카다멈과 말린 육두구 냄새가 났다. 사랑스럽네, 안나는 생각했다. 정말 그랬다. 사랑스럽고 위안이 되고. 마음이 평온해지고. 그녀는 가게에서 40분을 보내며 이국적인 털실을 고르고, 다 갖고 싶다는 생각을 하면서 푸근한 가게 여주인의 시선을 피해 뺨에 한 번씩 대본 후에야 제자리에 돌려놓았다. 촉각적 경험이 그녀를 위로해 주었고, 안나의 기분을 어둡게 했던 두려움은 걷혔다. 결국, 그녀는 손으로 염색한 실크, 알파카, 캐시미어 뭉치를 골랐다. 우르줄라가 무척 좋아하지만 절대로 직접 사지는 않는 고급 실들이었다. 안나는 자기가 준 선물에 우르줄라가 한 번이라도 만족하리라는 생각에 흐뭇한 마음을 안고 뜨개질 가게를 나섰다.

33번 버스를 탈 수도 있었지만, 곧장 중앙 역으로 갔다. 그것이 안나의 계획이었다. 버스 정류장은 노이마르크트의 동쪽 끝에 있었다. 그래서 안나는 뜨개질 가게를 나서자 바로 오른쪽으로 꺾어야 했다. 하지만 봉투를 한 아름 들고 있는 데다가 가는 방향에 주의를 기울이지 못했고 모자가 오른쪽으로 비뚤어져 눈을 가렸다. 그래서 안나는 보도 한가운데 서 있던 남자를 알아차리지 못했다. 남자도 접힌 취리히 도시 지도 속에 얼굴을 묻고 있었다. 그는 그 얇고 뻣뻣한

종이 속에 2차원으로 묘사된 지그재그형 거리에 푹 빠져 있어서 안나가 자기 앞으로 닥쳐오는 것을 보지 못했다.

동시성은 종종 우연이라는 가면을 쓴다. 적절한 장소, 적절한 시간. 그리고 그때 일어나는 갑작스러운 종류의 사건. 이 경우에는 이 세 가지가 모두 엮여서 공처럼 똘똘 뭉쳐졌고, 팔랑거리는 노란 나비 리본을 맨 고양이처럼 지나치게 달콤한 클리셰가 되었다. 그 사건의 진부한 예측 가능성은 안나가 그 후에 바닥짐처럼 붙들고 놓지 않았던 증거 중 하나였다. 알겠어? 그게 어떻게 진실이 아닐 수 있겠어? 그런 일들은 영화에서만 일어나는 게 아냐.

그녀는 주의를 기울이고 있지 않았다.

그녀는 주의를 기울이지 않아서 그 남자와 부딪쳤다.

「*Eggscusi*(죄송합니다)!」 안나는 그녀가 아는 몇 안 되는 스위스 단어를 써서 즉시 사과했다. 남자는 몸의 균형을 잡고 손을 저어 그녀의 사과를 물리쳐 버렸다. 단순하면서도 매력적인 동작이었다. 이어서 그 또한 사과를 했지만, 영어였다. 그런 다음 그는 불안하게 웃고 안나에게 형편없는 독일어로 린덴호프로 가는 길을 아느냐고 물었다. 그리고 혹시 아신다면, 지도에서 알려 줄 수 있을까요? 검은 머리에 창백한 피부의 남자는 그녀보다 15센티미터 정도 키가 컸다. 그가 접으려고 했던 지도는 접히지 않으려 했다. 그는 잿빛의 가벼운 재킷만 입고 있어서 물안개 속에서 몸을 떨었다. 왼쪽 앞니는 살짝 깨졌고, 눈꼬리에 사마귀가, 역시 왼쪽에 있었다. 안나는 이런 특징들을 알아보았다. 그녀는 음성적 골조를 듣고 그가 중서부 지역 출신이라는 것까지 집어낼

수 있었다. 안나의 심장 속에서 뭔가 용솟음쳤다.

한 번 보고 사랑에 빠진다는 게 가능할까? 안나는 단언할수 없었다. 하지만 무심히 떨어진 눈길의 명령에 따라, 안나는 모든 신화가 정점에 이른 이 사건의 증인이자, 피해자, 노예가 되었다. 그녀의 인생에서 그전까지의 모든 순간이, 중요했던 때와 중요하게 보이기만 했던 모든 때가 합쳐져 이강렬한 순간의 총합, 단 한순간이 되었다. 심장 한 번이 뛰는 짧고 날카로운 찰나에, 그녀는 이제까지 했던 말, 했던 일 중그 무엇도, 앞으로 하게 될 말, 하게 될 일 중 그 무엇도 이 비극의 반에도 미치지 못하리라는 것을 알았다.

안나는 프리크에서 뭄프로 가는 기차 창문을 내다보았다.
그 남자를 만나지 않았더라면 좋았을 텐데.

7

비밀이 가장 안전하게 숨을 수 있는 곳은 탁 트인 장소다. 오이처럼 서늘한 태도를 유지하려고 노력해 보자. 그 비밀이 무엇이든, 모든 이들은 보이는 대로의 모습으로 당신을 받아들일 것이다. 남아메리카로 도망가서 조용한 순응 속에서 살아간 그 나치 간부를 생각해 보라. 그의 말년은 착실하고 흠 하나 없었다. 아침이면 깨어나고, 일어나서, 탁 트인 하루를 향해 걸어간다. 편지를 부치고, 버스를 타고, 시장에서 배를 산다. 야외 카페에서 점심을 먹는다. 그는 커피는 블랙으로 마시고 항상 스포츠 경기 결과부터 읽는다. 예쁜 여자가 지나가면, 모자를 들어 인사한다.

70년 전에 그가 군홧발로 바르샤바의 랍비 갈비뼈를 부러뜨린 적 있음을, 지금 찬 시곗줄은 트레블링카 강제수용소의 문 안에서 집시 마부의 덜커덕거리는 손으로부터 빼앗아 온 것임을 아는 사람은 아무도 없었다.

그러니 아무 말도 하지 마라. 움찔하지도 마라. 자기 역할을 해라. 비밀이 무엇이든 간에 말이다. 천인공노할 것이든,

진부한 것이든, 가늠할 수 없는 것이든, 세속적인 것이든. 그것은 *Aufseher*(수용소 감시원)와, 간통을 저지른 여자가 똑같이 쓸 수 있는 방식이었다. 굳이 광고하지 않으면, 숨길 것도 없다.

그리고 바로 그렇게, 커다랗고 검은 거짓말은 작아지고 하얘진다.

「연금술에 대해 아는 게 있나요, 안나?」

「기본 금속을 금으로 바꿀 수 있다는 믿음 아닌가요?」

메설리 박사는 고개를 끄덕였다. 「그래요, 중세 유럽에는 이런 가능성을 믿는 사람들이 있었죠. 그들은 평생을 바쳐서 실험했어요. 물론 성공하지 못했죠. 하지만 그들이 했던 작업의 전제가 다른 과학 연구의 기반이 되었죠. 주로 화학이요.」

「아.」

「융은 철학자의 관점에서 연금술을 연구했어요. 그는 그것을 분석과 비교했죠. 사람은 비슷한 과정을 통해서 개별화를 이룰 수 있다는 거예요. 무의식의 암흑 물질을 의식으로 변형하죠. 영혼의 황금. 만약 당신이 그러고자 한다면요.」 안나는 〈화학〉이라는 말을 들었을 때부터 이미 의사의 말에 귀를 기울이지 않았다.

다비드는 플랫폼에서 벤츠 가족을 기다리고 있었다. 그는 우르줄라와 안나의 뺨에 키스하고(관습대로 한 번, 두 번, 세 번이었다), 브루노의 손을 굳게 잡고 세게 흔든 후, 명랑하게 소년들의 머리를 헝클어 놓고, 폴리 진을 브루노의 팔

에서 받아 안아서 짧지만 요란하게 아이를 두고 수선을 피운 후 다시 안나에게 건네주었다. 그런 후에 모두 차에 올라타서 다비드와 다니엘라가 같이 사는 집까지 무척 짧은 드라이브를 했다. 빅터는 브루노의 무릎에, 찰스는 우르줄라의 무릎에 앉았다. 이동 거리는 1킬로미터 반밖에 되지 않았다. 다비드는 조심스럽게 차를 몰겠다고 약속했다.

다니엘라와 다비드가 같이 산 건 다니엘라가 열아홉일 때부터였다. 다비드는 그때 40대 중반이어서, 다니엘라의 아버지라고 해도 될 만한 나이였고, 그들의 관계가 시작될 당시에도 아직 아이들 어머니와 결혼한 상태였다. 하지만 다비드와 다니엘라의 사실혼 관계는 이제 20년이 넘었다. 그들은 지금도 잘 지내는 듯했다.

다비드는 숱 많은 회색 머리와 쭈글쭈글한 베이지색 살결을 가진 남자였고, 입술에서 조롱박 파이프가 떨어진 것을 본 적이 없었다. 안나는 다비드가 좋았다. 우르줄라처럼 그도 교육자였다. 30년 넘도록 그는 중학교에서 사회를 가르쳤다. 다비드는 상냥하고, 사근사근하며, 스위스인에게서 쉽게 찾아보기 힘든 유연한 태도의 소유자였다. 이건 일리가 있었다. 그는 스위스인이 아니었으니까. 다비드는 프랑스인이었다.

5분도 지나지 않아, 차는 다비드와 다니엘라의 집에 도착했다.

그 남자는 린덴호프를 찾고 있었다. 린덴호프는 취리히의 가장 오래된 시가지로서, 고대 로마 통관국이 있었던 자리었

다. 이제는 공원이었고, 대부분의 날에는(문제의 그날처럼 날씨가 추워도) 땅에 그려 놓은 체스 판 위에서 어린아이 크기의 *Schachfiguren*(체스 말)을 움직이며 정원 체스를 두는 노인들로 가득했고, 관광객들은 그 구경을 좋아했다. 취리히의 전체 구 시가지가 광장의 전망대에서 내려다보였다.

안나가 영어로 대답하자, 숨기지 못하는 안도감이 그의 얼굴에서 긴장감을 흘려보냈다.

「오, 맙소사. 영어를 하시는군요. 다행입니다. 제 독일어가 엉망이어서.」

안나는 다정하고도 재미있어하는 미소를 지었다. 「그건 분명하네요.」

그도 그녀에게 미소를 지어 보였다. 「방향을 묻는 데만도 용기를 내야 했죠.」

안나는 그의 미소에 답례했다.

그렇게 안나 벤츠와 스티븐 니코데무스의 관계는 시작되었다.

「먼저,」 안나는 그의 손에서 지도를 받아 반대로 돌렸다. 「지도를 거꾸로 들고 있어요. 린덴호프는 강 반대쪽이에요.」 살며시 당황하는 표정이 스티븐의 얼굴에 퍼졌다. 안나는 그를 자세히 관찰했다. 그는 매력적이기도 하고, 동시에 그렇지 않기도 했다. 하지만 안나가 금방 사랑에 빠진 건 그의 외모가 아니었다(그걸 사랑이라고 부를 수 있다면. 2년이 지난 지금, 안나는 그것이 사랑이었다고 더는 확신할 수 없었다). 그의 목소리 때문이었다. 부드러운 급박함이 실린, 흔들림 없고, 낮고, 굳건한 목소리. 그는 친밀하고도 비밀스러운

바리톤으로 말했다. 그의 단어에는 살결이 느껴졌다. 안나는 될 수 있는 한 천천히 린덴호프로 가는 방향을 가르쳐 주었다. 그녀는 실이 뚝 끊어지기 전에 될 수 있는 한 이 만남을 길게 끌었다. 그리하여 그녀는 그의 공간 속으로 몸을 내밀고, 그의 공기를 들이마시며, 그녀의 손을 두드리고, 그의 시선 아래에서 등을 동그랗게 휘었다. 후에 둘 중 한 사람이 깨닫기도 전에, 옷을 더 적게 입고 있는 동안 자기도 모르게 반복하게 될 동작들이었다. 안나는 핸드백에서 펜과 영수증을 찾아, 그가 내려야 할 전차 정류장과 환승해야 할 곳을 적어 주었다. 안나는 그에게 종이를 건넸고, 어색한 몇 초간, 두 사람은 추위 속에 떨면서 서 있었다. 옷을 입긴 했지만, 서로 앞에서 이상하게 벌거벗은 느낌이었다. 다음에 무슨 말을 해야 할지 ─ 말을 해야 한다면 ─ 모르는 상태로. 그들은 동시에 말을 꺼내 버렸다.

「저는 집에 가봐야 할 것 같아요.」

「커피 한잔하실래요?」

두 사람은 불편한 웃음을 나누었고, 서투른 침묵이 다시 한번 돌아왔다. 하지만 모든 의지가 자유로운 건 아니다. 안나는 타인의 시선을 의식하며 멈춰 있던 상태에서 깨어났다.

아, 좋아요. 그녀가 말했다. 가요.

다비드는 그들을 집 안으로 이끌었고, 다른 손님들이 모여 있는 뒤뜰의 정자로 데려갔다. 우르줄라는 식당 탁자에 다니엘라의 선물을 두었고, 안나는 자기 핸드백과 폴리의 기저귀 가방을 의자 등받이에 걸고 다비드와 브루노를 따라

밖으로 나갔다. 우르줄라는 곧장 손님들과 합류하지 않고, 부엌에 들렀다.

다니엘라와 친구들은 커다란 마호가니 야외 탁자에 붙은 벤치 위에 앉아 있었고, 탁자만큼 거대한 양산이 그늘을 드리웠다. 모두 유럽 맥주를 마셨다. 펠트슐뢰센, 휘를리만, 아이히호프. 그리고 모두가 유럽 담배를 피웠다. 파리지엔, 다비도프, 지탄. 라디오는 바젤의 록 채널에 맞추어졌다. 다니엘라는 탁자 중앙 가까이 앉아 있었다. 그녀는 무슨 이야기를 하고 있었다. 안나는 세세한 부분까지는 알아들을 수 없었지만, 다니엘라가 말하는 음조로 보아서는 음담패설임이 짐작되었다. 다니엘라는 왼손에는 반쯤 빈 맥주잔을, 오른손에는 친구가 그녀를 위해 가져온 빨간 깃털 목도리 꼬리를 들고서 말하는 동안 두 손을 흔들었다. 그녀 본인이 웃음을 터뜨리는 바람에 얘기는 간간이 끊겼다. 그녀는 현재의 즐거움에 진지해 보였고, 즐겁고 쾌활했다. 질투를 느낀 한순간, 안나는 이 행복을 가진 다니엘라에게 분한 마음을 품었다. 안나는 폴리를 좀 더 위로 안아 올리고, 그녀는 모르는 기쁨의 가시에서 자기를 보호하듯 카디건을 단단히 여몄다. 브루노는 생일 축하 키스를 하려고 여동생의 이야기를 끊었다. 다니엘라는 맥주를 한쪽에 치우고 일어서서 가족을 맞았다. 그녀는 가족들이 와줘서 순수하게 기쁜 듯했다.

「안나.」 그녀는 문법적으로 정확하지만, 오빠만큼 외국인 억양이 심한 영어로 말을 시작했다. 「이렇게 얼굴 봐서 정말 기뻐요. 너무 아름다워요. 폴리는 참 많이 컸네!」 그녀는 폴리 진을 안나의 품 안에서 해방시켜 주었다. 다니엘라는 조

카딸을 사랑했고, 안나가 허락만 해주면 오후 내내 안고 있을 것만 같았다. 다니엘라는 바젤에 있는 공정 무역 단체에서 일했다. 그녀는 친절하고, 배려 깊고, 재미있고, 진지하며, 호감 가는, 어느 모로 보나 무척 존경스러운 사람이었다. 안나가 다른 상황에서 다니엘라를 알았다면, 두 사람은 친구가 되었을지도 몰랐다. 하지만 그런 상황이 아니었고, 두 사람은 친구가 아니었다. 그들은 시누이와 올케 사이였다. 그들은 친근한 사이였다. 그러나 정확히 말하면 친구는 아니었다.

다니엘라는 다른 손님들에게로 돌아섰고, 그들은 안나를 향해 정중하게 고개를 까딱하며 손을 흔들었다. 안나는 돌아보았다. 브루노는 그녀를 버리고 맥주를 가지러 갔고, 빅터와 찰스는 어른들과 노느니 다비드의 열 살 먹은 세인트버나드, 루디와 노는 편을 택하고 헛간으로 뛰어갔다.

다니엘라의 품에 폴리를 맡겨 두자, 안나는 손을 어떻게 해야 할지 알 수 없었다. 그녀는 학교 무도회에서 파트너가 없는 소녀처럼 좌불안석이었다. 그녀는 브루노 옆에 가려고 해보았으나, 그는 벌써 다른 파티 손님과의 대화에 빠져 있었다. 안나도 이전에 만난 적 있지만 이름이 기억나지 않는 남자였다. 그는 금발에 근육이 탄탄했고 키가 안나보다 3~4센티미터밖에 크지 않았다. 안나의 존재를 알아채자, 그는 원을 넓혀 아무것도 들지 않은 손으로 대화에 끼라고 손짓했다. 그는 브루노가 하던 말을 중간에 끊고, 안나를 보며 자기 맥주를 가리킨 후 눈썹을 치켰다. 「*Willst du*(당신도 원하나요)?」 그렇게 말하는 것 같았다. 그는 스위스어로 말하는 중이었다.

좋네, 물어봐 주다니 참 좋아.

안나는 괜찮다는 뜻으로 고개를 저으며 좀 더 가까이 다가섰다. 그녀는 맥주를 마시지 않았다. 금발의 남자는 고개를 끄덕이고 미소 지은 후 브루노에게 계속하라는 몸짓을 했다.

안나는 스티븐을 근처에 있는 비스트로, 칸토라이로 데려갔다. 그들은 삐걱거리는 나무 의자에 앉았다. 의자 다리가 기우뚱거려서 짜증스러웠다. 안나는 브랜디를 주문했고, 스티븐은 맥주를 시켰다. 그런 후에 두 사람은 이야기를 시작했다. 스티븐은 MIT의 과학자로 짧은 안식 휴가를 받아 ETH, 취리히 공과대학교에 와 있었다. 세계적으로 명문으로 꼽히는 대학교였다. 아인슈타인이 그곳 졸업생이었다. 취리히의 은행과 금융 기업을 제외하면, ETH는 도시의 가장 유서 깊은 기관이었다. 스티븐은 도시의 북쪽 지역이고 그 지역의 기차역과 이름이 같은 비프킹겐에 아파트를 재대여해서 살았다. 안나는 스티븐이 열화학자라는 사실을 알았다. 화(火)화학 연구자. 그는 연소를 연구했다. 스티븐은 불의 전문가였다.

불륜 이후에 찾아왔던 힘든 몇 달 동안, 안나는 스티븐의 일이 가진 상징적 의의와 그 남자가 자기에게 미친 효과를 생각해 볼 시간이 충분했다. 안나는 이런 결론을 내렸다. 불은 아름답도록 잔인하다. 융합은 오로지 특정한 열에서만 일어난다. 피는 사실 끓을 수 있다. 불륜 관계의 소멸은 엔트로피적 반응이고, 그것이 향하는 무질서는 인화성이다. 심장

은 탈 수 있다. 타고, 타고, 타오를 수 있다. 불꽃의 가장 뜨거운 부분이 항상 보이지는 않는다.

　메설리 박사는 책을 한 권 펼쳐 분수에서 사랑을 나누는 남녀를 묘사한 연속 삽화를 가리켰다. 처음에 그들은 비를 맞는다. 다음에 그들의 몸은 한데 융합되어, 둘은 — 이젠 하나가 되어 — 일어선다. 「대립항의 결합이 일어난 결과죠. 왕과 여왕은 수은 욕조에 누워 있죠. 그들은 서로의 벌거벗은 진실을 마주하죠. 정신성적(情神性的) 결합은 의식으로 올라오는 것의 상징이죠.」

　안나는 박사에게 알 수 없다는 표정을 지어 보였다. 「이게 나랑 무슨 상관이죠?」

　「*Schau*(보세요). 존재는 죽으며 육체를 그와 함께 데려가죠. 하지만 다시 돌아와요. 초월이 이루어지지만, 대가를 치러야 해요. 그 대가는 죽음이죠.」

　「상징적 죽음이요?」

　「물론이죠.」

　안나는 옆에 서서 남편이 친구들과 어울리는 것을 보았다. 그가 옛 친구들 사이에서 긴장을 풀고 이렇게 허물없고 친근한 모습을 보고 있으려니 이상했다. 20년이라는 세월이 그에게서 금방 벗겨져 나간 것 같았다. 그녀는 젊은 난봉꾼으로서의 그를 상상했다. 변덕스러운 미소를 띠고 맥주를 벌컥벌컥 마시는 젊은이. 이야기를 할 때 공기를 가르는 두 손. 축구 경기를 설명하고, 여자 이야기를 하고. 스물넷의 브루

노. 안나는 그때 곧 열여덟이 될 나이였다. 두 사람이 20년 전에 만났더라면, 서로에게 겁을 주어 쫓아 버렸겠지. 궁핍한 고독에 빠진 안나와, 다니엘라의 뒤뜰에서 선 그의 육체로부터 그때 그 시절을 기억나게 하는 자세로 자신감을 발산하는 브루노.

브루노는 마지막 남은 맥주 한 모금을 다 마신 후 금발 남자에게 몸을 돌려 한 잔 더 마실 것인지 물었다. 그를 카를이라고 불렀다. 카를은 고개를 끄덕이며, *Jo gärn*(좋아요), 이라고 대답했다. 브루노가 안나 옆을 스쳤을 때, 그는 고개를 숙여서 그녀에게 뭘 마시겠느냐고 물었다. 그의 눈은 20분 전보다 더 다정했다. 맥주 때문이겠지, 안나는 생각했다. 브루노는 술에 취하면 언제나 눈이 부드러워졌다. 물 좀 부탁해. 브루노가 고개를 끄덕이더니 윙크를 하고, 모두가 마실 음료를 가지러 총총 가버렸다.

남편은 금발 남자를 카를이라고 불렀다. 안나는 이제 기억났다. 그는 카를 트뢰츠밀러였다. 브루노와 다니엘라의 어린 시절 친구. 안나는 그의 이름이 바로 생각나지 않았다는 것이 부끄러웠다. 집에 열 몇 번은 왔을 텐데. 그녀는 지금 이렇게 멍한 머리가 다 날씨 탓이라 여겼다.

「어떻게 지내요, 안나. 이렇게 얘기할 수 있으니 친절하네요. 정말 예뻐 봅니다.」 카를은 아주 이상하고 극도로 제멋대로인 영어를 썼다. 〈좋다〉 대신에 〈친절하다〉를 썼고, 〈보입니다〉라는 뜻으로 〈봅니다〉라고 한 것 같았다. 둘 다 그럴 수 있나 싶은 이상한 실수지만, 카를은 처음부터 이상한 사람이었다. 온화하게 보이지만, 의심의 여지 없이 특이했다.

그의 이름조차 약간 정석에서 벗어났다. 이름에 너무 움라우트[22]가 많아. 한때 브루노는 이렇게 흥분한 적이 있었다. 지어낸 이름 같잖아. 스위스적이지 않다고. 움라우트를 제외하고도 브루노의 말이 맞았다. 딱히 스위스답지 않았다. 하지만 카를의 이름이었다. 그리고 그에게 잘 어울렸다.

안나는 자기 옷을 돌아보았다. 그녀는 A라인으로 퍼지는 녹슨 빛깔의 가을 원피스를 입고, 골이 진 노란 타이츠에 검은 메리 제인 구두를 신었다. 안나는 몸에 닿는 원피스의 느낌이 좋았다. 바지와 청바지는 너무 갑갑했다. 안나가 본 바에 따르면 스위스 여자들은 원피스를 별로 입지 않고, 실용적인 바지를 좀 더 좋아했다. 내일이면, 이 원피스는 다시 옷장으로 돌아가 봄까지 처박혀 있을 것이다. 사실 날씨가 추워서 안나는 집에서 뛰어나올 때 손에 잡힌 유일한 카디건으로 패션을 완성했다. 거친 빨간 천으로 만든 옷이었다. 그 때문에 그렇지 않았으면 세련되었을 옷차림이 망가졌다. 「전 지금 추수감사절 장식품같이 보이는걸요.」 안나는 카를에게 말했고, 카를은 웃으면서 손을 절레절레 저었다. 「뭐, 저는 전혀 이해 안 되는데요.」 그는 〈이해가 안 된다〉와 〈모른다〉를 혼동했다. 「슈비츠에는 추수감사절이 없습니다.」 카를은 스위스의 이름을 자국민답게 발음하며 말했다. 그는 또한 불한당 같은 웃음을 씩 지으며 타락한 사람의 자세로 섰다. 양손을 주머니에 찔러 넣고, 두 발을 벌리고 버티고 서서 한번 덤벼 보라는 듯 하체를 내밀었다. 이거 유혹인가? 안나는 의문

---

22 독일어의 변모음. ä, ö, ü가 있다. 트뢰츠뮐러Trötzmüller라는 이름에는 두 개의 움라우트가 있다.

이 일었다. 지금 나를 위아래로 훑어보는 거야? 그래, 카를은 말하면서 그녀를 쳐다보았다. 하지만 보통 사람들이 다 그러잖아, 말하면서 서로를 바라본다고. 안나는 자기 자신을 깨우쳤다. 모두가 너처럼 도덕의식이 제멋대로인 건 아냐.

브루노는 맥주와 안나가 부탁한 물을 가지고 돌아왔다. 그리고 남자들 — **그 장난기 많은 소년들** — 은 하던 대화를 이어갔다. 안나는 애매하게만 주의를 기울이다가, 팀의 이름을 듣고 브루노가 카를에게 길버트 가족과 같이했던 저녁 얘기를 하고 있다는 것을 알아챘다. 브루노는 빠르게 총총거리는 슈비처뒤치로 말했다. 안나는 제대로 귀를 기울일 엄두조차 내지 못했다. 카를은 안나의 좌절을 감지하고, 브루노에게 영어로 말하는 편이 좋지 않겠냐고 했다. 브루노는 맥주를 휘두르며 고개를 흔들면서 슈비처뒤치로 대답했다. 안나도 수업을 듣고 있어, 연습이 필요해. 이 망할 언어를 배울 때도 됐잖아. 안나는 이 말은 이해할 수 있었다. 그는 이 말을 하면서 웃었고, 그 미소는 진짜였다. 그의 몸짓은 모두 진심이었다. 브루노가 한 말은 모두 진심이었다.

안나와 스티븐은 술을 한 잔, 두 잔, 석 잔째 마시며 이야기했다. 안나는 우르줄라에게 전화를 해서, 거짓말로 설명했다. 상점에 너무 사람들이 많아서, 일을 보는 데 계획보다 시간이 두 배로 걸린다. 우르줄라가 빅터를 방과 후에 봐줄 수 있는지? *Kinderkrippe*(어린이집)에서 찰스를 데려와 줄 수 있는지? 해주실 수 있는지? 해주실 수⋯⋯? 물론 우르줄라는 해주었다. 하지만 흔쾌히는 아니었다.

그때쯤 되자 안나는 그때까지 품었던 불편한 기분이 다 빠져나가고 없었다. 심장을 잡아당기는 중력이 또 바뀌어 버렸지만, 이번만은 심장이 헬륨 풍선처럼 머리 위로 둥둥 떴다. 안나는 이 감정이 얼마나 어처구니없는 것인지 인정했다. 중요하지 않았다. 그 순간 허공에 뜬 기분이었다. 바람이 불면 날아갈 수 있을 것 같았다. 그녀는 시계에게 좀 더 천천히 돌아 달라고 빌었다. 시계에게 멈춰 달라고 빌었다.

「독일어에서는 〈…… 해지다〉라는 뜻의 동사 *werden*으로 수동태를 만들 수 있죠. 그래서 자전거는 훔쳐진다고 표현할 수 있죠. 아니면 여자가 슬퍼진다처럼.」

아니면, 몸이 황폐해질 수도 있겠지. 그리고 심장이 부서질 수도 있고. 어쨌든 이런 식이 안나에겐 이해가 더 쉬웠다. 〈……이다〉는 정적이었다. 〈…… 해지다〉는 동작을 내포했다. 무기력한 항복으로 향하는 모순적인 움직임. 그게 무엇이든 간에, 내가 그 일을 하는 게 아니다. 그 일이 내게 행해지는 것이다. 수동성*passivity*과 정열*passion*은 시작은 비슷하다. 다른 것은 어떻게 끝나는가일 뿐이다.

시계는 멈추지 않는다. 결국, 큰 실망감을 느끼며 안나는 술에서, 어지러운 느낌에서, 스티븐의 곁에서 자기를 떼어 냈다. 안나가 집에 가야 할 시간이었다. 그녀는 냅킨에 전화번호를 적어 주고, 윙크하며 잃어버리지 말라고 간청했다. 그녀는 기차역으로 행복하게 돌아오며 얼굴을 붉혔다. 그래, 그래, 물론이지. 잠깐 시시덕거린 것뿐이야. 그 이상은 아니지.

욕망이 내게 진실을 말하도록 의존하지 않을 거야. 욕망이 진실을 말하는 법도 별로 없으니까. 그 사람은 전화하지 않을 거야. 사실은 해서는 안 되지. 하지만 집으로 향하는 열차가 조차장을 지나쳐 중앙 역 서쪽으로 굴러 들어올 때, 안나는 손에서 전율을 느꼈다. 그녀는 오한이 들어 떨리는 것이라 치부해 버렸다. 어쨌든 겨울이니까. 하지만 그 전율이 반복되자, 안나는 휴대 전화의 진동임을 깨달았다. 누군가 보낸 메시지가 들어온 것이었다. 내일 뭐 해요? 안나는 답장하지 않았다. 하지만 그 메시지의 꼬리를 물고 다른 메시지가 들어왔다. 나를 만나러 와요. 열차가 천천히 디틀리콘 역에 멈추었을 때, 마지막 메시지가 도착했다. 내일, 오전 10시, 뉘렌베르크슈트라세 12번지. 안나는 답장을 해야만 했다. 다른 도리가 없었다. 그녀는 자기에게 말했다. 확신을 주려 했다. 다른 도리가 없다고. 그녀는 짧은 답장을 보냈다.

좋아요.

그녀는 그 남자와 잘 의도를 숨기는 척도 하지 않았다.

8

다니엘라의 파티는 평범하고, 심지어 지루하기까지 했다. 2시가 되자, 사람들은 세르벨라, 보통 스위스의 국민 소시지로 알려진 굵고 몽땅한 부어스트를 한 상 가득 펼쳤다. 3시에는 벤츠 남매의 먼 친척이며 가까운 곳에 사는 에바가 구워 온 버터크림 케이크를 먹었다. 4시에는 다니엘라가 받은 생일 선물을 풀어 보았다. 모두 다섯 개였다. 안나는 머리가 지끈거렸다. 휴대 전화를 확인해 보니, 아치에게 온 메시지가 있었다. 내일 수업 끝나고? 그녀는 답장했다. 어쩌면.

다음 날, 스티븐 니코데무스를 만나기로 한 오후에 안나는 찰스를 어린이집에 맡겼다. 우체국에서 돌아오는 우르줄라를 거리에서 마주쳤을 때는 시내에서 잠깐 더 쇼핑할 게 있지만 늦지 않게 집에 와서 찰스를 데려오고 학교 갔다 온 빅터를 챙기겠다고 말했다. 우르줄라는 고개를 끄덕이고 계속 걸어갔다. 안나는 쓸데없는 말이 많았다고 자책했다. 거짓말을 하는 비법은 단순히 아무 말도 하지 않는 것임을 깨

닫기 몇 주 전의 일이었다. 건너뛰어, 안나, 건너뛰어. 세세한 부분을 적게 말해야 더 신빙성 있게 들려. 안나는 역에 도착했을 때 평소 타던 기차에 탔다. 하지만 중앙 역까지 쭉 타고 가는 대신에, 바로 전 역인 비프킹겐에 내렸다. 바로 앞선 역 외를리콘에서부터 비프킹겐까지는 2킬로미터 정도로 짧았고, 그중 4분의 3은 어둡고 곧은 터널이었다. 터널은 안나를 불안하게 했다. 그녀는 기차를 타고 다니면서 위로를 느꼈지만, 오로지 탁 트인 곳에서만이었다. 터널에서는 그 위의 땅밖에 생각나지 않았다. 만약 땅이 무너지면 어떡하지? 내가 흙 아래 묻히면? 지하에 묻힌다는 건 어떤 기분일까? 죽을 때 그걸 알게 될까? 터널 안에서는 다른 데로 신경을 돌리려고 애썼다. 그때는 손에 도시 지도를 들고 머리 위의 지리를 상상하며, 기차 노선을 따라 그렸다. S3을 탔더라면 취리히베르크 언덕, 돌더반,[23] 국제 축구 연맹 본부, 고크하우젠과 토벨호프 사이의 빈 들판을 그려 봤을 것이었다. 이 열차, S8에서는 자기가 지나가는 땅 위의 집들과 그 안에 사는 사람들을 상상했다. 요리하는 사람, 자는 사람, 싸우는 사람, 사랑을 나누는 사람. 발코니에 앉아서 자기 연민에 빠져 있을 사람. 누군가의 마음을 무너뜨린 사람. 자기 마음이 무너진 사람. 넋두리 같긴 해도, 그렇게 하지 않는 것보다는 덜 심란했다. 터널을 통해서 하나의 육체가 세상 안으로 들어가는 거야. 안나는 생각했다. 그럼 육체가 세상을 떠날 때는? 안나는 알지 못했다. 어떤 사람들은 빛의 터널 이야기를 했었다. 안나는 기꺼이 그것을 사실로 받아들일 마음이

23 취리히에 있는 톱니 궤도식 철도.

있었다.

약간 걸으니 뉘렌베르크슈트라세가 나왔다. 스티븐은 건물 앞 벤치 앞에 앉아 있었다. 그는 그녀를 기다리는 중이었다. 그는 그녀를 1층 자기 방으로 데려갔다.

안나는 한 번도 전희에 열광한 적 없었다. 그녀는 육체가 긴장하고 쾌락을 눌러 놓았던 댐이 터지기 전에 문지르고 쑤셔서 고온계가 폭발하는, 복잡한 30분의 과정을 견딜 필요가 없는 여자였다. 그녀의 욕망은 기본적이었다. 집어넣어, 빼내. 가능한 한 오래 반복해.

이것이 안나의 첫 번째 불륜이었다.

얼마나 거칠게 섹스를 했던지 그 후에는 둘 다 걸을 수도 없었다.

메설리 박사는 별들, 해와 달, 그리고 머리 둘 달린 용으로 가장자리를 장식한 세 발 분수 그림을 가리켰다. 연기가 나는 기둥이 양쪽에 뭉게뭉게 퍼져 갔다. 「불은 말이죠」 박사가 말했다. 「첫 번째 변형 행위예요. 그리고」 그녀는 덧붙였다. 「연금술에서, 불은 리비도[24]와 항상 연결되어 있어요.」

안나는 너무 많이 먹었다. 배가 아팠고, 속이 편하지 않았다. 그녀는 집에 갈 준비를 했지만, 다른 사람들은 적어도 두 시간은 자리를 뜰 것 같지 않았다.

그녀는 식탁에서 일어서서 머리 위로 팔을 뻗으며 주변을

24 인간이 내재적으로 가지고 있는 성욕, 또는 성적 충동을 뜻하는 정신분석학의 개념.

둘러보았다. 「산책 갈 사람 있어요?」 브루노는 꿍 소리를 냈다. 맥주 기운이 올라와서 이제 그는 피곤한 것 같았고 심술궂게 굴었다. 안나는 그 소리를 싫다는 뜻으로 받아들였다. 우르줄라는 아무 흥미를 보이지 않았다. 사내아이들은 다른 곳에 있었다. 다니엘라는 상대할 손님들이 있었다. 폴리 진조차도, 안나와 동행할 수 없었다. 아이는 다비드와 다니엘라의 침대에서 잠들어 있었다. 안나는 어깨를 으쓱하고 혼자 나섰다.

고작 차로를 내려갔을 뿐인데, 다니엘라가 뒤에서 부르며 우산이 필요하지 않냐고 물었다. 안나는 고개를 저으며 됐다고 했다. 종일 비가 내릴 것 같은 날씨였다. 그렇지만, 아직 내리지 않았다. 그녀는 위험을 감수하기로 했다. 몇 발짝 더 갔을 때, 누가 그녀의 이름을 또 부르는 소리가 들렸다. 그녀는 돌아섰다. 카를 트뢰츠뮐러가 그녀와 같이 가려고 뜰을 뛰어서 건너오고 있었다. 「같이 가고 싶습니다.」 그는 말했다. 브루노는 그들이 있는 방향을 잠깐 쳐다보긴 했지만, 다시 대화로 돌아갔다. 안나는 브루노의 허락이 필요 없었다. 하지만 받은 것 같기는 했다.

카를은 안나를 따라잡았고, 두 사람은 뭄프 숲으로 향하는 길을 내려가기 시작했다.

「양동이를 생각해요, 안나. 당신 심장은 밑바닥에 구멍이 뚫린 양동이예요. 새고 있죠. 그걸 가득 채울 수는 없어요.」
안나는 모호하게 고개를 끄덕였다. 참새 한 마리가 바깥 창문틀에 앉았다가 휙 날아갔다. 「내겐 구멍이 있어요.」

「시간이 흐르면서 그 구멍은 넓어져요. 1프랑짜리 동전 크기만 했던 게 작은 자두 크기가 되었다가, 사과, 나중에는 사람 주먹만 해지죠. 나중에는 구멍이 너무 커져서 양동이에는 밑이 없게 되죠. 그러면 쓸모가 없어지죠.」

「내 심장은 쓸모가 없어요.」 공허한 말이었다.

메설리 박사는 고개를 흔들었다. 「아니, 안나. 내가 하고 싶은 말은 치명적인 상처를 빨간약과 깁스로 치료할 순 없다는 거예요. 그 구멍을 때워요. 그것만이 유일한 방법이에요.」

2006년 1월과 2월, 그리고 3월 전반부에 안나는 틈만 나면 스티븐 니코데무스의 품 안에서 시간을 보냈다. 그 팔은 여위었지만 유능했다. 강하진 않았지만 **그의** 팔이었다. 안나는 사랑에 빠졌던 것이다. 아니, 어떤 형태의 사랑에.

그들은 종종 과학적이고 이론적인 것들을 이야기했다. 그들이 연애하는 방식이었다. 그들 전희의 거의 모든 것이었다. 이전에는 아무도 스티븐에게 물어보지 않았던 질문을 그에게 하는 것은 안나의 도전이었다. 어째서 불은 뜨거워요? 그녀는 물었다. 불이 차가울 수도 있나요? 어째서 모직은 타지 않아요? 불꽃은 무게가 있나요? 부피는요? 불에 완전히 저항력이 있는 물체가 있나요? 불은 스스로 붙을 수 있나요? 불은 얼 수 있나요?

안나는 불에 대한 모든 것에 페티시가 생겼다. 그녀는 응접실에서 초에 불을 붙이며 손바닥으로 불꽃을 통과해 보았다. 그녀는 스토브 뚜껑을 열어 점화용 불씨를 응시했다. 그녀는 꿈에서 폭발을, 불타오르는 집을 봤다. 밤에 희열에 젖

은 땀을 흘리며 잠에서 깼다. 최후의 성냥을 그어 이 침대 가운데에 불을 붙이면 어떻게 될까? 안나도 자신이 이성의 한계에 다가가는지도 모른다는 것을 알았다.

스티븐은 자신의 일을 그녀에게 설명해 주려 애썼다. 열화학은 응용과학이라 여러 분야에 실용적인 쓸모가 있어요. 그는 말했다. 안나는 대답했다. 내게 응용해 봐요, 당신의 과학을요, 교수님. 그런 후에 그녀는 그의 침대에 몸을 던졌다.

「체계가 다르면 연금술의 단계에도 다른 이름이 붙죠.」박사가 말했다.「하지만 타오른 다음에 오는 단계는 세척이죠. 솔루티오. 석화된 요소를 물로 씻어 버리는 것이에요. 가령, 눈물처럼.」

다비드와 다니엘라의 집은 숲 옆에 붙어 있었다. 안나와 카를은 숲속 나뭇잎들이 이룬 천장, 나무의 차양 아래로 들어갔다. 그들은 로트바일러종 개를 산책시키는 남성적 느낌의 여자를 지나쳤다. 「Grüezi mitenand(안녕하세요).」여자는 지역 방언으로 인사했다. 안나와 카를은 답례 인사를 했다. 여자는 이제까지 지나친 유일한 사람이었다. 안나는 우산을 가져와야 했을까 생각했다. 몇 발짝 더 들어섰을 때 이슬비가 내리기 시작했다.

카를과 안나는 3~4분 동안 2인용 침묵에 잠겨 걸어갔다. 카를은 우락부락한 근육질로, 약간 벌어진 체격에 미세한 안짱다리였다. 금발은 햇볕에 타서 빛바랬고, 두 손엔 굳은살이 박였으며, 불그스름한 얼굴은 사근사근했다. 카를은 아르가

우 주에서 *Holzfäller*(벌목꾼)로 일했다. 카를과 안나는 시시껄렁한 잡담을 나눴다. 그는 열세 살 난 아들 빌리 얘기를 꺼냈다. 그 애는 지금 엄마와 함께 베른에 살고 있고, 카를과 아이 엄마는 이혼한 상태였다. 그는 캘리포니아에서 보냈던 작년 휴가 얘기를 했다. 그는 텔레비전 프로그램에서 본 농담을 안나에게 했고, 미국이 그립냐고 물었다. 안나를 위해 그는 소리 내어 식물과 나무들의 이름을 말해 주었다. *Bergulme*(스코틀랜드 느릅나무). *Elsbeere*(마가목). *Hagebuche*(서어나무). *Efeu*(담쟁이). 안나의 상태는 더 나아지지 않았다. 몸이 다가오는 필연성을 감지라도 하듯, 위가 불편한 기분으로 요동쳤다.

2006년 3월 중순, 안나는 뉘렌베르크슈트라세의 아파트 바닥, 스티븐 앞에 누워 있었다. 그녀는 울부짖었다. 나를 데려가요, 나도, 당신과 같이 데려가 줘요. 그녀 인생 최악의 날이었다. 한 번도 그렇게 끔찍한 기분을 느낀 적이 없었다.

아니, 안나. 그런 일은 없어요. 그는 참을성 있게 말했지만, 목소리에서는 언짢은 기색이 묻어났다. 그는 잔인하게 굴고 싶지 않았다. 안나는 그를 붙잡을 방법을 움켜쥐었다. 난 어쨌든 갈 거예요. 나를 말릴 수 없어요.

그건 사실이었다. 그는 그녀를 말릴 수 없었을 것이다. 안나가 스티븐을 쫓아 미국으로 돌아가기 위해 필요한 만큼의 용기가 있었다면, 그걸 썼을 것이다. 자기를 증명하고 따라가겠다는 약속을 지켰을 것이다. 그러나 그녀는 그런 용기는 없었다. 심지어 은행 계좌도 없었다.

저기, 음, 브루노? 그게, 나 보스턴까지 가는 편도 비행기 티켓이 필요해. 그날 그녀를 웃긴 것이라고는 그런 통화에 대한 상상뿐이었다. 아니다. 스티븐이 그녀를 데려가는 사람이어야만 했다. 그 상상이 중요해지려면, 진짜가 되려면, **그가** 직접 실행해야 했다. 바로 **그가** 그녀를 잡아서 끌고 가야 했다. 그녀 쪽에서는 나는 다른 선택이 없어요, 라고 말할 수 있어야 했다.

하지만 스티븐은 그렇게 하지 않았다. 그래서 안나는 그를 따라 보스턴까지 갈 수 없었다.

그 석 달 동안, 두 사람은 대부분의 나날 동안 하루에 적어도 한 시간은 함께 보냈다. 그들은 그의 아파트에서 만났다. 그들은 숲에서 만나 산책했다. 그들은 ETH 근처에서 만나 점심을 먹고, 커피와 차를 마시고, 그의 연구실 닫힌 문 뒤에서 급하게 사랑을 나누기도 했다. 그러나 그 필연적인 일은 곧 필연적이 되었다. 스티븐은 떠났다. 고향으로 돌아갔다. 그는 돌아오지 않았다.

나는 제기랄, 철저히 이용당하고 말았어.

그녀는 그럴 의지는 없었지만, 눈물에서 위안을 받았다. 그녀는 눈물을 숨기는 방법으로 알고 있는 것 중에는 가장 좋은 방법을 써서 그 눈물을 숨겼다. 한밤에만, 산책할 때만, 아무도 의문을 제기할 수 없을 때만 울었다. 하지만 눈물은 너무나 많았다.

그리고 일상의 회오가 너무 많이 찾아왔다. 망할, 안나, 고작 석 달짜리 연애에 이렇게 많이 슬픔을 낭비한단 말이야? 그녀는 합리적으로 되려고 애썼다. 자기 가족에 집중하려고

애썼다. 죄책감을 느끼려고 애썼다. 그렇지만 느낄 수 있는 감정은 벗어날 수 없는 슬픔뿐이었다.

하지만 진정한 비애는 낭비가 아니었다. 그리고 모든 비애는 진짜였다. 이것은 안나가 인정할 수 있는 것 이상이었다. 그녀의 부서진 마음이라는 당면한 문제를 넘어서는 것이었다. 하지만 그녀는 오랫동안 그 사실을 알 수 없을 것이었다.

4월 중순, 안나는 계획을 세웠다. 이기적이고 되돌릴 수 없는 계획이었다. 하지만 이상하도록 맑은 정신에 합리적인 듯 보이잖아, 그녀는 생각했다. 브루노는 권총을 갖고 있었다. 제2차 세계 대전 시기의 루거. 반자동이었다. 여자의 손에도 맞을 만큼 가볍다. 토글 잠금 방식. 금속 조준기가 달린 나치의 휴대용 무기. 어느 날 밤 숲속으로 들어가서 다신 걸어 나오지 않을 거야. 두 번 안나는 용기를 냈다. 두 번 안나는 숲속으로 들어갔다. 두 번 용기가 나지 않아서 무사히 숲에서 돌아왔다. 두 번 다 손이 너무 떨려서 총을 잡을 수 없었다. 역설은 분명했다. 방아쇠를 당기는 게 너무 무서워서 죽을 수 없어.

하지만 다시 시도할 용기를 내기도 전에 생리를 한 번 걸렀다(그리고 두 번째 시도 후에 다시는 시도하지 않으리라는 것도 알았다). 브루노는 계속 아이를 하나 더 원했었다. 안나는 원하지 않았었다. 하지만 불륜의 죄책감과 결별의 스트레스가 따라붙고 있었다. 아이라면 그녀의 죄를 사하여 줄 수 있었다. 아이는 그녀에게 위로상(賞)이 될 수 있었다. 그녀의 유일한 위로.

15분 정도 산책한 끝에, 카를과 안나는 *Waldhütte*(숲속 오두막)에 도착했다. 스위스의 삼림 지대에는 무료로 이용할 수 있는 오두막이 수백 개 퍼져 있었다. 이 오두막은 다른 것들에 비해서 아주 기초적인 설비만 있을 뿐이었다. 벽이 세 개뿐인 작은 오두막으로 그 안에는 긴 의자 두 개와 그날 아침에 썼던 것처럼 보이는 불 구덩이가 있었다. 오두막의 안쪽 벽에는 천장부터 바닥까지 낙서가 가득했다. 안나가 보기에 스위스 사람들은 청결과 질서에 요란을 떨지만 낙서는 느슨히 넘기는 편이었다. 어디에나 낙서가 있었다. 안나는 니스 칠한 통나무 벽에 쓰인 불가해한 낙서를 가리켰다. 「뭐라고 쓰여 있는 거예요?」 안나가 물었다. 안나는 대답에는 관심이 없었지만, 이런 잡담이 안전했고, 안나는 그런 안전을 추구했다. 카를은 좀 더 가까이 다가오더니 한 손을 그녀의 등 오목한 곳에 대고 속삭였다. 너에게 키스하고 싶어, 라고 쓰여 있네요, 안나.

안나가 뭐라 말하기 전에, 카를이 그녀의 몸을 돌려 마주 보게 하자, 그녀는 카를의 몸과 벽 사이에 끼이게 되었다. 그는 그녀에게 키스했다. 그의 혀에서는 종일 마셨던 독한 *Weizenbier*(밀 맥주) 냄새가 났다.

안나는 반항했다. 「안 돼요, 카를, 안 돼요.」 카를은 안나의 귀에 〈돼요〉라고 작게 소곤거렸다. 〈돼요〉만으로 충분했다. 안나의 수동적 자아가 굴복했다. 나는 이 남자가 섹스하게 놔두겠지. 도둑에게 벌린 지갑을 건네는 것이나 마찬가지였다.

안나는 즉시 대여섯 가지 생각을 했다. 이걸 말려야 해. 수

치심을 느껴야 해. 침범당하는 기분을 느껴야 해. 브루노에게 미안해야 해. 미안해하지 않는 것에 미안해야 해. 지금 몇 시지? 내 아들들은 어디에 있지? 비가 내리고 나는 숲속에 있어. 오늘은 다니엘라의 생일인데, 나는 여기서 이 남자가 나와 섹스하도록 놔두고 있어. 카를은 안나에게 다시 키스했다. 안나가 카를에게 다시 키스를 돌려주자, 이런 생각들은 작은 새처럼 날아가 버렸다.

짧고, 거친 섹스였다. 카를은 안나의 타이츠와 속옷을 벗겨 내렸다. 안나는 오른쪽 신발을 발로 차서 벗어 버리고 다리와 발을 비틀어 타이츠에서 벗어났다. 그녀는 허벅지로 카를의 엉덩이를 감고 그를 자기 쪽으로 잡아당겼다. 그는 벌써 허리띠를 풀고 청바지와 팬티를 끌어 내리는 중이었다. 그의 성기는 단단하고 축축했다. 안나도 젖게 하기엔 충분했다. 그래, 바로 그거야, 집어넣어요. 그녀의 말이 어찌나 조용했는지, 그녀의 목소리는 입술 주위의 공기에만 들릴 지경이었다.

서로의 옷을 마구잡이로 벗겨 내자 피부끼리 맞닿았다. 안나는 딱 한 번 겁에 질렸을 뿐이었다. 산책로 위에 부스럭대는 발소리가 들렸다고 생각했다. 「나무에서 나는 소리예요.」카를이 말했고, 그의 말이 맞았다. 그리하여 안나는 눈을 감고 허벅지를 한층 더 넓게 벌렸다. 카를은 초대를 받아들여 더 깊게 밀고 들어왔다.

그때 무언가가 일어났다. 안나는 변화를 느꼈다. 변연계의 미끄러짐. 전치(轉置). 전율의 느낌이 피부 아래에서 움직이기 시작했다. 그 감각은 빠져나가길 원했다. 더 세게, 카

를. 좀 더. 지금. 그는 시키는 대로 했다. 찔러 넣을 때마다 무언가를 풀어 놓았다. 걱정, 공포, 수수께끼, 절망, 슬픔. 그것이 뭐든 간에 하나하나 차례로 떨어져 나갔다. 나는 되고 싶지 않지만 친구가 되어 주길 간청하는 메리. 나의 슬픔을 냄새 맡은 아치. 이따금 별로 사랑하지 않는 빅터. 죽을 때까지 사랑할 스티븐. 입 좀 닥치고 있어 주었으면 싶은 우르줄라. 이미 내 말을 너무 많이 들어 버린 메설리 박사. 그 수요일이 없었더라면 존재하지 않았을 폴리. 한스. 마르그리트. 이디스. 오토. 롤란트. 알렉시스. 돌아가신 부모님. 내 나이. 내 얼굴. 내 가슴. 브루노. 당신을 위해서라면 할 수 있는 걸 다 했어. 그냥 나를 봐! 어쨌든 날 사랑해 줘! 안나는 울음을 터뜨리기 시작했다. 카를은 동작을 멈추고 바라보았지만 안나는 그를 주먹으로 쳤다. 계속해! 그는 그렇게 했다. 안나는 다시 한번 장황한 생각 속으로 굴러떨어졌다. 그가 세게 밀고 들어올수록, 그녀의 생각은 더 생생해졌다. 말 하나하나가 쪼개지며 새로운 카타르시스를 열었다. 몇 년 만에 가장 정직해진 순간이었다. 그녀는 그 말들이 덮쳐 오도록 가만히 놔두었다. 그 속에 누워 있었다. 나는 지랄 같은 수은 욕조 속의 여왕이야. 그녀는 박사가 한 말을 기억했다. 존재는 죽으며 그와 함께 육체를 데려가죠. 초월의 대가는 죽음이에요.

안나는 소리 없이 찾아온 예상치 못한 오르가슴에 항복했다. 카를은 사정하면서 몸을 떨고 신음했다. 안나는 그를 꽉 붙들고 그와 함께 요동친 다음, 비누칠한 손가락이 꽉 끼는 반지를 빠져나가듯 그가 빠져나가도록 놔두었다.

안나는 옷을 입으며 숨을 골랐다. 카를은 청바지를 다시 입고 지퍼를 올리며 안나에게 그녀의 신발을 건넸다. 「기른 시간 동안 하고 싶었어요.」 그가 하려던 말은 〈긴〉이었을 것이다. 안나는 그의 말을 믿지 않았지만, 그건 중요하지 않았다. 「또 해요.」 그가 말했다. 안나는 자동적으로 동의했다. 그래요.

안나는 스티븐에게 폴리 진에 관한 얘기를 하지 않았다. 사실, 그녀는 그에게 연락한 적이 없었다.

7시 15분이 되자, 벤츠 가족은 집으로 향했다. 남자아이들, 폴리, 우르줄라는 프리크에서 환승 후 잠이 들었다. 집에 도착한 건 9시가 지난 시각이었다. 기차에서 안나는 휴대 전화로 통화하는 스위스 육사 생도를 보았다. 그녀는 전화 반대편에 있는 사람을 상상하며 시간을 보냈다. 어머니일까? 아버지일까? 여자 친구? 오늘 저 사람도 여동생의 생일일까? 안나는 잠든 딸을 안고 있었다. 빅터는 머리를 안나의 어깨에 기댔다. 장남에 대한 애정이 솟구쳐 그 애의 머리에 코를 박아 보니 아이에게서 다비드의 개 냄새가 났다. 찰스도 잠들어 있었다. 찰스는 힘든 오후를 보냈다. 안나가 산책 간 동안, 나무에 올랐다가 나뭇가지에서 떨어져 버리고 말았다. 손바닥을 베였다. 안나가 돌아왔을 때 아이는 욕실에서 상처를 씻기려 하는 브루노와 실랑이하며 울부짖고 있었다. 안나가 아이를 떠맡았다. 「엄마가 이거 씻어야 해, 내 보물.」 안나는 달랬다. 찰스는 고개를 저었다. 「아프다는 거 알

아. 그러니까 눈을 감으렴. 빨리 끝낼 거야, 알겠지?」 찰스는 훌쩍거리면서 손을 내밀고 눈을 감았다. 안나는 1분도 안 되는 시간 내에 상처를 씻어 말린 후 연고를 바르고 거즈 붕대로 싸서 테이프로 붙였다. 안나가 찰스에게 어쩌다 이랬냐고 물었더니, 기억나지 않는다고 답했다. 안나는 엄격한 표정을 애써 지으며 주의를 기울이지 않았다고 꾸짖었다. 그런후에는 아이를 꼭 껴안아 주었다.

「어떻게」 집까지 반쯤 왔을 때, 브루노가 졸린 목소리로 물었다. 안나가 치료를 시작한 후로 처음이었다. 「정신과 의사하고는 어떻게 되고 있어? 무슨 얘기해?」

우리가 자기 얘기를 하는지, 알고 싶은 거네. 안나는 생각했다. 「내가 세계에 좀 더 충실하게 참여할 수 있는 궤도에 어떻게 하면 진입할 수 있을지 얘기해.」 안나는 메설리 박사의 말을 인용해서 말했다.

이 말에 그는 만족한 듯했다. 그는 하품을 하더니 안나의 다리를 가리켰다. 「타이츠가 찢어졌네.」 안나는 내려다보았다. 오른쪽 정강이 부분에 10라펜짜리 동전만 한 구멍이 뚫렸고 거기서 올이 풀려 있었다. 옷을 입을 때 발톱에 걸렸던 모양이었다.

「몰랐어.」 안나는 말했다. 거짓말은 아니었다.

안나는 임신 기간 동안 자기 자신과 화해했다. 이게 그의 이별 노래였겠지, 그녀는 생각했다. 그가 미처 고하지 못한 안녕. 이건 간직할 가치가 있는 그의 유일한 부분일 거야, 그녀는 그렇게 우겼다. 비참한 기분에 구역질이 났다. 입덧할

때는 울음을 터뜨렸다. 다른 임신 기간에도 훌쩍대고는 했으니, 매일 눈물을 흘린다고 해도 그 누구에게도 놀랄 일이 아니었다.

안나는 메설리 박사에게 이름 모를 숲속에서 화재로 초토화된 오두막을 본 꿈에 대해 이야기하고 무슨 뜻이라고 생각하는지를 물었다.

무어어라고오 생각해요오, 안나?

안나는 반 시간 남짓 침대에 누웠다가 문을 나섰다. 서둘러 남자아이들을 목욕시키고 폴리를 침대에 뉘었다. 안나가 침실로 들어왔을 때 브루노는 잠들어 있었다. 안나는 되도록 조용히 옷을 벗고, 얇은 면 잠옷으로 갈아입은 후 침대 안으로 숨어들었다. 브루노는 돌아눕더니 한쪽 팔로 아내를 감았다. 습관적 행동이었다. 안나는 몸을 웅크리고 벽을 바라보았다.

어쩌다 나는 이렇게 방종하게 되었을까?

내일 안나는 독일어 수업 두 달째를 시작할 것이었다. 초급 심화반 2.

아, 브루노, 브루노. 그녀는 잠이 덮치기를 기다리며 소리 없이 입 모양으로만 되뇌었다. 이건 당신의 아수라장이기도 해.

폴리 진의 출산 한 달 전, 안나는 한밤에 집을 떠나 언덕을 올라서 언제나 울러 가곤 했던 벤치로 갔다.

밤에, 차가운 가을 공기에, 별들에, 저 멀리 기차에, 그 뒤

의 숲에, 저 아래 잠든 마을 사람들에, 안나는 고백했다.

나는 그를 사랑해. 그를 사랑해. 사랑해.

고통을 겪는 사람들이 마약성 진통제를 사랑하듯이.

10월

9

「한 번 실수는 뻐끗한 것일 수 있죠. 같은 실수를 두 번 반복한다고요? 그건 일탈이죠. 과실이에요. 하지만 세 번째?」메설리 박사는 고개를 저었다. 「무슨 짓을 저질렀든 끝까지 저질러진 거죠. 당신의 의지가 작용한 거예요. 결과를 청한 거죠. 그 반향을.」안나는 오른손으로 왼손을 잡아 무릎 위에 올려놓았다. 「선행 사건은 이미 확립되었어요. 원하는 걸 얻게 되겠죠. 그리고 이런 실수들을 굳이 찾아 나설 필요는 없어요. 이제부턴 그것들이 당신을 찾아올 테니까.」

9월의 끝이 불확실했던 것만큼, 10월의 시작은 편안했다. 그런 일은 종종 있었다. 모든 달은 자기 나름의 시작으로 시작한다. 칠판은 깨끗이 지웠다. 브루노는 일에 전념하여 그쪽에만 신경을 쏟았다. 빅터와 찰스는 학교 다니느라 바빴다. 매일 아침 우르줄라는 로젠베크의 집으로 와서 폴리 진을 돌보았다. 그리고 안나는 독일어 수업 두 번째 학기를 시작했다.

9월 학기의 졸업생 대부분이 10월에도 등록했다. 나머지는 다른 반에서 온 학생들이었다. 모든 사람의 독일어가 향상되었다. 안나도 마찬가지였다. 안나는 특히. 롤란트의 수업을 듣는 것이 덜 어려워졌다. 무슨 말인지 좀 더 분명해졌다. 가을날이 점점 황량해져도 외를리콘 교실의 분위기는 사교적이고 친근해졌다.

메설리 박사가 예측했듯이, 안나는 수업의 결과로 독일어를 소리 내어 말하는 데 점점 익숙해졌다. 그리고 그 결과의 결과로 안나는 동떨어진 느낌을 덜 받게 되었고, 이전과는 다른 방식으로 일상이 조금 더 편안해지기까지 한 것만 같았다. 어떤 날에는 광장의 엄마들에게 말을 걸었다. 다른 날에는 코오프의 계산원과 잡담을 나누기도 했다. 그것은 정말 처음 있는 일이었다. 계산원은 답례 인사로 보람 있는 미소를 지어 보였다.

하지만 안나는 완전히 편해지진 않았다. 다른 날 같은 상점에서는 배의 무게를 재면서 바나나의 코드에 잘못 갖다 대어서, 다른 계산원 — 머리를 짧게 친 뚱뚱하고 호전적인 여자 — 이 코웃음을 치더니 의자에서 일어나 겁을 주는 듯한 태도로 과장되게 저울까지 걸어가서 직접 무게를 쟀다. 안나는 혼이 나서 60센티미터로 줄어든 기분이 들었다. 그녀는 집까지 언짢은 기분을 안고 돌아가서 그날은 독일어를 한마디도 하지 않았다.

브루노는 아내의 언어 능력, 편안함의 정도, 일반적인 태도가 위로 포물선을 그리며 나아갔다는 사실을 감지했다. 「인상적이야.」 그가 말했다. 「하지만 이건 슈비처뒤치가 아

냐.」 냉소적이면서도 무례한 논평이었지만 사실이었다. 수업을 듣기 시작할 때보다도 스위스 독일어는 전혀 나아진 바가 없었다. 「그래도 이제 시작이니까.」 그러면서 그는 기꺼이 수업료를 더 내겠다고 했다. 안나가 행복해질 수 있을 만큼. 그리고 안나는 오랜만에 제일 행복했다(지금 상태에 〈행복〉이라는 단어가 어울릴지는 모르지만, 그리고 안나는 어울리지 않다는 것을 거의 확신했지만). 수업은 그녀의 현재 삶 — 공적이고 사적인 동시에 은밀한 삶 — 이 따라 돌고 있는 축이었다.

「알겠죠?」 메셜리 박사는 명랑하게 지적했다. 「이제까지 쭉 필요했던 건 단순히 대화를 좀 더 편안하게 이끌고, 자기 자신의 〈악한〉 부분에 좀 더 편안해질 수 있는 방식이었던 것뿐이에요.」

프로이트적으로 중대한 말실수였다.

10월 초 즈음 언젠가, 안나와 메리의 관계는 좀 더 진실되고 확실한 우정으로 깊어지기 시작했다. 그 우정은 팡파르와 함께 요란하게 시작되었다기보다는, 미그로스 클럽슐레의 매점에서 커피와 함께 일어났다. 안나는 심지어 해외로 이주하기 전에도 가까운 친구가 많지 않았다. 하지만 이제 메리가 있어서, 안나는 늦은 점심을 함께하거나 영화를 보거나 공원에 앉아 평범한 여자 친구들이 서로 나눌 법한 이야기를 할 사람을 찾을 수 있었다(그들이 이런 일들을 한 적은 없었다. 하지만 안심되는 면은 그게 아니었다. 그런 일을 할

수 있음을 안다는 사실에서 평화가 찾아왔다). 안나는 메리의 동정심 깊은 성향에 매혹되었다. 그녀는 사람들이 그렇게 순수하게 친절할 수 있다는 사실을 잊고 있었다.

하지만 메리가 나에 대해 결코 알 수 없을 것들이 있지, 안나는 생각했다. 우리는 절대 진짜로 가까워질 수 없어. 안나의 속마음은 자제를 요구했다. 그녀는 메리에게 짧지만 확실한 거리를 두었다. 하지만 메리는 알아차리지 못한 듯, 안나의 자아가 멀리 떨어지려 할 때도 상대를 지지해 주며 명랑한 자아를 유지했다. 하지만 메리가 언제나 예의를 지키며 사는 것은 아니었다. 어느 날 수업 후, 메리는 외블리콘 역 바깥에서 핸드백을 떨어뜨렸고, 지갑, 화장품, 가방 안에 쑤셔 넣었던 작은 물건들이 길바닥으로 쏟아졌다. 콤팩트 안의 파우더는 깨졌고, 지니고 다니는지도 몰랐던 스냅 사진 앨범이 기름 낀 흙탕물 속에 떨어졌다. 젠장! 소심한 태도를 지닌 온화한 메리가 얼마나 큰 소리로 욕을 했던지 길 건너에 있는 스위소텔의 도어맨이 무슨 일인가 싶어 넘겨다볼 정도였다. 그 누구도 항상 차분할 수만은 없다는 것을, 안나는 알았다. 그래도 안나는 드러낼 엄두가 나지 않았다. 아무리 친한 친구라고 해도 나눠 주어서는 안 되는 짐이 있는 거야. 그런 식으로 안나는 전보다 더 외로워졌다.

안나는 꿈 하나를 메설리 박사에게 가져갔다.

나는 어두운 통로가 얽힌 미로 속에서 계단을 내려갔어요. 음침하고 불길했죠. 앞으로 한 걸음 내디딜 때마다 땅아래로 더 깊이 가라앉았어요. 불안한 느낌이 들었죠. 더 멀

리 갈수록, 더 끔찍한 느낌이었어요. 미궁의 끝에 도달하지 못했고, 나갈 길을 찾지 못했죠.

「어느 쪽이죠?」 메설리 박사가 물었다.

「뭐가 어느 쪽이에요?」

「미로예요, 미궁이에요? 둘은 같은 게 아니죠. 미로는 입구와 출구가 있어요. 풀어야 할 퍼즐이죠. 미궁 속에서는 들어가는 길이 또한 나오는 길이에요. 미궁은 당신이 그 안을 헤매도록 이끌죠.」

10월에 접어들고 일주일이 지났을 무렵, 안나는 아치를 따라 다시 그의 집으로 갔다. 이럴 작정은 아니었다. 의무와 방해물이 연속적으로 굴러떨어져 둘 사이에 쐐기처럼 박혔다. 먼저, 안나에게 같이 위틀리베르크행 기차를 타자고 간청한 사람은 메리였다. 안나는 안개 낀 날에는 별로 볼 게 없을 것이고, 그렇게 불쌍한 가랑비 속에서 리마트 골짜기 450미터 위에 서 있으면 심한 감기에 걸리기 딱 좋다고 설명해 주었다. 하지만 메리가 이미 마음을 단단히 먹은 터라, 안나도 두 손 들고 함께 갔다. 그다음 날 안나는, 열이 나서 집에 있어야 하는 찰스를 봐주었다. 「엄마랑 있을래요. *Grosi*(할머니) 싫어.」 찰스는 말했다. 안나는 그 애를 뿌리칠 수가 없었다. 수요일이 되자 찰스는 학교에 갈 만큼 몸이 좋아졌지만, 독일어 수업 중간에 안나 본인이 어지럼증을 느껴서 첫 번째 쉬는 시간 후에 집에 갔다(「내가 억지로 위틀리베르크에 가자고 해서 그런 것 같아요?」 메리는 칭얼댔다). 또 다른 날에는 우르줄라가 미국에서 온 친구를 만나러 샤프하우젠에 가

야 한다고 해서 늦지 않으려고 집으로 질주하기도 했다. 어떤 날에는 밀회를 할 수 없는 건 아치 쪽이기도 했다. 글렌이 병원 약속이 있어서 아치가 가게를 봐야 했다. 그들은 식지 않았다. 그저 서로를 잠깐 제쳐 둔 것뿐이었다.

하지만 10월 두 번째 화요일에 독일어 수업이 끝나고 안나는 아치를 따라 그의 아파트로 갔다. 아치는 유리가 부서질 정도로 허겁지겁 문에 기대어 키스하더니 안나를 침대로 데려갔다. 두 사람은 걸신들린 10대처럼 사랑을 나누었고 공기는 진하고 에로틱한 전류로 불이 붙었다. 그녀는 그를 속속들이 빨았다. 그는 그녀가 절정을 느낄 때까지 핥았다. 그는 그녀를 침대로 밀어붙이고, 이불처럼 그녀 위에 자기 몸을 뉘었다. 안나는 숨도 쉬기 힘들었다. 그건 괜찮았다. 안전하다는, 무언가에 감싸인다는 느낌을 받기 위해 치러야 할 대가였다. 영혼의 근육이 마사지를 받고, 통곡의 벽에 났던 특정한 금이 메워졌다.

하지만 벽에 난 금이라면, 기초가 움직일 때마다 생기는 것이었다. 콘크리트판은 추상적이 되었다. 하나가 금이 가면, 다른 금은 거미줄처럼 퍼져 나갔다. 이것? 이건 나의 잘못이야. 안나는 발밑의 땅이 흔들리는 기분이 들 때 생각했다. 그리고 〈잘못〉은 모든 의미로 진심이었다.

그리하여 두 시간 후, 최선의 판단과는 어긋나게 안나는 기차에서 내려 클로텐 역의 3번 플랫폼에서 섰다. 디틀리콘 북쪽의 숲 바로 반대편에 있는 마을로, 역 지하도를 건너 알레그라 호텔로 갈 수 있었다. 카를 트뢰츠밀러가 그녀를 기다리는 곳이었다. 아치가 욕실에 있는 동안 문자 메시지를

받았다. 와요, 안나. 메시지에는 주소가 적혀 있었다.

나는 남편을 두고 바람피우는 남자를 두고 또 바람을 피우고 있어. 안나는 생각했다. 나는 하루하루 품위를 잃어 가고 있어.

안나는 종종 흐름에 슬퍼지고는 했다. 가을의 낙엽이 처음엔 붉게 변했다가 나중에는 바삭거리는 갈색으로 말라 가는 모습. 겨우내 숨어 있던 봄꽃이 기별도 없이 땅을 뚫고 나오는 모습. 브루노는 안나에게 정신이 나갔다고 말했다. 모두가 봄을 좋아해, 안나. 바보같이 굴지 말라고. 하지만 그녀의 마음이 어지러운 건 봄 때문이(그리고 가을이나 겨울 때문이) 아니었다. 계절의 변동성 때문이었다. 하나가 다음 것이 되고, 또 다음 것이 되고, 다시 다음 것이 되는 성질. 교활한 일이었다. 그녀는 그것을 신뢰하지 않았다. 그리고 변화는 항상 공포에 질리는 사건이었다. 그녀는 설명하려 했다. 매일 해가 뜨고 지는 것처럼 확실히 익숙해져 있는 변화라고 할지라도 마찬가지다. 특히 지는 일이 그러했다. 말해 봐, 브루노. 석양이 종말의 징조가 아닌 문화가 있어? 브루노는 눈을 치켜떴지만 대꾸하지 못했다. 그리하여 10월이 그렇게 편안하게 시작했어도, 낮이 꾸준히 짧아지자 안나의 마음속에선 부인할 수 없는 불안의 톱니바퀴가 굴러갔다.

안나가 클로텐에서 집으로 돌아왔을 때는 4시 반이 넘었다. 샤워하느라 시간이 오래 걸렸다. 우르줄라는 심기가 언짢았다. 「좀 더 다른 사람 배려를 해줬으면 좋겠구나. 시내를 쏘다니지 말아라. 애들 엄마는 내가 아니란다, 너도 알잖

니.」 우르줄라는 너무나 빨리 떠나는 바람에 재킷도 잊어버리고 갔다. 남자아이들은 뜰에 있었고, 폴리 진은 응접실의 아기용 울타리 안에서 흐뭇하게 호랑이 봉제 인형의 발을 씹고 있었다. 집이 어찌나 고요한지 시곗바늘이 똑딱거리는 소리가 들릴 지경이었다.

그날 아침의 독일어 수업으로 안나는 생각에 잠겼다. 독일어는, 마치 여자처럼, 여러 무드[25]가 있었다. 때로는 조건문이기도 했고 명령문이기도 했으며 평서문이기도 했고 가정문이기도 했다. 가설을 세우기도 하고 요구하기도 하며 사실을 가리키기도 하고 희망을 품기도 한다. 아쉬워하기도 하고 위압적이기도 하며 무뚝뚝하게 오만하기도 하고, 간절히 바라기도 한다. 갈망하고 권위적이고 쾌락을 느끼지 못하고 애원한다. 안나는 자신이 느꼈던 모든 무드의 목록을 만들어 보려고 했으나 감정의 절반도 이름 붙이지 못한 채로 단어가 소진되어 버렸다.

안나는 다음 며칠 동안은 수업이 끝나면 집으로 곧장 돌아와야겠다고 마음속으로 다짐하며 아기용 울타리 속으로 손을 뻗어 딸을 안아 올렸다. 폴리 진은 울기 시작했다.「쉿.」 안나는 말했다.「나는 안을 사람이 필요해.」 그녀는 흔들의자에 앉아 작은 강보에 싼 폴리를 가슴에 꼭 끌어안았다. 피로와 동정, 어쩌면 권태, 그리고 이 세 가지 모두 때문에 그녀도 울음을 터뜨렸다.

25 *mood*. 언어에서 화자의 태도를 나타내는 직설법, 명령법, 가정법 등을 말한다.

「미궁의 한가운데에서 무엇을 찾을 수 있을 것 같아요, 안나?」

재앙이 구불구불한 길로 그녀를 밀어붙였다. 그녀는 무엇을 찾아내든 유쾌한 것이 아님을 알았다. 안나는 그렇게 말했다.

「정신분석은 치료가 아니에요.」 메설리 박사는 대답했다. 「대부분 치료의 의도는 기분을 더 낮게 만드는 것이죠. 정신분석은 당신을 더 나은 사람으로 만들려는 의도를 품고 있어요. 그건 같은 것이 아니죠. 분석해서 기분이 좋아지는 경우는 드물어요. 제대로 낫지 않은 골절을 생각해 보세요. 다시 뼈를 부러뜨려서 똑바로 맞춰야 해요. 두 번째 고통이 보통 초기의 트라우마보다 더 크죠. 여행이 유쾌하지 않다는 말은 진실이에요. 안나. 여행은 애초에 유쾌한 것이 아니죠.」

난해한 논리를 써서 안나는 한 번의 불륜은 정당화할 수 있었다. 그 순간엔 기분이 좋았어. 나를 짓누르는 것들로부터 빠져나와 정신을 다른 데로 돌릴 수 있었어. 브루노는 몇 년 동안이나 나를 무시했어. 전적으로 내 것인 무언가를 가질 순 없는 거야? 브루노가 모른다면 없는 일로 칠 수 있지. 영원히 계속되진 않아, 잠깐만 하는 거야. 잠깐. 아주 잠깐. 안나는 영리했고 수십 가지 핑계를 만들어 춤을 출 수도 있을 것 같았다.

하지만 영리한 안나라도 동시에 두 건의 불륜을 정당화하는 방법은 없다는 것을 알았다. 그걸 하게 허락한 거야? 거기 굴복한 거야? 항복? 승인? 그래, 그래, 그래, 그래요. 하지

만 그녀는 자기 자신의 죄를 사하고 사면해 줄 순 없었다. 그래서 그렇게 하지 않았다. 대신에 양심의 가책은 제쳐 놓고, 걱정하지 않으려고 최선을 다했다. 어쨌건 불륜 그 자체로 약간은 더 쉬워진 과업이었다.

안나가 뭄프 숲속에서 굴복했을 때, 세상에 있을 것 같지 않은 낯선 자비가 목을 잡아 튼 느낌이었다. 내 충동에서 도망친다는 게 얼마나 헛된 일이야. 각성은 날카로웠다. 칼이었다. 손목을 묶은 밧줄을 잘랐다. 내 죄책감은 부인할 수 없어. 누그러뜨릴 수 없어. 내가 느끼는 내 것이야. 내가 소유한 내 것. 그것이 바로 그녀가 결심한 바였다. 그것들을 소유하자. 경험하자. 섹스가 명료함을 낳았다. 나는 생각만큼 수동적이지 않을지 몰라. 버스는 내 것이야. 망할, 내가 운전해야지. 그리하여 그녀는 더 나빠질수록, 더 좋아졌다. 그녀는 여전히 슬펐다. 여전히 겁이 많았다. 여전히 자기 자신이었고, 임시로 만든 피난처에 숨으려다 자신이 내린 열악한 선택의 돌무더기 아래 깔려 갇혀 버리는 위험에 처했다. 하지만 이런 끔찍한 인식에서 안나는 힘을 끌어냈다. 그리고 바로 이 힘으로 10월의 무드를 정했다. 임시로나마 그녀의 기계를 돌리는 힘. 그리고 그것이 작동하는 한 — 아무리 위험하다고 해도 — 그녀는 그 힘을 쓸 것이었다.

다음 날 안나는 수업 후 곧장 집으로 왔다. 피곤했고, 기분이 불쾌했고, 무기력한 데다가 우르줄라에게 그렇게 하겠다고 약속도 했다. 아치는 실망감을 숨기지 않았다. 「아, 그러지 마. 이번 주 다른 날 만나면 되지.」 안나는 매점의 커피 머

신 옆에서 그에게 속삭였다. 그는 얼굴을 찡그리더니 안나의 아들들이 원하는 것을 얻지 못했을 때처럼 찡찡댔다. 그 익살 부리는 태도가 안나의 인내심을 긁었다. 「세상에, 아치, 그만 좀 해.」 그녀는 말하면서 관자놀이를 문질렀다. 아치는 아무 대답 없이 돌아서더니 커피값을 내고 누가 카운터에 남기고 간 신문을 집어서 구석 탁자로 가서 등을 돌리고 앉아버렸다. 안나는 기분이 좋지 않았다. 그의 감정을 상하게 할 작정은 아니었다. 메리가 그녀 옆으로 슬쩍 다가왔다. 「무슨 일이야? 머리 아파? 나 아스피린 좀 있는데.」 그녀는 자기 핸드백을 뒤지기 시작했다.

안나가 말렸다. 「커피 좀 마시면 돼.」

「아, 그러면 내가 좀 갖다 줄게!」

집으로 가는 길에 안나는 디틀리콘의 반호프슈트라세에 있는 코오프에 들렀다. 그녀는 기차 안에서 목록을 적었다. *Eier*(달걀). *Milch*(우유). *Brot*(빵). *Pfirsiche*(복숭아). *Müsli*(시리얼). *Die Fernsehzeitschrift*(TV 가이드). 안나는 자기 비하적 웃음을 삼켰다. 늙은 여자의 장보기 목록이었다. 거기에는 진실이 있었다. 안나는 그날 자기 나이를 실감했고, 열다섯 살이나 스무 살은 많아진 것 같았다. 그녀는 되도록 빨리 장을 봤다.

5분 후, 계산대 앞줄에 서 있을 때 뒤에서 누가 안나의 이름을 부르는 소리가 들렸다.

「*Grüezi, Frau Benz*(안녕하세요, 벤츠 부인).」 안나의 이웃인 마르그리트였다.

「*Grüezi, Frau Tschäppät*(안녕하세요, 체페트 부인).」

마르그리트는 기묘하지만 친근하지 않다고는 할 수 없는 미소를 자발적으로 띠었다. 그녀는 브루노와 아이들, 우르줄라의 안부를 물었다. 안나는 모두 잘 지낸다고 말하고, 마르그리트에게 한스와 함께 그 계절의 남은 기간에 무엇을 할 계획인지 같은 것들을 물었다. 대화에서 최선의 화제들이었다. 안나는 낯선 사람들에게 뭘 물어봐야 하는지 알 수가 없었다. 그리고 스위스 사람들은 언제나 낯선 사람들이었다. 대화는 예의 바르고 피상적이었다. 마트에 줄 선 사람들의 대화가 원래 그런 목적이므로.

안나가 돈을 내려고 돌아서는데도 마르그리트는 계속 지껄였다. 「아.」 안나가 카드 리더기에 은행 카드를 넣는데, 마르그리트는 마침 생각났다는 듯 말했다. 「나 안나를 봤어요. 어제였던가?」 마르그리트는 잠시 뜸을 들였다. 「그래요. 클로텐에서. 기차 있는 데로 걸어가던데.」 안나는 비밀번호를 누르면서 올려다보지 않았다. 「아시겠지만 내 여동생이 클로텐에 살거든요.」

아, 그러시죠, 안나는 대답했지만 마르그리트에게 여동생이 있다는 사실조차 알지 못했다. 어떻게 지내신대요?

「아, 걔는 잘 지내죠. 안부도 다 물어봐 주고 고맙네요. 안나는 클로텐에 친구가 있나 봐요?」 「아뇨.」 안나는 말했다. 그리고 덧붙였다. 「그런데 마르그리트. 잘못 보신 게 아닐까 하네요. 그 사람은 제가 아니었어요.」 안나는 단호하고 침착하게 말했다. *Das war nicht ich*(그 사람은 제가 아니었어요). 그녀는 멍한 얼굴을 유지하며, 카를이 자기를 호텔 밖으로 배웅해 주었는지 기억하려 애썼다. 그렇지 않았다.

「아, 그런가요.」마르그리트는 자신이 확실히 실수를 저질렀다고 여겼는지 웃어넘기려 했다. 「그럼 안나의 도펠겡어인가 보죠!」안나는 장 본 물건을 봉투에 넣고 마르그리트에게 짧게 미소를 지어 보인 후 작별 인사를 나누었다. 안나는 코오프를 나가서 로젠베크까지 5분 걸리는 거리를 3분 만에 걸어갔다.

10

도펠겡어의 역사는 현상학적이다. 도펠겡어는 진짜 반쪽
과 같은 곳에 나타나는 법이 거의 없다. 가장 흔하게는, 도펠
겡어는 누군가 심각하게 아플 때, 혹은 엄청난 위험에 처해
있을 때 나타날 것이다. 한 사람의 혼은 엄청난 고통을 겪는
시기에는 두 군데에 나타날 수 있다고 한다. 도펠겡어를 가
족이나 친구가 목격하면 불운이 온다고 한다.

자신의 도펠겡어를 본다면 죽음의 징조이다.

안나가 서른여덟이 되기까지는 2주도 남지 않았다.

안나는 생일을 싫어했다. 생일이면 의기소침해졌다. 생일
을 축하한 적은 한 번도 없었다. 생일의 기쁨 후에는 유리 조
각을 내려치는 커다란 망치처럼 엄청난 실망이 강타할 뿐이
었다.

두려움이 닥쳐오는 이유는 나이가 든다는 생각이 아니었
다. 나이는 살아 있다는 것의 자연적 결과임을 안나도 알았
다. 그 반대가 더 음울했다.

하지만 생각해 봐. 매년 죽음 기념일도 똑같이 오는 거야. 다만 그날이 언제인지 모를 뿐.

안나는 브루노에게 수선 떨지 않겠다는 약속을 받아 냈다. 딱히 지키기 어려운 부탁은 아니었다. 어차피 그는 그럴 생각이 없었으니까. 안나 본인으로 말하자면, 때가 되면 그때 처리할 뿐, 1분이라도 먼저 생각하지는 않기로 결심했다.

「눈물로도 풀리지 않는 비애라면 다른 신체 기관들까지 울기 마련이죠.」 메설리 박사는 말했다.

안나는 일기장에 그 말을 썼다. 여러 가지 면에서 이 말은 참으로 사실이야.

토요일이 되었고, 안나와 브루노는 이디스와 오토 하머가 에를렌바흐의 집에서 여는 칵테일파티에 초대받았다. 브루노가 아이들을 우르줄라의 집에 데려다주러 간 동안, 안나는 옷을 입었다. 안나는 열의가 없었다. 가고 싶지 않았지만, 하머 부부는 그들이 올 거라고 기대했고 브루노는 집에 늦게 오지는 않겠다고 약속했다.

안나는 옷을 잘 차려입는 습관이 있었다. 근사한 옷이 많았고, 패션 감각도 흠잡을 데 없었다. 그녀는 가장 예쁜 옷을 입었을 때 가장 안정감을 느꼈다. 그리고 항상 기쁠 수는 없어도, 적어도 — 상대적으로, 가끔은 — 그 무엇도 뚫고 들어오지 못할 것만 같은 기분을 느낄 수 있었다. 그녀는 그 느낌을 받아들였다. 안나는 몸에 붙어 날씬하게 보이는 검은 드레스를 입었다. 캡 소매가 달리고 치맛단에 금색 장식이 있

는 옷이었다. 그녀는 검은 모직 숄을 어깨에 두르고 머리카락을 느슨히 올려서 라인스톤이 박힌 집게 핀으로 고정했다. 그녀는 먼저 욕실 거울에 자기의 모습을 비춰 보고 다음으로는 침실 거울에서 보았다. 거울마다 다르게 보였다. 침실에서는 날씬하지만 창백해 보였다. 욕실에서는 혈색이 좋아 보였으나 팔은 더 굵고 얼굴은 부어 보였다. 어떤 얼굴도 그녀의 것이 아니었으나, 둘 다 그녀의 얼굴이기도 했다. 넌 내도펠갱어가 아니야. 그녀는 각각의 반사상을 향해 말했다. 그녀는 둘을 더해 반으로 나누었다. 남들 앞에 설 만했다.

브루노와 안나는 차를 탔다. 라디오는 힙합 채널에 맞추어져 있었다. 스위스 사람들이 흑인 음악을 참으로 사랑한다는 것이 안나는 웃겼다. 방과 후나 날씨가 좋은 주말이면 디틀리콘 10대 아이들 무리가 안나의 집 건너편 교회의 운동장에서 모였다. 그들은 도시의 젊은이다운 옷을 입었다. 헐렁한 운동복 바지, 끈이 두꺼운 하얀 운동화, 삐딱하게 눌러쓴 야구 모자. 아이들은 라디오 볼륨을 올릴 수 있는 만큼 높게 올려놓고, 머리를 허공에 박으며 레드불과 보드카를 마시고, 담배를 피우고, 자기들도 의미를 잘 모를 것 같은 랩을 따라 불렀다. 안나는 그들에게 말을 건 적은 없었다. 안나는 그들이 무서웠다. 브루노가 그 채널에 라디오를 그대로 두자, 안나는 음악의 맥박과 요동 속에 자기를 맡기려 했다.

이제 스티븐을 생각할 때면, 그의 기억은 늘 길을 건너가는 통행인처럼 마음 한구석에서 다른 한구석으로 스쳐 가는 덧없는 개념으로만 남았을 뿐이었다. 안나는 가끔 섹스를

하면서(누구와 하든 상관없이) 그를 떠올리곤 했다. 가끔은 숲속을 산책할 때 떠오르기도 했다. 기차가 비프킹겐 역에 서거나, 산불이 났다는 뉴스 보도를 듣거나, 노이마르크트에서 33번 버스를 타거나, 폴리 진의 머리카락을 빗겨 줄 때 그러기도 했다. 도심 전차에서 그의 비누나 콜로뉴 향을 맡았을 때, 그와 똑같은 어법을 쓰는 사람의 목소리를 들었을 때 떠오르기도 했다. 안나는 휙 돌아보며 얼굴을 죄다 훑었지만 스티븐의 얼굴은 그곳에 없었다. 자주 있는 일은 아니었다. 하지만 이만해도 충분했다.

「사랑과 욕정의 차이는 뭔가요?」
「안나가 말해 봐요.」 메설리 박사가 안나에게 말했다.
「욕정은 치유 불가능하죠. 사랑은 그렇지 않아요.」
「욕망은 질병이 아니에요, 안나.」
「아니라고요?」

이디스 하머는 파티를 한다 치면 화려하게 하는 사람이었다. 이 파티는 눈에 띄지 않을 정도까지는 아니지만, 비교적 규모가 작은 편이었다. 스무 명이 안 되는 사람들이 황금 호반에 있는 하머 부부의 집 안을 돌아다녔다. 아무런 의미 없는 파티였다. 누구의 생일도, 누구의 결혼기념일도, 어떤 축하할 일도 없었다. 파티는 그저 이디스가 열고 싶어서 열린 것이었다. 오토는 항상 아내를 받아 주었다. 아내여, 당신 마음속의 욕망이 내 바람이야. 하지만 표면적으로는 만족하는 것처럼 보일지언정, 하머 부부는 완전히 행복하진 않았다. 오

토의 기질은 브루노보다 더 불같고 성질도 자주 부렸다. 이디스는 돈 씀씀이가 헤펐고, 종종 말을 독하게 했다. 그들의 딸들은 불량 청소년이었고, 1년 중 대부분은 로잔의 기숙학교에서 살았다. 그리고 하며 부부는 술을 너무 많이 마셨다.

하지만 함께 있으면 둘은 근사하고 세련된 부부였으며, 이디스는 안나의 친구 두 명 중 하나였다. 이디스는 보통 신랄하고 매정했지만, 안나는 그녀 말고는 의지할 데가 별로 없었으므로 가까이했다.

안나와 브루노가 문으로 들어가자, 부부가 각각 한 명씩 끌고 넓은 거실로 데려갔다. 안나는 이디스가, 브루노는 오토가. 그곳은 분리된 방이었다. 남자들은 바 근처에 모여 있고, 여자들은 부엌 옆으로 갔다. 스위스는 부인할 여지 없이 현대 국가였지만, 성 역할은 경우에 따라서 드러났다. 어떤 주에서는 1970년대까지 여성의 투표권이 없었다. 안나는 이 사실에 소름이 끼치지 않게 되었을 때 자기가 스위스에 너무 오래 살았다는 걸 깨달았다.

메설리 박사는 대화가 공식처럼 굳어질 지경까지 그에 대해 지껄여 댔다. 안나는 자신이 연약하고 종속적인 여성의 전형을 이어 나가는 것에 대해서 걱정이 없나요? 옷 입는 방식이나 사용하는 언어, 핸드백 속 휴대 전화만 빼면 50년, 70년, 100년 전 여자들과 구별할 수 있는 점이 없는데도요? 그들도 차를 운전하지 못했고 은행 계좌도 없었죠. 안나는 원하기만 하면 뭐든지 될 수 있다는 걸 이해하지 못했나요? **무엇인가** 되어야 할 책임이 있다고 생각하지 않았나요?

안나의 대답은 변함이 없었다. 박사님의 말뜻은 알겠어

요. 박사님이 옳을지도 모르죠.

이디스는 그날 밤 무척 친근한 태도였다. 그녀는 안나가 이제까지 보지 못한 명랑한 모습으로 방 안을 돌아다니며, 와인 잔을 나눠 주고 올리브와 땅콩, 와사비 입힌 콩이 들어 있는 그릇을 돌렸다. 안나가 확신하는데, 이디스의 취향에는 지나치게 평범한 간식이었다. 안나는 얼굴만 아는 여자들 무리에 껴서 서 있었다. 은행 직원들의 아내들이었다. 그들은 고개를 끄덕이고 미소를 지은 후 원을 넓혀 그녀를 끼워 주었지만, 슈비처뒤치로 자기들끼리 대화를 이어 나갔다.

안나는 들은 이야기의 5퍼센트 정도만 이해했다. 그녀의 독일어가 꽤 향상되었지만, *Schweizerin*(스위스 여자) 동아리 안에서는 아무 소용이 없었다. 안나는 마찬가지로 답례 미소를 지으며 고개를 끄덕였다. 그런 식이 제일 쉬웠다.

방 저편에 선 브루노의 모습이 보였다. 그는 두 팔로 과장된 동작을 취하며 이야기했고, 다니엘라의 파티에서 만났던 사람들처럼 둘러선 다른 사람들은 웃고 있었다. 담배가 그의 입가에 걸려 까닥거렸다. 안나는 남편이 담배 피우는 것이 거슬렸다. 하지만 브루노는 파티에서만 담배를 피웠고, 그럴 때면 즐거운 시간을 보내고 있다는 징조였다. 받아들일 거야, 담배든 뭐든. 안나는 순응해 버렸다.

안나는 스티븐에게 연락하고 싶은 마음이 간절했으나 한 번도 하지 않았다. 잘 있었냐는 말 외에 무슨 말을 할 수 있을까? 폴리 진에 대해 이야기할까? 보고 싶었다고 인정할까? 돌아와 달라고 간청할까? 안나는 대본을 바꿔 가며 상

상했다. 무슨 일이 벌어질까? 무슨 해를 끼칠까? 안나는 그 대답을 알고 있었다.

그에게 닿고 싶다는 욕망이 그녀를 끌어당겼다. 그녀는 갈망을 밀어내는 데 전문가였다. 그래도 그의 MIT 연구실 전화번호를 휴대 전화에 저장해 두었다. 그녀는 연락처를 신디, 오래전에 연락이 끊긴 사촌 이름으로 해두었다. 그가 떠나기 직전에 얻어 낸 번호였다. 키패드를 어설프게 몇 번 치면 세상 어디에서든 끼어들어 왔던 그의 목소리와 다시 연결될 수 있었다.

그녀는 한 번도 전화하지 않았다.

그 주에는 그들은 두 번 정사를 나누었다. 안나와 아치는. 그들은 지속적 관계에 얽매이지 않는 연인들이면 피할 수 없는 패턴에 빠져들었다. 서로를 향한 그들의 매혹은 부인할 수 없었다. 하지만 애정은 논외였다. 그들은 사랑에 빠진 것은 아니었다. 그건 논외였다. 그들의 만남은 강렬하기는 했으나 점점 뜸해졌다.

우리가 몇 번이나 했을까? 안나는 세어 보지 않았다. 무분별한 행동이 얼마나 모여야 불륜이 될까? 상관없는 질문이었다. 호감은 있지만 사랑은 아니야. 아치에겐 아니야, 카를에게도 아니야. 어떤 여자들은 숟가락을 모았다. 안나는 애인을 모았다.

롤란트는 독일어로 설명했다. 조건문이란 한 행동이나 일련의 사건이 다른 행동과 사건에 의존하고 있음을 보여 줄 때

쓰인다고. 〈만약 ……라면〉의 시나리오였다. 「Zum Beispiel
(예를 들면),」 롤란트는 강의했다. 「만약 내가 내일 아프다면,
나는 학교에 가지 않을 거야. 혹은 날씨가 좋다면, 우리는 공
원에 갈 거야, 같은 거죠.」

안나는 여기서 안도감을 거의 느끼지 못했다. 만약 내가
걸린다면…… 그러면 끝장나겠지.

안나는 은행 직원들의 아내들에게 다시 시선을 돌렸다. 그
들은 서로 가까이 붙어 서 있었다. 여자들은 젊었다. 그들의
남편은 아내의 아름다움을 세련된 시계처럼 걸쳤다.

이디스는 음식 쟁반을 놓아두고 사람들 무리로 돌아갔다.
「안나.」 그녀는 좀 더 은밀한 구석을 손으로 가리키며 말했
다. 안나는 턱을 내리고, 그쪽으로 걸어갔다. 자신이 끼지도
못한 대화에서 말 그대로 물러나 빠져나왔다.

이디스는 두 손으로 재촉했다. 그녀는 동요하고 있었다.
「이리 와!」 안나는 그녀의 공간 속으로 좀 더 가까이 움직였
다. 안나는 벌써 내키는 것 이상으로 그녀에게 가까이 갔다.

언제나 빈틈없는 이디스가 그날 밤에는 어딘가 급하고 어
지러운 느낌으로 얼굴이 달아올라 있었다. 「너무 티 내지는
말고, 하지만 돌아서서 봐봐, — 아니, 아직 말고! — 왼쪽으
로.」 안나는 이디스의 여학생 같은 짓에 고개를 저었지만 그
대로 했다. 그녀는 잠깐 멈췄다가 어깨 너머로 돌아보았다.

「뭘 봐야 하는데요?」

「정말, 안나. 다시 봐!」

안나는 다시 보았다. 브루노와 오토가 소파에 앉아 있는

모습이 보였다. 소파 옆에 선 사람은 안드레아스, 두 사람 밑
에서 일하는 은행 직원이었다. 안드레아스 옆에 서 있는 남
자는 안나가 모르는 사람이었다. 그는 다른 남자들보다 금
발이 더 짙고, 키가 더 작으며, 나이가 더 어렸다. 그는 세련
된 스포츠 재킷과 짙은색 청바지를 입었으며, 유행하는 고급
브랜드의 안경을 썼다. 그가 웃으며 고개를 뒤로 젖히자, 안
나는 그의 치아 사이의 틈과 턱에 파인 자국을 볼 수 있었다.
그래, 잘생긴 사람이었다. 고작 스물다섯 남짓 되어 보였다.

「누구예요? 이 지점에서 일하는 사람? 무슨 일을 하죠?」

「아, 나도 무슨 일인지는 몰라.」 이디스는 그 질문이 마치
파리라도 되는 듯 손을 휘휘 저어 쫓아 버렸다. 「은행 일이겠
지.」 안나는 얼굴을 찌푸렸다. 「저 사람 이름은 니클라스 플
림이야.」

「플린?」

이디스는 고개를 저었다. 「아니, 뭔 헛소리야. 잘 들어. 플
리이이임이라고.」 이디스는 〈임〉을 길게 발음했다. 「저 사람
오스트리아인이야.」 그 부분을 강조하면 다음에 할 말이 더
무게를, 더 의미를 지니기라도 하는 듯한 투였다. 「우리 같이
잔 지 한 달 정도 됐어!」

안나는 어떤 남자를 만나든, 만난 첫날에 성적으로 진지
하게 시작하지 않는다면, 그것을 낭만적인 관계라고 지칭할
수 없었다. 브루노. 아치. 스티븐. 대학 시절 남자 친구였던
빈스. 만난 첫날부터 사귀었다. 그날 밤 늦게, 빈스는 자기
룸메이트를 내쫓았고, 안나의 손은 그의 청바지 속으로 들

어갔다. 카를 역시 뭄프에서의 그날 전에 만났던 건 사실이었지만, 다니엘라의 파티까지는 제대로 된 대화 한 번 나눠본 적 없었다. 한 번 저지른 실수는 그저 께끗한 것이라 할수 있다. 하지만 세 번, 네 번, 열두 번이라면? 개야, 넌 뼈다귀를 얻고 싶어서 구걸하는 거야.

「한 달 내내!」 이디스가 되풀이했다.
「아하.」 안나는 사무적인 말투로 말했다. 불륜은 그녀에겐 더는 놀라움이 아니었다. 이디스는 거슬리는 웃음을 띠었다. 좀 더 거한 반응을 기대하는군, 안나는 생각하고 더 적절한 말을 찾아냈다. 「이거 어떻게, 음, 벌어진 거예요?」 안나는 〈벌어지다〉라는 말에 걸려 버렸다. 달리 무슨 말을 해야할지 몰랐다. 「이디스랑 오토, 문제가 있어요?」 이디스는 웃음을 터뜨리더니 씩 미소를 지었다. 「아니, 아냐. 우리 좋아. 오토가 모르면 상처받을 일도 없지. 그리고 내 피부 좀 봐! 몇 년 만에 제일 좋잖아!」 안나는 이를 부인하진 않았지만, 그게 무슨 상관이 있는지 알 수가 없었다.
「음, 어떤 사람인데요?」
이디스는 장난치지 말고, 라는 표정으로 안나를 보았다. 「안나, 저 사람을 봐! 근사하잖아! 게다가 젊고! 멋있지 않아?」 니클라스가 대화 중에 잠깐 등을 돌려서 이디스와 안나가 자기를 바라보는 것을 보았다. 그는 여자들을 향해 한쪽 눈썹과 와인 잔을 들어 올렸다. 「스릴 있지 않아?」
그렇지, 안나는 생각했다. 간통은 폭발하는 경험이지.
「자기도 하나 구해, 안나.」

「애인을?」

이디스는 눈을 치켜떴다. 「뭐겠어, 망할 화분? 그래, 애인 얘기였어.」 이디스는 킥킥 웃었다. 「그러면 활기가 돌 거야!」

그것과는 정반대야, 라고 안나는 생각했다. 안나는 약하기는 해도, 이따금 현명했다. 「사랑에 빠졌어요?」 안나는 고루하고 진지한 태도로 물었다.

이디스는 술기운이 도는 사람처럼 웃었다. 「하느님 맙소사, 아니지!」 너무 예스럽고 신비로운 대답이라, 메리나 할 법한 말 같았다. 「사랑이 아닌 것만은 확실해!」

안나의 독일어 숙제는 주기적으로 어휘 연습, 동사 활용 연습, 명사 활용 연습, 그리고 많고도 많은 문장 쓰기로 이루어져 있었다.

사랑은 선고야.[26] 안나는 생각했다. 사형 선고.

---

26 영어로 〈문장 *sentence*〉과 〈선고 *sentence*〉는 철자가 동일하다.

11

이디스는 수선스럽게 블라우스의 옷깃을 가다듬더니 주변을 둘러보고 안나의 어깨를 가볍게 치면서 빠져나갔다. 「다른 손님도 대접해야지!」 그녀가 가볍게 걸어나가자 안나는 방의 빈 구석을 껴안고 혼자 남게 되었다. 하머 부부는 히터 두 대를 파티오에 놔두었지만, 바깥에 나간 사람은 아무도 없었다. 안나는 되도록 눈에 띄지 않게 방을 가로질러 뒷문으로 빠져나갔다.

맙소사, 난 혼자 있는 것에 능숙하지. 이것은 사실이었다. 아이였을 때 안나는 대부분의 시간을 혼자 보내는 편을 더 좋아했다. 마침내 부모님은 그녀를 심리학자에게 데려갔다. 그렇게 동떨어져 있는 것은 건강해 보이지 않았고, 그것만 아니면 다른 정상적인 여자아이들처럼 보였을 것이다. 얘 우울증에 걸렸나요, 선생님? 괜찮나요? 부모님의 걱정은 합당했다. 집에서 안나는 혼자 떨어져 지냈다. 매일 그녀는 자기 침실에 틀어박혀 문을 잠갔고, 그 안에서 책을 읽거나 라디오를 듣고, 일기도 쓰고 창틀에 앉아 거리를 내다보았다. 거기

문 잠그고 혼자서 뭘 하니? 부모님은 묻곤 했다. 「공부해.」 안나는 언제나 이렇게 대답했다. 그리고 꿈도 꾸지. 생각만 하고 말로는 하지 않았다. 20년 후에 나는 어떤 사람이 될까 상상도 하지. 심리학자는 36개의 질문을 하고, 마지막으로 부모님에게 안나는 괜찮다고 말했다. 「사춘기라서 그래요.」 그는 말했다. 「지나갈 거예요.」 그런 후에 부모님에게 2백 달러짜리 청구서를 건넸다. 하지만 혼자 있기 좋아하는 안나의 기질은 사그라들지 않았다. 부모님이 돌아가시고, 4년 후 브루노를 만날 때까지 안나는 혼자 살았다.

안나는 안에서 마시던 와인 잔을 들고 하머 가의 정원으로 한들한들 들어갔다. 10월 중순의 냉기가 밤공기에 선연했다. 구름이 별을 가렸다. 어둠은 팽팽했고 파편적이었다. 안나가 불분명한 하늘을 들여다보는데, 한 남자의 기침 소리가 들렸다. 그녀는 화들짝 놀랐다. 「아!」 그녀는 휙 두리번거렸다.

「안녕하세요, 안나.」 니클라스 플립이었다.

「안녕하세요.」 안나는 직접 소개받은 적 없는 사람이 자기를 이름으로 부르는 게 불편했다. 불공평했다. 어떤 토착민 부족에서 한 사람의 이름은 정체성 이상을 포함한다고 했다. 그 사람의 영혼을 담는 그릇이라고. 니클라스는 그럴 권리가 없었다. 안나는 벌써부터 노기가 일었다.

「제 이름은 니클라스입니다.」

「알아요.」 그의 영어는 음이 높고 비음이 섞여 있었다. 가까이에서 보니 더 잘생긴 사람이었고, 심지어 남자 모델로 오해할 수도 있을 것 같았다. 한 건 했네, 이디스. 안나는 생

174

각했다.

「이디스 말로는 브루노의 부인이시라면서요.」

안나는 쿡 웃었다. 「그럼요.」 니클라스의 영어는 어설펐다. 〈이디스〉라고 말할 때는 마치 〈잇 잇〉처럼 들렸고, 카를이 어휘를 혼동하는 것만큼 그는 관사를 자주 빼먹었다. 안나는 달리 할 말을 몰라 바라보기만 했다. 오스트리아 억양은 따라잡기가 어려웠다. 안나는 귀를 기울이면서도 그의 이마에 초점을 맞추면서 직접적인 시선은 피했다.

두 사람이 나눈 대화는 힘겨웠다. 니클라스는 빈과 스키에 대해, 그리고 가끔은 스위스를 이해하지 못하겠다는 말을 했다. 안나는 멍한 표정을 유지하면서, 브루노가 오스트리아인들에 대해서 해준 농담의 핵심 부분을 기억하려 했다. 하지만 농담의 도입부는 잊어버렸다. 그녀는 엄지손가락으로 와인 잔 가장자리를 훑었고 지금 몇 시일지, 대체 브루노는 언제까지 여기 있으려 할지를 생각했다.

이디스의 파티가 있기 전 주말, 안나와 메리는 아이들을 데리고 그라이펜 호수에 갔다. 취리히 주에서 두 번째로 큰 호수로, 길버트 가족의 집에서 호숫가까지는 5백 미터도 되지 않았다. 남자아이들 셋은 자전거를 가지고 갔다. 메리와 안나는 그들 뒤에서 오솔길을 따라 걸었다. 안나는 폴리가 탄 유모차를 밀었다. 알렉시스는 집에 남았다.

「팀은 어떻게 만났어?」

메리는 얼굴을 붉혔다. 「고등학교 때 만났어.」

이 말에도 안나는 놀라지 않았다. 「다른 사람은 사귄 적

없어?」

메리는 고개를 저었다. 「아니. 다른 사람은 없었어. 팀뿐이야.」 이런 인정을 하면서 메리는 부끄러워하는 것 같았다. 팀뿐이야. 안나는 앞의 오솔길에 시선을 맞추었다. 물론 그녀는 브루노 전에도 애인이 있었다. 대학 시절 남자 친구들, 몇 달 만나고 차버리거나 반대로 차인 남자들. 다른 상황이었다면, 되는 대로가 아니라 좀 더 제대로 만났을지도 모르는 남자 친구들. 하지만 그다음에 브루노가 나타났다. 메리는 대화의 방향을 돌렸다. 「브루노를 어떻게 만났어? 어떻게 사아아랑에 빠졌어?」 메리는 중학생 소녀처럼 〈사랑〉이라는 단어를 길게 끌었다.

안나는 첫 번째 질문에만 대답했다. 「파티에서.」 미적지근한 진실이었다. 그들은 공통의 지인이 열었던 파티에서 만났다. 바로 그 밤 술에 취해 서로를 더듬었다. 그리고 아직까지도, 사소하고 결과적인 차이는 있긴 해도, 그들 사랑의 기초가 된 한 그 정욕이 그들 피부 표면 가까이에서 쿵쿵 울리고 있었다. 두 번째 질문은 우회가 필요했다. 메리는 안나가 말을 잇기를 기다렸다. 「음, 그 사람 잘생기고, 책임감도 있으니까…….」 안나는 말꼬리를 흐리며 질문을 빠져나갔다. 메리는 고개를 크게 끄덕였다. 「그래서」 안나는 체념의 한숨을 내쉬었다. 「우리가 여기 이렇게 된 거지.」

「그렇게 간단해?」 메리가 물었다. 안나는 눈을 깜박였다. 「어떻게 프로포즈받았어?」

「과수원에서. 워싱턴.」 두 사람은 몇 걸음 더 앞으로 걸어갔다. 「여행 중이었어.」

「정말 낭만적이다!」

그랬어야만 했지, 안나는 생각했다. 세상의 다른 연인들이라면 그랬을 것이었다. 만난 지 몇 달 후, 안나와 브루노는 동거를 시작했다. 그리고 몇 달 후, 휴가를 가서 웨내치 근처 사과 과수원을 걸을 때 브루노가 안나를 향해 몸을 돌리며 말했다. 「당신은 내게 어울리는 좋은 아내가 될 것 같아. 당신과 결혼하고 싶은 것 같은데.」 즉석에서 한 사무적인 제안이었다. 그 생각이 불쑥 떠오르자, 그는 마치 영화 보고 싶다고 선언하는 것과 마찬가지로 입 밖에 내어 말한 것뿐이었다. 반지는 없었다. 수천 개의 둥글고 잘 익은 사과들이 위에서 내려다보았다. 나도 동의해, 안나는 생각했다. 난 좋은 아내가 될 거야. 난 대체로 좋은 아내가 되겠지. 그리고 안나는 브루노를 사랑했다. 브루노와 사랑에 빠졌다. 브루노와 어떤 형태의 사랑에 빠져 있었다. 그를 이해하는 만큼, 안나는 자신이 브루노에게 느끼는 감정을 사랑이라 이름 붙일 만큼은 자신이 있었다. 섹스는 좋았고, 그 시절에는 다른 것만큼 그게 중요했다. 안나는 좋다고 말했다. 두 달 후 그들은 결혼했다.

안나는 신발 밑에 마른 풀잎이 바스락거리는 것을 느꼈다. 폴리 진은 간간이 칭얼댔다. 「찰스!」 안나는 큰 소리로 불렀다. 「너무 멀리 갔어. 돌아와!」 찰스는 들리지 않는지 뒤돌아보지도 않았다. 안나는 빅터에게 동생을 따라가라고 소리 질렀다. 형이 따라오자 찰스는 돌아보더니 손을 흔들었다. 「쟤는 언제나 저래.」

「멀리 뛰어가 버리는 것?」

「주의를 기울이지 않는 것.」

「아, 나비를 쫓는 사람! 모전자전이네!」 메리는 킥킥 웃었다.

브루노의 청혼은 사무적이었지만, 안나는 주저 없이 받아들였다. 과수원의 공기는 평화로웠다. 하늘은 희망찼다. 사과들은 기쁨의 가능성을 보여 주었다. 그녀는 모든 것을 기억했다. 허니크리스프, 허니스위트, 골든슈프림, 암브로시아, 선라이즈, 갈라, 포춘, 킵세이크.[27] 사과 품종의 이름은 별났고, 각각 낯선 행복의 잠재력을 예언했다. 좋아요, 브루노. 당신 아내가 되겠어요. 두 사람은 손을 잡고 차로 걸어갔다. 오솔길 끝에서, 안나는 발길을 멈추고 윤기 없는 조약돌 더미에서 흑진주 같은 돌을 하나 주웠다. 그녀는 그 돌을 셔츠에 문질러 잘 닦은 후 주머니에 넣었다. 안나는 그 후로 그 조약돌을 늘 지니고 다녔다. 지갑 속에서 다른 동전에 부딪혀 달그락거렸다.

어느 날 스티븐이 욕실에 있는 동안, 안나는 그의 양말 서랍에서 푸른 마 손수건을 몰래 빼돌렸다. 거기에는 그의 이름과는 다른 머리글자가 새겨져 있었다. 아마도 그의 할아버지의 머리글자 같았다. 그녀는 꺼림칙했지만, 잠깐뿐이었다. 조약돌처럼, 안나는 그 손수건을 가져온 날 이래로 항상 지니고 다녔다.

당신은 내게 어울리는 좋은 아내가 될 것 같아, 브루노는 그렇게 말했었다.

27 각각 〈달고 아삭아삭하다〉, 〈꿀같이 달콤하다〉, 〈최고로 좋다〉, 〈그리스 로마 신화에 등장하는 식물〉, 〈해돋이〉, 〈경축 행사〉, 〈행운〉, 〈기념품〉이라는 뜻이다.

하지만 그래서 안나가 청혼을 받아들인 건 아니었다.

그녀가 청혼을 받아들인 건 그보다 더 어울리는 남자를 상상할 수 없었기 때문이었다.

「남자들은 보통 외롭거나 감정적인 연결이 필요해서 불륜을 저지르지는 않아요. 남자에겐 종종 그 이유는 단순히 이런 걸로 축소돼요. 유혹의 도전.」 안나는 박사에게 이디스와 니클라스에 대해 말해 주었었다.

「여자는요?」

박사는 동정을 띤 표정으로 안나의 눈을 똑바로 보았다. 「당신이 걱정되네요, 안나.」

니클라스와의 대화는 힘겹기는 해도 계속 이어졌다. 니클라스가 스위스에 산 지는 6개월도 되지 않았다. 그는 안나에게 질문을 흩뿌렸다. 취리히에서 갈 수 있는 당일 여행, 식료품을 살 수 있는 전문점, 산악자전거를 살 수 있는 곳 같은. 그는 수다스러웠고 호기심이 많았다. 안나는 긴장했다. 그는 이디스에게는 너무나 어렸다. 너무, 너무. 니클라스는 오토 밀에서 일했다. 그녀는 얼마나 뻔뻔한가. 예상치 못하게 올바름에 대한 감각이 나타난 순간이었다. 그것은 안나의 목에 차올랐다. 맙소사, 난 정말 위선자야.

하지만 위선자들이라고 해도 선명한 순간들이 있어. 안나는 위선을 안고 살아갈 수 있었다. 피할 수 없는 건 그 선명함이었다.

그날 산책이 끝에 가까워지자, 안나와 메리는 애들을 몰고 *Schiffstation*(선착장) 근처, 12세기에 지어진 그라이펜제 성 건너편에 있는 카페로 갔다. 남자아이들을 위해서는 오렌지 탄산음료를 시켜 주고 어른들은 커피를 마셨다. 안나는 작은 비스킷 용기를 꺼내고 폴리의 유모차에서 간식 쟁반을 펼쳐 과자 두 개를 올려 두었다. 폴리는 과자를 집더니 플라스틱에 찧기 시작했다. 과자는 즉시 부스러졌다. 「안 돼, 폴리.」 안나는 비스킷 두 개를 더 집어 폴리 진의 입 가까이에 댔다. 폴리는 통통한 주먹으로 비스킷을 받아먹으려는 듯 입술에 대고 톡톡거리더니 다른 것처럼 쟁반 위에 부수고 말았다. 「포기야.」 안나는 남은 비스킷을 건넸다. 안나가 가끔 하는 행동이었다. 그저 포기해 버리기.

메리가 동정을 표했다. 「아, 애들이 가끔 그러지 뭐. 자기 고집이 있어서 그래. 여자애들이 특히 그런 것 같더라.」 안나는 그 말에 동의하기 전에 잠깐 생각해 보아야 했다.

음료가 나오자, 안나가 자기 지갑을 꺼내려 했다. 「아냐, 아냐. 내가 낼게.」 메리가 말하자 안나는 물러섰다. 메리는 커다랗고 불편해 보이는 가방을 들었다. 지갑을 꺼내려 가방 속에 손을 넣으려 할 때, 가방을 살짝 기울이는 바람에 안에 든 물건이 떨어졌다. 휴대용 손 세정제 용기가 메리의 무릎으로, 문고본 소설이 땅으로 떨어졌다. 「어머, 이런!」 메리가 손 세정제를 주울 때, 안나는 책을 잡았다.

「제목이 『그 남자의 불온한 키스』?」 안나는 재미있다는 투로 말했다.

메리는 얼굴을 붉혔다. 「그냥 기차 안에서 읽으려고.」

안나는 귀퉁이를 접어 놓은 페이지를 넘겨 한 문단을 큰 소리로 읽었다. 「그녀의 고집스러운 손가락은 그의 셔츠 아래 맨살을 찾았다. 그의 쾌락은 분명했다. 〈난 당신을 원해.〉 그녀는 신음을 내뱉으며 그의 공간으로 더 들어갔다. 그녀는 그의 사타구니에 하체를 밀착했고, 그의 다리 사이에서 무언가 돌출하자 한숨을 지었다. 그가 곧 그녀의 위에 올라타 몸을 밀어 넣으며 욕망의 고통으로 신음하게 되리라는 것을 알고……」

메리가 책을 빼앗았다. 「안나, 애들 있잖아.」

아이들은 자기들끼리 유치한 장난에 흠뻑 빠져 있었다. 엄마들 말에는 귀를 기울이지 않았다. 「〈돌출〉이라고? 어째서 이런 걸 읽어?」

메리는 소설을 가방 안에 넣고 한숨지었다. 「아, 그 때문이지. 알잖아.」 안나는 긍정도, 부정도 될 수 있는 식으로 고개를 저었다. 메리는 당혹감을 떨치고자 설명하려 했다. 「가끔은 정착하지 않았으면 좋았을걸 하는 생각이 들어. 내 말은, 그렇게 빨리는.」 그렇게 인정하며 메리는 부끄러워했다. 「모든 기회를 놓쳐 버렸거든…… 더 관능적이 될 수 있는.」 안나의 심장은 친구를 위해 쿵 떨어졌다. 메리는 의자 등받이에 가방을 걸었다. 「하지만. 별로 중요하지 않아. 나는 **이미** 정착했고, 나는 **지금** 너무나 행복하고, **앞으로도** 이 삶을 무엇과도 바꾸지 않을 거야. 그래서 이런 걸 읽어. 작은 방종이랄까…… 뭐에 대한 반항인지는 모르겠지만.」

안나는 뭔지 알았다. 「안타까워, 메리.」

메리는 못 들은 척하려 했다. 「뭐 어쨌든. 이런 책들? 완전

181

히 헛소리인걸.」

「어째서 그래?」

「모두 행복하게 끝나. 여자 주인공은 원하는 건 다 차지하지. 근사한 직업. 엄청난 성공. 유명세, 돈. 항상 아름답고, 이런 여자들의 남자는 항상 그녀들이 꿈꾸던 이상형이야. 완전히 완벽한 삶이지.」 메리의 서글픈 어조는 손에 잡힐 듯 뚜렷했다.

「와. 그러면 얼마나 좋게.」 폴리가 트림하며 유모차를 발로 차자, 비스킷 부스러기가 사방에 날렸다.

「나도 알아, 그치?」 메리는 커피를 후후 불더니 머뭇머뭇한 모금 마셨다. 안나는 뜨거운 커피를 들이켰다. 입이 데고 말았지만, 아닌 척했다.

손과 입으로는 달리 할 일이 없었기에, 니클라스 플림이 술 한 잔 더 마실 거냐고 묻자 안나는 부탁할게요, 라고 대답했다. 30초 후, 안나는 새 와인 잔을 들고 있었다. 두 번째 잔이 세 번째 잔이 되었다. 그리고 와인은 위스키로 바뀌었고, 그때쯤 되자 안나는 취해 버렸다.

안나와 니클라스는 여전히 파티오에 앉아 있었다. 브루노는 안에서 술을 마시며, 친구들에게 이야기를 늘어놓았다. 이디스가 유리문 너머로 간간이 넘겨다보았다. 니클라스가 안나도 꼬시려는 게 아닌지 확인하려는 듯했다. 안나는 자신의 몸짓 언어로 그럴 리가 없다는 확인을 해주려 했다. 니클라스와 안나는 화제가 떨어져 가고 있었다. 「그럼 이디스랑은 친한 친구인가요?」 그가 물었다.

술에 취했을 때 안나에게서 가장 먼저 날아가는 사회적 기술은 노련하고 교양 있는 우아함이었다. 보통 그 대신에 잘 노는 사람들 특유의 솔직함이 들어섰다. 이디스에게서 볼 수 있는 성격이었다. 안나는 뻐딱하게 늘어진 웃음을 지었다. 「내가 듣기로는 이디스가 **당신의** 친한 친구라던데?」 술에 취한 바람에 그녀는 자기를 억누를 수 없었다.

니클라스는 눈을 가늘게 뜨고 미소 지었다. 「이디스가 말했군요.」 그의 목소리는 평탄했다. 그는 기가 죽지 않았다. 그녀의 말에도 당황하지 않았다.

「걱정 마요.」 안나는 재빨리 덧붙였다. 「당신들 비밀을 지킬 테니까. 지킬게요.」

「난 걱정하지 않아요.」

그것 빼고는 안나는 더할 말이 없었다. 그들은 그 자리에서 아무 말 없이 1분 정도 더 서 있었다. 안나가 말했다. 「전 안으로 들어갈게요. 얘기 즐거웠어요.」 안나는 혀가 꼬였다. 취기가 올라오고 있었다. 안나는 니클라스를 파티오에 홀로 남겨 두었다.

안나는 똑바로 걷지 못할 만큼 취한 것은 아니었다. 그녀는 제대로 걸었다. 사실, 평소보다도 더 똑바로 걸었다. 알코올로 허세가 생겼다. 앞으로 한 걸음 디딜 때마다 시계추처럼 엉덩이를 양옆으로 흔들었고, 누가 자기가 지나가는 것을 보고 있을까 생각했다. 하며 가족의 화장실에 들어갔을 때, 안나는 입술에 립글로스를 바르고 핀에서 빠져나온 머리카락을 손가락으로 말아서 올렸다. 나는 멍하고 발칙해 보이겠지. 위스키와 와인 어딘가에서 스위치가 딸깍 켜졌다.

욕실을 나가서 브루노 옆을 지나게 되자, 그녀는 한 손을 그의 어깨에 올렸다. 그는 올려다보더니 안나라는 것을 알고 그의 관심을 대화로 도로 돌렸다. 안나는 남편이 앉은 의자 팔걸이에 앉아 몸을 숙이고 귓속말을 했다. 「집에 가서 섹스해.」

브루노는 다시 한번 그녀를 쳐다보았다. 그는 코웃음을 쳤다. 「당신 취했나 본데.」

안나의 미소는 은밀했다. 「그래, 맞아. 어쨌든 집에 가서 섹스하자.」

브루노가 그녀의 제안을 생각하는 동안 몇 초가 흘러갔다. 그는 아내에게서 시선을 떼지 않았다. 얼마나 되었을까? 한 달? 두 달? 안나는 최근에는 너무나 많이 다른 남자와 자서 셀 수가 없었다. 브루노의 동의는 침묵이었다.

「가자.」 안나가 말했다.

「독일어 단어 *Sehnsucht*라고 알아요?」 안나는 모른다는 뜻으로 고개를 저었다. 「비탄에 잠긴 갈망이라는 뜻이에요. 그게 바로 모든 희망이 새어 나가는 마음속 구멍이죠.」 안나는 공포로 불안해졌다. 메설리 박사는 이를 감지했다. 「안나.」 박사는 위로했다. 「암담하게 느껴지겠죠. 그럴 필요 없어요.」

그럴 필요 없다고요? 안나는 말없이 대답했다.

브루노와 안나는 이디스와 오토 및 다른 손님들에게 허둥지둥 인사하고 빨리 집으로 향했다. 안나는 한 손으로 남편

의 허벅지를 쓸어 올라갔다. 브루노는 거칠고 뜨거운 신음 소리를 냈다. 안나는 그의 귀를 깨물고 귓불을 빨았다. 내 입에다 해줬으면 좋겠어. 그녀가 말했다. 내 입에다 한 다음 당신 자지를 내 엉덩이에 찔러 넣어 줘. 브루노는 길에만 눈길을 두었지만 어쨌든 속도는 냈다. 내 보지를 당신 얼굴에 문지르고 싶어, 브루노. 당신이 내 클리토리스가 체리만큼 커지도록 빨아 줬으면 좋겠어. 집에 도착하자, 그는 차를 빨리 대느라 비뚤어진 각도로 주차했다. 지나치게 군대식이고 각이 잡힌 사람으로서 절대 하지 않는 짓이었다. 그들은 안으로 완전히 들어서기도 전에 옷을 벗기 시작했다. 재킷은 신발 놓는 곳에 내버려 두었다. 안나는 구두와 드레스를 포치 옆에서 벗어 던졌다. 브루노의 셔츠는 복도에 떨어졌다. 거기서 브루노는 안나의 팔뚝을 잡아 그녀를 거칠게 침실로 끌어당겼다.

침대에는 갓 세탁해 접어 놓은 옷가지가 놓여 있었다. 브루노는 그 옷들을 바닥으로 밀어 버리고, 아무 준비 의식 없이 안나를 매트리스로 밀어뜨렸다. 안나는 머리를 풀면서 머리핀을 침대 옆 탁자에 던졌고, 핀은 튕겼다가 스르르 떨어졌다. 그녀는 타이츠의 허리 부분에 손을 대면서 브래지어의 뒤쪽 고리를 건드렸다. 그녀는 너무 흥분해서 어느 쪽부터 벗어 던져야 할지 결정할 수가 없었다. 그만. 브루노가 명령했다. 내가 벗길게. 안나는 무력하게 순응했고, 브루노는 자기 바지의 지퍼를 내린 후 팬티와 함께 끌어 내렸다.

세상에, 이 사람은 정말 끝내주게 잘생겼어. 안나는 황홀한 느낌에 자기를 맡겼다. 남편이 얼마나 잘생겼는지 잊고

있었네. 브루노는 스위스 남자치고도 키가 컸다. 구부정하게 서 있을 때도 그는 190센티미터가 넘었다. 그의 눈은 개암빛이었다. 호안석(虎眼石)처럼 노란색과 갈색이 섞였다. 떡 벌어진 아름다운 가슴은 비단처럼 부드럽고 솜털이 덮였다. 머리카락과 체모는 갓 갈아엎은 흙처럼 녹슨 갈색이었다. 목수의 팔처럼 강인한 팔뚝엔 혈관이 불거졌다. 알레만족이라기보다는 아리안족에 가까운 코는 콧날부터 끝까지 쭉 뻗은 선으로 곧았다. 귀족적인 용모였다. 그는 신체적으로 다른 시대를 고스란히 이어받은 사람 같았다. 그리고 그의 성기. 안나는 브루노의 남근을 사랑했다. 그리고 과거와 현재에 그녀가 만났던 모든 연인의 성기 중에서도 브루노의 것이 가장 컸다. 발기했을 때는 식사용 나이프만큼 길고, 남자의 회중시계 판 정도의 직경이었다. 포경은 하지 않았다. 정확히 곧았다. 음란하고, 호전적이며, 1분만 하면 그녀를 반으로 갈라놓을 것이었다. 그녀는 그의 성기의 반이라도 입에 밀어 넣을 수 있었던 적이 한 번도 없었다. 그녀의 오르가슴은 고통스럽고 격렬한 일이었다.

브루노는 그녀의 다리를 벌렸다. 안나는 여전히 취해서, 가만히 누워 남편의 의지가 그녀를 압도하도록 놔두는 것 이외에는 무엇도 할 수 없었다. 그녀의 무릎이 벌어졌고 브루노는 그 사이로 올라와 그녀 안으로 들어온 후 될 수 있는 한 세차게 넣었다 빼기를 반복했다. 2, 3, 4분을 이렇게 한 후, 그는 완전히 몸을 빼고 안나가 엎드리도록 뒤집었다. 그는 그녀의 골반을 침대 가장자리로 끌어당긴 후, 바닥에 무릎 꿇고서 그녀의 다리를 옆으로 벌려 자기 혀를 그녀의 몸

안에 파묻었다. 안나는 신음하고, 한숨짓고, 그의 얼굴에 대고 허리를 흔들었다. 하지만 절정을 느끼진 않았다. 브루노는 그녀를 침대 위에서 끌어당기며, 그녀의 무릎이 몸 밑으로 접혀 들어가게 했다. 그녀는 두 손을 짚어 상체를 일으키려 했지만, 브루노는 엄하게 〈안 돼〉라고 말하며 왼손으로 그녀의 어깨를 누르고 오른손으로는 자기 물건의 위치를 잡아 그녀 안으로 다시 들어갔다. 안나는 무력감의 절정에 자기를 맡겼다. 그녀의 모든 남자 중에서, 오로지 브루노만이 이를 완전히 성취할 수 있었다. 그녀의 모든 남자 중에서 브루노가 가장 위협적이었다. 브루노가 어찌나 깊이 밀고 들어왔는지, 안나는 반으로 쪼개질지도 모른다는 느낌을 받았다. 안나는 이를 악물고 신음했다. 브루노는 왼손을 그녀 허리의 우묵한 곳에 갖다 대고 오른손으로는 손가락으로 그녀의 클리토리스를 찾았다. 그는 클리토리스를 빙빙 돌리고, 튕기고, 꼬집었다. 「나 느낄 것 같아.」 안나는 신음하며 자기 손을 뒤로 돌려 그를 밀어냈다. 브루노는 그녀의 엉덩이를 잡고 최근 몇 년 만에 가장 세게 밀고 들어왔다. 안나의 오르가슴은 브루노의 오르가슴까지 끌어들였다. 두 사람의 몸이 굳어졌다가, 달아올랐고, 처음에는 서로의 이름을 부르다가 그다음엔 신의 이름을 외친 후 만족에 젖어 한 번의 비명을 지르면서 무너졌다.

일이 다 끝났을 때, 브루노는 안나의 몸 위에 그대로 자기 무게를 실은 채로 가만히 있었다. 그들은 브루노의 성기가 요동을 멈출 때까지 그런 식으로 가만히 있었고, 그의 성기는 말랑해져 스스로 빠져나왔다. 그렇게 되었을 때, 브루노

는 그녀의 몸에서 떨어져 나와 침대에 등을 대고 누웠다. 안나는 고개를 돌려 남편을 보았다. 브루노는 그녀 옆에 에너지를 비운 채로 누워서 몸을 쭉 뻗었고 자잘한 떨림이 그 위를 덮었다. 희미하지만 확실히 달빛이 비쳐 들었을 때, 안나는 브루노의 얼굴에 미소라 할 수 있는 표정이 떠올라 있는 것을 보았다.

「브루노.」 그녀는 속삭였다. 「고통의 목적이 뭐지?」

「이거 무슨 베갯머리 잡담이야?」 브루노는 하품했다. 「잠이나 자, 안나.」 안나는 그에게 다시 물었다. 그녀는 알고 싶었다. 브루노는 몇 번 숨을 들이마시더니 대답했다. 안나는 남편이 잠에 빠져들고 있다고 생각했다. 「고통은 살아 있다는 증거지.」 그의 목소리에는 경계심이 사라져 있었다. 「그게 바로 고통의 목적이야.」 메설리 박사가 준 대답보다 더 만족스러운 답이었다.

「브루노.」 안나는 밀어붙였다. 「나를 사랑해?」 그는 안나의 질문에 코 고는 소리로 대답했다.

12

　정신분석 후 찾아오는 실망은 종종 손에 잡힐 듯 생생하다. 섹스의 여운처럼, 지치고 소진되었으며 일순간은 그것이 끝났다는 사실에 안도한다. 자신의 특이성과 고독은 동일하다는 사실을 깨달으며 정신분석학자의 진료실을 나선다. 자기 피부의 감옥에 갇혀 사는 사람은 바로 자신이다. 그 누구도 자기가 원하는 잔광(殘光)을 얻을 수 없다. 모두가 외롭게 죽는다. 분석은 과정이다. 과정은 느린 행진이다. 장례 행렬이다.

　무우우슨 생각을 해애요오? 메설리 박사는 물었었다.

　안나는 고개를 저었다. 인정하고 싶은 생각은 없다. 상담 시간은 거의 끝났다. 안나는 일어서서 목을 문지르며 여러 방향으로 기지개를 켰다. 「등이 아파요. 몸이 굳었고. 그게 다네요.」 안나는 소지품을 챙겨 나가려고 허리를 굽혔다.

　메설리 박사가 일어나서 진료실 문까지 따라왔다. 「아무리 사랑스러운 어깨라도 그만큼은 버틸 수 없죠.」

안나는 여전히 취해 있었다. 잠들 수 없었다. 브루노는 한 번도 이런 문제를 겪은 적이 없었다. 그는 쉽게 잠이 들었다. 잠잘 때 그는 이 세계에서는 죽은 사람이었다. 사랑을 나눈 효과였다. 그러나 안나는 종종 섹스 후 안달복달하고 불안해했다. 섹스의 결과는 언제나 의심이지, 라고 그녀는 생각했다. 친밀감이 클수록 의심도 커졌다. 브루노가 잠들면 안나는 혼자였다. 걱정의 백색 소음이 그녀를 깨웠다.

안나는 일어서서 청바지와 스웨터를 입고 부츠를 신었다. 속옷이나 양말은 신경 쓰지 않았다. 그녀는 복도에서 한 시간 전에 벗어 던진 코트를 찾아서 꿰입으며 집을 나섰다. 어디로 갈 수 있지? 그녀는 어디에 있든 덫에 갇힌 기분이었다. 이런 날 저녁의 끝에도 그러했다.

어둠 속에서 그녀는 집 뒤의 익숙한 길을 느릿느릿 걸어갔다. 무너지는 마구간과 아파트 단지의 뒤편에 선 여러 동을 지나쳤다. 동작 감지등이 번쩍였다. 갑작스럽게 환한 섬광이 비치자 그녀는 언제나처럼 화들짝 놀랐다. 해바라기 들판을 지나 로렌슈트라세 남쪽의 새로 세워진 주택들로 향했다. 대부분은 완전히 캄캄했지만, 한 창문에서는 여기저기 부드러운 빛이 흘러나왔다. 난 어디로 가고 있지? 안나는 갈 데가 없었고, 갈 이유도 없었다. 내가 가는 어디든 아무 데도 아니야. 사실이었다. 그러나 자기 자신의 권태에 화가 나서 이 진실을 물리쳐 버렸다.

하늘은 동이 트며 맑아졌다. 안나는 언덕을 올라 오솔길 구부러진 모퉁이에 있는 벤치에 앉았다. 그녀의 벤치. 스위스 전체를 통틀어 그녀에게 가장 익숙한 것 중 하나였다. 그

녀는 가을의 별자리를 올려다보며 이름을 알았다면 얼마나 좋았을까 생각했다. 그녀의 머리 위에는 달이 걸려 있었다. 달에 빌 게 아무것도 없네. 그녀는 혼잣말을 했다. 할 말이 아무것도 없다는 그 말 속에서 여하튼 뭔가 말한 셈이었다. 그녀는 별들이 점점이 박힌 어두운 들판을 서로 다른 고도로 가로지르는 비행기 세 대에서, 깜박거리는 붉은 불빛을 보았다. 안나는 비행기에는 익숙했다. 그들이 사는 곳은 취리히 공항에서 몇 킬로미터 떨어져 있지 않았다. 하늘에서는 늘 무언가 움직였다. 70년대 뷜라흐에서 10킬로미터 떨어진 곳에 사는 빌리 마이어라는 남자가, 하늘에 맹세코, 비행접시를 탄 우주인들이 자기를 찾아왔다고 떠벌리고 다녔다. 그는 소위 증거랍시고 사진 수백 장을 갖고 있었다. 안나는 그 사진들을 인터넷에서 찾아보았다. 이미지들은 익숙했다. 텅 빈 전원의 풍경, 사람의 지각 능력을 속이려는 각도로, 보이지는 않지만 그 자리에 분명히 있을 철사에 매달아 둔 강철 접시. 9년 동안 외부인*alien*과 고립된*alienated*이라는 단어를 깊이 생각했다. 안나는 빌리 마이어의 이야기가 마음에 들었다. 그리고 디틀리콘 바로 북쪽인 바서스도르프에서 6년 전쯤, 크로스에어 항공사의 비행기가 활주로 4킬로미터 앞에 추락한 사건이 있었다. 조종사의 실수였다. 안나는 그날 밤을 기억했다. 그녀는 무시무시한 굉음을 듣고 밖으로 뛰어나갔다. 어둠 속에선 아무것도 보이지 않았다. 브루노가 다음 날 신문에서 그 기사를 읽어 주었다. 비행기에는 팝스타들이 타고 있었다는데, 브루노나 안나는 모르는 이름들이었다. 안나는 머리 위 하늘의 지붕을 훑으며 흔적을 탐색

했다. 아무것도 찾을 수 없었다.

아까부터도 그러했으나 공기는 모든 것을 한층 더 적적하게 만들었다. 안나는 휴대 전화에 손을 뻗었다. 집에서 나설 때 주머니에 넣어 온 것이었다. 그녀는 휴대 전화를 열고 버튼 하나를 두 번 눌렀다.

언젠가 사랑을 나눈 후 고통스러울 정도로 다정했던 아침이 지나고 햇빛이 덧문 틈으로 들어와 그들의 몸 위에 떨어졌을 때 안나는 스티븐 쪽으로 돌아누웠다. 「인체 자연 발화에 대해 말해 줘요.」

스티븐은 웃으며 그녀의 이마에 입을 맞추고 일어섰다. 「그런 일은 일어나지 않아요. 사람 몸에 그냥 불이 붙진 않아요.」

「사진을 봤어요.」

스티븐은 고개를 저었다. 「아무것도 자연적인 게 아니에요. 언제나 촉매가 있지. 침대에서 담배를 피웠다거나, 전선 불량이라든가, 잘못 버린 불씨라거나, 번개라든가. 그런 거죠. 마법이 아니에요, 안나. 화학이지. 그냥 폭발하는 건 아무것도 없어요.」

안나는 이 말이 사실이 아님을 알았다. 두 사람이 만날 때면 그녀의 심장이 가슴속에서 폭발했다. 아니, 그렇게 느껴졌다. 그녀는 그를 위해서라면 뭐든 할 수 있었다. 그가 말만 하면 자기 몸에 불을 붙일 수도 있었다. 아니면 적어도 그렇게 할 거라고 말이라도 할 수 있었다.

안나는 옷을 입고 집으로 갔다.

그달 초에, 안나는 우편으로 카드를 하나 받았다. 메리에게서 온 것이었다. 카드 앞면에는 무당벌레의 접사 사진이 있었다. 안에 메리가 짧은 글을 써놓았다. 이 카드를 보내는 이유는 딱히 특별한 건 없고, 그저 안나가 너무 사랑스럽다고 다정하다는 걸 말하고 싶어서. 그리고 친구가 되어서 참 기뻐. 좋은 하루 보내, 안나!!!

전화는 한 번, 두 번, 세 번 울렸다. 네 번 울렸을 때, 아치가 받았다. 「응?」

그 〈응〉에 그녀는 역류했다. 「나야.」 안나는 말을 멈췄다가 소심하게 구체적으로 덧붙였다. 「안나야.」

아치 쪽에서 연결이 지지직거렸다. 그는 안나가 알아들을 수 없는 말을 했고, 그녀는 다시 한번 말해 달라고 했다. 여전히 알아들을 수 없었다. 그는 다른 사람들과 함께 방에 있었다. 어쩌면 술집일 수도 있었다. 안나는 뒤섞인 목소리들을 분간할 수 없었다. 그녀는 상관하지 않고 말을 이어 나갔다. 나한테 말 좀 해봐, 아치. 나는 술에 취했고, 춥고, 혼자이고, 달아올랐고, 어둠 속에 있어. 그리고 술 취했고, 외롭고, 브루노는 자고 있고, 그러니까 나한테 말해 봐. 말 좀 해봐, 제발. 그녀는 그가 이런 짓을 하는 자기에게 맞춰 줄 이유가 없다는 걸 알았다. 그래도 부탁은 할 수 있지 않은가? 나한테 말 좀 해. 제발, 제발?

잠깐 침묵이 흐르더니 아치가 전화기를 떼고 주변의 사람들에게 조용히 좀 해달라고 말하는 게 들렸다. 각각의 사람들이 뭐라고 대답했는지는 분간할 수 없었지만, 어떤 여자의

웃음소리는 알아들을 수 있었다. 경박하고, 톤이 높은 소리였다. 「미안.」 아치가 말했다. 「여기 시끄러워서.」 안나는 고개를 끄덕였다. 자기가 고개를 끄덕이면 전화 너머로 그가 볼 수 있기라도 한 양. 「저기.」 그는 헛기침을 했다. 「내가 나중에 전화해도 돼?」

「지금 데이트 중이야?」 안나의 목소리엔 비난조가 어렸다. 그런 느낌을 전할 작정이었다.

아치는 못 들은 척했다. 「내일 전화해도 돼? 지금은 통화 못 해.」

「안 돼.」 안나는 브루노와 아이들이 함께 집에 있을 거라는 사실을 상기시켰다. 그러니까 지금 이때 말하지 않으면, 월요일까지는 말할 수 없었다.

「그러면 월요일에 얘기하자, 괜찮지?」

「좋아.」 안나는 대답했다. 하지만 진심은 아니었다. 괜찮지 않았다. 그녀는 아치가 전화를 끊기 전에 먼저, 재빨리 끊었다. 불공정한 질투심이 즉각 그녀를 사로잡았다. 눈물이 눈에 고였다 끓어오르며 얼굴을 타고 미끄러져 내려왔다. 망할, 안나. 마음속에서 그녀는 불청객처럼 찾아든 메설리 박사의 형체 없는 목소리를 들었다. 그 연극적인 태도가 당신 발목을 잡는 거예요.

그래요, 그래. 안나는 내면의 목소리를 향해 소리 내어 대답했다. 그는 하찮아요. 아무것도 아니죠. 아무도 아니에요. 하지만 어쨌든 그녀의 마음은 아팠다.

그녀는 다시 전화를 열었다. 어둠 속에서 오로지 환한 회색 화면만을 조명 삼아 그녀는 연락처를 쭉 내리다 카를의

이름을 찾아냈다. 문자 메시지는 쉬웠다. *Wo bist*(어디 있어)? 대답은 즉각적으로 왔다. 바젤. 내일 클로텐에서. 호텔? 카를의 아버지는 거기 있는 요양원에서 살았다. 그래서 그는 클로텐에 그렇게 자주 가는 것이었다. 그리고 그는 항상 같은 호텔에 묵었다. 비싸지 않아? 안나가 물어본 적 있었다. 비싸지, 카를은 대답했다. 하지만 그가 벌목업을 같이하는 사람 여동생이 그 호텔 지배인이어서, 비수기에는 방을 잡아주고 할인도 해준다고 했다. 대체로 그 가격은 걱정할 것 없어, 정도였다. 안나는 그가 다른 식으로 값을 낼 거라고 짐작했다. 어쩌면 그 여자와도 자는 사이일 수 있었다.

그래, 알았어. 안나는 대답했다. 문자 메시지 보내. 언제든지 만나러 갈 테니까.

「방화와 불 애호증은 같은 게 아니에요.」스티븐이 말했다. 「방화는 범죄죠. 보통 보험 사기 목적으로 저지르고.」스티븐은 전문가 증인으로 형사 재판에서 증언하는 적이 종종 있었다. 그가 증언대에 서면, 검사들이 불의 행동 양식에 관해 질문했다. 압박을 받으면 어떻게 됩니까. 어떻게 반응합니까. 어떻게 불이 붙게 됩니까. 「반면, 불 애호증은 질병이죠. 나는 정신과 의사는 아니라서 불 애호증을 가진 사람은 충동적으로 불을 지른다는 것 이상을 말할 순 없어요. 본인의 상식을 넘어서는 충동이죠. 그리고, 드뭅니다. 게다가 쉽게 완화될 수 있는 게 아니에요.」

「불 애호증 환자는 언제나 남자인가요?」

「압도적으로 그렇죠. 불을 지르는 사람은 거의 모두 ── 방

화범도 포함해서 — 남성이죠.」

「그럼 열화학자들은 어때요?」

스티븐은 씩 웃었다. 「아, 열화학자들도 압도적으로 다수가 남자이지만, 자신의 충동성을 잘 조절하여 잠재적 오르가슴의 길로 이끄는 법을 아는 자들이죠.」 그리고 그 말과 함께 그는 함께 덮고 있던 이불 속으로 머리를 들이밀고 안나의 젖꼭지를 빨며 한 손으로는 그녀의 허벅지 사이를 더듬었다. 안나는 가느다란 신음을 뱉었다. 좋은 오후였다.

안나는 숙취와 함께 깨어났다. 머리가 쿵쿵 울리고, 눈에서는 진동이 느껴졌으며, 속이 쓰리고 짠맛이 올라왔다. 오전 7시였다. 아이들은 우르줄라의 집에 있고, 브루노는 아직 잠들어 있었다. 안나는 아스피린 몇 알을 먹고 물을 1리터는 마신 후 커피 두 잔도 마셨다. 커피 첫 잔을 다 마셔 갈 때쯤 평형 감각이 돌아왔다. 아침이 천천히 초점을 찾았다.

산책에서 돌아올 때 코트 주머니에 휴대 전화를 그대로 넣어 두었다. 아침에 꺼내 보니, 메시지 표시가 깜박거렸다. 카를이 보낸 문자 메시지였다. 그녀는 눈을 가늘게 떴다. 전날 밤의 기억이 천천히 또렷해졌다. 섹스. 벤치. 아치. 카를. 혼자 있기 싫어서 미친 듯 발버둥 쳤던 기억이 떠올라 그녀는 얼굴을 붉혔다.

45분 후 잠에서 깬 브루노는 망아지처럼 기운이 넘쳤고 숙취도 없었다. 그는 욕실로 가는 길에 안나의 몸을 스치며 엉덩이를 한 대 쳤다. 몇 분 후 그는 부엌에서 아침을 만들었다. 두 사람 몫으로 달걀 프라이를 만들고 베이컨을 구우며

그는 휘파람을 불었다. 안나는 이 남자에게 경탄했다. 대체 어디서 나타난 걸까? 얼마나 오래 머무를까? 그녀는 마음속에서 이런 질문들을 밀어내 버렸다. 모르는 편이 나았다. 마술 트릭의 경우, 일단 묘책을 알면 마법이 풀리는 법이다.

두 사람은 신혼부부처럼 밥을 먹으면서 서로 시시덕거렸다. 브루노가 두 손으로 그녀의 허벅지 바깥쪽을 위아래로 쓸었다. 그녀는 그의 손가락에 묻은 버터를 빨아 먹었다. 안나는 키스하려고 몸을 앞으로 숙이다가 브루노의 얼굴에서 자신의 냄새를 맡고 얼굴을 붉혔다. 이것만으로 충분했다. 그녀는 이제 식사를 다 끝냈다. 다시 그와 섹스할 준비가 되었다. 브루노가 다시 그녀 안에 들어오도록 할 준비가 되었다. 그녀는 마음속으로 카를에게 보낼 문자 메시지를 작성했다. 계획 변경. 그 말만 하면 그만이었다. 브루노는 그녀의 아랫입술을 깨물더니 자기 혀끝으로 그녀의 혀끝에 작은 동그라미들을 그렸다.

안나는 욕구로 미칠 것 같았다. 브루노의 미소는 자연스러웠으나 당혹스러웠다. 「무슨 생각 중이야?」 그는 평소처럼 외국인 억양이 있는 영어로 물었다.

가라앉는다고?[28] 나는 가라앉고 있지 않아. 헤엄치고 있다고! 브루노는 플란넬 파자마 바지를 입고, 추레한 하얀 조끼를 입었다. 안나는 가운 외에는 아무것도 입지 않았다. 그녀는 그 전날 밤 산책 후 알몸과 체념만이 남도록 다 벗어 버렸다. 그녀는 서서, 브루노의 어깨를 잡은 후, 오른쪽 다리를

---

28 영어로 〈가라앉다sink〉와 〈생각하다think〉의 발음을 구분하지 못하는 억양 때문에 그렇게 연상한 것이다.

그의 무릎 위로 올리고 수월히 그의 위에 올라앉으며 가슴을 그의 몸에 밀착했다. 그녀는 그에게 한 번 키스했다. 그리고 또 한 번. 그녀는 파도처럼 천천히 흔들렸다. 가운이 벌어졌다. 그녀의 몸이 신호를 보내는 행위였다. 그녀는 그의 성기가 잘게 떨리는 것을 느꼈다.

브루노는 그녀의 키스에 답했으나, 토닥이는 듯한 친근한 키스였다. 그는 머리를 저었다. 「지금은 안 돼. 나중에 하자, *jo*(알았지)?」 안나는 얼굴을 찡그렸다. 「입술 삐죽거리지 마.」 브루노는 윙크를 하더니 그녀의 허벅지 바깥을 톡 톡 톡 쳤다. 이제 좀 일어나 줄래, 라는 뜻이었다. 그와 함께 안나는 일어섰다. 브루노는 서서 기지개를 켜더니 하품을 하고 손을 뻗어 그녀의 머리를 헝클어뜨렸다. 마치 아들들에게 하는 듯한 행동이었다. 그는 천천히 커피의 마지막 한 모금을 꿀꺽 삼켰다. 「요리는 내가 했으니까, 치우는 건 당신이 할 수 있겠지?」 그런 후 그는 서재로 가서 문을 닫아 버렸다. 안나는 의자 뒤에 기댔다. 브루노의 서재 문이 제자리로 돌아오며 철커덕 닫히는 소리에 안나 마음속의 무언가도 쾅 닫혀 버렸다. 닫힌 문을 보면 그녀가 싫어하는 삶의 모든 것들이 생각났다. 그리고 그 전날보다 두 배로 싫어졌다. 상심으로부터 짧은 시간이나마 멀어져 있었기에 남은 황량함이 한결 더 아팠다.

안나는 설거지를 하고 옷을 입은 후 아이들을 데리러 갔다. 「즐거운 시간 보냈니?」 우르줄라가 물었다. 안나는 상냥하게 파티는 근사했고, 근사한 저녁 외출을 위해 집 밖으로 나간 것도 근사했다고 했다. 〈근사하다〉라는 말을 여러 번

한다면, 어젯밤은 완전히 훌륭했다는 결론이 될 것만 같았다.

「매일 집 밖에 나가는 애가 뭘.」

안나는 그 말에 담긴 비난을 감지했다. 그녀는 폴리 진을 안고 문간에 서 있었다. 남자아이들이 그녀를 지나쳐 후다닥 뛰어갔다. 아이들은 거리를 달려 집으로 향했다. 「우르줄라, 하고 싶은 말씀 있으세요?」

우르줄라는 물러섰다. 「아니. 넌 대개 집에 없잖니. 그건 사실이라고. 그게 다야.」

그날 오후 그녀는 브루노에게 자전거를 오래 타고 오겠다고 알렸다. 「두 시간 정도. 더 걸릴지도 몰라.」 브루노는 서재에서 컴퓨터 파일을 클릭하며 서류를 정리하던 중이었다. 그녀는 아이들에게 신경 좀 써달라고 그에게 부탁했다. 브루노는 툴툴댔다. 「폴리는 2층에서 낮잠 자고 있어.」 안나는 신발 끈을 묶으며 말했다. 브루노는 다시 툴툴거렸다.

안나는 세 시간이 넘은 후에야 집으로 돌아왔다. 「잘 타고 왔어.」 그녀는 브루노의 서재가 있는 방향을 향해 말했다. 그는 다시 한번 끙 소리를 냈다.

월요일 독일어 수업 시간에 안나는 어색한 청소년이 된 기분을 떨칠 수가 없었다. 그녀는 아치의 전화를 끊어 버린 후에 다시는 문자 메시지를 보내지 않았고, 그도 연락하려 하지 않았다. 이처럼 골을 내는 건 옹졸하다는 것을 안나는 알았다. 하지만 하찮은 멍이라도 손가락으로 찌르면 아픈 건 매한가지였다. 처음 한 시간 동안 안나는 아치가 앉은 방향으로는 눈도 돌리지 않았고, 대신에 독일어의 불변화사에 대

해 강의하는 롤란트만 보았다. 불변화사란 문장의 감정적인 척도로 작용하는 교활하고 숙어적인 단어들이다. 그래? 그래서? 물론! 정말! 참! 바로. 여하튼. 아치는 그를 보지 않는 안나를 보았다. 둘 사이에 앉은 메리는 긴장을 감지하지 못했다. 쉬는 시간에, 아치는 매점에 줄을 서기 전에 안나를 옆으로 끌고 갔다.

「나한테 성낼 필요는 없었잖아.」

「성내지 않았어. 술에 취했던 거지.」 거짓말은 아니었다.

「글렌과 제수, 그 친구들하고 있었어.」

「당신 동생이 결혼했는지 몰랐네.」 아치에 대해 그녀가 모르는 건 많았다.

아치는 헛기침을 했다. 「글렌도 몰라. 당신에 대해선.」 안나는 그를 빤히 쳐다보았다. 그녀가 그렇게 쳐다볼 권리는 없었다. 아치는 굴복했다. 「동생네가 짠 거야. 한 번 포옹하고 끝났어. 그 여자는 좀 더 바랐는지는 모르지만.」 그런 말까지 할 필요는 없었다.

「그랬군. 그럼 **당신이** 바란 건 뭔데?」 안나는 자기가 지켜왔다. 그녀는 질투할 권리가 없었다.

아치는 온화하게 한숨을 지었다. 「애초에 거기 가고 싶지도 않았어. 당신과 함께 있을 수 없다면, 집에 혼자 있는 편이 나아. 정말로.」

그래서는 안 되지만, 이 말에 안나는 만족했다. 어찌 되었건 안나는 자기가 설명할 수 없는 것을 인정할 수는 없었다. 「커피나 마시자.」

안나는 스티븐을 사랑했다. 아니, 사랑했다고 생각했다. 안나는 아직도 스티븐을 사랑한다고 생각했지만, 확실하진 않았다. 그러나 안나는 폴리 진만은 정말 사랑했다. 그건 어떤 면에서는 스티븐을 사랑하는 것과 같았다.

쉬는 시간 후, 사람들은 교실로 돌아갔고 롤란트는 소사에서 주제를 옮겨 독일어에 있는 네 개의 격(格)을 가르쳤다. 처음은 목적격이었다. 대단한 단어네. 비난하는 격이라니.[29] 그것은 뼈가 앙상한 손가락으로 그녀가 있는 방향을 가리켰다(최근에는 모든 것이, 모든 사람이 이렇게 하는 것만 같았다). 그녀는 롤란트가 화이트보드에 그린 표를 따라 그리면서 조금이나마 자기 공감을 불러일으키려고 애썼다.

나는 연속으로 나쁜 선택을 하고 그것조차 제대로 하지 못했어. 그렇게 고발당한다고 해도 항의할 수는 없었다.

하지만 수업 후, 평소 하던 대로 그녀는 아치와 함께 니더도르프의 아파트로 갔다. 그들은 정류장마다 꼬박꼬박 서는 전차를 타고 가면서 계속 잡담을 나누었다. 집 안에 들어가자 굳이 키스도 할 필요 없었다. 그들은 따분하고 뻔한 정사를 나누었다. 그건 성적 행위이기만 할 뿐, 어깨를 으쓱하는 행동과 동급이었다.

나는 이 남자에게는 나 자신 그 무엇도 빚지지 않아. 안나는 생각했다.

---

29 영어로 〈목적격accusative〉은 〈비난accusation〉과 어원이 같다.

13

몇 개의 삶을 동시에 이끄는 것도 가능하다.

사실, 그러지 않는 것이 불가능하다.

가끔 이 삶들은 겹쳐서 서로 상호작용한다. 그렇게 여러 삶들을 살아가려면 바쁘고, 한 개의 삶을 살아가는 것보다 강한 체력이 필요하다.

가끔 이 삶들은 육체라는 집에서 평화롭게 살아간다.

가끔은 그렇지 않다. 가끔은 불평하고, 다투고 위층으로 쿵쿵 올라가 버리고, 창문에서 소리를 지르고, 쓰레기를 내놓지 않는다.

다른 때에는, 이런 삶들은, 이런 여러 개의 삶들은, 각각 자기만의 여러 개의 삶에 몰두한다. 그리고 그런 삶들은 토끼나 쥐처럼 증식하고, 아이를 낳는다. 그리고 그렇게 태어난 삶은 또 다른 삶을 낳는다.

여자가 자기만의 삶을 이끌지 못할 때 일어나는 일이다. 그 삶이 여자를 이끌기 시작할 때 일어나는 일이다.

생일 전날 일요일 아침에 일어나 보니 두 아들이 앞에 서 있는 걸 보고 안나는 깜짝 놀랐다. 찰스는 그 전날 샀는지 반쯤 시든 꽃이 담긴 꽃병을 들고 있었다. 빅터는 토스트와 잼, 커피가 담긴 쟁반을 건넸다. 브루노가 폴리 진을 안고 옆에 서 있었다. 「이게 뭐야?」 안나가 침대에서 일어나 앉았다. 찰스가 먼저 입을 열었다. 「엄마 생일 선물이에요.」

「아!」

빅터는 잘난 척 끼어들었다. 「엄마 생일은 내일이나 되어야 하는데.」

안나는 찌푸린 표정이 나오려는 것을 억눌렀다. 빅터는 항상 무리 중에서 가장 먼저 비관론자가 되는 사람이었다. 빅터가 쟁반을 내밀자 안나는 받아 들었다. 「고맙다!」 안나는 아들들에게 손 키스를 날렸다. 「정말 생각도 깊네!」 찰스는 활짝 웃으며 엄마에게 뽀뽀하고 꽃병을 침대 옆 탁자에 놓았다. 빅터는 엄마가 보낸 키스를 수동적으로 받고 발만 질질 끌었다. 안나는 브루노를 올려다보았다. 그는 아내에게 모두 애들 생각이라고 말하더니 바지 주머니에 손을 넣어 작은 상자를 꺼냈다.

「여기, 안나.」 안나는 상자를 받았다. 작은 정사각형 보석 상자로, 포장은 되어 있지 않았다. 상자를 열 때 작은 경첩이 삐걱거렸다. 그 안에, 폭신한 받침에 끼워져 있는 것은 보석 세 개가 박힌 금반지였다. 가닛, 다이아몬드, 노란 토파즈. 아이들의 탄생석이었다. 어머니를 위한 반지였다. 안나는 반지를 오른손 약지에 끼웠다. 꽉 끼긴 했지만 잘 맞았다. 그녀는 브루노와 폴리를 올려다보고 아들들의 얼굴을 내려다본

후 잘 조절된 진지한 목소리에 진실을 담아 말했다.

「이제껏 받은 선물 중에 최고야.」

「마음에 들어?」 브루노의 목소리는 단조롭긴 했지만 냉정한 건 아니었다.

「좋아.」

「잘됐네. 생일 축하해. 아침 맛있게 먹어.」 브루노는 몸을 숙여 아내의 입술에 점잖은 키스를 했다. 안나는 흘러내리는 눈물과 싸우려 하지도 않았다.

안나는 결코 보내지 않을 편지를 스티븐에게 썼다. 모두 그가 떠난 직후 몇 주 동안에 쓴 것이었지만, 딱 하나만은 예외였다. 그녀는 편지들을 중학교 때 스크랩북(우울이 담기기에 가장 적절한 창고)에 숨겼다. 스크랩북 자체는 상자 맨 아래에 넣었고, 그건 다시 브루노가 절대 찾을 리 없는 다락방의 깊숙한 구석, 대여섯 개의 상자 맨 아래에 잘 넣어 두었다. 안나는 가끔 그 편지들을 꺼내어 다락방 바닥에 앉아 다시 읽으며 우울한 시간을 보냈다. 편지들은 궁상맞고 과장되게 쓰여 있었고, 안나는 그 편지 하나하나를 어디서 썼는지 기억하고 있었다. 플라츠슈피츠에서. 사람들은 여기를 바늘 공원이라고 불렀죠. 마약 중독자들이 약을 구하러 오는 곳이라서요. 나는 당신에게 중독되어서, 당신이 없는 지금은 주저앉아 떨고 있어요. 다른 편지는 질 강을 내려다보는 벤치에서 썼다. 리마트로 흘러드는 흙탕물 강이었다. 당신 눈처럼 갈색, 내 심장의 상처처럼 갈색이네요. 탁하고 모래 가득하며, 슬프고, 오 슬픈 강. 그날은 부슬비가 내렸다.

녹색 모자를 쓴 남자가 안나를 비틀비틀 지나쳐 50미터 정도 떨어진 나무로 걸어가더니 오줌을 쌌다. 다른 편지의 첫머리는 이러했다. 린덴호프에서 이 편지를 써요. 우리가 만났던 날 당신이 찾던 바로 그곳. 또 다른 편지는 비프킹겐 역에서 시작했다. 당신 집 앞 역이죠, 스티븐. 기억하나요? 이편지는 쓰는 데만도 몇 주가 걸렸다. 그녀는 제펠트 방면 취리히 호숫가에서 이 편지를 완성했다. 리스바흐 항구, 커다란 추상 조각 옆이었다. 안나는 편지를 쓰던 매 순간을 기억했다. 매 장소, 실질적으로 모든 펜 놀림, 자기가 입었던 옷을 기억했다. 날씨가 어땠는지, 날씨가 어떻게 바뀌었는지, 어떻게 지속되었는지, 피부에 어떻게 느껴졌는지를 기억했다.

그 편지들을 마지막으로 읽은 것이 적어도 다섯 달 전이었다. 어쩌면 여섯 달인지도 몰랐다. 마지막으로 읽었을 때, 처음으로 부끄러웠다.

그 전주의 어느 날 아침, 안나는 독일어 수업에 도착했을 즈음 배가 아팠다. 자갈을 먹었거나 모래시계의 모래를 삼킨 것 같은 느낌이었다. 그녀는 말없이, 손을 크게 놀리지 않고 필기했다. 롤란트는 부정 대명사에 대해 말했다. 어떤 것. 어떤 사람. 아무도 아닌 사람. 모든 사람. 누구든. 모두. 충분한 만큼. 그리고 아무것도 아닌 것.

아무것도 아니다, 아무것도, 아무것도.

메리는 안나의 생일이 다가오고 있다는 것을 알았다. 수업 쉬는 시간에, 메리는 자기 집에서 파티를 열겠다고 나섰다. 생일 케이크를 구워 주고 싶은데, 가장 좋아하는 종류는

무엇인지?

「아니야, 메리. 아무것도 하지 마. 제발. 부탁할게.」메리
는 영문을 몰라 하는 것 같았지만, 설득을 포기했다. 그 화제
는 다시 꺼내지 않았다.

나머지 독일어 수업에서는 짝을 지어, 서로에게 전화하는
척하는 연습을 했다.

「그게 어떤 기분인지 알아요?」안나는 빨리, 숨도 쉬지 않
고 말했다.「몸 안에 감정이 너무 많아서, 그 감정 자체가 **되
어 버린** 것 같죠. 그렇게 되어 버리면, 그 감정은 더는 내 **안에**
있지 않아요. **그것이 바로 나예요.** 그리고 그 감정은 절망이에
요. 여기서 살지 않았던 시절은 기억나지도 않을 지경이에
요. 하지만 내가 걷기만 해도 미국인이라는 티가 나죠. 이제
달러로 계산하는 법도 잊었는데, 프랑으로 세는 법도 아직
이해하지 못했어요. 젠장, 남편이 은행에서 일하는데!」안나
가 하는 모든 생각은 동시에 떠오른 것이었다.「내가 지옥에
있나요? 지옥에 있는 거겠죠. 내가 달리 무슨 말을 하길 바
라는지 모르겠네요. 나는 요리도 하고 장도 보고 책도 읽고
간단한 산수도 하고 울기도 하고 섹스도 할 수 있어요. 그리
고 개판을 칠 수도 있죠. 사랑할 수 있냐고요? 그게 무슨 의
미죠? 그게 뭐가 중요해요? 내가 중요한가요? 내가 하는 일
이라고는 실수를 저지르는 것뿐인데.」

메설리 박사는 의자 가장자리로 슬금슬금 나와 앉으며 안
나에게 말을 계속하라는 손짓을 급히 보냈다. 돌파구에 다
다랐다고, 박사는 확신했다.

그래, 안나는 생일 준비로 아무것도 하지 말라고 부탁했었다. 하지만 메리는, 다정한 메리는 그 말을 듣지 않고, 파티 대신에 외출하자고 했다. 두 가족 모두 함께. 최소한이지만, 확실한 축하의 날로.

「그게 아니라도,」 메리는 제안했다. 「우리 어차피 그렇게 했을 거잖아.」 그래서 안나는 자주 그러듯이 동의했다.

벤츠 가 사람들은 슈타델호펜 역에서 7시 15분에 길버트 가족을 만나기로 약속했다. 거기서 30분 정도 기차를 타고 라퍼스빌로 가기로 했다. 잠깐 산책한 후 다시 취리히까지 실어다 줄 보트를 탈 생각이었다. 그 여행은 오후 내내 걸리고, 보트는 여러 번 멈춰 서며 여러 사람을 태우고 내릴 것이었다. 메리는 보트를 타는 동안 즐길 샌드위치와 맥주, 음료와 간식을 넣어 도시락 바구니를 쌌다. 이 여행을 하고 취리히로 돌아오면 길버트 가족이 벤츠네로 와서 한잔하고 간단한 식사와 케이크를 먹기로 했다. 우르줄라는 폴리 진을 봐주기 위해 집에 남았다.

라퍼스빌은 취리히에서 30킬로미터 정도 떨어진 호수 동쪽 끝에 있는 그림 같은 도시였다. 청동기 시대의 정착지에 지어진 도시로, 좁은 골목들은 중세부터 이어진 것이었다. 성도 하나 있었고, 라퍼스빌은 스위스에서 가장 큰 서커스인 크니 서커스의 본거지였다. 안나는 이제껏 한 번도 가본 적이 없었다.

가족들은 기차 안에서 편하게 이야기를 나누었다. 메리는 맥스와 알렉시스의 학교에서 하는 자원 봉사 활동에 대해 얘기했고, 브루노와 팀은 스키 이야기를 나누었다. 안나는

양쪽 대화 사이에 주의를 분산했다. 맥스와 찰스는 썰렁한 농담을 해서 부모들을 웃겼다. 기차가 음식을 먹고 목이 막혔는데 왜 그랬게요? 씩씩 꼭꼭 씩씩 꼭꼭 씹지 않아서요! 안나는 둘째 아이를 향해 미소를 지었다. 「참 똑똑하기도 하지.」 안나가 말하자, 찰스는 자랑스럽게 기쁜 웃음을 지었다. 빅터는 홀로 앉아 게임기를 하고 있었다. 알렉시스는 책을 가져왔다. 안나는 알렉시스를 대화에 끌어들이려 했지만 허사였다. 안나는 알렉시스에게 학교와 캐나다에 대해, 스위스를 좋아하는지 아닌지, 책이 재미있는지를 물었다. 알렉시스의 대답은 예의 발랐지만, 짤막했다. 안나는 그게 놔두었다. 이 아이는 얘기하는 걸 좋아하지 않으니까. 익숙한 기분이 그녀 앞에 다시 한번 번득였고, 안나의 심장은 보이지 않게 알렉시스의 심장을 향해 손을 내밀었다. 안나는 더는 아무 말 하지 않았다.

안나는 스티븐이 자기 생각을 하기나 하는지 가끔 궁금했다. 나를 완전히 잊었을까? 그의 생각 속에 내가 침입한 적이 있을까? 마치 노래처럼, 그는 머리에서 떨칠 수가 없을까? 이런 질문을 줄줄이 던져 봤자 아무 소용이 없었다. 그녀는 이런 질문을 하는 걸 대체로는 피했다.

하지만 영 피할 수가 없을 땐, 몇 달 전 그가 끔찍한 실수를 했다는 것을 깨달았지만, 너무 소심해서, 너무 부끄러워서, 아니면 너무 겁이 나서 그녀에게 돌아올 수 없는 거라고 믿어 버렸다. 그럴 수도 있어, 안나는 논리를 들이대려 했다. 갇혀 있다는 느낌, 잡혀 있어서 행동할 수 없다는 느낌, 그

극복할 수 없는 느낌을 이해했다. 안나는 몇 년 동안 자기만의 필연성이라는 집 속에 살았다. 어쩌면 스티븐도 그럴지 몰랐다. 안나는 이것이 그가 한 번도 전화하거나 편지를 쓰지 않은 이유라고 믿어 버리는 쪽을 택했다.

물론 그녀는 이런 걸 믿지 않을 정도는 분별력이 있었다. 하지만 자기가 분별력이 있다는 사실을 잊을 때가 있었고, 그저 그런 척할 뿐이라는 사실도 잊었다.

「망상과 환각의 차이는 뭐죠?」

메설리 박사는 좌절을 전달해 주는 소리를 냈다. 마치 회로의 전달 스위치를 딱 내려 버리는 소리 같았다. 「환각은 감각적인 거죠. 어떤 사람들이 자기 경험 안에서 말고는 존재하지 않는 것들을 보고 듣고 냄새 맡는 것이요. 반면에 망상은 잘못된 믿음이죠. 사실은 그렇지 않다는 강력한 증거가 있는데도, 굳건히 유지하는 확신이죠.」 안나는 자기를 점검해 보았다. 신의 목소리를 들은 적도, 유령 장미의 향기를 맡은 적도 없었다. 「건강 염려증 환자는 어떤 검사를 해봐도 완전히 건강하다고 나오는데도 자기가 죽어 가고 있다고 믿어요. 어떤 사람은 정부 요원들이 자기를 쫓고 있다고 자신하죠. 또 어떤 사람은 그의 가장 열정적인 사랑의 대상이 깊은 사랑을 돌려줄 거라고 철석같이 믿고 있어요. 실제로 상대방은 사랑하지 않는데도.」

「알겠어요.」 이 말은 정곡에 좀 더 가까운 곳을 찔렀다.

「환각을 경험하나요, 안나?」

「아뇨.」

이번에 알겠다고 말한 사람은 박사였다.

태양은 노래처럼 빛났다. 보트는 은색으로 반짝이는 물
위를 미끄러져 나갔다. 안나는 겹겹이 옷을 입었지만, 바람
이 불었고, 햇볕이 내리쬐어도 추워서 몸이 떨렸다. 브루노
는 이걸 보고 그녀를 자기 쪽으로 좀 더 가까이 끌어당겼다.
지금의 브루노는 안나가 어떤 형태의 사랑에 빠진 그 사람
이었다. 길버트 가족과 같이 있으면 그에게서 이런 모습이
나왔다. 단둘만 있을 때는 결코 찾을 수 없는 멋지고 편안한
태도. 안나는 어떤 면에서는 그 모습이 어땠는지 잊어버려서
다행이라고 여겼다. 행복이 그녀의 온몸을 따라 흘렀다. 그
녀의 머리부터 입, 목, 가슴을 타고 배를 지나 골반의 닫힌
문에 이르렀다. 그녀가 슬픔을 쌓아 두곤 했던 곳이었다.

안나는 그 하루를 있는 그대로 받아들였다. 선물처럼. 선
물*a present*. 현재*the present*. 그녀는 마지막으로 기쁘다는
느낌을 받은 게 언제인지도 기억할 수 없었다. 보트 위에서
는 누구도 심통 부리지 않았다. 알렉시스는 책을 옆으로 내
려놓고, 빅터는 게임기를 양보했다. 둘 다 동생들에게 친절하
게 굴었다. 찰스와 맥스는 배 위를 뛰어다니면서 해적 놀이
를 했다. 아이들은 탄산음료를 마셨고, 어른들은 맥주를 마
셨으며, 모두 파프리카맛 과자를 먹었다. 브루노는 몰래 키
스를 한 번 하더니, 한 번 더 했다. 안나는 하게 놔두었다. 그
녀는 다시 한번 놔두었다. 모두가 큰 소리로 웃고 미소를 지
었다. 모두가 호수를 즐겼다. 내가 이런 행복감을 느끼다니
불공평해. 나는 이럴 자격이 없어. 내가 받을 자격이 없는 자

비야. 안나는 퍼뜩 깨달음을 얻었다. 이게 바로 사람들이 말하는 은총의 뜻이구나. 그녀는 자기가 믿는지도 알 수 없는 신에게 소리 내어 감사했다. 안나는 메리가 30분 동안에 시계를 네 번이나 확인하는 것을 보았다. 보트 여행은 두 시간은 걸려. 안나가 말하자 메리가 아, 하고 대답했다.

선착장마다 몇 사람이 타고 몇 사람이 내렸다. 벤츠 가족과 길버트 가족은 그들이 어떤 사람일지 맞히기 놀이를 했다. 그들은 머리를 밀고 키가 큰 젊은 남자와 그와 함께 있는 검푸른 머리의 여자는 다섯 번째 데이트 중이며, 배의 좌현에 있는 다른 나이 든 커플은 40번째 결혼기념일을 축하하는 영국인 여행객이라는 결론을 내렸다. 그리고 뱃머리 근처에서 담배를 피우는 30대 여성은 고독과 물안개로 실연한 마음을 달래는 것이라고 했다. 아니, 적어도 안나가 내린 결론은 그러했다.

보트 여행의 끝에 이를 때쯤, 그들의 얼굴은 햇볕에 탔고 호수의 바람에 따가웠다. 가족들은 뷔르클리플라츠에서 중앙 역으로 가는 전차를 탔고, 거기서 다시 디틀리콘 역으로 가는 기차를 탔다. 여덟 명 모두. 6시가 가까운 시각이었고, 어두워지고 있었다. 집에는 케이크와 샴페인이 기다리고 있었다.

안나는 그 하루가 무척이나 즐겁고 완벽하게 유쾌해서 믿어지지가 않았다. 그런 날을 기대도 하지 않았었다. 그녀는 그런 날이 가능하다는 것을 잊고 있었다. 이전에 그런 게 존재하는지 정말로 알았는지도 모르지만.

그녀가 그날의 말랑한 기쁨이라는 경험에 젖어 있을 때,

그들은 마을 광장을 지나치며 힌터가세의 언덕을 올라 로젠베크로 접어들었다. 그들 오른쪽, 교회 주차장은 만차였다. 안나가 이 사실을 알아차렸다면 — 그녀는 알아차리지 못했다 — 교회에서 저녁 예배가 열린다고 짐작했을 것이었다. 그들은 작은 운동장을 지나 집으로 걸어갔고, 계단을 올라가 문을 열었다.

집은 캄캄했다. 브루노가 조명 스위치를 켜자 0.5초 만에 스물 몇 명의 사람들이 튀어나와 〈서프라이즈!〉를 외쳤다.

세상에, 안나는 생각했다. 나를 위해서 망할 파티를 열었잖아.

이 깜짝 파티를 설계한 사람이 누구일지 알 만했다. 손님들을 다 헤아리기도 전에, 안나가 직접 초대하지도 않았는데 그녀의 집에 들어온 사람들의 얼굴을 제대로 알아보기도 전에, 메리가 안나의 시야 안으로 휙 뛰어들어 왔다. 메리는 손잡이를 돌리면 상자 안에서 튀어나오는 인형같이 펄쩍펄쩍 뛰며 박수를 쳤다.

「놀랐어? 놀랐지? 짐작했어? 정말 깜짝 놀랐나 봐!」

그래, 그래. 안나는 친구를 향한 화를 누그러뜨렸다. 크게 놀랐지. 그녀는 메리에게 기계적으로 고맙다는 인사를 하며 안아 주었고, 이 상황을 타개하려고 속으로 혼잣말을 했다. 좋아, 안나. 이거 감당할 수 있어. 오늘 정말 좋았고, 좋은 날이었잖아. 이거 감당할 수 있어. 이것에 고마워해야 해.

안나는 방 안을 훑어보았다. 우르줄라가 있었고, 다니엘라와 다비드, 마르그리트와 한스 부부와 그들의 딸 주자네, 그 남편인 귀도가 있었다. 안나는 이들 딸 부부는 잘 몰랐지

만, 작년에 한스의 마구간 뒤 작은 집에 세 딸아이와 함께 이사 왔다. 그 아이들도 파티에 있었다. 브루노와 안나의 이웃인 모니카와 비트도 그 자리에 있었고, 이디스와 오토도 있었다. 안나와 독일어 수업을 같이 듣는 사람들도 대부분 왔다. 낸시와 에드, 거의 말을 섞지 않는 오스트레일리아인 부부, 언제나 쉬는 시간이면 담배를 피우러 나가는 프랑스 여자, 자기들끼리만 모여 있고 실상 안나하고는 대화 한 번 해본 적이 없는 아시아 학생들. 그리고 롤란트. 그리고 아치. 그리고 카를.

맥락에서 벗어난 얼굴은 혼란을 일으킨다. 그리고 대부분의 편집광은 그럴 만한 이유가 있다.

14

그건 사실이었다. 맥락에서 벗어난 얼굴은 혼란을 일으킨다. 방향 감각의 순간적 상실. 일시적인 정신 착란. 개인적지각 능력에 의문이 드리운다. 술집에 있는데 신부와 랍비가걸어 들어온 것처럼. 이거 장난일까? 자기에게 자문한다. 그대답은 긍정이다. 그 대답은 부정이다. 양쪽 다 대답이 될 수있다.

이거 장난일까? 안나는 자기 자신에게 물었다. 그날 밤 그녀의 집에 온 거의 모든 사람들은 자기 환경과 결별하고 있었다. 마룻바닥이 움직이려 하며 안나의 방향 감각이 흔들렸고, 그녀는 말 그대로 공격해 오는 기절 직전의 현기증과싸웠다. 메리는 환하게 웃었다. 그녀는 자기 자신에게 만족했고, 여전히 안나가 내 생일에 아무것도 하지 마, 라고 말한것의 속뜻이 나한테 파티를 열어 줘, 라는 잘못된 인상을 품고 있었다. 붉은 기운이 안나의 가슴으로부터 얼굴까지 피어올랐다. 「안나가 수선 떠는 것 바라지 않는다는 건 알지만,그래도 전혀 수고롭지 않았어!」 메리는 반응을 기다렸다. 안

나는 희미하지만 요령 있게 미소를 지어 보였다. 「그리고 이렇게 해주고 싶었지! 안나는 내 가장 친한 친구잖아!」

메리는 안나를 거실로 끌고 가서 머리에 종이 왕관을 씌웠다. 분홍색에 반짝거리는 어린이용이었다. 안나는 금방 벗어 버렸다. 브루노는 아는 남자들과 악수를 나눴고, 오래지 않아 브루노, 귀도, 오토, 비트, 다비드와 카를은 손에 맥주를 들고 문 쪽으로 이동했다. 그들은 안나를 지나치며, 각각 안나에게 생일 축하를 하고 살짝 포옹하거나 관습적으로 볼에 세 번 키스했다. 카를의 차례가 되자, 안나는 그의 귀에 대고 속삭였다. 여기 왜 온 거야? 그 말에 카를은 대답했다. 「저 여자가 다니엘라와 다비드를 초대했고, 그들이 날 초대했어.」 브루노는 무리를 바깥으로 데리고 나갔고, 아이들은 그 뒤를 따랐다. 이디스는 안나 옆으로 와서 그녀에게 스파클링 와인 한 잔을 건넸다.

그녀는 실실 웃었다. 「드문 일이네, 안나.」 안나는 동의하고 싶었다. 안나는 샴페인을 두 모금 만에 넘겨 버리고, 이제 가서 진짜 술 좀 가져와, 라는 표정으로 이디스에게 잔을 도로 건넸다. 이디스는 그녀다운 웃음을 지으며 부엌으로 스르르 사라졌다.

잠시 후, 이디스는 스카치위스키를 들고 돌아왔다. 안나는 찔끔찔끔 마셨다. 위스키는 피트 향이 강했고 부드러웠다. 「이거 어디서 났어?」 물어볼 필요도 없었다.

「저 사람이 가져왔던데.」 이디스는 방 저편을 손짓으로 가리켰다. 아치가 롤란트 및 에드와 함께 서 있던 곳이었다. 안나는 뭔가 말하려고 했지만, 생각을 고쳐먹었다. 이디스도

뭔가 말하려는 듯 입을 벌렸지만 메리가 와서 방해받았다. 안나는 두 사람을 소개했다. 메리와 이디스는 각각 야단스러우면서도 서먹하게 상대를 맞았다. 예상하지 못할 바는 아니었다. 하지만 그 순간 안나는 성격을 따져 가며 판단할 마음이 없었다. 그녀는 메리와 이디스가 서로 얼마나 공통점이 없는지 알아내도록 둘만 남겨둔 채로, 보트 여행에서 입었던 옷을 갈아입으러 가고 싶은 척하면서 침실로 빠져나가 문을 닫았다.

안나는 더 근사한 스웨터를 발견하고 그 옷으로 갈아입었다. 그녀는 얼굴을 확인했다. 여전히 붉었다. 위스키 탓이라고 할 거야. 안나는 생각했다. 그런 후 자기 모습을 다시 살폈다. 이 정도면 되겠지. 그때 문을 두드리는 소리에 깜짝 놀랐다. 「누구세요?」

「아치.」

「망할.」 안나는 씩씩대며 문으로 가서 활짝 젖혀 열고 그를 안으로 끌어당겼다.

「안나.」 아치는 말을 시작했지만, 그녀는 한 손을 들었다.

「여기 왜 온 거야?」

「메리가 초대했어.」 메리가 현재 모든 문제의 핵심 인물이었다. 「내가 안 오면 이상하게 보일 거 아냐.」

「정말, 아치?」 안나는 말했다. 「가서 내 키다리 스위스 남편에게 그렇게 말해 보지 그래. 내 스위스 앞마당에서 술 마시고 취해 가는 덩치 좋은 스위스 친구들과 함께 있는 저 사람에게.」 안나는 스위스라는 말을 멈출 수가 없었지만 이유는 알 수 없었다. 안나는 화가 났다. 그녀는 비밀스러운 삶 —

삶들 — 을 별개로 떼어 놓으려고 몹시도 노력했다. 「돌아가
야 해.」 안나는 문을 열고 그를 복도로 밀었다. 내 비밀들을
제대로 이해하고 있는 사람은 나뿐인 거야? 안나는 자문해
보았지만, 애초에 그 비밀들을 알고 있는 사람은 자기뿐임을
떠올렸다.

　　파티에서는 수다가 한창이었다. 사람들은 먹고 마셨고,
파티가 지루하고 절제된 분위기를 유지하는 동안은 대화도
느슨했고 사람들은 긴장을 풀기 시작했다. 안나는 잠깐 뒤
에 처져 있다가 숨을 깊이 내쉬고 다시 사람들과 섞일 마음
을 강하게 먹었다. 그녀는 모퉁이를 돌아 응접실로 가다가
이디스와 부딪쳤다.

　　「이상 없어, 안나?」 이디스는 엉큼하게 물었다.

　　「너무 좋아요.」 안나는 간단하게 말했다.

　　「있잖아.」 이디스는 몸을 내밀며 다가왔다. 「내가 저기 물
좀 살펴봤지.」 안나는 얼굴을 찡그렸다. 「자기랑 엮어 줄 사
람이 적어도 한 명은 있을걸.」

　　「이디스도 참.」 안나는 자기에겐 남편이 있다는 사실을 되
새겨 주었다.

　　「그래, 그럴 줄 알았지.」 이디스는 계속했다. 「저 롤란트라
는 사람은 어때?」 안나는 농담이겠지, 라는 표정을 던졌다.
「좋아, 그러면. 저 스코틀랜드 남자는 어때? 지금 막 저 남자
가 당신 침실에서 나온 걸 본 것도 같고?」 이디스의 눈에는
빛이 춤추었다.

　　「됐어요, 이디스.」 안나는 냉엄하게 말했다.

　　「어머, 안나. 얼굴 펴. 저 메리한테서 얌전한 체하는 게 옳

왔나 봐.」

「얌전한 체하는 게 아니에요.」안나가 말했다. 「예절이라
고 하는 거죠.」

「하하!」이디스의 웃음이 사방에 울려 퍼졌다. 「내 말 믿
어, 안나. 나한테는 뻔히 보이는 애기야.」안나는 이디스를
보고 정말 그렇다는 결론을 내렸다.

이디스도 안나의 시선을 받아쳤다. 「메리는 반면에…….」
이디스는 오만하게 말꼬리를 끌었다. 무슨 말을 하든, 굳이
끝낼 필요를 느끼지 않는 여자였다.

「메리에게 잘해 줘요, 이디스.」

「세상에, 안나. 지루한 소리 하고 있네.」

「이디스, 전 손님이 있어서.」

이디스는 실실 웃었다. 「좋아, 뭐가 됐든.」이디스는 안나를
지나 복도로 가며 주머니에서 휴대 전화를 꺼냈다. 니클라
스에게 문자 메시지를 보내는 것이리라고, 안나는 짐작했다.

「집착과 강박의 차이는 뭐죠?」

아이였을 때 안나는 물건 세기를 좋아했다. 보도 위의 돌.
전화벨 소리. 문장 속 단어. 모든 행동을 순서대로 해야만 했
다. 모든 생각이 측정되고 할당되었다. 고통스러웠다. 그녀
는 언제나 긴장 상태로 대기 중이었다. 그럭저럭 공정한 타
협이었다. 수를 세고, 할당하고, 분류하는 것은 안나가 갑작
스레 겪는 공황 발작에 대처하는 데 도움이 되었다. 심리학
자는 안나의 우울증처럼 그것도 하나의 단계라는 결론을 내
렸다. 그랬다. 오래가지 않았다. 그녀는 그 습관을 지나 다른

습관을 들였다.

「집착은 통제 불능이라는 느낌에 대한 방어예요. 강박은 그 방어의 실패죠.」

최근에 했던 수업의 막바지에, 안나는 롤란트에게 자기가 보았던 낙서를 번역해 달라고 했다. 기차 좌석 등받이를 긁어서 해놓은 낙서였다. 스위스 기차 안 낙서는 드물었다. 안나는 그걸 독일어 공책에 적어 놓았다. 「*Was fuer ae huere Schweinerei. . .* 그게 무슨 뜻이에요?」

롤란트는 얼굴을 찡그리며, 종이를 후르르 넘기더니 문으로 향했다. 「별로 좋지 않은 뜻이에요.」 안나는 거기 서서 대답을 기다렸다. 롤란트는 한숨을 쉬며, 포기했다. 「〈망할 아수라장〉이라는 뜻이에요.」

속이려고 해도 모두 얼굴이 말한다. 포커에서 그것을 알아내는 기초 법칙은 이러하다. 패가 나쁜 사람은 허세를 부리고, 패가 좋은 사람은 엄살을 부린다. 손을 떠는가? 쌓인 칩을 너무 몰래 쳐다보는가? 카드를 너무 열심히 들여다보는가? 요리사가 뜨거운 감자를 내려놓듯 내기 돈을 던지는가? 다른 사람의 눈을 들여다보는가, 아닌가?

물론 다른 형태의 말하기도 있다. 아들이 〈옛날이야기 해 줘, 엄마〉라고 하면, 아이 옆에 자리 잡고 이야기를 한다. 〈*Es war einmal eine Prinzessin*(옛날에 공주님이 있었는데). . .〉보여 주고 설명하기도 있다.[30] 그리고 이건 어쩌면 인생에서 처음으로, 자기 자신의 내면을 공공연히 전시하는 일이다.

노출의 결과를 미처 인식하지 못한다고 하더라도. 언젠가 어린이집에 다닐 때 안나는 가장 좋아하는 인형을 교실에 가져간 적이 있었다. 갈색 피부의 인형으로 손과 발도 도자기로 만들었으며, 머리카락엔 완벽한 검은 인모를 심었다. 안나는 인형에게 프리다라는 이름을 지어 주었지만, 다른 여자아이들이 인형을 사랑하는 방식으로 사랑한 건 아니었다. 아이들은 인형을 먹이고, 잘못하면 꾸짖는 척을 했지만, 안나는 사랑 비슷한 감정을 느꼈다. 그녀는 프리다의 얼굴 곡선, 머리카락의 부드러움, 입고 있는 분홍 레이스 드레스에 매혹되었다. 초연하고도 과학적인 흥미였지만, 사람을 깊이 사로잡는 것이기도 했다. 그리하여 그날 운동장에서 실수로 프리다를 떨어뜨렸을 때, 그리고 월터라는 아이가 — 역시 실수로 — 프리다의 오른손을 밟아서 고칠 수 없을 만큼 산산이 부수어 놓았을 때, 안나는 어린 소녀들이 인형이 망가졌을 때 느끼는 상실감을 느꼈고, 그날 내내 눈물로 보냈다. 집에 와서 안나는 프리다를 선반 위에 돌려놓고는 다시 가지고 놀거나 살펴보지 않았다. 그녀는 자기가 깨달았던 것보다도 프리다를 더욱 사랑했었다.

그리고 빌헬름 텔Wilhelm Tell도 있다. 스위스의 국민 영웅. 영주에게 고개 숙이기를 거부했다가 아들 머리 위에 놓인 사과를 쏘아야 했던 사람. 활을 한 번 당겨서 그는 사과를 완전히 반으로 갈라 버렸다. 이 이야기에 교훈이 있는지 모르지만, 안나는 그게 뭔지 알 수 없었다.

---

30 *show-and-tell*. 주로 어린아이들이 하는 수업 활동의 하나로, 각자 물건을 가져와 발표한다. 계속해서 *tell*이라는 단어를 가지고 이야기하고 있다.

그는 그녀를 사랑하지 않는다는 말은 한 번도 한 적이 없었다.

하지만 사랑한다는 말도 한 번도 하지 않았다.

아치, 메리, 낸시, 롤란트와 에드는 간식 옆에 모여 있었다. 아치는 안나에게 등을 돌리고, 안나가 바란 대로 완전히 정중한 태도를 취했다. 바깥에서는 브루노와 그의 친구들이 거리에 서서 귀도의 새 차를 구경했다. 브루노는 폴리를 자기 배 위에 올려놓은 모습이었다. 다니엘라가 몸을 숙여 아이를 간질였다. 폴리 진은 환히 웃으면서 까르르 웃었다.

파티는 지루하게 이어졌다. 이디스의 파티 때 그랬던 것처럼, 안나는 반으로 갈라졌다. 하지만 방을 갈라놓은 건 지리적인 문제였지, 성별의 문제가 아니었다. 브루노의 내국인 친구들은 바깥에 있고, 안나와 그녀의 외국인 지인들은 실내에 머물러 있었다. 참 상징적이기도 하네, 안나는 생각했다. 그들은 탁 트인 공기 속에서 자기들만의 세계를 자유롭게 누빌 수 있어. 우리는 타자성이라는 상자 속에 갇혀 있지. 거기엔 구분선이 있어. 그들은 우리의 존재를 참아 주지만, 결코 환영하지 않아.

메리는 보드게임을 가져왔다고 알렸다. 소파 위를 본거지로 삼은 이디스는 꿍 신음했고, 안나가 쏘아보아도 휴대 전화에서 고개를 들지 않았다. 낸시의 입장은 유동적이어서, 다른 사람들이 한다면 자기도 하겠다고 나섰다. 메리는 커피 탁자 위에 게임들을 깔아 놓고 고르게 했다. 〈인생 게임〉, 〈위험〉, 〈사소한 추적〉, 〈미안〉. 심지어 보드게임조차 안나

에게 손가락질을 했다. 안나는 아치와 눈이 마주쳤고, 입 모양으로 제발 가, 라고 말했다. 아치는 그녀의 요청에 반대하듯 눈을 깜박이더니, 대신에 입 모양으로 잠시 후에, 라고 말했다. 안나는 부엌으로 물러나는 것으로 답했다.

잠시 후, 메리가 찾아왔다. 「여기 있었구나! 재미있는 것 다 놓쳤어! 내가 사정을 잘 몰랐으면, 안나가 자기가 주인공인 파티도 피하려 한다고 했을 거야.」

「메리.」 안나는 짜증을 담아 말했다. 「파티는 됐다고 말했잖아.」

안나는 냉장고를 열었다. 높다랗게 층층이 쌓인 케이크가 너무 커서 그걸 넣으려면 냉장고의 위 선반과 그 위에 놓였던 것을 다 빼야만 했다. 내 샐러드드레싱은 어디 있지? 내 머스터드는? 내 머스터드가 어디 있는지 알고 싶다고. 안나는 문을 홱 밀어 닫았다. 냉장고는 크게 달그락거렸다.

「화났어, 안나?」 메리의 목소리엔 떨림이 있었다. 안나는 메리의 감정을 상하게 하고 싶지 않았다. 모든 모욕을 들이마시는 수밖에 별 다른 선택이 없었다. 「아니야, 메리. 전혀 아니야. 좋은 깜짝 파티야. 고마워.」

「안나는 뭘 잘하죠?」 박사는 어느 날 오후에 물었다.

안나는 자기 기억을 훑으며 마지막으로 그런 질문을 받은 적이 언제였는지 기억해 내려고 애썼다. 그런 적이 있었는지는 모르겠지만. 그녀는 반복과 연습으로 얻은 교리문답적인 대답을 했다.

「모르겠어요.」 안나는 대답했다. 그리고 두 여자 다 이 말

인즉슨 그런 얘기는 하고 싶지 않아요, 라는 뜻임을 잘 이해했다.

박사는 밀어붙였다. 「그냥 빠져나가게 두진 않을 거예요.」 그녀는 이렇게 말하더니 다리를 꼬고 팔짱을 끼며 의자에 기댔다. 그녀는 안나와 대화하려면 초기에 달래는 단계가 필요하다는 것을 이미 짐작하고 오래 기다릴 자세를 잡은 것이었다. 창문이 닫혀 있어서, 방은 눅눅하고 답답했다. 박사는 다시 지시를 내렸다. 「좋아요. 이것부터 해볼까요. 안나가 하고 싶은 건 뭐예요? 그걸 잘하든 아니든 상관없이요.」

난 섹스를 좋아해요, 라는 게 즉시 떠오른 대답이었지만 그녀는 입 밖에 내지 않았다. 대신 눈을 가늘게 뜨고 입술을 깨물며 섹스 생각은 지우려고 했고, 그동안 박사는 안나가 대답하기를 기다렸다.

「내가 더 **어렸을 때는**,」 안나는 뜸을 길게 들이며 〈어렸을 때〉라는 말을 강조했다. **그때**와 **지금**을 나눠서 이해하려면 그게 핵심이기라도 한 것처럼. 「재봉을 좋아했어요.」

박사는 한 번 박수를 쳤다. 「드디어! 인정했네요!」 이런 경박함은 배려 없게 느껴졌다. 「자. 재봉을 잘 했나요?」

안나는 몇 년 동안 해본 적이 없었다. 마지막으로 재봉틀을 꺼냈을 때는 ── 그런데 지금은 어디 있지? 다락방에? 지하실에? ── 빅터가 어린아이였을 때였고, 그땐 어떤 종류의 가정생활을 꾸려 내겠다는 의지가 아직 확고했다. 안나는 박사에게 이 이야기를 했다.

「그런데 왜 그만두었죠?」

안나는 시간과 에너지가 부족했다는 취지의 대답을 웅얼

거렸다.

「그럼 지금 재봉을 못 하게 하는 요인은 뭐죠?」

대답은 온전히 남아 있었다. 「시간. 에너지.」 그녀는 둘 다 비어 있었다. 모든 여가 시간은 남자들에게 공짜로 주었다. 자기 자신을 위한 힘은 저장해 두지 않았다.

(안나는 그런 상관관계를 결코 생각해 본 적이 없었지만, 그들이 안나 과거의 이 부분으로 스며들면서, 평행 관계는 분명해지고 일치는 선명해졌다. 나는 옷들을 꿰매는 일을 남자들을 꿰차는 일과 바꾸었어. 안나는 속으로 씩 웃었다. 여기에는 코미디가 있었다. 분명함도 있었다. 바이어스. 패턴. 시접. 안나는 박사에게 자신은 단어 게임에 능하다고 단순히 말해 버릴 수도 있었다. 그 말은 사실이기도 할 것이었다. 하지만 그런 고백을 하면 다른 고백으로 이어질 것이었다. 그녀가 가장 재치 있는 순간은 가장 교활한 순간이기도 하고 문어의 먹물과 유사한 기능을 한다고. 연막. 안나는 그 뒤에 숨었다. 휙 튀어. 살살 움직여. 재빨리 도망가.[31] 요즘에는 바늘*needle*이 욕구*need*가 되었다. 주름*pleat*은 이제 간청 *plea*이 되었다. 하지만 안나는 이런 생각들을 훑으며 자기도 모르게 화들짝 놀랐다. 이 경우엔 영리한 대꾸나 우연이 아니었다. 사악하고 대담한 사실이었고, 정확히 대응되었다.)

「어머니가 재봉을 가르쳐 주셨나요?」 박사의 질문에 안나는 다시 휙 방으로 돌아왔다. 안나가 즉시 대답하지 않자, 박사가 다시 물었다. 이번에는 그 질문에 침침한 기억이 앞으

31 중의적으로 재봉과 관련된 단어들이며 각각 〈다트*dart*〉, 〈테두리*edge*〉, 〈직물 한 필*bolt*〉이라는 뜻도 된다.

로 끌려 나왔다. 안나는 어렸다. 여섯 살이나 일곱 살 즈음. 말을 할 수가 없었다. 그 문제의 오후는 지금 기억처럼 뿌옜다. 그날 오후는. 날도 저물어 가던 때여서, 창문을 가른 빛은 방바닥과 각을 이루며 떨어졌고, 공기 중의 먼지와 떠다니는 티끌은 작은 눈송이처럼 장난스럽고 사랑스럽게 보였다. 안나의 어머니는 재봉틀 앞에 자리를 잡고 앉았다. 죽은 외할머니에게 물려받아 이젠 고물이 된 싱어 재봉틀이었다. 어머니는 안나가 그 전에도 그 후에도 본 적이 없는 아름다운 벨벳 천으로 소파에 놓을 방석 커버를 만드는 중이었다. 깃털처럼 부드러웠으며, 통 안에 든 포도주색이었다. 안나는 무척 진지하게 어머니의 발치 마룻바닥에 나란히 앉아서, 장난감 곰 인형에 부드러운 보라색 천 자투리를 맞춰 핀을 꽂느라 바빴다. 후에, 안나의 어머니는 안나를 무릎에 앉혔고, 두 사람은 자투리 천을 꿰매 작은 치마를 만들었다. 안나의 손을 천 위에 올려놓고, 어머니의 손을 그 위에 올려놓은 다음 두 손을 동시에 움직여 위아래로 움직이는 재봉틀 속으로 천을 밀어 넣었다. 안나의 아버지가 퇴근하고 돌아왔을 때, 그는 아내와 딸에게 입 맞추고 어떻게 지냈느냐고 물었다. 오븐에는 구이 요리가 있었고, 공기는 고물 싱어 재봉틀이 일정하고 부드럽게 달달거리는 소리와 안나의 어머니가 간간이 흥얼거리는 콧노래 소리로 떨렸다. 자상한 오후였다. 하지만 그날의 사실은 오래전에 소멸되었다. 대신에, 전이된 아쉬움이 들어앉았으며, 너무 오래 그 기억을 생각하면 절망으로 안나를 갉아먹었다. 물론 안나에게 재봉을 가르친 건 어머니였다. 그리하여 그 사실은 세상 그 무엇보다 그녀

를 슬프게 만들었다. 유쾌한 남편. 사랑스러운 딸. 충실한 아내. 얼마나 행복한 가정인가.

「좀 더 얘기해 줄 수 있어요?」

안나는 할 수 있었지만, 하지 않았다.

「안나, 내가 한 번도 묻지 않았죠? 안나가 자란 곳은 어디인가요?」

박사는 물어봤다. 안나가 그 질문을 회피했을 뿐이었다. 안나는 손가락으로 머리를 넘기다 헝클어뜨렸다. 그 동작으로 기억을 떨칠 수 있다는 듯이. 「그게 중요한가요?」

「물론 중요하죠.」

안나가 박사에게 공공연하게 면전에 대고 큰 소리로 반대를 표한 것은 몇 번 되지 않았지만, 그때가 그랬다. 대부분 다른 항의는 거짓말의 형태를 띠었다. 「아니요, 그렇지 않아요.」 과거에 어디 있었는지는 현재 어디 있는가만큼 적절한 문제일 리가 없다. 안나는 이 사실을 철저히 믿었다.

안나에겐 다행스럽게도, 누구도 게임을 하겠다고 나서지 않아서 그 제안은 묻혔으며, 파티는 꾸역꾸역 계속되었다. 아치는 아직도 떠나지 않았다. 안나는 그가 있다는 사실을 브루노가 알고 있을까 생각했다. 남편이 아치의 이름을 기억하리라는 것에는 한 점 의심이 없었다. 15분 후, 모두가 작은 응접실에 모여 생일 축하 노래를 불렀다. 우르줄라가 케이크를 가져왔다. 안나는 반쯤은 얼굴을 붉혔지만, 반쯤은 열이 올랐다. 제발 집에 가, 아치. 집에 좀 가라고, 카를. 모두들 집에 가요. 안나는 숨도 쉴 수 없었다. 방 안에는 사람

이 너무 많았다. 아치는 브루노에게서 멀찍이 떨어져 있었
다. 그나마 사정 봐주는 행동이었다. 안나는 케이크 반 조각
정도를 먹고 밖으로 나갔다. 그녀는 1년 동안보다 지난 3주
동안에 더 많은 파티를 다녔다. 사람들이 방 안에 서서 이야
기하는 모습을 보는 것이 피로했다.

다비드가 차로에 서서 파이프 담배를 피우고 있었다. 안나
는 실망했다. 그저 1분만이라도 혼자 있고 싶었다. 해가 진
후엔 공기가 무척 빨리 싸늘해졌고, 브루노와 친구들은 일단
케이크가 나온 후에는 밖에 다시 나오지 않았다. 대신에 그
는 얼토당토않은 이유를 대면서 친구들을 몰고 지하실로 갔
다(친구들에게 이것저것 보여 주겠다는 핑계였지만, 안나는
남편이 말할 때 자세히 듣지 않았다). 하지만 지하실 창문
유리 사이로 그들 소리를 듣고, 모습을 볼 수 있었다. 안나는
남편을 잘 알았다. 그의 동기는 투명했고 전적으로 스위스
다웠다. 그는 이미 잘 아는 사람들이 아니라면 섞이고 싶지
않은 것이었다. 「미안해요. 방해할 작정은 아니었어요.」

안나는 눈을 돌려 다시 땅과 동일선상에 있는 지하실 창
문을 돌아보며, 메설리 박사와 미궁, 미로, 웅성대는 땅 밑 그
림자들의 상징성을 생각했다. 다비드는 여기는 당신 집이고
전 손님이니 방해랄 건 없죠, 라는 투로 어깨를 가볍게 으쓱
했다. 안나도 그를 보며 어깨를 으쓱하고는 포치 계단 위에
앉았다. 그녀는 얘기하고 싶지 않았다. 할 얘기도 없었다.

다비드는 담배를 피우고 어슬렁거리다가 단조의 불길한
음률을 휘파람으로 불었다. 이전에 들어 본 적은 있지만, 딱
집어 이야기할 수 없는 노래였다. 그가 입을 열었을 때는 딱

히 무엇에 관한 것도 아니며, 누구를 향한 것도 아니었다. 「우리 프랑스인들은 여러 분야에서 전문가죠. 음식과 철학. 와인. 욕망.」 다비드가 윙크하자, 안나는 엷게 웃었다. 「하지만 가장 뛰어난 연인들이 가장 형편없는 거짓말쟁이인 경우도 꽤 흔하죠, 안나. 이건 보편 법칙이에요.」 다비드는 현자처럼 고개를 한 번 끄덕이더니 더는 아무 말 하지 않았다.

안나가 적어 놓기만 하고 메설리 박사와 공유하지 않은 꿈이 있었다. 나는 완전한 암흑의 방 안에 있다. 내 아래 땅이 있다는 확신도 없이 비틀비틀 걸어간다. 두 팔을 앞으로 뻗고 잡을 게 있는지 더듬더듬 찾는다. 그러다 벽에 부딪혀 손 아래 압력이 느껴진다. 애들 생일 파티용으로 빌리는 고무로 된 성처럼 벽에 탄성이 있는 것 같다. 다만 더 세게 누를수록, 압력이 더 세지고 마침내는 그를 뚫고 나간다. 이 어두운 방의 반대편에는, 새롭고, 환하고, 또 다른 바깥의 세계가 있다. 나는 취리히 호수에 있다. 물은 짙은 푸른색이다. 이제까지 본 중에 가장 푸른 물이다. 수영하는 사람, 보트 타는 사람, 호숫가에서 일광욕하는 사람이 있다. 그리고 하늘도 사람이 마비될 것 같은 파란색이다. 나는 절대적 어둠에서 절대적 빛으로 들어온 것이다. 영적인 세상 안으로 발을 디뎠다. 감탄스럽다. 나는 감탄한다. 그래도 여기는 나의 세계가 아니다. 내가 속한 곳이 아니다. 나는 암흑 속에서 더 안전하다. 하지만 벽은 무너졌고, 어둠은 사라졌다. 그 안전으로는 돌아갈 수가 없다. 나는 이 빛의 의식(意識)에 잡힌 포로이다.

15

안나는 월요일 독일어 수업을 빼먹을 준비를 했다. 아무
도 만나고 싶지 않았다. 혼자 여유로운 하루를 즐길 계획을
세웠다고 말해도 될 것 같았다. 온천 여행을 가기로 했다든
가, 아니면 다른 뭐라도. 그날은 안나의 생일이었고, 원하는
건 뭐든지 할 수 있었다. 하지만 안나는 아무 계획도 없었고,
수업에 가서 다른 학생들과 얼굴을 마주해야 한다는 사실이
걱정스러운 것보다도 혼자 집에 있어야 한다는 생각이 더 우
울했다. 그리고 메리는 안나에게 점심을 사주겠다면서 약속
을 받아 냈다. 안나가 취소한다면 실망할 것이었다. 그래서
안나는 외를리콘으로 갔다.

그녀는 잠을 잘 이루지 못했다. 밤새 침대에 누워 있으니,
그날 하루의 사건들이 건조기 속의 옷들처럼 머릿속에서 뒤
엉켜 통통 튀었다. 그날은 계시의 날이었다. 나는 행복을 스
쳤고, 그 기분이 좋았으며 다시 한번 느끼고 싶어. 마지막 손
님이 떠나고, 브루노는 길버트 가족을 집까지 태워다 주러
갔다. 안나는 부엌 창문으로 손을 흔들어 작별 인사를 했다.

남자아이들은 위층으로 올라가 조용히 놀았다. 폴리는 한 시간 전에 잠이 들었다. 브루노는 적어도 45분 내에는 집에 오지 않을 것이었다. 안나는 효율적으로 그 집을 혼자 차지할 수 있었다. 생각할 공간과 시간이 충분했다.

안나는 다비드가 한 말을 들었다. 비밀을 지키는 것은 위험하다. 그리고 안나는 자기 비밀을 그렇게 잘 지켜 오지 못했다. 그녀는 마음속으로 목록을 하나씩 확인해 보았다. 이디스가 슬쩍 말을 흘렸다. 다비드는 경고했다. 우르줄라의 목소리는, 여러 번, 의심을 품었다. 마르그리트는 그녀를 클로텐에서 보기까지 했다. 안나는 이제껏 자신이 전략적이고 경계를 잘했다고 생각했었다. 자기 자신의 신중함이 자랑스럽기까지 했었다. 그게 문제야, 안나는 생각했다. 메설리 박사의 목소리 환청이 들리는 듯했다. 교만은 모든 여주인공의 암살자죠.

이 문제를 풀기 위해서 언덕 위를 올라가거나 그녀의 벤치에 앉아 울 필요는 없었다. 더는 외도하지 않을 거야, 그녀는 생각했다. 두 번 다시는. 브루노가 길버트네 집에서 돌아왔을 때, 그들은 사랑을 나누었다. 재미있고, 유쾌하고, 쾌락을 줄 수 있는 섹스였다. 그들은 함께 절정을 느꼈다. 조용히. 친절하게. 점잖고 정중하게 다시 시작하는 방식이었다고, 안나는 결론을 내렸다. 더는 아니야. 다시는 안 돼.

그날 밤 내내, 그녀는 계획을 세웠다. 그녀는 수동적이 아니라 능동적이 될 것이었다. 매일 하루를 가정에만 전념할 것이었다. 무화과를 저장하거나 십자수를 놓거나 할 계획은 아니었지만(침실 벽을 새로 단장해 볼까 하는 생각이 불면

중 30분을 차지하기는 했지만), 안나가 한 맹세는 이것이었다. 내 가족에게 내 전부를 바치겠어. 내 시간, 내 재능, 내 관심을. 내 삶을 충실히 살면서, 내 삶의 슬픔에서 관심을 돌리기 위한 섹스에서 관심을 돌리겠어. 얼마나 순환적인지! 얼마나…… 정신의학적으로 융에 가까운 관점인지! 안나의 내면에서 일어난 전환을 메설리 박사가 알게 되면 흥분할까. 어쩌면 이제 박사에게 모든 것을 다 말해야 할 때일지도 몰라. 안나는 그 결론에 이르렀다가, 물러섰다가, 머뭇머뭇 경계하며 다시 접근해 보았다. 하룻밤 내내 생각이 이처럼 빙글빙글 돌았다.

안나는 아침 일찍 어학원에 가서 롤란트의 교실 밖에서 아치를 기다렸다. 그가 도착했을 때, 안나는 그를 옆으로 끌었다.

「할 말이 있어.」 안나는 가능하면 거창하지 않게 서서 얘기할 작정이었으나 교실 밖 복도에서는 은밀하게 얘기할 여지가 없었다. 딱히 대단한 말을 할 계획은 아니었지만, 굳이 광고하지 않는 편이 좋을 것 같았다. 아치는 그녀가 말을 잇기를 기다렸지만, 안나는 고개를 저었다. 「여기선 안 돼.」 그녀는 관자놀이를 문지르며 잠깐 생각했다. 「메리가 점심을 사주겠다며 동물원에 가자고 했어. 1시 반에 동물원 앞에서 만나.」 그 연극은 불길했다. 안나는 그렇게 일을 키울 작정이 아니었다. 혹은 그럴 작정이라는 생각은 하지 않았다. 그 두 가지는 절대 똑같지 않았다.

하지만 카를과의 얽힌 인연을 푸는 데는 연극 같은 점이 훨씬 적었다. 브루노가 길버트 가족을 집에 데려다주고 돌

231

아오기 전에 안나는 그에게 문자 메시지를 보냈었다. 미안해. 그만해야 할 것 같아. 브루노. 애들. 모두 다 때문에. 괜찮지? 그녀는 딱히 미안하지 않았고, 메시지 끝에 수수께끼같은 〈괜찮지?〉를 붙인 것은 그 충격을 완화해 주는 역할을 할 뿐이었다. 1분도 지나지 않아 답변이 도착했다. *Jo*(그래). 하겠어. 〈하겠어〉는 아무리 카를이라고 해도 과한 표현이었다. 안나는 마침내 그가 전하려고 했던 뜻이 〈알겠어〉임을 이해했다.

안나와 스티븐은 섹스를 하는 목적 외에는 만날 약속을 거의 하지 않았지만, 딱 한 번 동물원 근처 플룬테른 묘지에서 만난 적이 있었다. 안나가 그런 제안을 했다. 제임스 조이스가 거기 묻혔다. 취리히의 명소였다. 안나는 가본 적이 없었다.

1월 중순이었고, 그 전날에는 가벼운 눈이 내렸다. 안나가 찰스를 막 어린이집에 내려 주었을 때, 우르줄라와 길에서 마주쳤다(이런 일이 얼마나 자주 일어났던지!). 그녀는 시어머니에게 도심 도서관에 책을 반납하러 가는 길이라고 말했다. 안나가 시내에서 시간을 보내며 무엇 하는지 우르줄라가 의심을 했는지는 모르지만, 그녀는 한 번도 따지고 들지 않았다. 혹시나 해서 안나는 여러 사연을 준비해 놓았다. 이디스를 만나러 갔어요. 아니면, 식품 전문점에 양념을 사러 갔어요. 아니면, 다른 데서는 상영하지 않는 영화를 해요. 거짓말은 거즈 천처럼 얇았지만, 궁지에 몰리면 그럭저럭 쓸 만했다.

스티븐은 무심했다. 「안 될 이유 있나?」 그는 이렇든 저렇든 상관없다는 듯, 아무런 의견이 없었다. 안나는 자신이 그런 성향을 싫어한다는 것을, 그 관계가 끝난 후에야 비로소 깨달았다. 플룬테른 묘지는 정확히 디틀리콘과 시내 사이에 있는 산, 취리히베르크 숲속에 있었다. 숲을 올라갈 수 있다면, 안나의 집도 볼 수 있을 것이었다.

두 사람은 아무 말 없이 무덤으로 걸어갔다. 안나는 대학에서 조이스의 책들을 읽었지만, 〈유명한 아일랜드 작가〉라는 사실 이외에 딱히 할 말은 없었다. 무덤은 찾기 쉬웠다. 생각에 잠긴 작가의 동상이 그 무덤을 표시하고 있었다. 동상의 무릎 위에는 눈이 쌓여 있었다. 그의 아내와 아들은 옆에 묻혔다.

「있잖아요.」 안나는 장난기를 가득 담아 말했다. 「여기서 해요.」

스티븐은 고개를 들더니 그녀의 얼굴을 똑바로 보고 다시 눈길을 조이스의 무덤으로 돌렸다. 「내가 들어 본 중에서 가장 점잖지 못한 소린데.」 한순간이 지나갔고, 스티븐은 다시 코트를 단단히 여몄다. 「갑시다. 추워요.」 안나는 눈 속에서 발을 질질 끌면서 그의 뒤를 따랐다.

메리는 12시 15분, 알테스 클뢰스털리에 두 사람 예약을 해두었다. 코끼리 소리가 들릴 정도로 동물원에 가까운 스위스 전통 레스토랑이었다. 안나가 처음으로 홀로 취리히를 돌아다녔을 때 동물원에 갔었다. 이 나라에 온 지 3주나, 4주쯤 되었을 때였다. 살림이 조금씩 제 궤도에 접어들 때였다.

안나는 영어를 할 줄 아는 산부인과 의사를 찾아냈다. 우르줄라는 도와주겠다는 의도를 풍겼고, 안나를 쇼핑에 데려가서 시내 구경을 시켜 주고, 아이 방 도배를 함께했다. 안나는 그 초기 시절을 들이마셨다. 보는 것마다 눈길이 갔다. 모든 길이 가능성으로 이어졌다.

그녀는 이전에도 시내에 가본 적은 있었다. 브루노와. 남편은 아내를 한 번 휙 구경시켜 주었을 뿐 결국에는 지도와 기차 자유 이용권을 주며 혼자 해보라고 했다(앞일을 이보다 더 계시적으로 표현할 수 있었을까!). 「가서 탐험해 봐!」안나는 원래 탐험심이 넘치는 사람은 아니었다. 하지만 모든 일이 무척 원활히 진행되고 있었고, 행복은 그럴듯해 보이진 않는다고 해도 존재할 것 같기는 했다. 한 사람이 자기 한계를 넘어선 때가 있다면, 말 그대로 그 사람이 어떤 경계를 넘어서 이동한 때가 아니겠는가. 안나는 그 도전을 받아들였다. 어디로 갈까? 안나는 무엇을 할까? 반호프슈트라세에서 윈도쇼핑을 할까? 미술관에 가볼까? 칼 박물관? 시계 박물관? 처음 혼자 나가는 외출인 만큼, 안나는 동물원을 골랐다.

그날 날씨는 아름다웠지만, 햇살이 강렬했다. 임신한 안나는 천천히 뜰을 가로지르며 동물들의 사진을 찍고, 카페에서 휴식을 취하면서 레모네이드 한 잔, 그리고 또 한 잔을 마셨다. 자기 만족감이 솟아오르는 기분이었다. 마음속으로 집에 가는 길에는 시장에 들러 파이 만들 복숭아를 사야겠다는 계획을 세웠다. 그녀는 그날 저녁에 있을 일을 미리 생각하며, 아직 열어 보진 않았으나 검정 실크 잠옷이 들어 있

는 상자를 떠올렸다. 그런 것을 입기엔 너무 몸이 분 게 아닐까 생각은 했지만 아직 확실하지 않았다. 하지만 자기만족은 위험한 오만이었다. 안나는 혼자서 지나치게 흐뭇해하고 말았다. 동물원을 나설 때 맞는 버스를 타긴 했으나 반대 방향으로 타버렸고 여섯 정류장 정도 지나서야 실수를 알아챘다. 그런 다음 불편한 교차로에 내려서 한참을 걸은 후에야 전차 정류장을 발견할 수 있었다. 그런 후에 전차가 오자, 그녀는 또 자기가 의도하지 않은 방향으로 타버렸다. 결국은 비디콘 정류장에서 내렸고, 거기서는 한 여자가(불행하게도 그 여자가 아는 영어 단어는 너무 한정적이어서 안나의 모자란 독일어와 맞먹었다) 눈물을 흘리는 안나를 보고 옆에 앉아서, 집에 가는 길을 함께 고심해 주었다. 집에 가는 길은 쉬운 부분이었다. S8이 비디콘을 지나갔다. 안나가 할 일은 (알맞은) 기차를 타고 디틀리콘까지 쭉 가는 것이었다. 우연이긴 해도 그녀가 이제까지 도시를 가로질러 돌아다녔다니 참으로 대단하기는 했다. 안나는 자기가 똑똑하다는 자부심을 느꼈지만, 순식간에 사그라들고 말았다.

안나가 지녔던 자신감의 종말의 시작이었다.

스티븐이 떠난 후 네 번, 안나는 S8을 비프킹겐까지 타고 가서 내린 후, 아무것도 변하지 않은 양 뉘렌베르크슈트라세에 있는 그의 아파트까지 걸어갔었다. 처음에 그랬던 건 그가 떠난 다음 날이었다. 그녀는 문으로 가서 초인종을 눌렀고, 아무도 대답하지 않자 그가 시장에 갔거나 실험실에 있어서 그런 것인 척했다. 다른 때에는 건물 앞에 서서, 누구

235

를 거기에서 만나기로 한 것처럼 통화하거나 시계를 보는 척
했다. 그녀가 거기 어슬렁거려도 합법적인 핑계가 될 일은
뭐든 했다. 그녀는 천천히 그 블록을 돌았다. 눈을 감고, 한
달 전, 8개월 전, 1년 전을 상상했다. 어제를 상상했다. 마지
막으로 그랬던 건 폴리 진이 7개월이 되었을 때였다. 무슨
바람이 불어서 거기까지 갔을까? 지금은 기억도 나지 않았
다. 집이 시끄러웠어. 브루노는 차가웠지. 우르줄라는 내가
뭘 어쨌다며 나무랐어. 나는 범죄 현장에 돌아가고 싶었어.
나는 돌아가고 싶었어. 그녀는 아들들을 애들 할머니에게 맡
겨 두고 폴리 진을 데리고 시내로 가서 유모차를 밀며 스티
븐의 아파트를 지났다. 그리고 여기에서 우리가 너를 만들어
냈단다, 폴리 진. 그녀가 자기 자신에게 허용한 사치였다.
오래 끌면서 변하지 않는 과거를 즐기는 것이.

메리와의 점심은 즐거웠고, 정다웠다. 두 사람의 대화는
일상적이었지만, 그것도 괜찮았다. 안나는 심오한 이야기를
할 마음이 없었기 때문이었다. 메리는 라퍼스빌과 안나의 파
티, 그날의 독일어 수업, 안나의 반지가 참 예쁘다는 이야기
를 했다. 그들은 그슈네츠레츠 미트 뢰스티를 먹었다. 다진
송아지 고기에 해시브라운을 곁들인 취리히 전통 요리였다.
메리는 이전에는 먹어 본 적이 없었다. 안나는 적어도 백 번
은 먹었다. 그녀에게는 일상적이고 주기적으로 먹는, 늘 똑
같은 음식이었다.
디저트가 나왔을 때, 메리는 안나에게 생일 선물을 주었
다. 「아, 메리. 정말 이럴 것까지는 없는데.」 안나가 말했다.

메리의 너그러운 성격에 안나는 가끔 짜증이 났다. 어떻게 대응해야 할지 알 수가 없었다.

메리가 말했다. 「우리는 친구잖아. 자매나 다름없지. 이 정도는 해야지.」 안나는 홍옥색 그로그랭 리본으로 묶은 작고 빛나는 상자를 열었다. 안에는 안나의 머리글자가 새겨진 고풍스러운 손수건 열두 장이 들어 있었다. 수를 놓은 건 메리였다. 맨 위에 놓인 손수건은 연푸른색이었다. 안나는 엄지손가락으로 A를, 집게손가락으로 B를 쓸어 보았다. 그녀가 어찌나 깊이 한숨을 쉬었던지 마치 흐느낌 소리 같았다.

「괜찮아, 안나?」

안나는 손수건을 코에 갖다 댔다. 라벤더 향기가 났다. 그녀는 눈을 감고 고개를 끄덕인 후 다시 한숨을 지었다. 「있잖아, 나도 이전엔 이런 걸 했었어.」

「정말? 바느질을?」 이 인정에 메리는 흥미로워했다. 안나가 자기를 놀리거나 농담을 한다는 듯이. 「그런 건 참 안나답지 않아 보여.」

안나는 눈을 떴다. 어쩌다 그렇게 보이게 되었는지 이해할 수 있었다. 「아니, 사실이야. 나도 바느질해. 내 말은, 바느질하는 법을 안다는 뜻이야. 이젠 안 해.」

메리의 미소는 자랑하는 기색은 없지만 흐뭇해 보였다. 안나가 그 사실을 알아차렸을 때, 그 미소는 함박웃음이 되었다.

「왜?」

「자기가 숨기려는 면을 보게 되니까 좋아서.」

안나는 이 말은 듣지 못한 척하고, 연푸른색 손수건을 다

른 손수건들 위에 올려놓은 후 화제를 바꿨다.

「너무 예뻐서 꺼내 쓰기가 아깝다.」

「말도 안 돼!」메리가 말했다. 「쓰지 않으면 실용품이 무슨 소용이야?」

「자아도취는 허영이 아니에요, 안나. 우리는 모두 어느 정도는 자아도취에 빠져 있죠. 일정한 자아도취는 건강한 거예요. 하지만 균형을 잃으면, 한때는 자기 확신이던 것이 거창해지고, 병적이 되고, 파괴적이 되죠. 자기 주변의 사람들에 대해 신경을 쓰지 않게 돼요. 난봉꾼처럼 거침없이 하고 싶은 일을 하죠. 지루함이 자리 잡아요. 지루한 여자는 위험한 여자죠.」

「이전에도 말씀하셨어요.」

메설리 박사는 고개를 끄덕였다.

「그래서요?」 다그치는 〈그래서〉였다.

「행해질 수 없는 행위들이 있어요. 고치는 게 불가능한 결과가 있고. 자아도취에 빠진 사람은 너무 늦게 그런 사실을 깨닫는 사람들이죠.」

「시제를 복습해 볼까요.」롤란트가 말하자 학생들은 입을 모아 신음했다. 롤란트가 지난번에도 강의한 적이 있는 내용이었다. 「*Zu viel Fehler*(실수가 너무 많아요)*!*」 롤란트가 말했다. 안나는 실수를 하는 일에도 더는 새로 배우지 않고 그저 습관으로 굳어져 버리는 급변점이 있다는 것을 알긴 했으나 그래도 쉽사리 기분이 상했다. 언어를 통과하며, 사랑

을 통과하며, 인생을 통과하는 일에서 될 대로 되라 식의 접근. 행동함에 있어 절대 뒤집히지 않는 수동성.

하지만 실수는 말이지, 안나는 생각했다. 그건 자신의 것이야. 모두 자신의 것. 오로지 자신에게만 속할 뿐 다른 사람과는 상관없는 자신만의 것. 실수를 그런 식으로 생각해 버렸을 때 — 그녀는 의식적으로 그런 선택을 했다 — 고귀한 느낌이 들었다. 실패를 인정하거나 자기 책임을 받아들이듯이 — 홀로 있을 때 소리 내지 않고 거울만을 향해 하는 인정이라도 — 그 자체로 사면(赦免)처럼 느껴졌다.

그리하여, 롤란트에게 그녀는 말했다. *Ohne Fehler, ohne Herz*(실수 없이는, 심장도 없어요). 우리는 자신이 망쳐 버린 일들로 표시되죠. 자신이 망쳐 버린 일들로 이루어져요. 안나는 그 말이 진실이길 바랐다. 그리고 그것이 진실이기를 절실히 바란다면, 그렇게 될지도 몰랐다.

하지만 기억의 단순한 고통이, 안나의 개인사에 관한 이해심을 야금야금 먹어 치우는 날들이 있었다. 그런 때면 안나는 스티븐 니코데무스를 만나기 직전의 시간을 애타게 그리워했다. 내가 그날 그냥 집으로 왔다면 모든 일이 얼마나 달라졌을까. 다른 날에는 그녀를 기쁨에 묶어 놓는 고통이기도 했다. 그녀가 제대로 소유한 것은 절망뿐이었다. 정당화할 수 없는 안식이었으나, 그럼에도 안식이기는 했다. 그녀가 거의 느끼지 못하는 감정은 죄책감이었다. 바위가 가위를 이기듯, 사랑은 죄책감에 승리를 거둔다.

「이건 아주 기초적이에요, 여러분. 현재형. 그건 지금 일어나는 일. 미래형. 앞으로 일어날 일. 단순 과거. 이미 행해진

일. 현재 완료*present perfect*? 계속 행해져 온 일.」

하지만 과거가 단순한 건 얼마나 자주 있는 일일까? 현재
는 완벽했던 적이 있었나? 안나는 이제 귀를 기울이지 않았
다. 그녀가 신뢰할 수 없는 규칙이었다.

안나는 메리를 버스 정류장까지 배웅하며, 전통에 따라 자
기는 생일이면 혼자 산책한다고 말했다. 그러면서 지나간 한
해를 돌아보며 우선순위를 재평가한다고. 안나는 그날 취리
히베르크까지 걸어갈 거라고 말했다. 안나는 디틀리콘 방향
을 가리켰다. 「집까지 걸어갈지도 몰라.」 먹힐 만한 거짓말
이었다. 그녀는 언제나 취리히베르크에서 집까지 하이킹하
고 싶었지만, 한 번도 하지 않았다. 그날 아치를 만날 계획이
없었다면, 그 하이킹을 했을지도 몰랐다. 메리는 마지막으로
생일 축하 포옹을 해주고, 버스가 떠나가는 동안 창문에서
우스꽝스럽게 손 키스를 날렸다. 안나는 고개를 저으며 동
물원 쪽으로 돌아갔다. 그녀는 아치를 매표소 옆에서 만났
다. 그는 두 사람 몫의 입장료를 냈다. 「잠깐 돌아보자.」 아
치가 말했다. 「동물을 보고 싶어.」 안나는 대답했다. 「그래야
지.」 하지만 그녀의 진심은 그러든가 말든가였다.

두 사람은 아쉬워하는 한 쌍이었다. 이제 곧 아치에게 두
사람이 함께 보았던 재미는 끝났다고 말하게 될 것을 아는
안나와 그녀가 그런 말을 하지 않을까 의심하는 아치. 두 사
람은 아무런 감정도 없이 걸으며 전시관과 서식지를 지났
다. 저기 좀 봐, 으흠, 외에는 별다른 말도 하지 않았다. 호랑
이들은 바위 뒤에서 잠들어서 잘 보이지 않았다. 판다들은

수줍어서 나오지 않았다. 원숭이들은 구경꾼을 기다렸다. 그들은 우리 속에서 끽끽 소리를 지르며 철창을 흔들었다.

「그래요, 안나는 스위스를 정말 싫어하죠. 그리고,」 메설리 박사는 효과를 높이기 위해 잠시 뜸을 들였다. 「그리고 사랑하기도 하죠. 사랑하면서 싫어해요. 당신은 냉담함을 느끼지 않아요. 안나는 무심한 게 아니에요. 애증을 동시에 느끼는 거죠.」

안나는 이에 대해서 생각해 본 적이 있었다. 모두 잠든 디틀리콘 거리를 헤매거나 집 뒤의 언덕을 올라 종종 울러 가곤 했던 벤치에 앉았던 그런 밤들에. 그녀는 자신의 양가성을 여러 번, 정말 여러 번 생각했고, 급기야는 병명을 만들어 내고 그 병에 자기가 걸렸다고 진단했다. 스위스 증후군. 스톡홀름 증후군처럼. 하지만 나는 나를 붙잡은 사람 대신에 내가 포로로 갇힌 방에 애착을 느끼지. 내가 묶여 있는 건 간수들이 아니라, 그 감옥이야.

안나의 생각이 딱 들어맞았다. 풍경이었다. 지형이었다. 들판, 개울, 호수, 숲. 그리고 산. 날씨가 좋아 유달리 맑은 날에 디틀리콘의 반호프슈트라세 남쪽을 걸으면, 80킬로미터 멀리까지 보이는 눈부신 푸른 지평선 앞에 눈 덮인 알프스 산맥의 산뜻한 모습을 볼 수 있었다. 이런 날엔 대기에도 마법 같은 게 어려 있어서, 그 봉우리들을 손으로 집어 가까이 당길 수 있을 것만 같았다. 이런 특정한 산들이 변화하는 것을 보면서 안나는 자기 자신을 떠올렸다. 그녀가 감정적으로 애착을 느끼는 것은 단순히 자연 풍경이 아니었다. 취리히

옛 시가지의 조약돌 깔린 길과 이 교회당의 첨탑, 그리고 다른 탑들도 그랬다. 그리고 기차, 기차, 그 망할 기차였다. 그녀는 그 기차를 타고 어디든 원하는 곳으로 갈 수 있었다.

하지만 어디로? 그렇게 자신에게 물으면 오로지 할 수 있는 대답은 황당할 정도로 비논리적이었다. 집에 가고 싶어. 겉으로 보기엔, 그녀는 벌써 그곳에 있는데도.

「불은 꺼지면 어디로 가요?」 안나는 물었다. 스티븐은 고개를 저었다. 그가 한 대답은 거리감이 느껴졌다. 「아무 데도 안 가요, 안나. 그냥 사라지는 거지. 이전에도 이런 얘기 했는데.」

했었다. 하지만 안나는 여전히 그 대답이 마음에 들지 않았다. 어째서 불은 사라져야만 하는 걸까? 그녀는 그 점을 받아들이지 않으려고 했다. 그가 그 말을 했을 때도 동의하지 못했고, 거의 2년이 지나서 그 말을 했던 것을 기억해 냈을 때도 마찬가지였다.

일주일 전, 낸시가 수업 후에 같이 점심을 먹자며 메리와 안나를 자기 아파트로 초대했다. 낸시는 외를리콘에 살았는데, 미그로스 클럽슐레에서 걸어서 갈 수 있는 곳이었다. 20분 동안의 쉬는 시간과 수업 시간에 한두 마디 나눈 것 말고는, 안나와 낸시는 거의 말을 섞지 않았다. 하지만 메리와 낸시는 친구였다. 「나랑 같이 가, 안나.」 메리가 말했다. 「낸시는 **정말 좋은 사람**이야.」

낸시는 키가 크고 마른 여자로, 북유럽인처럼 금발이고,

세련되었으며, 태도는 따뜻하고 너그러웠다. 그녀의 아파트도 어떤 면에서는 낸시 본인을 닮았다. 현대적이고, 깨끗하고, 너무 붐비지 않고, 질서정연하며, 트여 있었다. 그녀는 마흔한 살로 미혼이고, 아이가 없었으며, 현재는 직업도 없었다. 안나가 어떻게 그게 가능하냐고 묻자(취리히는 고통스러울 정도로 물가가 비쌌다), 낸시는 문제가 아니라고 말했고, 그다음에는 약간 어색하고 조심스럽게 고백했다. 가족이 아프리카에 차 농장을 소유하고 있어서, 몇 년을 신문 기자로 일하긴 했지만, 사실은 그럴 필요도 없었다는 것이었다. 「그렇다고 나를 신탁 기금이나 빼먹는 못난 사람으로 생각진 마.」 그녀는 재빨리 덧붙였다. 「나도 정말 뼈 빠지게 일했으니까. 내 앞가림 정도는 내가 벌어서 했어.」 안나에게도 그렇게 보였다. 낸시는 국제 정치를 다루는 기자로서 대륙을 누비며 일했다. 미국인들에게 유럽의 수도 이름을 대보라고 할 때 생각도 못 할 낯설고 이국적인 도시들을 주로 다녔다. 탈린, 소피아, 키시너우, 스코페, 파두츠. 낸시는 그저 좋은 사람인 것만이 아니었다. 모험가이기도 했다. 그녀는 가만히 앉아서 과제를 **받지** 않았고 스스로 하나하나 **자원했다**. 낸시가 가보지 않은 곳이 있다면? 거기가 바로 가고 싶은 곳이었다.

　「그러면 여기선 뭐하는 거야?」 안나는 비난하듯이 물어볼 뜻은 없었다.

　「여기가 최고의 도시라고 들었으니까. 좋은 곳이라고.」 낸시는 어깨를 으쓱했다. 「직접 확인해 보고 싶었거든. 다른 데 군이 갈 필요도 없었고.」

　「여긴 얼마나 있을 거야?」

「여기 온 지 넉 달째인걸. 떠날 계획은 없어. 여기가 마음에 들어.」

「정말?」 안나는 미처 예상하지 못했다.

「그럼. 안나는 별로야?」

안나는 대답하지 않았다.

메리는 메리 특유의 방식대로 비위를 맞추려 했다. 영혼 없이, 반복적으로. 「낸시는 정말 대단해. 정말 낸시를 존경한다니까. 어떻게 그렇게 짐을 척척 싸서 원하는 대로 훌쩍 떠나고, 하고 싶은 건 뭐든 할 수 있을까.」 메리가 말했다. 「나도 그럴 수 있으면 좋으련만. 그 점은 정말 존경스러워.」

「존경할 게 뭐 있어? 난 그저 내 삶을 살 뿐이야.」

「그래도.」 메리는 한숨지었다. 「낸시는 겁이 하나도 없잖아. 난 낯선 곳에 가면 겁이 나는데. 슈베르첸바흐에서 뒤벤도르프까지 버스만 타도 불안하다니까!」 메리는 다시 한숨지었다. 자신의 앞마당에서 멀리 떨어져 헤맨다는 건 메리에게는 너무 힘들었다. 그렇기 때문에 캐나다에서 이민 온 것이 그다지도 힘들었다고, 일전에 메리는 안나에게 고백한 적이 있었다.

낸시는 공감과 꾸짖음 사이 어딘가에 해당하는 위로를 전했다. 「메리, 모든 사람에겐 각자의 두려움이 있어. 하지만 난 내 삶이 펼쳐지는 걸 보고 싶진 않아. 내가 직접 펼치고 싶다고, 할 수 있으면. 내가 하고 싶은 게 있다면? 하는 거야. 그걸 좇아가. 그리고 손에 넣어. 내가 뭔가 믿으면 그걸 지지하고. 이런 것들이 하나도 없다면? 그럼…… 없는 거지. 그럼 놓아 버려.」

「그래서 결혼 안 한 거야?」메리가 물었다.

「그럼.」그녀는 일어서서 여자들이 비운 접시를 모으면서 툭 던지듯이 말했다. 안나와 메리는 아무 말 하지 않았다. 낸시는 고개를 흔들었다. 「사실은, 분명히 해두고 싶어. 내 삶이라고 해서 두 사람보다 더 감탄할 만한 것도 없어.」메리는 물음표를 만들 듯 얼굴을 일그러뜨렸다. 안나는 멍한 얼굴로 낸시를 보면서 그녀가 말을 잇기를 기다렸다. 「우리는 현대 사회에 사는 현대 여성이야. 우리의 욕구는 충족되지. 우리가 바라는 대부분의 것들이.」메리는 고개를 끄덕였다. 낸시는 계속했다. 「우리는 그를 실행할 권리와 수단이 있어. 우리의 각각의 삶은 우리 자신의 것이고, 내가 아는 한 우리는 각각 하나씩만 가질 뿐 그 이상은 없어. 우리는 그 삶을 어떻게든 해야 해. 할 수 있다면. 할 능력이 있다면. 여자가 자기 자신을 낭비하면 인생은 모조품일 뿐이지. 그게 다야.」

한 사람의 자아를 낭비하는 모조품. 안나가 반박할 수 없는 진실이었다.

낸시는 접시를 부엌으로 가져가고 커피와 비스킷을 들고 돌아왔다. 디저트를 먹으며 독일어 수업을 듣는 사람들에 대한 이야기를 나눴다.

「난 아직도 아치가 자기에게 반한 것 같아, 안나.」메리는 쿡쿡 웃었다.

「그 남자가 그러는 것 나도 **알겠던데**.」낸시가 거들었다. 안나는 그들이 그 얘기는 그만하기를 바랐다. 그래, 친구이긴 해. 하지만 그 이상은 아니지.

「어머, 무슨 소리야, 안나!」메리는 물을 마시다 사레들릴

뻔했다. 「내가 그런 뜻으로 말한 건 아니었어! 그런 생각으로 떠본 건 아니었어!」 물론 아니겠지, 안나는 생각했다. 서글픈 생각이었다. 메리의 선함 때문에 안나의 악함이 더 나쁘게 보였다. 수치심 모르는 안나의 자아가 수치심을 느꼈다. 낯설지만, 반복되는 느낌이었다.

「그런데, 그 사람 사연은 뭐래?」 낸시가 물었다. 낸시와 메리 둘 다 안나를 돌아보며 대답을 기다렸다. 누군가 안다면, 그 사람은 안나가 될 것이었다.

안나는 그들에게 뭔가 해줄 말이 있나 기억 속을 훑어보았지만, 성적인 게 아니라면 자세한 건 하나도 생각해 낼 수 없었다. 그 사람은 내가 위에서 하는 걸 좋아해. 또, 깨물면서 음란한 말을 하면 미치지. 내 냄새를 맡는 걸 좋아해. 이런 얘기를 해줘야 해? 그 사람은 내 다리 사이에 얼굴을 묻고, 내가 무슨 포푸리라도 되는 듯 나를 빨아들여. 하지만 그 사람 생일은 언제였더라? 전공은 뭐였지? 대학을 다니긴 했나? 결혼을 했던 적이 있었나? 아이들은? 부모님은 살아 계신가? 알레르기 같은 게 있던가? 그에게 눈에 보이는 흉터가 없다는 것은 알았다. 이게 그녀가 그에 대해서 아는 전부란 말인가? 생각해, 안나. 이게 다일 리는 없어.

「남동생이 있어.」 그녀가 할 수 있는 말로는 최선이었다.

아치는 안나의 손을 잡으려 했다. 이전에는 한 번도 한 적이 없는 행동이었고, 이런 어색한 시도에 안나는 화들짝 놀라서, 비록 힘을 빼긴 했으나 그가 손을 잡게 놔두었다. 하지만 1분도 지나지 않아서 손을 빼고 말았다. 뭔가 잘못된 행

246

동 같은 기분이었고, 그의 손바닥이 축축했다.

두 사람은 15분 정도 동물원을 걸으며 서로 아무 말 하지 않았다.

열대 우림 보호구역에서 나무 위에서 자는 도마뱀을 바라보기도 하고, 오솔길 위를 자유롭게 뛰어다니는 새들을 피하며 걸었다. 안나는 모든 표지판을 보았지만, 이런 이국적인 동물들의 독일어 이름이나 영어 이름이 뭔지 알아볼 수 없었다. 남아프리카 서식지에서는 난간에 기대어, 산양 한 마리가 뾰족뾰족한 베이지색 바위 위에 올라 개코원숭이 무리를 보는 모습을 구경했다. 원숭이 중에 가장 큰 녀석은 뒷다리로 서서 안나와 아치를 똑바로 쳐다보았다. 원숭이가 식식대고 코웃음을 칠 때 붉게 발기한 성기가 드러났다. 「됐어, 아치.」 안나가 말했다. 「이제 얘기할 시간이 됐어.」

안나는 마지막으로 누군가와 헤어진 게 언제였는지 기억이 나지 않았다. 외도를 끝내는 게 헤어짐과 같을까? 안나는 충분히 비슷하다고 판단하고 그에게 그렇게 말했다. 「아치, 난 당신과 헤어지고 싶어.」

아치는 원숭이들 너머를 바라보았다. 「결국은 이렇게 되는군.」 안나는 그가 상심하리라고는 생각하지 않았고, 지금도 별로 그렇게 보이지 않았다. 「그래.」 안나가 말했다. 「결국 이렇게 된 거야.」 안나는 물어본다면 이유를 얘기해 줄 작정이었지만, 그는 묻지 않았다. 「난 가야만 해, 아치.」 안나는 책가방을 어깨에 둘러멨다. 요새 늘 들고 다니는 가방이었다. 그녀는 다시 한번 그의 눈을 들여다보고 돌아서서 떠나려 했다.

아치는 그녀의 손목을 붙잡더니 그녀를 도로 그에게로 끌어당겼다. 「작별 키스 없이는 안 되지.」 그는 입술을 그녀의 입술에 대고 그녀가 저항하는데도 꼭 끌어안았다. 안나는 잠깐 그의 입에 맞닿은 채, 그의 품에 안겨 몸부림쳤으나 곧 체념해 버렸다. 작별 키스 좀 한들 별로 나쁠 것이 없으며, 감정적으로 너무 약해져서 그와 싸울 수도 없었다. 그리하여 취리히 동물원 한가운데에서 서른여덟 번째 생일에, 안나는 그 스코틀랜드 남자가 그녀의 입에 자기 혀를 들이밀고, 손으로 가슴을 더듬도록 놔두었다. 마지막 수동적인 시간이 될 테니까.

공공연한 애정 행각은 언제나 관심을 끈다. 아치와 안나는 눈에 띄는 한 쌍이었다. 그들은 유모차 탄 젖먹이들, 소풍 나온 어린이들과 동행하지 않은 유일한 어른이었다. 그 아이들은 두 사람의 마지막 키스가 한창일 때 남아프리카 서식지로 걸어 들어왔다. 아이들은 어느 나라에 가나 다 똑같았다. 일정 나이에 이르면, 두 사람이 키스하는 장면만 보아도 예외 없이 킥킥대고, 〈우아아아아아〉라든가 〈오오오오오〉라고 소리치고, 있는 손가락을 다 써서 그들 쪽을 가리킨다. 이것이 아치와 안나에게 일어난 일이었다. 그래도 그들은 그 와중에도 계속 키스했다. 어떤 순간이었다. 안나는 그 순간이 나름의 중력을 갖도록 놔두었다. 마지막 키스는 어떤 의식이라고, 그녀는 생각했다.

그 키스가 내리막길에 접어들었다. 안나는 그를 끝내려 했다. 안나는 숨을 들이마시고 입술을 핥은 후 한두 번 떼어 내는 동작을 하다가 마침내 입을 비틀어 그에게서 떨어져 나

왔다. 「뭐」 그녀는 말했다. 「이걸로 끝인 것 같네.」

하지만 그렇지 않았다.

독특하게 가느다랗고 쨍쨍 울리는 목소리가 야유하는 아이들의 합창 속에서 튀어나왔다. 「엄마?」

안나는 휙 돌아보았다. 찰스였다.

그녀는 잊어버리고 있었다. 몇 주 전에 계획된 일이었다. 안나는 자신만의 사적이고 비밀스러운 삶에 휩싸여서 잊어버리고 있었다.

찰스의 반은 오늘 동물원으로 소풍을 왔다.

안나는 현장에서 걸리고 말았다.

16

「당신이 줄곧 무시하던 무언가를 대면할 수밖에 없도록, 당신의 무의식이 고의적인 시나리오를 꾸미는 건 참 흔한 일이죠. 당신의 꿈은 점점 시끄러워지고, 더 격렬해질지 몰라요. 건망증이 심해지고 사고가 일어나기 쉬워지죠. 정신은 당신의 시선을 끌기 위해 뭐든 할 수 있어요. 필요하다면 당신의 의식을 일부러 파괴할 겁니다.」

「무슨 뜻이죠?」

「종기를 생각해 보세요. 치료하지 않으면 상처 부위가 부어오르고 통증이 생겨서 마침내 터지잖아요.」

「끔찍하네요.」

「그래요. 감염이라는 게 그렇죠. 이건 감염이에요. 영혼의.」

안나는 어떻게 해야 할지 금방 떠오르지 않아서 아무것도 하지 않았다. 평정을 지켜야 할 중차대한 순간이었다. 그녀는 아치를 돌아보지 않았지만, 그럴 필요도 없었다. 「꺼져.」 그녀는 찰스를 마주 보기 위한 미소를 지으면서 아치에게

말했다. 안나는 아들에게로 한 발 다가갔다.

「헤이, 우리 보물, 우리 귀염둥이!」 안나는 떨리는 목소리로 말하며 몸을 숙이고 두 팔을 뻗어 아이를 끌어당겼다. 자기 몸으로 찰스의 시선을 막아 아치가 빠져나가는 것을 보지 못하게 하려는 의도였다. 찰스의 선생님은 지금 막 수업을 방해한 것을 이해하는 듯했다. 코프 선생은 젊고 능숙했으며, 유럽인이었다. 그녀는 벤츠 씨와 안나가 지금 막 키스한 남자의 차이 정도는 알았다. 그녀의 눈은 동정적이고, 유럽인다웠다.

「여기 왜 왔어, 엄마? 저 아저씨는 누구야?」

안나는 두 번째 질문은 무시했다. 「널 집에 데려가려고 왔지, 보물.」 그녀는 말하고 나서 코프 선생에게 확인을 구하듯 돌아보았다. 「괜찮지요?」 코프 선생은 거의 눈에 띄지 않게 고개를 끄덕였다. 그때가 되자, 아이들의 관심은 안나와 아치에게서부터 발기한 개코원숭이에게로 돌아섰다. 아이들이 까르르 웃으며 소리를 질러서 코프 선생은 아이들을 진정시키고 펭귄 쪽으로 몰고 갔다. 먹이 줄 시간이 가까워졌고, 사육사는 아이들에게 구경시켜 주겠다고 약속했었다. 찰스는 어리둥절한 표정이었다. 「우리 아기 *Eis*(아이스크림) 먹을까?」 어떻게든 아이가 본 광경으로부터 아이의 정신을 떼어 낼 방법을 찾아 안나의 마음은 탭 댄스를 쳤다. 찰스는 아이스크림을 좋아했고, 안나가 허락만 한다면 종일 먹을 수도 있었다. 「초록색도?」 안나는 억지로 미소를 지었다. 「물론이지!」 피스타치오는 찰스가 제일 좋아하는 아이스크림이었다. 찰스는 펄쩍펄쩍 뛰었고 안나는 아이의 왼손을 잡

고 끌고 갔다. 그동안 찰스는 오른손으로 같은 반 친구들을 향해 손을 흔들었다. 아이들은 곧 펭귄이 먹이 먹는 걸 볼 수 있다고 해서 완전히 정신을 빼앗기고 있었다.

안나와 찰스는 버스를 탔고, 그런 후에는 전차를 타고 슈타델호펜 역으로 갔다. 역 근처의 뫼벤피크 아이스크림 가게에서 안나는 아들에게 피스타치오 아이스크림 작은 컵을 사주었고, 아이는 가게 안에서 먹었다. 안나는 줄곧 지껄였다. 대화 중에 찰스가 말할 틈을 주지 않았다. 찰스는 고분고분한 아이였고, 엄마가 떠들게 놔두었다. 아이의 온순함에 안나는 감사했다.

찰스가 아이스크림을 다 먹자, 안나는 기차를 보러 가자고 했다. 찰스는 활짝 웃었고, 안나는 아이의 손을 잡고 뫼벤피크에서 나와 기차역으로 향했다. 계단을 올라서, 슈타델호펜의 야외 철로가 내려다보이는 회랑식 통로로 갔다. 위에서 그들은 기차들이 들어오고 나가는 광경을 내려다보았다. 그중에는 우스터로 가는 S5도 있었다. 메리가 시내로 들어오고 나갈 때 자주 타는 열차였다. 철로 위의 다리는 전체 통로를 따라 일정한 간격을 두고 설치된 삼각 철근으로 지탱되었다. 안나는 이 구조물의 효과를 보며 성경 속 요나를 떠올렸다. 이건 고래 뱃속에서 받는 고문이야. 안나가 그날 본 동물들에 대해 묻자, 찰스는 무척 활발하게 대답했다. 몇 분 동안 사자와 흑곰, 플라밍고와 하마에 대해 떠들었다. 하지만 잠시 후, 아슬아슬한 질문이 다시 떠올랐다.

「그 아저씨는 누구였어?」

「어떤 아저씨, 찰스?」

「엄마가 키스한 아저씨. 엄마가 어떤 아저씨한테 키스하는 거 봤는데.」

안나는 짐짓 놀란 척하며, 아이를 놀리려고 했다. 「정말? 참 이상하네! 찰스가 지어낸 얘기 아닐까? 엄마는 누구한테도 키스하지 않았는데.」 이건 완전히 거짓말은 아니었다. 키스를 한 쪽은 아치였다. 안나는 유치하게 정확성을 따지는 바보가 된 기분이었다.

찰스는 그냥 넘어가지 않았다. 「나 아저씨 봤어!」 아이는 토라지고 말았다.

안나는 몸을 쭉 폈다. 「찰스.」 그녀의 목소리는 굳세고 엄격했다. 찰스에게는 한 번도 써본 적이 없는 어조, 그래서 찰스에게는 익숙하지 않은 말투였다. 아이는 눈에 띄게 긴장했다. 「찰스.」 그녀는 반복했다. 「넌 아무것도 못 본 거야.」 찰스의 눈이 휘둥그레졌다. 아이는 시선을 피하려 했다. 「엄마 말 잘 들어.」 안나는 손가락을 튕겨 아이의 시선을 다시 자기 얼굴로 돌렸다. 「엄마 말 들었지? 넌 아무것도 못 본 거라고 했어. 그리고 누구에게도 봤다고 말하지 않을 거야. 알겠지?」 찰스는 대답하지 않았다. 안나는 두 손으로 아이의 얼굴을 잡고 엄마의 얼굴을 똑바로 보게 돌렸다. 화난 엄마들이나 하는 행동이었다. 그녀는 목이 꽉 조인 목소리로 말했다. 「알겠어?」 찰스는 눈을 깜박였다. 그녀의 말은 격렬하면서도 조용했다. 「내 말 잘 들어. 마지막으로 말하는데, 네가 잘못 본 거야. 엄마가 이런 말 다시 하게 하지 마.」 찰스는 칭얼거렸다. 「아무한테도 말하지 마. 아빠나 빅터, 맥스나 할머니에게도. 네가 말하면 엄마가 화를 낼 거야.」 안나는 효

과를 더하기 위해 고개를 엄숙하게 끄덕였다. 「그럼 엄마는 네가 거짓말을 한다고 말할 거고, 그 사람들도 화를 낼 거야. 내가 엄마니까. 사람들은 내 말을 믿어.」 찰스는 울음을 터뜨렸다. 안나는 고개를 저었다. 「찰스, 엄마 말은 진짜야. 나쁜 일이 생기길 바라는 게 아니라면, 조용히 해야 해. 엄마를 동물원에서 봤다는 말조차 하면 안 돼.」 그런 다음 안나는 덧붙였다. 「우리가 기차를 보러 왔다는 말도 아무한테도 하면 안 돼.」

안나의 의도가 무엇이었든, 효과가 있었다. 찰스는 심각하고 겁에 질린 표정을 지었다. 아이는 코를 훌쩍이더니 고개를 흔들면서 거의 들리지 않게 알았어, 라고 내뱉었다. 안나는 만족했다. 더는 설명할 필요가 없었다. 안나는 찰스가 혼자서 정말 나쁜 일이 뭘까 상상하도록 놔두었다. 그녀는 자기 아들을 잘 알았다. 그 아이가 한마디도 하지 않을 것임을 알았다. 이전에는 이처럼 아이에게 매섭게 군 적이 없었다.

「자. 이제 집에 가자.」 안나는 일어서서 가방을 어깨에 메며, 두 손으로 허벅지 위를 털었다. 찰스는 엄마 쪽을 돌아보았고, 안나는 한쪽 팔을 아이 몸에 감아 보호하듯, 사랑이 넘치는 동작으로 자기 몸 쪽으로 꼭 끌어당겼다. 이 동작에 아이는 안정이 되었고, 두 사람은 함께 다리를 건너 플랫폼으로 향하는 계단을 내려갔다.

중간 지점을 지났을 때, 안나는 무슨 기억이 떠올라 퍼뜩 놀랐다. 「잠깐, 이리 와봐.」 안나는 걸음을 멈추고 무릎을 꿇더니 찰스의 두 손을 잡고 아들의 몸을 돌려 자기를 마주 보게 했다. 「우리가 메리 아줌마 집에 처음 갔던 거 생각나지?

맥스 처음 만났을 때?」 찰스는 머뭇거렸다. 이거 무슨 함정일까? 보지 못했다고 해야 하는 키스처럼 생각나지 않아야 하는 기억일까? 「아니야, 괜찮아. 말해 봐. 기억나?」 찰스는 조심스럽게 고개를 끄덕였다. 「네가 아래층에 내려왔을 때, 네가 맥스한테 비밀을 말해 줬다고 맥스가 말했지?」 다시 한 번 찰스는 고개를 끄덕였다. 그런 후에는 시선을 통로 바닥으로 떨어뜨렸다. 「착하지. 이제 그 비밀이 뭔지 말해 줘.」 편집광 같은 질문이었다. 안나는 찰스의 비밀이 자기의 비밀 중 하나일까 두려웠다. 「말해 봐.」

찰스는 천천히 발을 끌었다. 「난 맥스한테 마를리스 츠뷔가르트가 예쁘다고 생각한다고 말했어.」 아이의 온몸이 부끄러워서 붉어졌다. 안나의 반지가 손가락을 조였다. 안나는 평생 그렇게 끔찍한 기분이 들었던 적이 없었다.

가장 자주 사용되는 독일어 동사 다섯 개는 모두 불규칙 동사이다. 동사 활용이 일정한 법칙을 따르지 않는다. **가지다, 해야 하다, 원하다, 가다, 있다.** 소유, 의무, 갈망, 도주, 존재. 모두 개념이다. 그리고 불규칙적이다. 이 동사들은 불충분의 총합이다. 삶은 상실이다. 잦은, 일상적인 상실. 상실 또한 일정한 법칙을 따르지 않는다. 오로지 암기함으로써만 살아남을 수 있다.

안나는 그날 밤 찰스를 무척 면밀하게 관찰했다. 그다음 밤에도. 그리고 그다음 밤에도. 그녀는 경계하는 눈으로 아이를 바라보다가 마침내 아이가 동물원에서 있었던 일을 그

누구에게도 말하지 않았고, 앞으로도 말하지 않으리라는 것을 확신했다. 세 번째 밤이 되자 안도감이 들기 시작했다. 찰스는 엄마 말을 거역한 적이 한 번도 없었다. 어째서 이번이라고 다르겠는가? 그렇게 되리라고 믿을 이유가 없었다.

그것 말고 내가 뭘 할 수 있었겠어? 안나는 합리화했다.

그날 밤 아이들이 잠자리에 든 후, 안나는 브루노의 서재 문을 두드렸다.

「산책 가려고?」 남편이 물었다. 그는 컴퓨터 화면에서 고개도 돌리지 않았다.

「아니.」 그럴 만한 추측이었다. 이런 늦은 시간에 안나가 그의 서재를 찾아와서 할 만한 말이었으니까. 안나가 그의 방문을 두드릴 이유가 그것뿐이라고 브루노가 생각하다니, 안나의 심장이 약간 내려앉았다. 그래도 대부분 그게 사실이었다는 걸 인정하자 심장은 더 내려앉았다.

「뭐 필요했어?」

그녀는 남편이 슈바이처 루프트바페, 스위스 공군의 온라인 비디오를 보는 것을 방해했다. 그날 오후, 벤츠 가족은 집 안에 있다가 뜬금없이 초음속 제트기가 하늘을 가르는 소리를 들었다. 항공 쇼인가? 비행 연습? 군사 훈련? 확실히 알 수 없었다. 소음이 어마어마했다. 온 가족이 밖으로 나와서 구경했다. 폴리 진은 질색했다. 안나는 아이를 꼭 껴안고 귀를 덮었다. 빅터와 찰스는 그 광경에 완전히 사로잡혔다가 그다음에는 놀랐다. 진짜 빨리 난다! 둘이 너무 가까이 붙었어! 찰스는 안나의 손을 잡았다. 비행기 한 대가 바로 집 위에서 빙그르르 돌 때, 빅터는 두 팔로 엄마의 다리를 껴안았

다. 예상하지 못한 일이었다. 한 주 동안 마음고생을 한 터라 안나는 위로해 달라고 매달리기만 해도 반가웠다.

안나는 비행기를 좋아하지 않았다. 소음 때문에 귀가 아팠고, 비행기가 가까이 붙어 날자 겁에 질렸다. 저러다가 재채기 한 번만 하면 다락방에 부딪치겠어, 안나는 생각했다. 하지만 브루노는 황홀경에 빠져 꼼짝하지 않았다. 그는 눈도 뗄 수 없었다. 소년 시절에 그는, 지금 찰스가 기차에 홀딱 빠진 것처럼 비행기에 빠져 있었다. 10분 후에, 안나와 폴리와 아들들은 집 안으로 도로 들어갔다. 브루노는 30분 내내 집 밖에서 눈을 크게 뜨고 열심히 쳐다보았다. 비행기들이 공중에 떠 있는 이유가 브루노가 바짝 지키고 있기 때문이라고 생각할 정도였다.

모니터의 볼륨은 한껏 크게 올려놓았다. 집 안에서는 소음을 너무 많이 내지 않는다는 규칙은 브루노에게만 면제되었다. 아까 안나를 겁주었던, 귀를 찢을 듯한 소리가 서재 공기를 갈랐다.

「당신은 신을 믿어?」 안나는 브루노의 책장을 보며 말했다. 책들은 알파벳과 주제 순으로 정리되어 있었다.

「뭐라고?」 브루노는 비디오를 멈추고 고개를 돌려 아내를 보았다. 「뜬금없이 무슨 소리야?」

안나는 모니터를 가리켰다. 「오늘 비행기 생각하고 있었어.」 그녀는 시선을 벽으로 돌렸다. 거기에는 떼었을 때 흔적을 남기지 않도록 끈적끈적한 퍼티로 고정해 놓은 그림 몇 점이 있었다. 아들들이 그린 그림이었다. 빅터는 동물 그리기를 좋아했다. 찰스는 물론 기차였다.

「무슨 뜻인지 모르겠는데.」

안나 본인도 아는지 확신할 수가 없었다. 조금 전만 해도 그 일치 관계는 완벽하고 가슴 아프게 맞아떨어졌다. 이제 소리 내어 말해 보니, 그 말들은 사소하고 조악해졌다. 정신이 오락가락하는 사람의 말 같았다. 「비행기에서 난 소리 말이야.」 안나는 좀 더 명확한 설명을 찾았다. 「하늘을 갈라서 열어 버리는 것 같았잖아.」 브루노의 얼굴은 주름이 지고, 곤란해 보였다. 안나는 현재의 논리와 침착성, 그 비슷한 태도를 모두 놓아 버렸다. 「하늘 반대편에는 뭐가 있다고 생각해?」

「하늘에는 반대편이 없어, 안나.」

「아니, 내 말은…… 브루노, 당신은 신을 믿어?」

「물론 믿지.」

「정말로?」 그녀는 남편에게서 무슨 대답을 기대하는지 자기도 몰랐다. 어떤 대답을 들어도 놀랄 것이었다.

「당신은 안 믿나?」

안나는 어깨를 으쓱함으로써 진실을 말했다.

브루노도 어깨를 으쓱했다. 「신이 없다면, 모든 게 다 무슨 소용이야? 신 없이는 뭐가 중요하겠어?」

안나는 알지 못했다. 그렇다고 말했다.

「신 없이는 **그 무엇도** 중요하지 않아. 하지만 안나, 세상은 중요해.」 남편은 그녀를 가르치려는 듯한 투로 말했다.

「운명을 믿어? 구원은? 우리가 스스로 구원할 수 있다고 믿어?」

브루노는 지금 우리가 무슨 헛소리를 하고 있는 거야, 라는 식으로 고개를 절레절레 저었다. 「내 아버지는 우리가 망

가진 세상에 사는 망가진 사람들이라고 믿으셨어. 나도 그렇게 믿어. 그렇다고 해서 신이 없다는 뜻은 아니야. 그저 우리가 신이 아니라는 뜻일 뿐.」브루노는 헛기침을 했다. 「됐어?」

「그래.」

브루로는 다시 화면으로 시선을 돌렸다. 「산책 잘하고 와.」그는 안나가 산책 가지 않는다고 한 말은 벌써 잊어버렸다. 그녀는 남편 생각을 바로잡아 주지 않았다.

「가정 화재는 대체로 항상 예방할 수 있어요.」스티븐이 말했지만, 안나는 이미 알고 있었다. 「하지만 어떤 환경에서는 일어날 수 있죠.」

「가령?」안나는 이 강의에 장단 맞추었다.

「물론 침대에 누워 담배 피우기. 요리하기. 촛불 켜놓고 내버려 두기.」

「소방관처럼 말하네요, 과학자가 아니라.」

스티븐은 어깨를 으쓱했다. 「불은 불이니까.」

그래요, 안나는 생각했다. 그리고 절대 안전하지 않죠.

「인간은 똑똑히 알면서도 여전히 끔찍한 선택을 할 수 있어요. 인식에 자동적으로 윤리가 따라오진 않죠.」

두 사람은 안나가 최근에 꾼 꿈에 대해 논의하고 있었다. 꿈은 처음에 슈퍼마켓에서 시작했다. 안나의 생활에서 많은 일들이 벌어지는 곳이었다. 안나의 장바구니는 가득 차 있었지만, 계산대 앞에 가자 돈이 없다는 것을 깨달았다. 그녀는 계산원에게 물건들을 선반에 돌려놓겠다고 말했지만, 바구

니를 들고 통로로 들어가자 주머니에 될 수 있는 한 많은 식품을 숨겼다. 옳은 일이 아닌 건 알았지만, 신경 쓰지 않았다. 상점 바깥에 나가자, 그녀는 들어오는 한 남자를 멈춰 세우고, 자기가 한 짓을 말했다. 그녀는 자랑스러웠다. 남자는 충격을 받고 경찰에 신고하겠다고 위협했다. 안나는 남자가 신고하지 않으면 입으로 해주겠다고 말했다. 그들은 상점 뒤로 갔다. 골목길 건너에, 지역 중학교가 있었다. 안나가 무릎을 꿇고 남자에게 오럴 섹스를 해주는데, 학생들이 교실 창문 너머로 구경했다. 그들이 목격한 것을 아무에게도 말하지 못하게 하기 위해, 안나는 셔츠를 걷어 올리고 학생들에게 가슴을 보여 주었다. 꿈에서는 가슴에서 젖이 새어 나왔다. 그 꿈은 버스 정류장에서 끝났다. 맞는 버스를 탔는지 타지 않았는지, 기억이 나지 않았다.

「이 꿈에서는 범죄가 아니라고 할 만한 일은 하나도 없네요. 절도, 간통, 노출……」

안나는 말을 막았다. 「자는 동안에 한 일 가지고 부정적으로 판단할 순 없는 거 아니에요? 내 꿈을 내가 어쩔 수 있는 것도 아닌데.」

「그 말이 꼭 진실인 건 아니에요, 안나. 우리의 꿈은 우리 자신이죠.」

안나는 얼굴을 찡그렸다. 이 대화에서 마음에 드는 점은 하나도 없었다.

메설리 박사는 공격을 멈추지 않았다. 「각각의 결과를 안나도 알아요. 그래도 해로운 짓을 하죠. 이 꿈은 강조하고 있어요. 안나가 통제 불능으로 돌아가고 있다는 것을.」

17

몇 주마다, 그리고 가끔은 그보다 자주, 벤츠 가 식구들은 대문 밖의 벽에 붙은 우편함으로 A5 크기의 흰 종이에 찍힌 통고를 받았다. 굵고 검은 테두리 선을 두른 안내문이었다. *Ein Bestattungsanzeige*(부고). 디틀리콘 주민이 죽을 때마다 집배원이 우편물과 함께 배달했다. 작은 마을의 예의일 뿐, 전형적인 스위스 관습은 아니었다. 첫머리에는 고인의 이름이 적혀 있고, 그 아래에는 출생 일시와 사망 일시가 적혔다. 마무리는 장례식 정보였다.

안나는 받은 부고를 모두 모아 두었다. *Kleiderschrank*(옷장) 속 신발 상자 속에 보관했다. 지난 9년이라는 기간 동안 적어도 3백 장은 모았을 것이었다. 브루노가 그 신발 상자를 발견했을 때, 그는 내다 버리겠다고 위협했다. 「당신이 죽음에 집착하는 정도가 건강하지를 않아.」 그는 말했다.

안나는 평소와는 달리 강경하게 나왔다. 「버리기만 해봐. 누군가는 해야 하니까 보관해 두는 거야. 한 사람에게 일어날 수 있는 최악의 일은 잊히는 거야.」

「그건 최악이 아니야, 안나.」

「이 상자에 손대지 마. 말했어.」

안나는 이틀 동안 독일어 수업을 피했다. 아치의 눈을 보기가 두려웠다.

자기 자신에게 화난 만큼 똑같이 그에게도 울화가 치밀었다. 자신의 분노가 불합리하다는 건 알았지만(그런가? 그녀가 부탁도 하지 않았는데 덮쳐서 키스해 버린 사람은 아치였고, 파티에 나타난 것도 아치였고, 애초에 그녀에게 제안을 던진 것도 아치였다) 하지만 오만한 마음을 가져야 안나는 조신하게 행동하는 현재의 과업에 계속 집중할 수 있었다. 분개심은 그녀의 무기고에 있는 비밀 무기였다. 메리가 화요일 오후에 전화했을 때, 안나는 진실을 닮은 핑계를 댔다. 파티의 피로가 하루 늦게 밀려와서 휴식이 필요했다고. 메리는 필기한 것을 가져다주겠다고 자원했지만, 안나는 신경 쓰지 말라고 말했다. 그래서 안나는 집에 머무르며 딸과 함께 소꿉놀이를 하며 놀았다. 안나는 몇 년 만에 처음으로 빵을 굽고 브루노가 제일 좋아하는 요리를 저녁으로 만들었다. 속죄의 의미로 한번 찔러라도 보려는 시도였다. 찔러야 할 시도 중 가장 사소한 것이었다.

연속으로 집에서 보낸 지 이틀째, 그 하루도 저물어 가는 시간, 안나는 문득 불안하고, 지루하며, 외로웠다. 세상에, 안나, 정말이야? 그녀는 벌을 면제받을 길을 찾으려 애썼다. 처음에는 석양 탓을 했다. 그다음에는 자신의 본질적 결점

을 탓했다. 그녀가 고쳐 보려 했던 고장. 결국, 그건 섹스에 대한 것만이 아니었다.

이것은 대체로 사실이라는 것을 그녀는 알았다.

진짜로 그들이 그리워서라고는 할 수 없었다. 안나는 그들을 전혀 그리워하지 않았다. 안나는 습관을 들이는 것보다 깨는 데 훨씬 오래 걸린다는 글을 읽은 적이 있었다. 헤로인의 경우, 중독은 사흘 만에 일어날 수도 있었다. 난 중독일까? 그녀는 그 단어를 쓰고 싶지는 않았다. 이 남자들은 그저 그녀가 자기 자신에게 더는 부인하고 싶지 않았던 충동의 육화된 형체일 뿐이었다. 그냥 악수 같은 거였어, 진짜로. 다른 신체 부위로 한 평범한 인사. 그녀는 이런 특정한 남자들의 호의 없이도 살 수 있었다. 아치와의 불륜은 고작 두 달도 되지 않았고, 카를과의 관계는 잠시 놀아난 것 이외에는 그 무엇도 아니었다. 하지만 습관의 속성은 이것이었다. 습관적이라는 것. 잘 죽지 않는다. 죽어 버린 것이라고 해도.

안나는 빨래를 하며 불편한 느낌과 싸웠다.

목요일에 안나는 독일어 수업으로 돌아갔다. 어쨌든 돈을 냈고, 월요일까지는 대체로 즐겁게 들었으니까. 그래서 우르줄라가 집으로 왔고 안나는 외를리콘으로 갔다. 그녀는 아치를 마주할 배짱을 그러모았지만 그가 수업에 나오지 않자 안심했다.

롤란트는 비교급에 대한 수업을 시작했다. **이것**은 뭐가 됐든 **저것**보다 더하다. **저것**은 **이것**보다 덜한 무엇이다. **이것**과 **저것**은 정확히 **저것**과 **이것**과 동일하다.

롤란트가 최상급을 설명하기도 전에 시간이 다 되고 말았다. 무엇이 **가장 최고**라고 주장하는 용법.

수많은 다른 것들과 마찬가지로, 안나가 이미 이해하는 개념이었다.

금요일, 안나는 새벽이 되기 훨씬 전에 일어났다. 시계는 오전 4시 13분이라고 깜박였다. 그녀는 오른쪽을 보았다. 브루노는 잠들어 있었다. 당연하게도. 그녀는 일어나서 옷을 입고 발끝으로 살금살금 걸어 침실을 나가서 되도록 조용히 집을 나섰다. 그녀는 이런 것에 능숙했다. 그럴 필요가 있었다.

해 뜨기 전 10월의 냉기가 살을 파고들었다. 디틀리콘 주위의 모든 것들이 방해받지 않고 잠들어 있는 이 시간, 안나는 외투 옷깃을 세우고, 두 손을 주머니에 넣고 불어오는 바람 속에 몸을 숙였다. 딱히 마음에 정한 목적지는 없었다. 안나는 발길 닿는 대로 따라갔다. 처음에는 교회당을 향해 남쪽으로. 그다음에는 리데너슈트라세를 따라 회전 교차로를 지나 묘지로.

안나는 묘지에 자주 가지는 않았다. 특히 불면의 어둡고 끔찍한 시간에는. 그날 새벽의 산책은 미리 작정한 건 아니었다. 하지만 죽은 이들에게 말을 거는 때가 있고, 죽은 자들이 말을 하려는 때가 있다. 이런 드문 경우에는 죽은 자들이 우리를 끌어당긴다. 우리의 의지는 상관없다. 안나는 지금이 그런 때인지 말할 수 없었다. 그러나 공동묘지에 있으려니 모든 징조가 〈그렇다〉를 가리켰다. 문은 잠겨 있었지만, 안

나는 울타리 나무가 성긴 틈을 찾아냈다. 그녀는 오래 머무를 계획은 아니었다. 난 유령이 아니야, 난 손님이야.

그녀는 줄지어 선 무덤들 사이를 천천히 거닐었다. 그녀는 침울의 정도를 측정하려 해보았으나, 걱정과 피로로 안주하고 말았다. 둘은 합쳐서 엄숙함이라고 할 만한 감정이 되었다. 이 정도면 충분할 것이었다. 안나를 위한 일들은 언제나 이 정도면 충분했다.

묘지 문 반대편에는 아이들의 무덤이 있는 별도 구역이 있었다. 대낮에는 그 무덤들을 지날 때마다 그저 마음이 무너지곤 했다. 하지만 어둠 속에서 그들 앞에 서 있으려니, 참을 만한, 아름답기까지 한 경험에 즐거워졌다. 자기 요람에서 자고 있는 아기들이야. 안나는 상상했다. 자고 있을 뿐이지. 그 해, 우르줄라 친구의 손녀가 디틀리콘의 주민 수영장에서 익사했다. 아이의 이름은 가비였고, 여기 묻혔다. 너무 어두워서 안나는 묘비의 이름은 읽을 수 없었다. 어떤 무덤이 그 아이의 것인지 알 수 없었다.

안나는 독일어 수업 이후에 이디스와 커피 약속을 해버리는 실수를 저질렀다. 이디스와 만나서 커피를 마시자고 하는 약속은 종종 실수가 될 수밖에 없었다. 왜냐하면 이디스는 커피를 마시지 않았고, 버번을 마셨고, 버번을 마시면 언제나 기분이 좋지 않았다. 안나는 이디스를 반호프슈트라세 남쪽 끝에 있는 카페 뮌츠에서 만났다. 스위스 국립 은행 취리히 지점 근처에 있는 바 겸 카페였다. 제2차 세계 대전 때, 나치의 금을 보관했다는 곳이 바로 그 스위스 국립 은행이

었다. 스위스에서 보낸 첫해 내내, 안나는 지금 걷는 거리 밑에서 은행가들이 — 취리히의 유명한 땅속 요정들이 — 지하 금고를 차지하여 오래전에 죽은 유대인들의 보물을 캐내려 돌아다닌다는 생각을 떨칠 수가 없었다. 안나가 브루노까지도 소급하여 그 무리에 넣으려 하자, 그는 마침내 안나가 다시는 그 화제를 꺼내지 못하도록 금지해 버렸다.

안나는 크림 넣은 커피를 시켰고, 이디스는 여느 때와는 달리 맥주를 주문했다. 안나는 한쪽 눈썹을 치켰지만, 이디스는 손을 한 번 흔들어 일축했다. 「니클라스가 내게 맥주를 가르쳐 줬어.」 그녀는 맥주가 수학이나 사회처럼 학교 과목인 양 말했다. 「아직도 좋아하진 않아. 하지만 그를 위해서 뭐든 해볼 거야.」 이디스는 윙크했다. 안나는 모든 것이라는 게 맥주 이상임을 이해했다. 안나는 애인들 이야기를 하고 싶진 않았다. 진짜로는 무슨 얘기든 하고 싶지 않았다. 하지만 빈 시간을 채워야 했고, 아치나 카를과 시간을 보내지 않으면 누군가와 보내야만 했다. 메리는 그날 바빴다. 애인 하나가 생기면, 스무 명 생기게 되지. 안나는 생각했다. 애인은 짭짤한 과자나 마찬가지지. 하나 집으면 멈출 수가 없어.

이디스는 평소 그녀다운 자기중심적인 태도로 계속 지껄였고, 개구리가 이 연잎에서 저 연잎으로 훌쩍 뛰듯이 이 화제에서 저 화제로 튀어 다녔다. 처음에는 니클라스, 다음엔 오토, 그다음엔 쌍둥이, 그다음에 티치노로 가기로 한 계획, 그다음엔 최근에 산 무도회 드레스에 관해 얘기했다. 안나는 이디스가 무도회에 간다는 말도 금시초문이었다. 「안가.」 이디스가 말했다. 「그 드레스가 너무 근사해서 어쩔 수

가 없었어. 조만간 입을 거야.」안나는 자기 커피를 다 마시고 한 잔 더 시켰다. 그녀는 더할 말도 없었고, 부탁받기 전까지는, 부탁받지 않으면 굳이 나서서 말하려 하지 않았다.

이디스는 맥주에서 와인으로 옮겨 갔다. 카페에는 둘만 있는 것이 아니었다. 그들 뒤에는 늦은 점심을 먹는 커플이 있었다. 비즈니스 정장을 입은 키가 크고 마른 남자가 바에 서서 담배를 피우며 맥주를 마시고 있었다. 거리에서 가장 가까운 창문 옆에는 코걸이를 끼고, 금발을 뒤로 넘겨 낮게 포니테일로 묶은 젊은 여자가 마지막 남은 샐러드 이파리를 접시 주위로 밀어내며 건성으로 잡지를 넘기고 있었다.

안나가 포니테일 여자를 바라보는 동안, 이디스는 이전에 해본 적이나 있나 싶은 무언가를 했다. 「좋아, 안나. 정신이 딴 데 가 있네, 아예 여기 없어. 무슨 일이야?」이디스는 이전에는 한 번도 안나를 진정으로 걱정해 준 적이 없었기에, 안나는 허를 찔리고 말았다. 「뭔가 하고 싶은 얘기 있어?」

안나는 뭐라 말해야 할지 알 수 없었다. 접시 위에 놓인 빈 플라스틱 크림 단지와 그 옆의 숟가락만 바라보았다. 그들이 일어나 걸어다니기라도 하는 것처럼. 「이디스, 오토는 은행에서 무슨 일을 해요?」

이디스는 눈을 깜박였다. 「그게 안나 마음에 걸리는 거야?」

안나는 어깨를 으쓱했다. 「어쩌면요. 비슷해요.」

이디스는 와인을 꿀꺽꿀꺽 마시고, 거친 한숨을 내쉬었다. 「모르겠어. 돈을 세는 일인가? 왜 물어보는 거야?」

「구체적으로요. 구체적으로 뭘 해요?」

「자긴 브루노가 무슨 일 하는지 알아?」

「아니, 몰라요.」안나는 고개를 저었다. 그녀의 목소리는 낮고 또렷했다. 「이디스, 우리는 남자들이 무슨 일을 하는지 알아야 해요. 그렇다고 생각해요.」그 세월 동안, 안나는 브루노에게 설명해 달라고 한 적이 없었다. 그는 다른 사람의 돈을 만진다. 그게 그가 하는 일이었다. 그리고 그게 안나가 아는 전부였다. 「우리는 우리 남편들이 뭘 하는지 알 만큼 남편에게 신경 써야 해요.」안나는 천천히, 신중하게 커피 잔을 들어 한 모금 마시고, 그와 동일한 정도의 반동으로 내려놓았다.

「안나, 자기 나사가 빠졌네. 대체 뭐가 문젠지 모르겠어.」이디스는 몰랐다. 그 대화에 이디스는 혼란스러워했다. 「우리가 알 필요가 있는 것은 이거 하나야. 남편들은 집에 월급을 가져온다는 것.」이디스는 술을 휙 넘겼다. 「남자들은 우리를 돌봐 줘. 그거 말고 더 중요한 거 있어?」

롤란트는 화제를 갑자기 바꾸었다. 누군가 슈비처뒤치는 독일어의 방언이고 그 자체로서 언어는 아니지 않냐는 뜻을 흘렸다. 롤란트는 격분했다. *Nei! Nei! Nei!*(아니! 아니! 아닙니다!) 그는 매번 아니라고 할 때마다 노트로 탁자를 내려치며 강조했다. 「스위스는 독일 식민지가 아니에요! 우리는 *Bundesflagge*(독일 국기) 밑에서 사는 게 아닙니다! 슈비처뒤치는 우리 것이에요! 독일인들이 준 게 아닙니다. 우리가 직접 건설한 거라고요!」롤란트는 넓고 철학적인 관점에서 계속 말했다. 「한 사람이 말하는 언어는 그 사람을 정의하죠. 한 사람의 언어는 세계에 그 사람이 누군지 말해 줍니다.」

안나는 그렇게 생각했다. 모두가 모국어 안에서 태어난다. 그녀가 아는 사람들 대부분은 제2언어를 유창하게 구사했다(그리고 롤란트의 머릿속을 꽉 채운 생각에 의하면 제3언어까지도). 브루노, 우르줄라, 다니엘라, 메설리 박사. 안나의 아들들도. 아이들은 안나에게는 영어로 말했다. 하지만 안나가 근처에 없을 때 자기들끼리는, 그리고 아빠에게는 슈비처뒤치로 말했다(그리고 가끔은 안나가 근처에 있을 때도 그랬다. 안나가 그렇게 하지 말라고 엄격하게 일렀건만). 아이들이 그럴 때면 안나는 기운이 빠졌다. 독일어를 능숙한 수준으로 한다고 해도, 결코 토착 디틀리콘 여성들만큼 슈비처뒤치를 해낼 수 없었다. 아이들과 언어적 유대감을 나눌 순 없을 것이었다. 그런 일은 일어나지 않을 것이었다.

안나는 롤란트의 의견에 동의하지 않는 것은 아니었다. 그 말은 전적으로 사실이었다. 우리가 타고난 언어가(안나의 경우에는, 타고나지 않은 언어가) 자신의 가장 기초적 정체성을 결정한다. 하지만 롤란트는 중간에 뚝 끊었다. 그가 말하지 않은 그 이상이 있었다. 한 사람의 모국어는 그를 그 사회 속에 자리 잡게 한다. 하지만 한 사람의 제2언어는 성격을 드러낸다. 실수를 봐, 안나는 혼잣말을 했다. 한 사람이 저지르는 실수는 알아야 할 모든 것을 말해 주지. 논리적이었다. 표범은 어쨌든 자기 무늬를 바꾸지는 않는다. 한 사람이 A라는 상황에서 어떻게 행동한다면, B라는 상황에서는 다르게 행동할 거라고 기대할 이유가 있을까? 가령, 카를을 예로 들어 보자. 말할 때 그는 단어와 동의어의 제1의미와 제2의미를 혼동했다. 부주의함에서 태어난 습관이었다. 그는

마치 단어들이 서로 교환 가능한 것처럼 다루었다. 이것, 저 것. 한 단어, 한 여자. 하나는 다른 것과 다름없다. 그에게 악 의는 없었다. 하지만…… 그렇다면 무슨 뜻이었을까? 그의 속뜻을 풀어내는 건 언제나 너무 어려웠다. 메리는 어떤가? 그녀는 아주 단순한 문장을 말할 때도 힘들어하는 경향이 있었다. 쉽게 얼굴을 붉혔다. 틀리지 않겠다는 마음이 무척 강했다. 메리의 말은 느렸고 유려하지 않았다. 니클라스의 영어는 항상 구체성이 없었다. 안나는 그를 잘 몰랐기에, 그 게 원래 하고 싶은 말이었는지 알 수 없었다. 이디스는 독일 어를 전혀 하지 않았다. 독일어로 뭐라고 하든 신경도 쓰지 않았다. 낸시는 항상 자기 능력을 넘어서는 문장을 말하려고 했다. 무슨 말을 하고 싶으면, 나서서 했다. 틀린 말이 나와 도 구문을 비틀었고, 장애물을 넘어서 말했다. 운전하면서 콘크리트 탑을 돌아가듯이. 항상 문제를 뚫고 나갈 방법이 있었다. 아치의 독일어는 슬픈 여자와 불륜 관계인 남자가 하는 독일어였다. 그는 소유격을 형편없이 구사했다. 무엇이 누구의 것인지 중요하지 않았다. 모든 건 자유롭게 쓸 수 있 었다.

하지만 안나. 안나의 경향은 어땠더라? 수수께끼랄 것은 없었다. 안나에게는 모든 게 동사의 문제였다. 그녀는 동사 활용이 서툴렀고, 위치 표현을 되는대로 썼다. 그녀는 시제 와 법을 혼동했고, 수동태에 지나치게 의존했다. 안나는 이 런 결론에 웃어 버렸다. 나는 정말 뻔하구나! 그리고 그녀는 그러했다. 정말로 그랬다. 뻔하고, 부인할 수 없고, 서툴렀 고, 슬펐다.

안나가 임신 5개월쯤 되었을 때 폴리 진이 발길질을 시작했다. 아기는 세게 찼다. 남자아이들이 발길질한 것보다 훨씬 세게, 끊임없이 걷어찼다. 아기가 걷어차는 데서 벗어나 쉴 길이 없었다. 아기는 미친 사람이 방음벽을 두드리는 것처럼 자궁벽을 쿵쿵 울렸다. 임신 전체가 힘들었다. 안나의 입덧은 몇 달이나 지속되었다. 얼굴은 주기적으로 건조해서 벗겨지다가, 기름이 껴서 여드름이 돋기를 반복했다. 비참한 마음에 진이 빠졌다. 산책하러 나가면 서쪽을 바라보고, 보스턴이 있는 방향으로 소리 내어 말했다. 사랑해요. 미워해요. 그리워요. 다시는 보고 싶지 않아요. 모든 말이 진심이었다. 중간에서 양쪽 극단이 서로 맞붙었다.

이런 과장된 슬픔에 그녀는 소진되었다. 그렇지 않을 때만 빼고. 그렇지 않은 적이 드물었다.

안나가 순순히 무릎 꿇으려 한 건 아니었다. 그것은 뜬금없이 생겼다. 모든 곳에서 생겼다. 날씨 때문에 생겼다. 찰스가 학교 간다고 집을 나설 때 열심히 흔드는 손짓, 엄마의 인사에 빅터가 마지못해 보내는 손짓 때문에 생겼다. 안나가 오트밀 대신 요구르트를 주자 브루노가 어이없게 굴었을 때 생겼다. 안나는 슈퍼마켓에서 포장 용기를 혼동해 버렸던 것이다. 그러기가 쉬웠다. 우르줄라의 무뚝뚝한 태도와 오랜 세월 동안 얼굴을 찡그려서 쭈글쭈글해진 피부 때문에 생겼다. 안나가 그 전날 밤 하지 않은 독일어 숙제 때문에 생겼다. 독일어 수업에 아직도 신경이 쓰이는 이유가 뭘까 생각하면서 생겼다. 안나가 수업을 그만두면 메리가 실망할 것

이라는 걸 깨달았기 때문에 생겼다. 그 반응으로 나온 것은 깊은, 체념의 한숨이었다. 그날 아침의 일상적인 불편한 심경에서도 생겼다. 이 모든 것의 합은 어렴풋이 다가오는 실패의 기운이라서, 상식이 깨알만큼이라도 있는 사람이라면 빨리 멀리멀리 도망가 버릴 것이었다. 하지만 안나는 도망가지 않았다. 그리고 그게 ─ 이 특별한 실의가 ─ 생겨났을 때 그녀는 오래 헤어졌던 친구를 안듯 그것을 품었다(어떤 면에서는 그런 친구이기도 했다). 그리고 그 많은 비참함으로 어깨를 꽁꽁 싸매고, 형언할 수 없는, 위로하지 못하는 갈망의 익숙한 조각 이불로 자기를 감쌌다. 카를이 안나의 충동적인 문자 메시지에 대답을 보냈을 때쯤, 안나는 벌써 자신의 의지의 수레바퀴를 이미 놓아 버렸다. 수요일, 10월의 마지막 날이었다. 메시지가 날아왔을 때 안나는 외를리콘으로 가는 기차에 타고 있었다. 핼러윈이었지만, 대부분의 스위스 사람들은 아무 행사도 하지 않았고, 안나는 다시 한번 유령을 생각하고 있었다.

안나는 외를리콘에서 내려 S7로 갈아타고 클로텐으로 갔다. 두 번 생각하지도 않았다. 생각했더라도 어쨌든 갔을 것이었다.

안나는 문을 두드렸고, 카를이 들여보내 주었다. 그는 무어라 말하려 입을 열었지만, 안나가 그 말을 막았다.

「하지 마. 아무 말도 하지 마.」 안나는 그를 뒤로 밀었고, 문이 닫혔다.

안나는 그녀의 얼굴을 그의 얼굴에 밀어붙였고, 두 사람은 무모하고 의미 없는 방식으로 키스했다. 여기에는 아무

런 수수께끼가 없었다. 안나는 어깨를 움직여 코트를 벗었고, 가방은 구석에 던져두었다. 스웨터를 거칠게 머리 위로 끌어 올려 벗을 때 귀걸이가 걸려 떨어졌다. 그녀는 카를을 침대로 밀어붙였다. 그가 놀랄 만한 힘이었다. 안나는 흠뻑 젖어 있었다.

「토이펠스브뤼케라고 알아요?」 안나는 몰랐다. 메설리 박사가 설명했다. 「우리Uri 주에 있는 산속 통행로죠. 쉴레넨 협곡이라고. 엄청나게 가파른 곳이에요. 벽은 깎아지른 듯하고 뚝뚝 끊겨 있죠.」 안나는 고개를 끄덕였다. 그녀는 이해했다. 요새 그녀가 몸을 돌리는 곳마다 벼랑이었다. 「골짜기를 연결하고 그 아래 강이 흐르는 다리가 있어요.」

「토이펠스브뤼케라고요?」 악마의 다리라는 뜻이었다.

「Genau(그래요).」 메설리 박사는 말을 이었다. 「그 다리는 중세에 지어졌어요. 하지만 풍경이 예측 불가능한 곳이었고, 그 다리는 당시로 치면 너무 훌륭하게 지어졌으므로, 인간 손으로는 그런 구조물을 세웠을 리가 없다고 믿었던 거죠. 그래서 전설에 따르면, 악마가 직접 지었다고 하죠.」

메설리 박사는 이야기꾼의 태도로 말을 이었다. 극적인 효과를 높이려고 어조와 속도를 조절했다. 「하지만 악마가 호의를 베풀 리 없죠. 악마는 언제나 대가를 요구해요. 이 경우에는 그 다리를 건너는 첫 번째 사람의 영혼을 달라고 요구했어요.」 이 정도는 공정한 것 같은데, 안나는 생각했다. 「아무도 자원하지 않았죠, 물론. 누가 그런 희생을 하겠다고 나서겠어요?」 안나는 대답이 있었지만, 잠자코 있었다. 「대신

에 우리에 사는 시민들은 악마를 속이려고 염소를 보냈어요. 악마는 격노했죠. 아니야! 염소는 안 돼! 악마는 참을 수 없었죠. 그래서 눈에 보이는 가장 큰 돌을 집어들고 협곡을 향해 떠났어요. 사람들에게 보여 주고 싶었죠. 악마가 창조했으니 파괴하는 것도 악마이다.」

「하지만 그러지 않았잖아요.」

메설리 박사는 그 말이 맞다는 뜻으로 고개를 끄덕였다. 「다리로 오는 길에 악마는 십자가를 든 늙은 여인을 만났죠. 악마는 십자가를 보고 너무 겁에 질려서 거대한 바위를 떨어뜨리고 도망쳐 버렸어요. 우리의 시민들은 다시는 악마의 소식을 듣지 못했죠. 다리를 지켰어요. 그들의 영혼을 지켰죠.」

「그럼 선은 악을 이긴다는 말을 하시고 싶은 건가요.」

메설리 박사는 고개를 저었다. 「내가 하고픈 말은 우리의 가장 불길한 부분들이 의식과 무의식 사이의 틈을 이어준다는 거죠. 암흑 물질의 가장 유용한 기능이에요. 하지만 제 말 잘 들으세요. 영혼에 어둠의 빚을 지면 안 돼요.」

「그것에 굴복할 계획은 없어요.」

「계획은 이와 아무런 상관이 없어요. 우리는 계획을 하죠. 악마는 우리 계획을 비웃어요.」

안나는 진흙탕 같은 깊고 발작적인 잠에서 깨어났다. 늦은 10월의 오후, 호텔 방에 누워 아무런 관심 없는 애인 곁에서 취할 수 있는 잠이란 그것뿐이었다. 4시 15분이 지난 시각이었다. 망할, 망할, 망할. 카를이 끙 신음하더니 침대에 일어나 앉았다.

「뭐 잘못한 게 있어?」 안나는 그가 하려던 말이 〈잘못된 게 있어?〉일 거라고 생각했지만 중요하지 않았다. 이 경우에 어느 쪽이든 그의 말은 정확했다. 그녀는 서둘러 옷을 입고 구두를 신은 후, 요란한 의식 없이 올 때처럼 빨리 떠날 요량으로 가방을 집었다. 그녀는 문으로 가면서 문자 메시지를 확인하기 위해 가방에서 휴대 전화를 꺼냈다.

작은 빨간 불이 뜨겁게 깜박였다. 부재중 전화가 서른두 통이었다.

보이지 않는 손이 보이지 않는 검으로 안나의 심장을 찔렀다. 안 돼. 안나는 가방이 바닥에 스르르 떨어지도록 놔두었다. 「괜찮아?」 카를은 청바지 단추를 잠그고 있었다. 안나는 대답하지 않았다. 그녀는 목록을 쭉 훑었다. 우르줄라가 전화했다. 그다음엔 브루노가. 그다음엔 우르줄라, 우르줄라, 우르줄라, 브루노, 메리, 브루노, 다니엘라. 부재중 전화의 목록은 끝이 없어 보였다.

「무음으로 해놓았어.」 안나는 혼잣말을 했다. 음성 메시지가 있었다. 손이 떨렸다. 손가락은 버튼을 찾지 못했다. 하지만 결국 찾아냈다. 그래야 했다. 안나는 마지막 걸 먼저 들었다. 브루노였다. 그의 목소리는 흐느낌으로 미친 듯했다. 안나. 집에 와, 제발. 집에 와야 해. 지금, 안나. 지금 당장 집에 와. 「가야겠어.」 안나는 말하는 동시에 가방을 집어 들고 복도로 뛰어나가 계단을 내려가 저물어 가는 한낮의 빛 속으로 들어갔다. 택시가 제일 빠를 것이었다. 그녀는 길을 건너 클로텐 역으로 가서 가장 먼저 잡힌 택시 안으로 뛰어들었다. 디틀리콘요. 그녀는 숨이 찼다. 헐떡이는 숨소리 사이로

말했다. 디. 틀. 리. 콘. 택시 기사는 이해하지 못하는 것 같았다. 디틀리콘! 그녀는 고함을 지르고 기사의 좌석을 발로 찼다. 이 행동은 그의 주의를 끌었다. 그는 차에 기어를 넣고 보지도 않은 채 도로로 나섰다.

11월

18

눈물은 축축하지만, 물인 건 아니다. 액체이자 휴대 가능한 눈물은 얼릴 수도 있고, 관용 표현대로 그 속에 빠져 죽을 수도 있다. 하지만 눈물은 물이 아니다. 눈물은 지방, 설탕, 소금, 항체, 미네랄, 그리고 살아 있는 몸의 고유한 다른 물질들을 적어도 수십 가지 포함한다. 여담이지만, 그러기에 우리는 이 몸을 인간이라고 추정할 수 있다.

눈물에는 세 종류가 있다.

오로지 눈에 습기를 제공하는 기능을 하는 눈물은 기초 눈물이라고 하며 경첩의 기름처럼, 눈꺼풀의 윤활액 역할을 한다. 반사 눈물이라고 하는 눈물은 먼지나 양파 냄새 같은 자극이 눈에 들어갔을 때 터진다. 하품이나 재채기를 할 때 흐르기도 하지만, 반사 눈물의 특정한 기능은 씻어 내고 깨끗하게 하는 것이다. 그 목적은 세정이다.

고통으로 흐르는 눈물은 심리 눈물이라고 하며, 분석할 필요가 없다.

비애에는 세 종류가 있다.

첫 번째는 예측적 비애이다. 이건 호스피스의 비애이다. 예후적 비애. 마지막 순간에 개를 차에 태우고 수의사에게 달려갈 때의 비애. 사형수 가족의 비애이다. 저 멀리 고통이 보이야? 오는 중이야. 이건 어쨌든 대비할 수 있는 비애이다. 모든 일을 끝낸다. 담판을 짓는다. 작별 인사를 하고 또 한다. 고뇌가 마음의 방 안에서 걸어다니고 영원한 부재가 곧 닥친다는 것을 각오한다. 이런 비애는 고문 도구이다. 마음을 쥐어짜고 잡아당기고 내리누른다.

즉각적인 상실에 따라오는 비애는 찔린 상처처럼 온다. 이것이 두 번째 종류의 비애이다. 몸을 가르는 고통이고 언제나 놀랍다. 그것이 닥쳐오리라는 것을 예측하지 못한다. 붕대를 감을 수 없는 비애이다. 상처는 치명적이지만 그래도 죽지 않는다. 그 자체가 엄청난 고통이다.

하지만 비애는 단순한 슬픔이 아니다. 슬픔은 그저 누군가의 권유에 따라 앉고, 안기고, 이야기를 듣는 것 이외에는 아무것도 하고 싶지 않다는 감정이다. 비애는 여행이다. 통과해야만 한다. 돌이 가득 든 배낭을 지고, 검고 길도 없는 숲을 지난다. 가시덤불에 다리가 긁히고 늑대 무리가 뒤를 바짝 쫓는다.

결코 움직이지 않는 비애는 복합적 비애라고 한다. 가라앉지 않는다. 받아들일 수도 없다. 그리고 이 비애는 결코, 결코, 잠들지 않는다. 이것은 소유욕이 강한 비애이다. 이것은 망상적인 비애이다. 신경증적인 비애이다. 도망가려고 마음 먹을 수도 있지만, 이 비애는 더 빠르다. 뒤를 쫓아와 앞질러 버릴 비애이다.

너를 먹어 버릴 비애이다.

주의를 쏟고 있지 않았다고 한다.
주의를 쏟지 않고, 길로 뛰어들었다고 한다.
무슨 놀이를 했을까, 찰스와 빅터는? 경찰과 도둑 놀이? 술래잡기? 빨간 불과 파란 불 놀이?[32] 안나는 아이들이 그런 놀이를 아직도 한다고는 생각하지 않았다. 어쩌면 그저 빙글빙글 돌면서 서로 쫓아다니는 놀이를 하고 있었을 것이다. 아이들은 같이 있는 시간의 절반 정도는 잘 놀았다. 어쩌면 이게 그 절반 중 하나였는지도 모르지. 안나는 생각했다. 그걸 알아내면 상황이 완전히 달라지기라도 할 듯이. 달라지기만 할 수 있다면.
달라지지 않았다.
아이는 주의를 쏟고 있지 않았다고 한다.
모든 이의 설명에 따르면, 이것은 사고였다. 끔찍하고 가늠할 수 없는 사고? 그렇다. 하지만 또한 전적으로 우연한 사고였다. 우르줄라와 마르그리트는 그 모든 재난이 펼쳐지는 것을 보고 있었다. 그들은 한스의 트랙터 창고 앞에 서 있었다. 바로 6미터 앞에. 마르그리트는 폴리 진을 안고 있었다. 우르줄라는 텃밭에서 남은 푸성귀를 뽑아서 그걸 마르그리트와 나누려고 가져온 참이었다. 순무와 감자가 담긴 바구니가 우르줄라의 팔에 걸려 있었다. 눈 깜짝할 새에 일어났다. 찰스는 길로 뛰어들었고, 곧장 차와 접촉했다. 아이의 작은 몸이 땅에 떨어졌다. 애가 차 앞으로 뛰어들었어! 애가 그

32 〈무궁화 꽃이 피었습니다〉와 비슷한 규칙의 놀이.

냥 차 앞으로 뛰어들었다고요! 운전자는 30대 초반이었다. 애가 내 앞으로 뛰어들었어요! 멈출 수가 없었어요! *Jesses Gott*(예수님 맙소사)!

빅터도 그 사고를 보았다. 남은 평생 동안, 아이는 기억할 것이다. 완벽하게, 변하지 않는 세세한 부분까지. 타이어가 급작스럽게 멈출 때 끽 울리던 소리, 못 믿겠다는 듯 엄청난 충격을 받고 흐려진 운전자의 눈, 할머니의 바구니에서 우스꽝스럽게 굴러떨어진 붉은 감자 한 알. 그 감자가 또르르 굴러가 찰스의 머리에 부딪혀 튕겨 나오는 광경.

사고였다. 운전자가 — 그의 이름은 페터 외슈였다 — 술을 마신 것도 아니었다. 주의도 쏟고 있었다. 과속도 하지 않았다. 찰스가 길로 뛰어들었다. 애가 그냥 내 앞에 뛰어들었다고요! 빨리 달린 것도 아니에요! 이 말은 사실이었다. 페터는 빨리 달리지도 않았다. 하지만 아이가 죽은 것은 차와 부딪힌 충격 때문이 아니었다. 찰스가 길로 뛰어들자 페터는 브레이크를 세게 밟았고, 차를 휙 틀어서 정면충돌은 피했다. 아이와 살짝 부딪혔을 뿐이었다. 다리나 골반은 부러졌을 것이었다. 그뿐이었다. 그것만으로는 살아남을 수 있었다. 하지만 찰스는 땅에 쓰러지면서 머리를 부딪혔다. 어쩌다 그런 일이 생길 수 있나 싶지만, 일어날 수는 있는 일이었다. 작은 머리가 정확히 직각으로, 두개골이 갈라질 만큼 충분한 힘과 속도로 땅에 부딪혔다. 도박사들도 내기를 하지 않았을 것이다. 그런 사건이 일어날 확률은 1000분의 1이었다. 하지만 일어났다. 개방 골절, 혈관 손상. 구급 요원들은 출혈을 멈출 수 없었다. 즉사는 아니었지만, 찰스는 순식간

에 죽었다.

아이가 죽었을 때, 안나는 알레그라 호텔에서 잠들어 있
었다.

19

독일어로 *sterben*은 〈죽다〉라는 의미의 단어다. 불규칙 동사다. 맞는 말이다. 어떤 죽음도 똑같지 않다. 〈죽다〉의 분사는 가운데 모음을 바꾼다. 평범하고 예측 가능한 e가 입을 크게 벌려 놀라움을 표현하는 o로 바뀐다. 〈죽다〉는 〈……이다〉라는 뜻의 동사 *sein*와 함께 복합 과거를 만든다. *Er ist gestorben*(그는 죽었다). *Du bist gestorben*(너는 죽었다). *Ich bin gestorben*(나는 죽었다). 그와 너와 나. 현재의 존재가 죽은 자가 된다.

죽음이 현재 상태이기 때문이다. 영원히, 영원히. 너는 죽었고, 다른 것이 될 수 없다.

택시가 현장에 도착하자, 안나는 차가 완전히 멈추기도 전에 뛰어내렸다. 요금도 내지 않았다. 기사는 그녀에게 돌아오라고 소리를 질렀지만, 경찰과 울면서 둥그렇게 모인 여자들, 군중 속에서 걸어 나와 택시에서 뛰어내린 여자를 끌고 가는 키 큰 남자를 보고, 나머지는 추측했다. 기사는 택시

를 돌려 떠나 버렸다. 안나는 목을 빼고 브루노 너머 경찰들이 모인 길 위의 한 곳을 쳐다보았다. 브루노가 그녀를 막았지만, 이 시점에는 그녀가 볼 만한 것도 남아 있지 않았다. 안나는 숨도 쉬지 않고 대여섯 개의 질문을 쏟아 냈다. 빅터는 어디에 있어? 폴리는 어디에 있어? 찰스는 어디에 있어?

물어볼 필요도 없었다. 듣지 않았지만 다친 아이가 누군지 알았다. 엄마의 육감이었다. 다친 거야, 그녀는 속으로 되뇌었다. 다친 거야. 그뿐이야. 괜찮아. 내가 괜찮게 만들 거야. 하지만 똑같은 엄마의 육감으로 아이가 그렇지 않다는 것을 알았다. 브루노가 일어난 일을 설명할 때, 안나의 외침은 이음매 없이 바로 울부짖음으로 퍼져 나갔다. 안나의 무릎이 푹 꺾이고 힘이 빠져나갔다.

마르그리트가 안나를 부축하려고 앞으로 나왔지만, 브루노가 고개를 저었다. 「두 팔을 내 목에 감아, 안나. 그거면 돼. 해봐.」 브루노는 안나를 안아 올려 마치 신랑이 신부를 안아 신혼집의 문지방을 넘듯 집 안으로 데려갔다. 그는 안나를 침실로 데려가서 누이고 그 옆에 앉아서 자기 손으로 그녀의 떨리는 손을 잡고 모든 것을 얘기했다. 자세한 부분을 하나씩 들을 때마다 안나의 몸은 더 꽉 죄는 공이 되었다. 운전자의 이름. 사망 시각. 접촉 사고로 부러졌던 다리. 브루노는 오른손으로 안나의 머리를 넘기며 왼손으로는 자신의 눈물을 닦아 도로 삼켰다. 「당신에게 전화하려 했어.」

안나는 머리 밑에 깔린 베개를 향해 말했다. 「전화가 무음이었어. 켜놓는 것을 잊었어.」

브루노는 대답하지 않았다. 그럴 이유가 없었다.

나는 두 명의 임신부와 중앙 역에 있는 꿈을 꿔요. 한 명은 무척 젊고 다른 한 명은 그보다는 더 나이가 들었죠. 두 사람은 동시에 아기를 낳지만, 나이가 더 많은 여자의 아기는 죽었거나, 처음부터 사산됐어요. 여자는 어깨를 으쓱하고 말하죠. 「괜찮아. 방법을 생각해 낼 거니까.」 나는 여자에게 안타깝다고 말하지만, 뭐라고 덧붙일지는 알 수 없어요. 다시 돌아오니, 더 젊은 여자가 사라졌죠. 여자는 남편이 걱정하기 전에 집에 가봐야겠다는 쪽지를 남겼어요. 아기를 데려가는 건 잊어버렸죠. 나는 무척 화가 나서 여자를 찾으려 하지만, 나이 많은 여자가 나를 말리면서 그 아기를 자기에게 달라고 해요. 「알겠죠?」 여자가 말해요. 「모두 해결됐잖아요.」 나는 그런 것 같다고 말해요.

메리가 30분 후 와서, 침실에 있는 안나와 브루노와 함께했다. 여자들은 서로를 바라보았고 절망에 빠져 흐느꼈다. 브루노는 일어나서 옆으로 물러섰다. 메리는 침대 위 브루노가 앉았던 자리에 앉으며 안나에게 손을 뻗어, 그녀를 자신의 부드럽고 어머니다운 몸으로 끌어당겨 앞뒤로 얼러 주었다. 그러면서도 안나의 머리카락에 대고 계속 울었고, 안나도 메리의 가슴에 대고 울었다. 경찰 한 명이 문간으로 들어와서 브루노에게 밖으로 나와 달라는 손짓을 했다. 메리는 괜찮아요, 안나는 내가 돌볼게요, 라는 의미로 고개를 끄덕였다. 그런 뒤에 다시 안나를 내려다보며 계속 얼러 주었다.

「쉿, 내가 여기 있잖아.」 메리는 안나의 등을 문질러 주고 머리를 쓰다듬었다. 그녀는 안나가 귀걸이를 잃어버렸다는

것을 눈치챘다. 「나중에 찾아보자.」 그녀는 속삭였고, 안나는 한층 더 발작적으로 흐느꼈다.

「난 죽음이 너무 겁나요.」 안나는 말했다.

「어째서요?」 메설리 박사가 대답했다. 「무슨 소용이 있죠, 필연적인 걸 두려워해 봤자.」

하지만 두려움은 필연성에 있죠, 라고 안나는 생각했다. 「박사님은 신을 믿으세요?」

「우주가 자비를 중심으로 돌고 있다고는 믿죠.」

안나는 얼굴을 찡그렸다. 「천국을 믿으세요?」

메설리 박사는 그 질문은 피했다. 「죽은 후에 무슨 일이 일어나는지는 아무도 모르죠. 죽은 사람들에게요. 그 사람들이 돌아오는 일은 없으니까요.」

안나는 자기 말을 반복했다. 「난 죽음이 무서워요.」

「죽음은 변형이에요, 안나. 그게 다죠.」 안나가 간절히 원한 구체적인 답변은 아니었다. 「죽음은 한 영혼이 나름대로 새로운 것이 되고자 하는 방식이에요. 살아 있는 건 모두 죽죠. 그저 우리가 하는 일이에요. 그저 그렇게 되는 거죠.」

「그래도 두려워요.」

다음 몇 초 동안 의사와 환자는 상대방을 서로 엄숙하게 바라보았다. 상대가 먼저 말하기를 기다리면서. 메설리 박사가 침묵을 깼다. 「죽음은 변화예요. 그 이상은 아니죠. 변신. 한 존재의 상태에서 다른 상태로 옮겨 가는 것뿐이에요. 안나, 이런 용어로 생각하면 도움이 될까요?」 그렇지 않았다. 메설리 박사는 한숨지었다. 「안나, 제가 아는 건 이것뿐이에

요. 당신 차례가 되어 — 제 차례든, 다른 사람 차례든 — 삶을 놓아 버리고 다른 삶을 향해 손을 뻗어야 할 시간이 오면, 변신의 자상한 품 안으로 자발적으로 자기를 맡기는 것 외에 다른 선택은 없게 될 거에요. 그건 끝이 아니에요. 시작이지.」

안나는 장례식 계획에는 전혀 관여하지 않았다. 그녀는 몸이 너무 좋지 않아서 아무짝에도 쓸모가 없었다. 장례 예배는 사고 사흘 뒤에 열렸다. 토요일이었고, 교회는 — 찰스의 할아버지가 목사였던 교회는 — 사람들로 가득 찼다. 무척 많은 사람들이 왔다. 벤츠 가족의 친구들, 그 가족들, 브루노가 같이 일하는 사람들, 안나의 독일어 수업 학생들, 교회 신자들, 마을 사람들, 우르줄라의 친구들 — 안나가 알지도 못하고 만나본 적도 없는 사람들 — 모두가 장례식에 왔다. 찰스의 담임인 코프 선생도 그 자리에 있었다. 안나는 차마 그 여자의 눈을 들여다볼 수 없었고, 코프 선생도 친절하게 직접적인 시선을 피했다. 고마워요, 안나는 마음속으로 말했다. 아치는 장례식에 왔지만, 끝나기 전에 빠져나갔다. 안나는 장례식 시작 전에 자기 자리에 앉아 교회를 훑다가 그가 뒤쪽에 앉아 있는 것을 보았다. 그는 고개를 숙이고 식순 안내문을 읽는 척했다. 안나의 위가 쓰렸다. 그녀는 다시는 그에게 눈을 돌리지 않겠다고 맹세했다. 그리고 그렇게 했다. 카를도 그 자리에 있었다, 물론. 그는 가족의 친구였으니까. 카를의 모습에도 안나는 아무런 영향을 받지 않았다. 그를 보았지만, 감정의 부재만 느꼈을 뿐이었다. 백지 같은

무(無). 너무나 백지 같아서 잔인하기까지 한 무의 감정. 찰스와 같은 반 학부모들도 거의 다 교회에 왔지만, 대부분 애들은 집에 두고 왔다. 팀과 메리네도 어른들만 왔다. 안나는 이해했다. 안나라고 해도 찰스를 장례식에 데려가지는 않을 것이었다. 아무리 친구의 장례식이라고 해도. 그 애는 너무 어리고, 너무 온순해. 안나는 현재형으로 생각했다. 아직 그 애를 과거형으로 생각할 수가 없었다.

목사가 스위스 독일어로 장례 예배를 진행했다. 종이 울렸다.

묘지 쪽의 예배는 그날 일찍 치렀다. 안나는 브루노에게 기댔고, 우르줄라가 그녀를 부축했다. 그동안 안나는 메리가 생일 선물로 준 손수건에 대고 울었다.

찰스는 화장되었다. 그들은 아이의 재 단지를 묘지의 어린이 구역에 묻었다.

두 예배에 대해 안나가 기억하는 건 그것이 전부였다. 장례식 후, 브루노와 우르줄라와 나머지 조문객들은 교구 회관에 가벼운 점심과 커피를 들며 좀 더 눈물을 흘리러 갔다. 안나는 따라가지 않았다. 메리는 그녀를 집으로 데려가서 옷을 벗도록 도와주고 침대에 눕혔다. 제발 가지 마. 메리가 침실 문으로 가려고 하자 안나가 부탁했다. 메리는 고개를 흔들면서 물론 가지 않을 거라고, 하지만 금방 돌아오겠다고 말했다. 몇 분 후, 메리는 음식을 담은 쟁반을 들고 돌아왔지만, 안나는 식욕이 하나도 없었다. 메리는 안나에게 힘을 다해 좀 먹어 보라고 말하며, 빅터와 폴리는 엄마가 필요하니 강해지기 위해서는 굶어 죽으면 안 된다고 깨우쳐 주었

다. 안나는 샌드위치를 두 입 먹고 차를 한 모금 마셨다. 메리는 쟁반을 치우고 돌아왔다. 그녀는 침대 옆 흔들의자에 앉아 그날 내내 안나 옆을 지켰다.

빅터와 폴리는 네가 필요할 거야, 안나. 찰스가 죽고 나서 며칠 후, 안나는 다른 두 아이를 잊고 있었던 자신을 깨달았다. 안나의 이웃인 모니카가 며칠 동안 폴리 진을 봐준 덕에, 브루노와 안나, 우르줄라는 당분간 마음을 놓을 수 있었다. 하지만 빅터를 그 경험으로부터 막아 주지는 못했다. 빅터는 찰스와 방을 같이 썼다. 장난감도 부모도 공유했다. 빅터는 평소의 뚱한 태도 대신에 텅 빈, 당혹스러운 표정을 지었다. 위안의 손길이 닿을 수 있는 저 너머 어디에 존재하는 슬픔을 드러내는 얼굴. 교회에서 빅터는 안나와 브루노 사이에 앉았다. 어른들은 빅터가 묘지에는 따라오지 못하게 했다. 빅터는 볼 필요가 없었다. 안나도 마찬가지였었다.

장례식 전날, 벤츠 가족은 우편함으로 찰스의 부고를 받았다. 안나는 그것을 브루노의 침대 옆 서랍에서 발견했다. 진통제를 찾던 중이었다. 하도 울어서 편두통이 생겼다. 브루노는 지난겨울 얼음판 위에 미끄러져서 발목을 삐었다. 안나는 남은 진통제가 적어도 하나는 있을 거라고 확신했다.

그 부고는 다른 잡다한 물건들 모음의 맨 위에 놓여 있었다. 찰스가 학교에서 그린 그림, 안나가 폴리 진을 안은 사진, 브루노의 어머니가 그의 지난 생일에 보낸 카드. 브루노는 그 종이를 꼼꼼하게 두 번 접어 놓았다. 안나는 그것을 펴 보았지만, 아들의 이름 아래로는 읽을 수가 없었다. 슬픔보

다는 당황에 더 가까운 감정이었다. 이 물건은 내가 봐서는 안 되는 거야. 안나는 부고를 브루노가 개인적 물건을 보관하는 서랍 속 자리에 돌려놓았다.

브루노는 찰스가 죽던 날 그녀가 어디에 있었는지 한 번도 묻지 않았다.

20

 지난해에 두 번, 안나가 시내에 갔을 때 어떤 여자가(각각 다른 여자였다) 그녀에게 집게 달린 판을 들고 다가와서 스위스 독일어로 잠깐 시간 내줄 수 있겠느냐고 물었다. 일반 사람들을 상대로 시식 평가를 하는 시장 조사원이었다. 두 번 다 안나는 동의했다(그 외에 무엇을 할 수 있었겠는가?). 그리고 두 번 다 그녀는 여자들을 따라 가까운 호텔의 회의실로 갔다. 첫 번째 시험에서 안나는 커피 몇 종류를 시음해 보고 평가해 달라는 부탁을 받았다. 쓴 맛이 나나? 향을 묘사할 수 있는가? 커피의 질감은 어떻게 표현하겠는가? 〈풍부하다〉고 할 수 있겠는가? 안나가 아직 독일어 수업을 듣지 않을 때라서, 그녀와 시장 조사원은 그 후 20분 동안 된통 고생했다. 여자가 손짓발짓으로 질문을 표현하면, 안나는 그 질문에 눈을 깜박이거나 고개를 끄덕여 대답했다. 그런 수고를 한 대가로, 안나는 인스턴트커피 한 병과 미니 초콜릿 큰 봉지를 하나 받았다. 안나는 커피는 찬장 뒤에 처박아 놓았지만, 초콜릿은 — 그다음 사흘 동안 — 혼자 한 봉

지를 다 먹었다. 왜 나눠 먹어야 해? 그녀는 생각했다. 시음을 한 사람은 나잖아. 그녀는 그게 자기 노력의 대가라고 생각했다. 가끔 안나도 노력했다. 가끔은 아주, 아주 열심히 노력했다.

두 번째로 누군가 안나에게 접근한 것은(바로 똑같은 거리의 모퉁이였다) 독일어 수업을 처음 한 달 정도 들었을 때였다. 이 시식은 이전보다 훨씬 더 매끄럽게 이루어졌다. 안나는 설문 내내 미소를 지었고, 오로지 몇 문장만 걸려 넘어졌을 뿐이며 모르는 단어도 훨씬 적었다. 그날은 피클을 심사했고, 칵테일 양파 한 병을 받았다. 인스턴트커피와 마찬가지로, 그 병도 찬장 구석으로 처넣었다. 이번에는 초콜릿은 없었지만, 괜찮았다. 침착함, 언어의 유려함, 그것이 그녀의 보상이었다.

안나는 두 번째, 좀 더 성공적으로 설문에 응답하고 며칠 후 메설리 박사에게 이 이야기를 했다. 메설리 박사는 안나에게 그게 무슨 뜻인 것 같냐고 물었다.

안나는 상황이 점점 나아진다는 뜻인 것 같다고 대답했다.

사고가 있고 한 주 반이 지난 후, 빅터는 학교로 돌아갔고 브루노는 은행으로 돌아갔다. 그 외에 두 사람이 뭘 할 수 있겠는가? 브루노는 자신을 일에 던짐으로써 비애에 맞섰다. 은행에서 그는 집중력을 잃지 않고, 유능했으며, 바빴다. 집에서는 집안일을 돕고 수리를 맡아 하며 여유 시간을 채웠다. 지하실을 새로 칠했으며, 창고의 썩은 판자를 새것으로 바꾸었다. 식기세척기를 사서 설치했다. 그의 손에 뭔가

할 일을 얹어 주는 것이 도움이 되었다.

그가 사무실로 다시 출근하기 전날 밤, 두 사람은 사랑을 나누려 시도했었다. 실패였다. 브루노는 침대에서 안나의 등 뒤에 누워 두 팔로 그녀를 감고 발기한 성기 쪽으로 그녀를 끌어당겼다. 그는 얼굴을 그녀의 머리카락에 묻고 떨리는 몸을 아내의 아름답고 연약한 등에 기대며 부드럽게, 그러나 의도를 갖고 그녀 안으로 들어갔다. 「제발, 안나.」 그가 말했다. 「난 당신이 필요해. 당신과 함께 있어야 해.」 하지만 안나는 울음을 그치지 못했고, 그 결과 브루노도 울고 말았다. 그는 떨어져 나갔다. 그녀는 몸을 웅크렸다. 한 시간 동안, 브루노는 천장이 움직이기라도 하는 것처럼 빤히 쳐다보기만 했다. 마침내 두 사람은 나란히 얕은 잠 속으로 빠져들었다.

안나는 주로 침대에 누워만 있었다. 시간이 얼어붙었다. 집이 관처럼 어두웠다. 독일어 수업 수강료를 환불할 생각도 하지 않았지만, 돌아갈 마음도 없었다. 의미도 없고, 아들의 추억에 무례한 행동 같았다. 어떻게 집중할 수 있다는 건지. 비애가 매 순간 기력을 소진했다. 안나는 줄곧 아팠다. 오로지 수프와 토스트만 먹었다. 말라 갔다. 산책길에서는 새들의 환영을 보았다. 검고 미친 새들이 그녀를 따라 언덕을 올랐다 내려갔다. 그들은 그녀의 시야 끝에 머물러 있었지만, 매일 무리는 점점 늘어나고 점점 가운데로 몰려왔다.

메리는 자기도 수업을 그만두겠다고 자진해서 나섰다. 그래야 벤츠 가족의 집에 매일 와서 안나와 폴리 진을 돌볼 수 있기 때문이었다(물론 모니카가 무한정 폴리 진을 봐줄 순 없었다). 안나는 메리에게 됐다고 말하며, 메리가 무엇이라

도 배우면 나중에 자기가 좋아졌을 때 대신 가르쳐 줄 수 있지 않겠냐고 했다. 하지만 안나는 자신이 좋아지기는 할까 의심스러웠다. 그리고 우르줄라도 와줄 것이었다. 안나가 혼자 있을 일은 없었다. 메리는 이 말을 받아들이고, 안나가 제안한 대로 했다.

빅터는 학교에서 돌아오면, 거실에서 간식을 먹었다. 어머니와 아들은 함께 소파에 앉아 텔레비전을 보곤 했다. 두 사람 다 말을 나누고 싶지 않았다. 빅터는 퇴행을 겪었다. 밤이면 엄지손가락을 빨았고, 한두 번 침대에 오줌을 쌌으며, 빅터의 수준에는 너무 어린 텔레비전 프로그램을 보았다. 찰스가 좋아하던 만화 영화였다. 빨간 트랙터나 건설업자, 기차가 나오는 우스운 어린이 프로그램이었다. 소파에 앉아 있으면 빅터는 텔레비전을 보면서 머뭇머뭇 안나에게 기대어 오기도 했다. 안나는 손가락으로 가볍게 아들의 머리카락을 쓸기도 했다.

이 아이는 너무 소심해서 위로를 구하지 못해. 안나는 생각했다. 얘는 찰스가 아니야.

「당신은 지옥을 믿어요?」 안나는 물었다.

「이건 또 뭐죠?」 스티븐은 안나를 더 가까이 끌어당겼다. 이른 2월 놀랍도록 추운 아침이었다. 두 사람은 1인용 오리털 이불 아래 숟가락처럼 포개져 누워 있었다.

「아, 그냥 불 얘기.」 안나는 이 말을 하면서 미소 지었다. 그녀의 목소리는 가볍고, 느긋했으며, 행복했다. 그녀가 원한 모든 것이었다. 메노파 교도들이 만든 나무 탁자처럼 이음

매가 깨끗하게, 빈틈 하나 없이 그에게 꼭 달라붙어 있는 것.

스티븐이 숨을 내쉬었다. 「진지하게 생각해 본 적 없는데.」

「세상에, 진심이에요?」

「응.」

「종교가 없나 보네요.」

「전혀.」

「부모님은?」

스티븐은 몸을 쭉 펴며 몸을 떨더니 시계를 확인했다. 일어날 시간이었다. 「조부모님은 있었죠. 그리스 정교.」 그는 일어서서 하품하고 빨리 운동복 바지를 입었다.

「그리스인이에요?」 안나는 그의 배경을 물어볼 생각을 한 적이 없었다.

「키프로스 출신.」

「아.」 안나는 지금 물어보고 싶은 질문은 더 없었다.

「말하자면, 그래도……」 스티븐은 침대로 돌아왔고, 안나는 일어나 앉았다. 「불에 대해 당신이 모르는 게 있어요. 그리고, 이런 여담을 좋아하니까……」 그는 그녀를 처음 만났을 때 지었던 미소를 똑같이 복제한 표정을 지어 보였다.

「말해 봐요.」 안나는 그가 맞장구쳐 주는 게 좋았다. 그녀는 눈을 깜박이며, 목소리에 애교를 담아 명랑하게 말했다.

스티븐은 그녀의 옆으로 와서 침대 끝에 걸터앉았다. 「그래, 예루살렘에서는 부활절만 되면 사제가 초 두 개를 예수의 무덤 위에 지어졌다고 하는 교회로 들고 들어가요.」

「그건 정교적인 건가요?」

스티븐은 고개를 끄덕이더니 계속했다. 「사제는 지하 예

배당으로 혼자 들어가면서 고대의 기도문을 읊죠. 그가 다시 올라오면, 초에 불이 붙어 있어요.」

「좋아요. 뭐가 기적이죠?」 안나는 주의 깊은 여학생다운 희열을 보이며 그 강의에 집중했다.

「아. 기적은 사제가 교회에 들어가기 전 성냥이나 라이터를 사제복에 숨기지 않았다는 것을 증명하기 위해 몸수색을 한다는 것이죠. 무덤도 마찬가지고. 다 확인해요. 그럼 그 불은 어디서 왔을까요? 그게 수수께끼죠.」

「어디에서 왔는데요?」

「사람들 말로는 허공에 모습을 드러낸 구름에서 푸른빛이 나타난다는군요. 그 빛과 구름이 서로 일종의 춤을 춘다나. 그러다 결합해서 하나의 떠다니는 불꽃 기둥이 된다는 거죠.」 스티븐은 그 요소들이 어떻게 합쳐지는지 몸짓으로 보여 주었다.

「누가 그래요?」

「사제들요. 그래서 이 불꽃에서 초를 붙인다는 거죠.」

안나는 이런 온건한 극적 요소가 좋았다. 「그래서 사제는 그 불꽃을 나누고 사람들은 경외감에 몸을 떨죠. 그걸 성화(聖火)라고 한다고. 신에게서 왔으니까.」 스티븐은 하품하며 다시 일어섰다. 「그렇게들 말하더군요.」

안나는 매료되었다. 「본 적 있어요? 기적을 믿어요?」

「안나, 바보 같은 소리. 기적은 없어요. 어딘가에 성냥을 숨긴 거지.」

안나는 앞으로 몸을 웅크렸다. 그녀는 그가 그렇다고 말해 주길 바랐다. 그래요, 절대적으로 믿어요. 「하지만 푸른

불꽃은 특이한 게 아닌가요?」

스티븐은 허리를 굽혀 그녀의 목 뒤에 키스했다.「불의 색깔은 열두 개는 돼요. 이건 빛의, 대기의 속임수죠. 집단 환각.」

「그럼 당신은 지옥을 믿지 않나요?」

「안나, 난 천국도 믿지 않아요.」

그것은 안나가 고백에 가장 가까워진 순간이었다. 장례식이 있고 일주일 후의 토요일 아침. 메리는 사건 후 매일 그러했듯이 그날도 집으로 찾아왔다. 그녀는 캐서롤, 시나몬 차 케이크가 든 통, 그리고 호두 퍼지가 든 다른 통, 안나나 브루노 혹은 빅터가 좋아할지 모르는 여러 사탕과 과자가 든 봉투를 들고 왔다.「메리, 이럴 필요까지 없어.」 안나가 말했다. 그녀는 자기가 한 입도 먹지 않으리라는 것을 알았다. 메리는 손을 절레절레 저으며, 이렇게 해야 자기 마음이 편하다고 했다. 이것이 메리가 자신의 고통을 승화시키는 방법이구나, 안나는 마침내 깨달았다. 메리는 자신의 비애를 쓸모로 바꾸었다. 그런 면에서 메리도 브루노나 우르줄라처럼 실용적이었다. 하지만 메리에겐 그들에게 없는 부드러움이 있었다. 캐나다 사람이기 때문일까? 안나는 생각했다. 아니, 메리이기 때문일 테지.

메리는 찻잔을 들고 침실로 들어와서 의자를 침대 옆에 끌어다 놓고 앉았다. 메리는 안나를 위해 곁에 있겠다고 했다. 말해도 되고 하지 않아도 된다고 했다. 메리는 귀를 기울일 수도 있고, 그저 함께 고요를 나눌 수도 있었다.「뭐든 안나가 필요한 대로.」

안나는 몇 분간 조용히 누워서, 메리가 팀과 아이들에 대해서 무난하고 사소한 대화를 하는 것을 들었다. 메리는 낸시와 이야기를 했는데, 낸시가 안부를 전하면서 필요한 게 있으면 망설이지 말고 연락해 달라 했다고 말했다. 안나는 고맙다고 말했다. 메리는 전해 주겠다고 했다. 그렇게 대화는 제자리를 돌았다.

「메리, 이제까지 했던 일 중에 가장 나쁜 일이 뭐였어?」

메리는 침대 옆 탁자 위에 머그잔을 올려놓더니, 어린 소녀들이 그러는 것처럼 무릎 위에 팔꿈치를 괴고 손바닥으로 턱을 받친 자세로 잠깐 생각했다. 「모르겠어. 항상 얌전하게 행동하려고 노력하긴 했는데. 난 그렇게 재미없는 사람이잖아.」 그녀는 자신을 깎아내렸다.

「아니야, 메리는 그렇게 좋은 사람이야.」

메리는 얼굴을 붉혔다. 안나의 말에 부끄러워졌던 것이다. 「생각해 볼게, 어쩌면, 그때…….」 메리는 말을 멈추고 의자에서 자세를 고쳐 앉았다. 「오, 안나. 말하고 싶지 않아! 어째서 그런 걸 물어?」

「그러면 내 기분이 더 나아질 거 같으니까.」

메리는 안나의 말을 이해하지 못했지만, 설명하라고 밀어붙이지 않았다. 「알았어, 안나. 알고 싶어? 말해 줄게. 하지만 비밀이야. 정말로, 진짜, 아무에게도 말하면 안 돼.」 안나는 고개를 끄덕였다. 「고등학교 때 우리 배구팀 코치님 집 뒤의 헛간에 불을 질렀어.」

「메리!」 안나는 깊은 인상을 받았다고 해야 할지, 소름끼쳤다고 해야 할지 알 수 없었다.

메리는 한 발 뺐다. 「나만은 아니었어. 팀 전체가 같이했지. 우리 모두가 불을 질렀어. 그리고 일단 낡고 무너져 가는 헛간이었고…….」

안나는 너무 놀라 말을 잃었다. 「왜?」

메리는 한숨지었다. 「우리 팀은 여자 팀이었는데, 우리 대부분이 어떤 애를 무척, 무척이나 못되게 괴롭혔어. 완전히 잔인했지. 걔에 대해 나쁜 소문을 퍼뜨리고, 자전거 타이어 바람을 빼고, 걔가 짝사랑하는 남자애가 데이트하자고 했다고 거짓말하고, 걔 머리카락을 자르고…….」

「메리가 그 애 **머리카락을** 잘랐다고?」

메리는 잘못을 부끄러워하며 고개를 끄덕였다. 「안나, 우리는 너무 심했어. 하지만 그러려고 했던 거야. 우리는 걔를 비참한 꼴로 만들어 주고 싶었어. 걔는 팀을 나갔지. 실제로 전학 갔어.」

「하지만 왜 이런 짓을 한 거야?」

메리는 어깨를 으쓱했다. 「그건 그냥 여고생들의 결정이었지. 우연히 한번 정해지면 쭉 이어지는. 내가 그 결정을 내린 건 아니야. 난 걔를 싫어했다고도 할 수 없어.」 메리는 고개를 떨어뜨렸다. 안나는 메리가 이 때문에 오랜 세월 괴로워했다는 것을 알 수 있었다. 「솔직히 어쩌다 걔가 따돌림을 당했는지는 알 수가 없어.」

「하지만 헛간은?」

「아, 코치님이 그 사실을 알고 우리에게 시즌 출전 기회를 박탈했거든. 그러면 우리 학생 기록부가 엉망이 되니까. 우리 모두 화가 났지. 그래서 어느 날 밤, 우린 코치님네 땅으

로 몰래 숨어들었어. 한 여자애가 휘발유 통을 가져왔고, 다른 애가 신문지를 가져왔지. 난 성냥을 그어서 모든 것에 불을 붙였어. 그런 후에 도망갔지.」

「하지만 잡히지 않았어? 분명히 그 사람은 너희들을 의심했을 텐데⋯⋯.」

메리는 고개를 저었다. 「우리는 흔적을 잘 감췄어. 그리고 입도 다물었거든. 의심만 가지고 우리를 고발할 순 없잖아. 증거가 없으니까.」 안나는 고개를 끄덕였다. 「그래서 그거야. 내가 저지른 가장 나쁜 짓.」

「그런데 대답하기 전에 생각까지 해야 했어?」

「뭐, 아니야. 하지만 너무 그 생각을 붙들고 살지 않으려고 노력해.」

「그다음엔 어떻게 됐어?」

「음, 그다음엔 배구팀에 새 코치님이 왔지. 우린 코치님도 마찬가지로 치워 버린 거야. 다음 해에 우리는 경기하는 족족 이겨 버렸어. 그런 다음엔 졸업했지.」 메리는 잠깐 생각하기 위해 말을 멈췄다. 「어쩌면, **그게** 가장 나쁜 짓일지도 모르겠다. 코치님을 겁줘서 쫓아 버린 거. 그 불쌍한 여자애랑.」 메리는 고개를 저었다. 「내가 그 애 이름도 기억 못 하는 거 봐.」

「그건 꽤 심하네.」

「난 어떤 사람에게도 이 말을 한 적 없어, 안나. 팀에게도.」

「팀은 같은 고등학교 다니지 않았어?」

메리는 고개를 끄덕였다. 「말한 대로야. 우리는 한마디도 입 밖에 내지 않았다고.」 메리는 숨을 내쉬었다. 「우리는 그때 너무 멍청하고 생각이 없었어. 이 여자애는 우리에게 그

런 취급을 받을 만한 애가 아니었어. 그리고 우리는 그 자체로 그렇게 끔찍한 애들은 아니었을 거야. 나는 그랬던 것 같아. 그저 너무 파괴적이었던 거지. 하나를 파괴하면 연료가 되어 다음 것으로 이어져. 우리는 생각하지 못했어. 했어야 했는데. 하지만 하지 못했지. 이해할 수 있겠어?」

「메리, 이건 모두 내 잘못이야.」

메리는 앉았던 의자 끝으로 나와 앉으며 안나의 이불에 손을 뻗어 판판히 펴주었다. 그녀는 아이들을 침대에 눕히듯 안나에게 이불을 잘 덮어 주고 엄마답게 감싸 주었다. 「왜 그래? 물론 안나 잘못 아니야. 그건 확실해.」

안나는 계속 말할 만큼 용기가 없었다.

「안나.」 메리가 달랬다. 「나한텐 아무 말이나 해도 돼.」 안나는 그래, 어쩌면 그럴지 모른다고 믿었다.

하지만 말하지 않으리라는 것을, 안나도 똑똑히 알았다.

카를은 장례식 후 딱 한 번 집에 왔다. 그와 브루노, 귀도는 ZSC 라이온스 경기에 가기로 했다. 브루노는 아직 퇴근하지 않았다. 우르줄라는 빅터와 폴리를 데리고 산책하러 나갔다. 안나는 옷을 입고 있었지만, 추레했다. 카를은 소심하게 노크했다.

「안녕하세요, 안나. 감촉이 어때요?」

안나의 시선은 그를 통과해서 그 너머를 향했다. 그는 그녀가 어떤 기분인지 짐작할 수 있었을 것이고, 굳이 물을 필요도 없었다. 하지만 물어보는 게 관습이었다. 대답은 선택적이었다.

「들어오세요.」 안나는 말하면서 거실로 안내했다. 카를은 현관을 지나 집 안으로 들어갔다. 안나는 텔레비전에서 예능 프로그램을 보고 있었다. 〈5 Gegen 5(5 대 5)〉. 미국 프로그램 〈패밀리 퓨드〉[33]의 스위스 버전이었다.

카를은 손을 어디다 두어야 할지 몰라서, 되도록 깊이 재킷 속에 찔러 넣고, 신호를 바라듯 안나를 바라보았다. 안나는 어깨를 으쓱하고, 그에게 의자에 앉으라고 손짓한 후 소파의 자기 자리로 어슬렁어슬렁 돌아갔다. 두 사람은 그다음 복잡한 5분 동안, 서로의 벗은 몸을 한 번도 본 적이 없는 척했다.

안나는 텔레비전을 끄지 않았다. 한 팀은 부르크도르프 요들송 클럽의 회원들로 구성되었고, 다른 팀은 빈터투어의 여자 플로어볼[34] 선수들이었다. 질문은 슈비처뒤치로 물어봤는데, 안나가 짐작하기로는, 〈가장 좋아하는 아이스크림 맛을 대시오〉였다. 1등 답은 초콜릿으로 벌써 나와 있었다. 플로어볼 팀의 선수 한 명이 〈딸기!〉라고 대답했다. 순위표에서는 끝에서 2등이었다. 안나는 충혈된 눈으로 텔레비전을 바라보며, 피스타치오가 순위에 있을까 생각했다. 없었다.

「절대로, 절대로, 절대로 브루노에게 말하면 안 돼요.」

카를은 고개를 끄덕였다. 엄숙하고 작은 동작이었다. 그런 후에 두 사람은 적막 속에 앉아 있었다. 밖에서는 해가 무척 빠르게 저물어 그 소리가 귀에 들릴 정도였다.

33 각각 가족으로 구성된 두 팀이 서로 대결하는 퀴즈 프로그램. 설문 조사에서 나온 답을 맞추는 방식으로 진행된다.
34 실내 하키와 비슷한 운동 경기.

공책 뒷면에 안나는 나중에 쓸지도 모르는 독일어 어구들 목록을 계속 늘려 나갔다. 아무에게도 말하지 마! 천 번 감사! 별 말씀을요! 아, 하지만 거긴 함정이 있네. 만약도, 그리고도, 그렇지만도 안 돼! 제자리, 준비, 출발! 좋은 건 세 개씩 온다! 로마에선 로마법대로! 이쑤시개 있어요? 눈에는 눈! 간발의 차. 드러그 스토어는 어디 있나요? 기차는 어디 있나요? 어떻게 지내세요? 난 잘 지내요! 좋아요! 정말 좋아요! 괜찮아요. 힘들어요. 아파요. 도움이 필요해요.

찰스가 죽기 전 상담 시간에, 메설리 박사는 안나에게 이유와 핑계의 차이에 대해서 가르치려고 했다. 박사는 안나가 하는 대로, 털을 반으로 가르듯 미세한 차이를 설명했다.
「그런 것 같네요.」 안나는 뚱하게 동의했다. 딱히 귀 기울여 듣지 않았다.
박사는 얼굴을 찡그리더니, 주장을 밀고 나갔다. 「안나는 불행한가요? 좋아요. 이따금 슬퍼할 이유가 있겠죠. 스위스 관습은 아직도 익히지 못했죠. 안나의 결혼 생활은 힘들고 — 모든 결혼 생활은 힘들어요, 안나, 아무리 좋은 결혼이라도 — 그리고 안나는 친구도 거의 없고 여가도 없어요. 아이들은 아직 어리죠. 손이 많이 가죠. 이 모든 게 힘들겠죠. 하지만,」 메설리 박사는 말을 이었다. 「안나가 자신의 슬픔을 정당화하기 위해 내놓은 모든 이유만큼, 안나는 단순히 비참한 상태를 연장시키는 것 말고는 아무런 목적도 수행하지 않는 핑계를 대고 있는 거예요. 〈난 까다로운 스위스인들을 바꿀 수 없어.〉 안나는 징징대죠. 〈브루노가 좀 더 관심을 갖게 할 도

리가 없어.〉 안나, 단순히 남편에게 좀 더 관심을 가져 달라고 **부탁해** 봤나요? 〈난 너무 내성적이라 친구가 없어,〉 〈애들 돌보는 데만도 기력이 전부 소모돼.〉 인생을 바꾸기 위해 할 수 있는 일이 없죠? 그게 바로 가장 큰 핑계예요.」 안나는 반박할 수 없었다.

메설리 박사는 누그러졌다. 「이것부터 해결해 봐요, 안나. 그저 이것만. 그것만으로도 충분할 거예요. 안나는 게토에 사는 전쟁 피난민처럼 움직여요. 실제로는 연합군을 자기 지휘권 아래 두고 있는데요. 이렇게 살 이유가 없어요.」 안나는 고개를 끄덕였다. 그렇게 살 이유는 없었다. 「성공적인 삶이요, 안나. 난 안나가 성취하길 *succeed* 바라요.」

안나는 건성인 상태에서 탈퇴 *secede*로 알아들었다.

21

폴리 진의 첫돌은 11월 29일, 목요일이었다. 안나는 별로 축하할 마음이 없었다. 즐거움을 추구하려는 모든 행동은 터무니없어 보였다. 남자아이들의 첫돌 때는 작은 파티를 열었다. 간단한 저녁 식사 후, 가족끼리 케이크. 안나가 신경 쓰는 건 바로 케이크였다. 그건 전통이었다. 생일 맞은 아이가 높은 아기 의자에 왕처럼 앉아서, 아무하고도 나눌 필요 없는 케이크에 두 손을 푹 담그고, 머리카락에 크림을, 코에는 부스러기를 묻히고 있으면 안나는 사진을 찍었다. 그런 사진이 안나가 궁극적으로 추구하는 것이었다. 브루노는 이런 관습이 우스꽝스럽다고 여겼다. 어질러지는 데다가 케이크 낭비잖아. 그는 말했다. 그렇지만 다락방 어딘가에는 이제 더는 누구도 들여다보지 않는 사진 앨범이 있었다. 남자아이들의 스냅사진이 그 안에 들어 있었다. 온 얼굴이 초콜릿 크림투성이였다.

폴리의 생일 일주일 전에 안나에게 온 사람은 우르줄라였다. 우르줄라는 기꺼이 케이크를 굽겠다고 하며, 당신 집에

서 파티를 하겠다고 자청했다. 마음이 따뜻해지는 도움이었다. 우르줄라의 제안에 담긴 동정에 안나의 표정은 무너지고 말았지만, 아무 말 하지 않았다. 우르줄라는 조용히 방을 나갔고, 그날 오후 내내 안나를 홀로 두었다.

우르줄라는 브루노처럼 비애에 합리적으로 접근했다. 뜨개질에 전념했고, 아이들의 옷가지를 *Frauenverein*(여성 협회)과 함께 자선 단체에 나눠 주는 일을 자청해서 맡았다. 일주일에 한 번은 교구 회관에서 같은 여성 회원들과 만나, 다른 프로젝트를 작업했다. 몇 가지는 자선 관련이었고, 다른 일들은 다음 주에 우르줄라가 참석하기로 계획한 대림절 공예 워크숍과 같은 창조적인 작업이었다. 그리고 매일, 우르줄라는 로젠베크까지 걸어와서 폴리 진을 돌봤다. 이 시기 내내, 그녀는 평소에 며느리에게 느꼈던 짜증스러운 감정은 미뤄 놓고, 안나가 하루를 견디도록 도울 수 있는 실용적인 방법들을 찾았다. 우르줄라는 가족의 저녁 식사를 대부분 차렸고, 장보기나 집안일의 큰 부분도 담당했다. 그 외 다른 위로는 줄 수 없었다. 그녀는 안나에게 정다웠던 적이 한 번도 없었다. 지금 친밀하고 야단스럽게 굴어 봤자 이상하고 억지스럽게 보일 것이었다.

폴리 진의 돌잔치라는 화제는 그날 저녁 다시 나왔다. 이번에는 브루노가 꺼낸 것이었다. 그는 상냥했다. 조심스럽게 말했다. 지난 몇 주 동안 그는 평소답지 않게 안나에게 무척이나 동정적으로 대했다. 「폴리가 케이크 먹는 사진 찍고 싶지 않아? 그러지 말고, 안나. 사진을 찍지 않으면 나중에 찍을 걸 그랬다고 후회할걸. 남자애들 사진은 있잖아.」 굳이

기억을 되살려 줄 필요는 없었다. 안나는 울음을 터뜨렸고, 브루노는 여러 말로 달래려 해봤지만 위로의 말 한마디 찾을 수 없었다. 그는 한숨을 쉬며 일어나더니 벽에 대고 위층에 가서 빅터 좀 살펴보겠다고 했다. 그런 후에는 그렇게 했다.

스티븐의 생일은 5월 1일이었다. 그는 스위스를 떠나고 그다음 달에 마흔두 살이 되었다. 안나는 그날, 그리고 올해 그의 생일에도 마찬가지로, 시내로 가서, 노이마르크트로 가서 그들이 처음 만났던 날 술을 마시러 갔던 칸토라이의 탁자에 홀로 앉아 있었다. 두 번 다 울고자 하는 목적만을 가지고 거기 갔었지만, 한 번도 눈물을 흘리지 않았다. 매번, 처음부터 시작해서 혼잣말로 모든 이야기를 했다. 자기 멸시까지는 아니더라도 의무적인 의식처럼 보였다.

그건 정말 사랑이었을까? 그녀는 자신에게 물었었다. 사랑에 가까운 것이었을까? 사랑의 이웃에 살았을까?

물론 사랑이었다. 어떤 형태의 사랑. 폴리 진이 그 증명이었다.

찰스가 죽은 후로 안나는 메설리 박사를 딱 한 번 찾았을 뿐이었다. 박사는 평소보다 훨씬 느리게, 그리고 더 부드러운 어조로 말했다. 문장에는 간간이 틈이 있었다. 그녀는 섬세한 질문을 던졌다. 어떻게 버티고 있어요, 안나? 아들의 추억을 기리기 위해 무엇을 하고 있나요? 가족들과는 어떻게 소통하나요? 자기 몸은 잘 돌보고 있어요? 박사는 안나에게 진통제 처방을 하나 더 해주었다. 안나는 첫 번째 처방전도

사용하지 않았다.

「어디 가죠, 죽은 사람들은?」

메설리 박사는 솔직히 대답했다. 「모르겠어요.」 두 사람은 그전에도 이 화제로 얘기를 나눈 적이 있었다.

「죽은 사람은 뭘 하죠?」

「그것도 모르겠어요, 안나.」

「내가 그 애를 다시 볼 수 있을까요?」 안나는 절박하게 말했다.

「그러길 바라요.」 박사는 말했다. 진심이었다.

결국, 폴리 진의 돌잔치는 어찌할 도리 없이 그저 치러야 했다. 우르줄라와 브루노가 우겼다. 안나는 면직물처럼 힘없이 늘어져서, 그들에 맞설 힘이 없었다. 두 사람은 호화스러운 건 아무것도 계획하지 않았다. 우르줄라의 집에서 가족끼리 저녁 먹기. 그게 다였다.

다니엘라가 뭄프에서 왔고, 메리도 합류하기로 했다. 팀은 시합이 있었고, 맥스와 알렉시스는 팀의 동료의 아내가 봐주기로 했다. 맥스는 사고 이후 디틀리콘에 온 적이 없었다. 그것이 최선이었다. 그 애는 죽음이란 영원을 의미한다는 것을 이해하지 못했다.

우르줄라는 쪼개서 말린 완두콩으로 수프를 만들었다. 안나는 몇 모금 간신히 삼켰다. 이 행동에 브루노와 메리가 찬성하듯 고개를 끄덕였지만, 안나는 알아차리지 못한 척했다. 우르줄라는 또 스펀지케이크를 두 판 구웠다. 각각 연분홍 크림을 입혔다. 하나는 가족들이 먹을 용도였고, 작은 건 폴

리 진만을 위한 것이었다. 폴리 진은 정신없이 케이크를 망가뜨리며 신나서 소리를 빽 질렀다. 머리카락엔 빵 부스러기가, 눈썹에 크림 덩어리가 묻었다. 브루노는 사진을 찍었다. 폴리 진이 웃자, 다른 사람들 모두 따라 웃었다. 심지어 안나조차 미소를 지었지만, 곧 부끄러움을 느끼고 억누르려 했다. 메리는 한쪽 팔로 안나를 감싸며, 즐거움에 부끄러워할 일은 없다고 속삭였다. 「찰스가 여기 있다면, 안나, 그 애도 웃었을 거야.」 그 시점까지는 찰스의 이름이 나올 때마다 안나는 울음을 왈칵 터뜨리곤 했다. 하지만 메리의 목소리에 어린 어조는 온화했고, 찰스가 어디에 있든, 항상 잘 지냈을 것이며 의심의 여지 없이 행복하고 안전했으리라는 메리의 순진한 믿음 덕에 — 그래, 안나, 천국에서! — 안나는 친구처럼 늘 들러붙어 지냈던 절망으로부터 떨어져 나왔다. 메리는 확신했다. 「그래, 안나. 확실하다니까. 안나의 아들은 잘 있어.」 그녀는 말했다. 메리는 안나에게 이제껏 한 번도 못 믿을 말을 한 적이 없었다. 그래서 이 순간, 가족들이 옆에 있는 지금, 안나는 천국과 그곳에 있는 찰스를 상상해 보려 했다. 어디 있니? 뭘 하고 있니? 이런 일이 있을 수 있을까? 오, 내 보물, 내 사랑하는 아들! 엄마 보이니? 네가 보고 싶구나. 너를 무엇보다도 사랑해!

안나 본인도 놀랄 일이지만, 이런 시도는 성공했다. 하프 소리나 후광은 없었다. 문도 없었다. 이 천국에는 신조차 없었다. 딱히 장소라고 할 수 있는 곳도 아니며, 그저 손으로 잡을 수 있는 3차원의 물리적 세계 너머, 4차원의 비물질적 연대기 바깥에 있는 차원일 뿐이었다. 그저 한 번 흘긋 보았

을 뿐, 한 번의 눈길보다도 더 빠른 깜박임이었다. 그러나 그녀가 본 것은 자신의 천국에 가까운 곳일 뿐이었다(사실 안나의 기대보다 좀 더 가깝긴 했지만). 시간과 물리적 형체는 애초에 중요하지도 않았겠지만, 이곳에서는 더는 중요하지 않았다. 그리고 그 영역에 찰스가 있었다. 아이는 얼굴도 없고, 형체도 없었지만, 그래도 모두 온전했다. 메설리 박사가 믿는 우주의 자비는 아들의 영혼을 손바닥에 담았다. 그 손바닥은 따뜻했다. 그 온기만은 진짜였다. 이것을, 안나는 받아들일 수 있었다. 이와 함께라면 살 수 있었다.

안나는 어깨에서 짙은 검은 안개가 걷히는 느낌을 서서히 받았다. 메리의 허락을 받아, 그녀는 그 느낌을 감싸 안았다. 영원히 비참하지는 않을 거야. 안나는 자기 자신을 위로했다. 나는 영원히 비참한 기분을 느낄 필요는 없어. 안나는 희망을 찾았지만 조심스러웠다. 기분이란 변덕스러운 것이었다. 왔을 때만큼 급하게 떠날 수도 있었다.

폴리 진은 엉망진창이 되고도 의기양양했다. 귀에도 케이크가 묻어 있었다. 이만하면 됐다 싶자, 안나는 아이를 들어서 데려가려는 동작을 취했지만, 우르줄라가 끼어들었다. 「내가 씻길게. 넌 손님들과 있어라.」

안나는 아, 하고 말했다. 이 말이 고맙습니다, 라고 번역되기를 바랐다.

빅터는 케이크 두 조각을 먹은 후, 우르줄라의 거실에서 텔레비전을 보겠다고 뛰어가 버렸다. 빅터도 한층 가벼워 보였다. 브루노와 메리, 다니엘라는 커피를 마시며 잡담을 나누었다. 모든 대화는 경솔해지지 않도록 조심스레 이루어졌

다. 안나는 한결 가뿐해졌고, 이것만은 명백했다. 그래도 모든 사람이 말을 조심스럽게 골랐다. 안나의 기분이 삐끗하기를 바라는 사람은 아무도 없었다.

대화는 진지할 정도로 순진하게 시작되었다. 메리는 브루노와 빅터가 참 닮았다는 말을 꺼냈다. 「눈과 코 봐요. 얼굴형이랑. 브루노 복사판이라니까요!」 메리는 자기한테만 재치 있게 들리는 말을 해놓고 웃음을 터뜨렸다. 안나는 커피 잔 너머에서 고개를 끄덕이며, 조금씩 마셨다. 빅터는 브루노와 똑 닮았다. 제 아빠랑 행동도 똑같지. 가장 좋을 때도 가장 나쁠 때도. 「맥스와 팀은 전혀 안 닮았는데. 뭐, 눈은 비슷하려나. 약간. 사람들이 모두 맥스는 외탁했다고 그래요. 그런데 아, 이거 보세요. 우리 쪽 증조할아버지인 알렉산더에게는 아이가 둘 있었는데…….」 메리의 이야기는 벌써 빙빙 돌기 시작했고, 알렉산더의 이란성 쌍둥이와 알렉시스가 아기였을 때 모습에 대한 얘기를 장황하게 하기 시작했다. 안나는 듣지 않았다. 그녀는 찰스의 첫 돌 기억을 돌려보고 있었다. 4월 중순의 상쾌한 날이었고, 온 가족과 이웃 모두가 사과나무 아래 앉아 찰스가 처음 걸음마를 떼던 것을 바라보고 있었다. 아기는 1미터 정도 아장아장 걷다가 깔깔 웃으며 풀밭 위에 넘어졌다. 좋은 날이었다.

메리는 계속했다. 브루노는 열심히 듣고 있었다. 아니, 그런 척했다. 메리가 아기들과 가족 사이의 닮은 얼굴에 대해서 떠드는 동안 브루노는 적당한 쉼표에 미소 짓고, 틈나는 대로 적절한 대답을 했다. 메리는 셋째 아이를 원한다는 것을 비밀로 하지도 않았다. 안나가 왜냐고 물어보자, 메리는

대답으로 아기를 가지면 할 일이 생길 거라고 인정했다. 안나는 웃었지만, 곧 메리의 말이 농담이 아니라는 것을 깨달았다. 안나가 그런 생각을 혼자 했을 때는, 연인이 있는 편이 나을 거라고 생각했다. 손이 덜 가니까.

「……하지만, 사람들 사이에서 쟤는 저 엄마의 아이구나, 라고 딱 알아볼 만큼 똑 닮았잖아요! 그래서,」 메리는 커피잔에 손을 뻗어 빙빙 돌던 복잡한 이야기에 방점을 찍었다. 「어디서 이렇게 칠흑같이 검은 머리와 귀여운 작은 코가 나왔을까? 두 사람 중 누구도 닮지 않았어요.」 메리는 안나와 브루노를 동시에 보았다. 둘 다 잠시 아무 말 하지 않았다.

안나는 얼어붙었다. 이제까지는 한 번도 이 질문에 대답할 필요가 없었다. 지금까지 1년 동안, 그녀는 여러 가지 답변을 연습했었다. 내가 어렸을 때 저렇게 생겼었어요. 학교 갈 때쯤 되니까 머리카락 색이 옅어지더라고요. 내 어머니의 어머니가 이탈리아 사람(아니면 스페인 사람)이었어요. 음, 어머니와 아버지가 둘 다 열성 형질이면, 부모의 우성 형질이 자손 대에 나타난다고 하더라고요. 알잖아요, 19세기 아우구스티노회 수사였던 멘델이 강낭콩을 교배했을 때…….이런 대답 등등을 안나는 연습했었다. 하지만 연습이 충분하지 않았던 게 분명하다. 그런 답들이 간절히 필요할 때, 하나도 떠오르지 않았으니까. 맙소사, 아무것도 기억나지 않아. 안나는 케이크를 포크로 크게 떠서 입에 넣으며 시간을 벌었다. 대답할 수 없는 척함으로써 말하는 것을 피했다.

안나가 알기로는, 브루노도 그런 질문에 대답해 본 적이 없었다. 하지만 그는 대답했다. 망설이지 않고, 에두르지 않

고. 「우리 아버지의 삼촌. 폴리 진이 그분과 똑 닮았어요. 머리카락이. 코는 아니고. 작은할아버지의 코는 훨씬 컸으니까.」 브루노는 작은할아버지의 코는 희극의 조연 배우처럼 거대했다고 단언했다.

「어떤 할아버님?」 안나는 물었다. 처음 듣는 말이었다.

「롤프.」 브루노는 다른 말을 덧붙이지 않았다. 안나는 사진을 본 적이 있나 기억을 되살려 보려 했다.

다니엘라가 끼어들었다. 「그 말이 맞아. 롤프 할아버지는 젊었을 때는 짙은 검은 머리였지, *jo*(그렇지)?」

안나는 다니엘라가 오래전에 죽은 친척을 정말로 기억하는 건지, 아니면 도움을 주려는 건지 알 수 없었다. 그리고 도움을 주려는 거라면, 안나의 편일까, 브루노의 편일까? 「또 숱 많고 뻣뻣한 검은 콧수염도 기르셨지. 그리고,」 다니엘라는 웃기 시작했다. 「할아버지가 바이에른 사람처럼 그 끝을 동그랗게 말았던 게 기억나네!」

「그리고 그분이 오셨을 때 네가 장화를 닦아 드리면, 50라펜씩 주셨잖니.」 우르줄라가 부엌에서 덧붙였다. 우르줄라는 폴리의 옷을 갈아입히고 침실에 뉘어 놓고 온 후 이제 설거지를 하던 중이었다. 우르줄라도 같이 짠 걸까? 안나는 케이크를, 더 큰 조각으로 한 입 더 먹으며 침착한 태도를 되찾고 이 위태로운 벼랑 위에서 무사히 내려올 말을 생각해 낼 틈을 찾았다. 누구도 무슨 계획을 짠 건 아니야. 그냥 얘기할 뿐이지. 케이크나 먹어, 안나. 한마디도 할 필요 없어. 케이크를 먹어. 앞에 너의 케이크가 있잖아, 그러니까 그것도 먹어.

브루노가 일어서더니 빈 커피 잔을 부엌으로 가져갔다.

「그래요, 거기서 물려받은 거죠. 롤프한테. 물론.」그 대답에 메리는 만족했고, 화제를 바꿨다. 안나는 긴장을 풀었다. 하지만 약간뿐이었다.

스티븐을 만나기 2년 전, 안나는 디틀리콘 코오프에 갔던 적이 있었다. 장 볼 목록을 만들었으나 집에 놓고 와서, 뭐라고 썼었는지 기억해 내려고 30분 동안 무진 애를 썼다. 뭐가 있더라? 뭐가 필요하더라? 안나는 살라미와 롤빵, 리크, 속을 채운 페페론치노 한 병, 참치 다섯 캔을 카트에 집어넣었다. 그녀는 비효율적으로 순서도 없이 생각나는 대로 뒤죽박죽 물건을 찾아다녔다. 마치 한쪽 통로에서 다른 목적지를 향해 차이고 튕겨 나가는 핀볼이 된 느낌이었다. **판이 뒤흔들리는 것**도 시간문제였다. 난 슈퍼마켓에 살아, 안나는 생각하면서 기억했다. 나는 고용된 도우미야. 가사 도우미. 안나가 정신분석 상담을 받기 몇 년 전이었다. 그래서 이 진술의 정통성에 도전하고, 안나가 압박을 받으면 자신만의 세계를 건설하려는 감정이 있다고 말해 줄 메설리 박사가 없었다. 이건, 결국, 안나가 자기 자신을 위해 선택한 삶이에요. 그녀는 확실히 꾸짖어 주었을 것이었다. 하지만 그때 안나에게는 메설리 박사가 없었다. 그녀가 가진 것이라고는 어린 아들 둘, 까다로운 남편, 거리감이 느껴지는 시어머니였고, 이 특정한 날에는 두통까지 있었다. 안나는 집에 설탕이 떨어졌다는 것을 기억해 내고, 안나와 브루노가 둘 다 커피에 넣는 설탕을 가지러 제빵 코너로 카트를 돌렸다. 안나는 항상 각설탕을 샀다. 그녀는 정육면체를 좋아했다. 일정한 건

축적 구조를 보면 기분이 좋았다. 그 형태 때문이야. 그와 함께라면 자신의 입장을 늘 알 수 있지. 그녀는 평소 사던 상자를 집으려 했으나, 그 옆의 것에 눈이 가닿자 멈칫했다. 글뤽스주커, 상자에는 이렇게 쓰여 있고 기하학적 정육면체 대신에 트럼프 카드의 네 문양 형태를 한 설탕이었다. 행운 설탕이라는 뜻이었다. 행복 설탕. 이걸 보자 안나는 기운이 났다. 어째서 이전에는 못 봤지? 안나는 그 설탕이 부적이라고 상상했다. 행운을 불러일으킬 힘이 있는 달콤한, 마법의 콩들. 오로지 치아를 썩게 하는 데만 유용한 물질이 할 수 있는 어리석은 약속이었다. 그래도 그것이 안나가 원하던 설탕이었다. 안나는 한 상자를 집어 초자연적인 힘에 어울리는 의식과 함께 카트에 넣었다. 다음은 뭐더라? 안나는 생각해 보다가 브루노가 치즈를 사다 달라고 부탁했던 것을 기억해 냈다. 그녀는 유제품 냉장고 쪽으로 밀고 나갔다. 그래서 이렇게 되었을까? 터무니없이 멋대로 살아서? 안나는 그럴지 모른다고 생각했다.

아바의 노래가 스러져 가고(「테이크 어 챈스 온 미」였던가? 안나는 기억이 나지 않았지만 그랬다면 좋았을 거라고 생각했다), 독특한 키보드 전주가 울리면서 유럽의 「더 파이널 카운트다운」이 시작되었다.[35] 코오프의 상점에서는 익숙한 옛날 노래를 선곡해서 특별 할인 상품과 자사 상품을 안내하는 짧은 광고 사이에 반복해서 틀었다. 이번 계절의 홍보 상품은 칼 세트였다. 안나는 *Merkli*(스티커)를 모았지만

---

35 아바ABBA는 1972년 결성된 스웨덴의 팝 그룹이며, 유럽Europe은 1979년 결성된 스웨덴의 록 밴드이다.

한 번도 현금으로 바꾼 적이 없었다. 그녀는 유효 기간이 끝난 후에야 기억하는 경향이 있었다(여러 다른 면에서도 작용하는 경향이었다). 이런 확성기 광고는 늘 슈퍼마켓의 슬로건으로 끝났다. 코오프 — *für mich und dich*(나와 당신을 위해). 우리를 위해. 사제가 빵과 포도주를 두고 예수님의 말씀을 전할 때 했던 말과 같았다. 이건 너희를 위한 나의 몸이니라. 하지만 아무것도 그냥 줘버리진 않았지, 안나가 생각했다. 모든 건 대가가 있어. 모든 건 늘 대가가 있다. 우린 금성으로 향한다! 가수가 울부짖었고, 그의 목소리가 허공에 어리석고 멍청하게 울려 퍼졌다.

어리석고 멍청하게, 안나는 생각했다. 각설탕에 의미를 억지로 부여하는 것처럼. 안나는 냉장 보관하는 치즈와 버터, 개별 포장된 디저트와 주스가 늘어선 판매대 앞에 서서 찢어지는 소리로 불러 대는 노래에 귀를 기울였다. 우리 모두는 그녀를 무척 그리워할 거야!

내가 어딘가로 떠나면 사람들이 그리워해 줄까? 안나는 카트 안을 들여다보았다. 모든 상품의 포장지엔 세 가지 다른 언어로 표기가 되어 있었다. 안나는 오로지 그중 하나만, 그나마 그것도 간신히 이해할 수 있을 뿐이었다. 행운 설탕. 그녀의 목이 콱 조여 왔다. 망할. 그 생각이 그녀를 강타했다. 여기가 바로 내가 남은 평생을 보낼 곳이야. 나는 다른 데서는 살게 되지 않겠지. 안나는 한 손에는 그뤼예르 치즈 한 덩이를, 다른 한 손에는 쐐기 모양의 아펜첼러 치즈 한 덩이를 들었다. 망할. 다시 어떤 생각이 강타했다. 여기가 바로 내가 죽게 될 곳이야.

노래가 끝나고 다른 곡이 잇따랐다. 오렌지색 스위스 철도 작업복을 입은 남자가 아무 말 없이 그녀 앞을 지나갔다.

「연소는 산소 없이 일어나지 않아요.」 스티븐이 말했다. 「산소는 살아 있는 것이고 숨을 쉬어야 하죠.」

「불에는 영혼이 있어요?」 안나는 물었다.

「난 일주일 뒤에 떠나요.」 스티븐은 대답했다.

다니엘라는 7시 직전에 떠났다. 안나는 다니엘라가 와줄 거라고 기대하지 않았기에, 시누이가 그런 노력을 해준 것에 안나가 얼마나 고마워하는지 보여 주러 문까지 배웅했다. 힘든 길을 와서 단지 두 시간만 있다가 가는 것이었다. 나라면 그렇게 하지 않았을 거야. 안나는 생각했다. 하지만 두 달 전에 자기가 이미 그렇게 했다는 것을 기억해 냈다. 그게 두 달 전이었어? 그 생각에 허를 찔린 기분이었다. 고작 두 달 전이었어? 하지만 안나는 과거에 집착하지 않으려 했다. 대신에 의지를 발휘해서 자기를 현재 순간으로 돌려보내고 감사의 옷을 억지로 입었다. 사람들은 내게 무척 친절하게 대해 주고 있어. 항상 이렇게 친절했던가? 어째서 나한테 이렇게 친절한지 모르겠네. 안나는 왜인지 잘 알았다, 물론. 그녀의 말뜻은 사람들이 너무 친절하게 굴지만 나는 그걸 받을 자격이 없어, 였다.

우르줄라는 커피 주전자를 두 개째 탁자로 갖다 주고 부엌으로 돌아갔다. 안나는 이를 어떻게 이해해야 할지 알 수 없었다. 우르줄라의 친절함은 공공연하게 드러난 적이 한 번

도 없었고, 다정함과 예의는 항상 당면한 상황 때문에 어그러졌다. 지금 경우에 당면한 상황은 정리였다. 또, 감사도 있으리라고, 안나는 생각했다. 안나는 나중에 감사 인사를 해야 할 것 같았다. 어쩌면, 내일. 안나는 어떻게 해야 할지 알 수 없었다. 메리가 우르줄라를 돕겠다고 일어서려 했으나, 브루노가 말리며 어머니가 설거지는 혼자 하실 수 있으니, 메리는 가만히 있어도 된다고 안심시켜 주었다. 안나가 다니엘라를 배웅하고 돌아와 보니, 메리가 손가락으로 케이크를 만지작거리며 브루노와 가벼운 대화를 하고 있었다.

메리는 그에게 독일어 문장을 이것저것 시험하는 중이었다. 그녀는 몇 문장 말하는 데만도 고생했다. 브루노는 상냥하게 메리의 실수를 고쳐 주었고, 메리가 여전히 혼동하는 구문을 잘 만들어 볼 수 있도록 살살 달래 주었다. 「아휴, 안 되겠어요!」 하지만 브루노는 메리가 할 수 있다고 우겼고, 두 사람은 꼼꼼하게 따져 가며 한 문단 정도를 고생스럽게 이어 나갔다. 안나는 메리가 수업을 한 달 더 들었지만, 여전히 독일어가 안나보다도 능숙하지 못하다는 것을 알았다. 그리고 그걸 알아차린 자기의 얄팍한 면을 깨달았다.

대화는 대체로 피상적이었다. 브루노는 메리의 발전을 칭찬하더니, 짐짓 꾸짖는 척하며 앞으로 자기 앞에서는 영어 금지라고 말했다. 이제부턴 독일어만 하는 거예요! *Nur Deutsch*(독일어로만)! 이 말에 메리는 얼굴을 붉혔다. 그녀는 손을 절레절레 흔들며 포기하더니 자기 몫으로 케이크 한 조각을 더 잘랐다. 「이래서는 정말 안 되는 건데.」 그녀는 말했다. 「하지만 너무 맛있어요!」 안나는 메리의 질문에 대한 대답을 피

하려고 입에 쑤셔 넣은 케이크 말고는 더는 먹지 않았다. 그 조각조차 소화할 수 있을지 확신할 수 없었다. 하지만 메리의 말이 맞았다. 케이크는 무척 맛있었다. 메리는 안나가 케이크에 눈길을 주는 것을 보았다. 「한 조각 잘라 줄까?」 안나는 대답하지 않았다. 「좋아, 내가 하나 잘라 줄게.」 메리는 조각을 접시 위에 얹어 안나에게 밀어 주었다. 「크림 잔뜩 얹었지. 크림이 가장 좋은 부분이니까!」 메리는 윙크했다. 안나는 포크를 들고 망설이며 한입 먹었다. 또 한입 먹었다. 그녀는 음식으로 치유되는 그런 사람은 아니었다. 아니, 그건 섹스가 담당하는 부분이었지. 음식을 약으로 선택했더라면, 덩치가 집채만 해졌을 것이었다. 나는 위로가 많이 필요하니까. 하지만 그 순간에는 매력을 알 수 있었다. 크림이 가장 좋은 부분이었다. 분홍색 설탕 장미 속에 슬픔을 많이 감출 수 있었다.

메리와 브루노는 팀에 대해 이야기했다. 브루노는 팀과 맥스가 루체른에 있는 교통 박물관에 가고 싶어 할지를 물었다. 브루노는 빅터에게 데려가 주겠다고 약속했었다. 브루노는 안나에게는 늘 이중적인 태도를 취하긴 했지만, 아이들에게는 항상 주의를 기울이고 자상한 아버지가 되어 주었다. 그의 아이들이니까, 안나는 생각했다. 지난 한 달 동안 브루노는 좋은 아버지라면 할 법한 일은 뭐든지 하면서, 빅터가 비애를 잊게 하려면 뭐가 제일 좋을지 알아내려고 남아 있는 모든 노력을 쏟아부었다. 그러나 브루노와 안나 둘 다 빅터의 고통을 막기 위해서 할 수 있는 일은 아무것도 없다는 것을 알았다. 기껏해야, 당분간 그것을 완화하거나 누그

러뜨리거나 방향을 돌리거나 할 수 있을 뿐이었다. 그래서 오로지 아이의 절망을 덜고 연기(延期)하려는 목적만으로, 피자를 먹으러 가고, 축구를 하고, 기차 박물관을 찾아가고, 달력에 있는 ZSC 라이온스 경기는 죄다 관전하러 가고, 겨울에는 체어마트에 스키 여행을 가자고 약속하고, 여름에는 보덴 호수에서 수영하고 보트를 타러 갈 계획을 세웠다. 그러나 고통은 참을성 없는 손님이었다. 오래지 않아 관심을 요구한다.

「어머, 맥스가 좋아할 거예요. 기차나 비행기, 그런 게 있나요? 정확히 뭐가 있어요?」 메리는 지껄였다. 케이크를 한 조각 더 먹은 탓인지, 커피를 두 잔째 마신 탓인지, 아니면 완전히 다른 이유 때문인지 안나는 알지 못했다. 하지만 메리는 횡설수설하고 있었고, 안나를 불안하게 하는(일반적으로, 그리고 그 순간에도) 여러 가지 것 중의 하나는 메리의 장광설이었다. 브루노는 그렇다고 확인해 주면서, 기차도 전시품에 포함되어 있다고 했다. 「잘됐네요. 그래요, 우리 식구들도 가고 싶다 할 거예요. 맥스 아시잖아요. 그 애가 얼마나 기차를 좋아하는데요! 찰스처럼.」 그 말을 해놓고 메리는 못할 말을 했나 싶었던 모양이었다. 메리는 확인을 구하듯 안나를 보았다. 찰스 이야기를 꺼내는 게 정말 괜찮은가? 현재형으로?

「괜찮아, 메리.」 안나는 고개를 까닥하면서 그 안에서 결심과 힘을 끌어내려는 듯 케이크를 빤히 보았다. 「아니, 정말이야. 괜찮아.」 그녀는 고개를 들고 끄덕였다. 「메리 말이 맞아. 어디에 있든 그 애는 여전히 기차를 좋아할 거야.」 탁자

에 둘러앉은 사람들은 그 순간 엄숙하게 추억을 기리다가, 곧이어 다른 주제로 옮겨 갔다.

메리가 대화를 주도했다. 계속 가볍고 너무 발랄한 이야기만 꺼내서 경박하게 느껴질 정도였다. 5분이 지나자, 브루노와 메리는 맥스와 빅터에 대한 화제에서 팀과 그가 속한 구단으로 옮겨 갔고, 길버트 가족이 크리스마스를 우스터에서 보내기로 계획했다는 주제로 이동했다. 「우리가 크리스마스를 집에서 떠나서 보내는 건 처음이에요!」 메리는 그리운 어조로 말했다. 브루노는 은근하지만 단호하게 메리를 꾸짖었다.

「가족이 있는 곳, 거기가 집입니다.」 메리는 이해하겠다는 듯 고개를 끄덕이며 이 사소한 질책을 받아들였다.

폴리 진의 생일 전날 밤이었다. 안나는 잠들지 않은 채로 침대에 누워 있었다. 그녀는 세 시간만이라도 온전히 잠이 찾아와 덮쳐 주기를 빌었으나 그러지 못했다. 덧문은 젖혀져 있었으나 창문은 닫혀 있었다. 달도 뜨지 않았다. 구름이 별빛을 모두 가렸다. 공기는 불길했다.

찰스가 죽은 후 안나는 매일을 눈물로 마무리했다. 안나는 아무리 끔찍하더라도 눈물을 삼키는 법을 배웠다. 눈물은 그녀의 목구멍을 태우는 듯했다. 언제나 구토가 뒤따랐다. 그녀는 땅에 쓰러져 죽은 찰스를 보지 못했으나, 그 장면에 대한 상상이 떠나지 않았다. 그녀가 보는 환영은 매번 이전 것보다 나빴다. 피를 보았다. 부서져서 기묘한 방향으로 뒤틀린 골반을 보았다. 뒤통수에 뚫린 구멍을 보았다. 등뼈

를 보았다. 뇌를 보았다. 그녀는 이런 이미지를 밀어내려고 했지만, 더 거세게 돌아왔고, 장면의 세세한 부분은 점점 더 공격적이 되었다. 그 애가 화장터 가마로 들어가는 것을 보았다. 피부가 검게 변하여 타 없어지는 것을 바라보았다. 그 애의 재를 보았다.

브루노? 그녀는 남편을 팔꿈치로 찔러보았다. 안나가 침대에 들어오기 전에 남편은 이미 잠들어 있었다. 브루노? 그는 잠깐 움찔거렸으나 금방 잠잠해졌다. 브루노, 일어나 봐. 두 손으로 나를 만져 줘. 난 당신 손이 필요해. 그녀는 다시 남편을 흔들었다. 이번에 그는 전혀 움직이지 않았다. 일어나, 일어나. 안나는 한 손을 이불 밑으로 넣어 그의 팔을 타고 올라갔다 다시 가슴을 쓸며 내려왔고, 배를 지나 그의 파자마 바지 허리춤까지 이르렀다. 그녀는 한 손가락을 고무줄 아래로 넣었다. 브루노는 신음을 뱉었으나 깨지는 않았다. 안나는 자신의 손이 계속 그 속에서 헤매도록 놔두었다. 그녀는 남편의 파자마를 잡아당겨 끌어 내리고, 덮었던 퀼트 이불을 젖혀서 그의 다리 사이에 머리를 들이밀고 입술을 그의 성기에 댔다. 말랑했다. 그녀는 아기가 젖꼭지를 빨듯, 아이가 엄지손가락을 빨듯, 그것을 빨았다. 일어나, 브루노. 나를 사랑해 줘. 그의 성기가 미미하게 단단해지다 멈추었다. 되지 않을 것이었다. 그녀는 남편의 파자마를 도로 올리고 침대의 자기 자리에서 돌아누웠다. 눈을 감았을 때, 그녀는 찰스가 마지막으로 눈을 감는 광경을 보았다. 그 애의 최후의 숨결을 보았다.

그녀는 일어나서 청바지와 운동복 상의를 걸쳐 입고 신발

을 신은 후 문도 잠그지 않고 집에서 뛰어나왔다. 내 언덕, 내 벤치. 새벽 2시가 가까운 시각이었다.

그녀는 있는 힘껏 고함을 질렀다. 너무 많은 걸 잃어버렸어! 너무 많이! 그날 그러기 전에 그녀는 남자아이들의 방에 갔었다. 찰스의 옷은 아직도 옷장에 있었다. 그녀는 손을 넣어 그 애가 죽기 전날 입었던 셔츠를 잡았다(누구도 그 옷을 아직 빨지 않았다. 안나가 허락하지 않았다). 그녀는 셔츠를 얼굴에 갖다 댔지만, 그 애의 향기는 이제 희미해져 버렸다. 거의 다 사라졌다. 그녀는 옷장의 나머지 옷들과 서랍을 헤집었다. 그 무엇도 그 애 같은 냄새가 나지 않았다. 다시 한 번 그 애를 잃어버린 것만 같았다. 이제 그녀는 아들을 다시는 보지 못할 것이었다.

그건 너무 힘들었다. 언덕 꼭대기에 올라, 그녀는 소리쳤다. 두 손을 흔들며 발을 굴렀다. 망할! 그녀는 무릎을 꿇었다. 차갑고 돌이 박힌 길 위에서 공처럼 웅크렸다. 이걸 고쳐 줘! 염병할 짓을 멈춰 줘! 그것은 기도였다. 그 자체가 망할 노릇인지도 몰랐다. 일어나, 브루노. 그녀는 남편이 들을 수 있기라도 한 양 울부짖었다. 당신 손으로 나를 만져 달라고!

안나는 몸을 뒤틀며 운동복 속 살을 움켜쥐었다. 땅은 돌로 된 베개였다. 손, 나는 손이 필요해. 그 순간, 브루노는 아무 소용없었다. 아치와 카를은 비합리적인 가능성이었다. 그리고 스티븐은 떠났다. 영원히 가버렸다. 안나는 두 손을 자기 윗도리 속에 넣어 가슴까지 올라갔다. 그녀는 가슴에 멍이 들도록 세게 움켜쥐었다. 젖꼭지를 꼬집었다. 바로 그거야, 안나. 그래, 그래. 그녀는 자기 자신 외에 믿을 수 있는 사

람이 없었다. 그녀는 오른손을 청바지 앞섶으로 내렸다. 그녀는 스스로 젖었다. 그거야, 그거. 그녀는 가운뎃손가락을 안에 밀어 넣고 엄지손가락을 클리토리스 위에 댔다. 그래, 그래. 수치심도 없는 어둠 속에서 그녀는 흥분하려 애썼다.

지독하고 잘못된 행위였으며, 구름 껴 별 하나 없는 한밤이라 할지라도 안나는 수천 개의 눈이 자기에게로 쏟아지는 것을 느꼈다. 신에게는 어떤 비밀도 숨길 수 없어, 그녀는 생각했다. 그분은 이미 모든 것을 아셔.

개 한 마리가 짖었다. 안나는 벌떡 일어났다. 아, 젠장. 그녀는 비틀비틀 일어나서 사방을 돌아보았지만 아무것도 볼 수 없었다. 개가 다시 짖었다. 여기서 나가야만 해. 안나는 언덕을 뛰어내려 가는 내내 고함을 질렀다. 신이고 뭐고 망해 버려, 우주도 망해 버려. 난 손이 필요해! 손이!

집에 도착하자 그녀는 차마 침실로 돌아갈 수 없었다. 아래 말고는 갈 데가 없어. 그래서 그녀는 그렇게 했다. 지하실 계단을 내려가 모퉁이를 돌아 과일과 채소 저장고로 갔다. 마룻바닥엔 먼지가 쌓였고, 벽에선 썩은 사과 냄새가 났다. 그녀는 구석에 쭈그리고 앉아 바닥에서 잠이 들었다. 끔찍한 신의 눈으로부터 가장 멀리 떨어질 수 있는 곳이었다.

우르줄라의 침실에서 폴리 진이 울기 시작했다. 안나는 일어서려고 했으나, 그날 밤 끼어들기 여왕이 된 우르줄라가 모든 이들에게 다시 한번 가만히 있으라고 말한 후 부엌에서 나갔다. 그녀는 아이를 데리러 가는 길에 식당을 지나쳤다. 우르줄라가 지나갈 때 브루노와 안나는 동시에 고개를 끄덕

였다. 부부간의 일치를 보여 주는 순간치고는 부적당했다. 우르줄라가 잠시 후 돌아왔을 때, 팔에는 훌쩍이는 폴리를 안고 있었다. 다시 한번, 안나와 브루노 둘 다 일제히 폴리를 받으려고 손을 뻗었다. 브루노가 더 가까웠다. 우르줄라는 폴리 진을 그에게 넘겼다. 브루노는 아이를 무릎에 앉히고 탁자를 향하게 아이 몸을 돌렸다. 폴리 진은 케이크를 보자 훌쩍거림을 멈췄다. 아이가 손을 뻗었지만, 브루노는 안 된다고 말한 후 케이크를 손이 닿지 않는 곳으로 밀어냈다. 폴리 진은 칭얼거리며 다시 한번 손을 뻗어 보다가 포기해 버렸다. 아이는 너무 피곤해서 보챌 수도 없었다. 제아무리 케이크가 눈앞에 있어도. 브루노는 아이를 그의 몸으로 더 가까이 끌어안았다. 폴리 진은 하품하고 숨을 폭 내쉬더니 눈을 감았다.

「애도 그냥 우리랑 같이 있고 싶었던가 봐.」 메리가 말했다. 「그 멍청한 낡은 방에 혼자서 갇혀 있기는 싫었겠지!」

안나는 남편과 딸을 보았다. 그녀의 심장이 부서졌다. 그녀는 엄마가 되고 싶지 않았다. 하지만 그녀는 엄마였다. 어떤 형태의 엄마. 그리고 브루노는 아빠였다. 그렇지만 폴리 진의 아빠는 아니었다. 하지만 그렇기도 했다. 브루노는 그 애의 이마에 입을 맞췄다. 저이가 얼마나 애를 사랑하는지 봐. 어째서 이전에는 알아차리지 못했을까? 안나는 이전에 알아차릴 생각이나 했는지 알 수 없었다. 방 안에 홀로 갇혀 있길 원하는 사람은 아무도 없어. 하지만 안나는 그랬다. 그녀는 자기 삶을 그런 식으로 꾸려 왔다. 비밀은 고립 외에는 아무런 목적을 수행하지 않는다고, 메설리 박사가 말한 적

이 있었다. 그때 안나는 동의하지 못했다. 하지만 박사의 말이 맞았다.

홀로, 홀로.

안나는 케이크를 더 먹고, 생각의 방향을 틀어 중심으로 돌아오려고 했다.

하지만 대화가 바뀔 때마다, 안나의 평형도 흔들렸다. 접시 위의 케이크를 다 먹어 치웠을 때, 그들은 한 시간 전에 다 끝났다고 생각한 주제로 돌아왔다.

「참, 당신들 두 사람은 폴리 진과 어쩌면 이렇게도 다르게 생겼는지, 솔직히 나는 아직도 이해가 안 된다니까요. 병원에서 다른 아기를 데려온 거 아니에요?」 메리가 놀렸다. 나쁜 뜻을 품은 건 아니었다.

메리는 말하면서 미소 짓고 있었다. 메리는 말할 때면 거의 언제나 미소를 지었다. 그녀는 일부러 하려고 해도 잔인해질 수 없는 사람이었다. 어디서부터 시작해야 할지도 모를 것이었다. 그래도, 안나의 위에선 신물이 올랐다. 메리가 말할수록, 안나는 안절부절못했다. 브루노가 움찔했지만, 오로지 안나만이 알아차렸다. 「물론 폴리 진은 정말 예뻐요. 도자기로 빚은 것 같다니까요. 그리고 저 까만 머리하며!」 브루노가 엄지손가락으로 탁자를 톡톡 두드렸다. 「유전은 참 이상한 속임수도 쓰죠.」 안나가 연약하게 웃었다. 브루노는 전혀 미소 짓지 않았다. 하지만, 브루노가 미소를 띠는 일은 거의 없으니까, 안나는 이해했다. 여기에 의미를 부여해봤자 아무 소용 없었다.

메리에게 할 말이 떨어지자, 식당에는 딱딱하고 숨 막히는

먹구름이 짙게 깔렸다. 메리는 한 손에 접시를 들고 두 번째 케이크 조각을 마지막으로 먹었다. 「진짜 끝내주게 맛있어요.」

메리가 한창 떠드는 동안 우르줄라는 탁자로 돌아와 있었다. 그녀는 대화에 아무 말도 보태지 않았고 무표정한 얼굴의 증인으로 남아 있었다. 폴리 진은 꿈꾸는 강아지처럼 자면서 꿈틀거렸다. 메리는 콧노래를 부르며 포크에 묻은 크림을 빨아 먹었다. 안나는 빅터가 다른 방에서 보는 프로그램 소리를 들을 수 있었다. 안나는 메리를, 우르줄라를, 폴리 진과 브루노를 동시에, 찬장을, 그리고 바닥을, 그리고 나서 자기 자신의 손을 보았다. 어느샌가 무의식적으로 두 손을 비틀고 있었다. 내가 저지른 실수는 없었던 걸로 할 수 없어. 그녀는 딱 하룻밤, 눈물에서 벗어날 유예 기간을 받았었다. 하지만 이제 눈물은 돌아왔다. 눈물은 곧장 그녀의 눈에서 빠르게 떨어졌다. 차갑고 미끄럽고 둥근 눈물방울이 어찌나 컸는지 탁자에 떨어져 튕길 정도였다. 메리가 안나의 어깨를 쓰다듬어 주려고 손을 뻗었지만, 안나는 그녀의 손길을 피했다.

폴리 진은 브루노를 닮지 않았어. 누가 신경이나 쓴대? 이전에는 한 번도 얘깃거리조차 되지 않았다. 어째서 오늘 밤이지? 안나는 누가 자기를 바라보는 동안에는 생각할 수 없었다. 그녀는 눈을 꼭 감고 어둠 속에서 대답을 찾았다. 찾을 수가 없었다.

하지만 그때, 그녀는 알았다.

이전에는 한 번도 들어 보지 못한 이름이었다. 브루노는 쉽게, 즉시, 평범하게 말했다. 망설임 없이. 롤프. 준비된 답

변이었다. 연습한 듯이. 미리 잘 생각해 놓은 듯이.

맙소사, 미리 생각해 놓은 거야.

안나는 너무 빨리 일어나는 바람에 어지러울 지경이었다. 그녀는 탁자에서 물러나다가 자기 발에 걸려 넘어졌다. 메리가 그녀를 잡았다.

「오, 안나. 갈 필요 없어. 우리 앞에서 울어도 괜찮아.」메리가 그 손을 잡았다. 「혹시 안나가 바라는 게……」

「아냐.」안나가 말을 끊었다. 그게 무엇이든 바라지 않았다. 「나는…… 혼자 싶어.」안나는 심지어 제대로 된 문장조차 만들 수 없었다. 브루노의 눈길은 읽을 수 없었다. 「미안.」그 사과는 충동적이고 군더더기였다. 안나는 방에서 물러나 집을 나가서, 다시 로젠베크로 향하는 길을 뛰어갔다.

22

안나는 포치 계단 옆에 몇 초 서 있다가 코트를 벗는 법을 간신히 기억해 냈다. 마침내 팔을 소매에서 빼내는 과정이 생각났을 때, 그녀는 코트가 바닥에 떨어지도록 놔두고 그걸 줍거나 옷걸이에 걸려고 하지도 않았다. 브루노는 그런 종류의 무심함을 싫어했다. 남자아이들이 뭘 배우겠어, 그는 말하곤 했다. 하지만 이젠 그런 말을 할 수 없지. 안나는 생각했다. 남자아이는 이제 하나뿐이니까. 그녀는 몇 초 더 포치에 서 있다가 차를 우리는 법은 잊지 않았길 바라며 부엌으로 들어갔다.

그녀는 라디에이터 온도를 가장 높게 맞춰 놓고, 주전자에 물을 받아 스토브에 올려놓고 머그잔을 찾아 열린 찬장을 뒤졌다. 그래. 안나는 기분이 좀 나아졌다. 이건 어떻게 하는지 기억나네. 눈물은 멈췄지만, 얼굴은 당혹감으로 붉어졌다. 그 기분에 그녀는 움츠러들고 찢겨 나갔다. 다시 사람들에게 돌아가야 할까? 그녀는 그러지 않기로 결심했다. 확실히 그들은 그녀의 심장이 멍들고 연약하며 만지기만 해도 상

처 입고 보기에 끔찍하다는 것을 이해했다. 물론 그러겠지. 그녀는 브루노와 폴리 진, 빅터가 우르줄라의 집에 좀 더 오래 머물러 있기를 말없이 바랐다. 그녀는 자신의 황폐한 마음과 함께 홀로 있고 싶었다. 메리도 이해할 것이었다. 어째서 안나가 그들을 버렸는지. 내일 전화해야지, 안나는 이렇게 생각했지만 메리가 먼저 전화하리라는 것은 알았다.

「안나.」

브루노가 부엌으로 들어오는 소리는 듣지 못했다. 집에 들어오는 소리조차 듣지 못했다. 그의 목소리에 그녀는 퍼뜩 놀랐다. 그녀는 머그잔을 떨어뜨렸다. 잔은 커다란 조각 두 개와 자잘한 조각 몇 개로 부서졌다. 「맙소사, 브루노.」 그녀의 심장은 한 번에 열 몇 번씩 뛰었다. 「사람 놀라게.」 안나는 갑작스러운 행동을 참아 내는 기질이라고는 없었고, 누가 깜짝 놀라게 할 때마다 공포의 껍질로 덮였다. 그녀는 허리를 굽혀 큰 조각들을 주웠다. 굽히는 동작만으로도 안나의 마지막 남은 에너지가 다 사라졌다. 「애들은?」

「할머니네.」

「아.」 빅터는 평생 동안보다도 지난 한 달 동안 우르줄라의 집에서 자는 경우가 더 많았다. 물론 그래야 했겠지. 그 방의 반쪽은 유령의 것이 되었으니까. 찰스의 침대는 치우지 않았다. 옷도 버리지 않았다. 그럴 마음을 먹을 수가 없었다. 빅터도 아직 준비가 되지 않았다. 아침에 브루노가 깨우러 가면, 빅터는 찰스의 매트리스에서 잠들어 있곤 했다. 머리는 찰스의 베개에 대고, 몸 위에는 찰스의 이불을 덮었다. 빅터가 자신을 위로하는 방식이었다. 브루노의 계획은 남자

아이들의 침실을 폴리 진의 침실과 바꾸는 것이었으나, 아직 실행하지는 않았다. 좋은 생각이라고, 안나도 동의했다. 빅터는 그 방에서 악몽을 꿨다. 우르줄라의 집에서는 더 편하게 잘 수 있었다. 그리고 그 애는 깊이 잘 필요가 있었다. 빅터가 집 밖에서 밤을 보내면 안나는 그 아이가 슬퍼하는 모습을 보는 트라우마에서 벗어나 안도할 수 있었다. 이는 이기적인 안도감이었고, 안나는 누구와도 공유해서는 안 된다는 것 정도는 알았다.

안나는 한 손에 머그잔 조각들을 들고 쓰레기통으로 향하다, 도자기는 재활용인가 싶어 멈칫했다. 다음 순간에는 왜 이런 것도 모르는 걸까 생각했다. 그녀는 결국 신경 쓰지 말자고 결론 내리고 그저 조각들을 쓰레기통에 넣어 버렸다. 「메리는 갔어?」 안나는 침묵을 피해 허공을 말로 채웠다. 브루노는 부엌으로 쭉 들어와서 안나와 스토브 사이에 섰다. 그는 가슴 위로 팔짱을 끼더니 이상하게 정중한 태도로 고개를 끄덕였다. 안나는 짜증이 났다. 「내 앞을 막고 있잖아.」

브루노는 움직이지 않았다. 「얼마나 된 거야?」 질문은 무뚝뚝했다.

「차? 보통 얼마나 걸리더라? 2분 정도?」

브루노는 머리를 한 번 오른쪽으로, 그다음엔 왼쪽으로 까닥하더니 다시 가운데에서 꼿꼿이 들었다. 「얼마나 됐어?」 브루노의 말은 엄격히 잰 듯했다. 안나는 무응답으로 응답했다. 「누구야, 안나?」

「누가 뭐야?」

부엌은 점점 불안해졌다. 「그자의 이름을 알고 싶어.」

안나는 아직 여기에 준비가 되지 않았다. 「아니야, 브루노. 그냥…… 아니야.」 안나는 머리가 아팠다. 그녀는 눈을 감고 두 손으로 관자놀이를 문지른 후 브루노가 알고 싶다고 한 이름이 누구일지 생각해 내려 했다. 고를 이름은 몇 개 있었다.

거짓말이 숨어 있던 커튼이 열리는 비현실적 순간이었다. 블라인드가 억지로 젖혀지며, 진실의 섬광이 방 안에 폭발했다. 공기 속에서 광기를 느낄 수 있었다. 빛이 거짓말의 유리를 모두 깨버렸다. 고백 외에 다른 선택이 없었다.

「그래, 지금. 아치였어?」

안나는 자신을 지탱하기 위해 할 수 있는 일을 했다. 「얘기가 점점 바보 같아지는데.」 안나의 목소리가 날카로워졌다. 「난 한 번도…….」

브루노가 그녀의 말을 잘랐다. 드릴로 뚫는 듯한 눈빛이 그녀를 뚫고 들어갔다. 「당신은 거짓말하고 있잖아. 누구야? 이름을 말해. 지금.」 안나는 어떤 반응도 보일 수 없었다. 2년 동안 들킬까 봐 두려워했었다. 그리고 이제 그에게 들켰다. 어떤 면에서는. 얼마나 알고 있을까? 그녀는 확신할 수가 없었다. 어떻게 알고 있을까? 그녀는 물어보지 않을 것이었다. 이제 어떻게 되지? 이건, 알아낼 때까지 기다려 봐야 했다. 안나는 그 질문들을 모래주머니처럼 내던지고 그 뒤에 숨어 버림으로써, 상황과 자기 자신을 분리했다. 다음엔 이 사람이 뭐라고 말할까? 나는 뭐라고 대답해야 하지? 우리는 헤어지는 건가? 이 사람은 어떻게 할까?

브루노가 다음에 한 일은 질문을 반복한 것뿐이었다. 하지만 이번엔 언성이 높아졌다. 고함을 지르진 않았다. 그러

나 그럴 필요도 없었다. 심지어 침착하기까지 했다. 브루노의 목소리 아래에는 폭발의 굉음이 억눌려 있었다. 화가 나면, 그 목소리는 긴장과 증오로 미세하게 흔들렸다. 그는 단어를 하나씩 말할 때마다 숨을 쉬기 위해 잠깐씩 멈췄다. 「당신은. 거짓말. 하고. 있잖아. 안나.」 공포의 코르셋이 그녀의 몸을 조여 작게 만들었다. 그녀는 어쩌다 들켰는지 알수가 없었다.

모두가 속이려고 해도 얼굴이 말을 하기 마련이다.

「그만해. 왜 사람을 겁줘.」 안나는 한 발 물러났다. 한 발만 더 뒤로 가면 이젠 더는 물러날 데가 없었다. 「이 얘기는 내일 하면 안 될까. 나 몸이 좋지 않아.」 간청이었지만 남편이 듣지 않을 것임을 안나도 알았다. 브루노는 안나가 방금까지 서 있던 자리로 한 발 나섰다. 그가 한 발 더 다가오자, 안나는 벽으로 밀렸다. 그는 그녀의 얼굴에 똑바로 대고 말했다. 「언제 시작한 거야? 얼마나 됐어? 빅터도 딴 놈 새끼야?」 안나는 침묵으로 대답했다. 그녀는 모든 노력을 모아떨지 않으려고 애썼다.

브루노는 안나의 손을 잡으려 했으나, 그녀는 손을 뺐다. 두 사람은 이런 과정을 반복했고, 마침내 그가 손을 잡고 말았다. 그는 안나가 어머니의 반지를 낀 손가락을 다른 손가락으로부터 떼어 놓으며 반지를 빼내려고 했다. 안나는 아얏, 하며 비명을 질렀다. 「찰스는 어떻고? 걔 아버지는 어떤 놈이야?」

그만해. 제발 그만해. 제발 제발 그만해! 안나는 말하려고 했으나 말이 나오지 않았다. 그래서 할 수 있는 한 큰 소리로

생각했다. 당신 때문에 아프잖아, 브루노! 그만해! 그만하라고!

브루노는 그녀에게 키스할 만큼 가까이 다가섰다. 그의 개암빛 눈은 그날 밤 갈색이었고, 동공은 무척 까매서 빛을 발할 것만 같았다. 안나는 눈물에 젖은 눈으로 물었다. 어떻게? 또 누가 알아? 그리고 다시 한번, 어떻게? 브루노는 설명이 될 만한 건 별로 내놓지 않았다. 「당신은 끔찍한 거짓말쟁이야. 그리고 난 당신에 대한 건 뭐든 알지.」 브루노는 다시 한번 반지를 빼려 했다. 반지는 손가락 관절에 걸렸다. 세 번째 시도 만에 그는 반지를 홱 돌려 뺐고 반지는 그의 손 안으로 떨어졌다. 안나는 비명을 지르며 그에게서 빠져나오려 헛되이 발버둥쳤다. 그녀는 자기 시도에서 희극적인 면을 포착했다. 브루노의 힘과 체구는 언제나 그녀를 압도했다. 부분적으로는 이것이 그녀가 그와 사랑에 빠진 이유이기도 했다. 그를 향한 어떤 형태의 사랑. 어떤 형태의 그를 향한 어떤 형태의 사랑. 브루노는 반지를 그녀의 얼굴에 가까이 들이밀었다. 안나의 눈은 아이 같았다. 초점이 없었다. 세 개의 예쁜 보석이 흐려져 하나로 합쳐졌다. 그는 반지를 그녀 앞에서 흔들었다. 「이건 다 쓰레기야.」

진실을 말한다는 것은 그 순간 최악의 계획같이 여겨졌다. 당신 생각은 틀렸어! 안나는 외쳤다. 무슨 말을 하는 거야? 누가 사생아야? 폴리는 당신 딸이야! 서투르게 고른 말들이었다. 이 말들은 브루노를 벼랑 끝까지 밀어붙였다. 그는 다시 안나의 말을 끊었다. 브루노는 스위스인이었다. 그는 자제심을 발휘했다. 브루노는 까다롭고 퉁명스러웠으며

소원하고 정확했지만, 절대로, 절대로 진짜 폭력을 쓴 적은
없었다. 질투심에 사로잡힌 그는 신랄하고 냉혹해질 수 있었
다. 화가 나면 거칠어졌다. 거칠다, 그래. 그전에 거칠어진 적
은 있었다. 부엌에서 그는 화난 것 이상이었다. 「누구야? 몇
명이야? 이름을 다 대봐.」 안나는 고개를 저었다. 아니야, 아
니라고!

　그 일은 순식간에 일어났다. 브루노가 안나의 머리카락을
움켜쥐었다. 그녀는 몸부림쳤지만, 그 노력은 서툴렀다. 그
는 그녀를 자기에게로 끌어당겼다가, 재빨리 밀어내며 그녀
의 머리를 부엌 벽에 박았다. 한 번, 두 번, 그녀는 돌에 부딪
혔다. 브루노는 알아들을 수 없게 고함을 질렀다. 그가 마침
내 목소리를 높이고 말았다. 안나는 한마디도 이해할 수 없
었다. 그는 스위스어와 영어를 동시에 말했다. 그는 마지막
으로 한 번 더 그녀를 자기 쪽으로 잡아당겼다가 그녀를 흔
들고 따귀를 때리고 그녀가 손에 묻은 오물이라도 되는 양
바닥에 내동댕이쳤다. 안나는 넘어지면서 턱과 뺨을 새로 산
식기세척기 모서리에 찍혔고, 코부터 바닥에 박았다. 브루노
는 그녀가 쓰러지는 모습을 보면서 눈물을 훌쩍여 삼켰다.
부엌에는 눈물만이 넘쳤다. 브루노는 흐느낌처럼 나오는 욕
설을 중얼거리더니, 손등으로 코를 닦았다. 그는 부엌을 나
가며, 반지를 안나의 머리 위로 던졌다. 반지는 명랑하고 태
연하게 핑 소리를 내며 안나의 얼굴 가까이 떨어졌다.

　안나는 코에 손을 대어 보았다. 피투성이였다. 부러진 것
같았다. 너무 아파서 부러졌는지 만져 볼 순 없었다. 두 손을
뒤통수로 옮겨 보았더니, 역시 피가 흘렀다. 머리의 다친 자

리가 쿵쿵 뛰며 눈이 멀 것처럼 고통스러웠다. 그녀는 일어서 볼까 하다가 시도 자체를 포기했다. 손을 뻗어 반지를 집어서 다시 붓고 쓸린 손가락에 끼우려 했다. 관절 아래로 밀어 넣을 수 없어서, 도로 바닥으로 떨어뜨렸다.

그녀는 일어나는 법을 알지 못했다. 아까 마음이 코트를 벗는 단계를 잊어버렸듯 근육도 동작을 잊어버렸다. 그녀는 체념한 채로 바닥에 누워서 힘이 돌아올 때까지, 앞으로의 행동에 대한 명확한 계획이 스스로 모습을 드러낼 때까지 기다렸다. 2분, 3분, 5분이 지났다. 그래, 브루노는 알았구나, 허어, 그녀는 생각했다. 그다음에는 아무 생각도 들지 않았다. 물이 끓었다. 주전자가 휘파람을 불었다. 그녀는 가만히 놔두었다. 달리 할 수 있는 일이 없어서, 그녀는 부엌 바닥에 누운 채 어떤 형태의 잠으로 빠져들었다.

찰스가 죽고 2주 뒤, 이디스가 디틀리콘으로 불쑥 찾아왔다. 제비꽃이 담긴 작은 화분과 와인 한 병, 초콜릿 한 상자를 들고. 얄팍한 선물 조합이었다. 데이트 마중 나온 사람 같네, 안나가 생각했다.

「옷도 아직 안 입었어? 안나! 거의 1시잖아!」그래, 안나는 옷도 제대로 입고 있지 않았다. 옷을 입으면 피부가 따끔거렸다. 옷을 옷장에서 꺼내려고만 해도 머리가 지끈거렸다. 아무 일도 없었다는 듯 산 자들의 세계를 걸어다니려고 하니 마음이 무너졌다. 아무것도 근원적으로 변하지 않았다는 듯. 이디스는 안나를 따라 거실로 들어왔고, 안나는 지난 2주 동안 숨어 지냈던 소파의 모서리로 돌아갔다. 그녀는 바닥에

떨어진 담요를 주워 턱까지 끌어 올렸다. 담요엔 얼룩이 묻어 있었다. 무슨 얼룩인지 안나는 알지 못했다. 이디스는 상처받은 듯 굴었다. 「나한테 마실 것도 안 내놓을 거야?」

안나는 부엌을 가리켰다. 「갖다 마셔요.」 이디스는 초콜릿과 꽃을 커피 탁자 위에 올려놓고 와인 병과 무심한 태도를 부엌으로 가져갔다. 안나는 불쾌한 척하려 했다. 불쾌한 척하면 정신을 딴 데로 돌릴 수 있을지 몰랐다. 하지만 안나는 아직 정신을 딴 데로 돌릴 준비가 되어 있지 않았다. 여전히 느껴야 할 고통이 있었다.

이디스는 와인 한 잔을 들고 돌아왔다. 「아, 자기도 한 잔 줄 걸 그랬나?」 안나는 됐다는 의미로 고개를 저었고, 이디스는 소파 반대편에 털썩 주저앉아 한숨을 길게 내뱉었다. 뭔가 어려운 일이라도 해낸 것처럼. 안나 옆에 있는 것만으로도 너무 버겁다는 듯. 그녀는 가장 최악의 화제를 시도했다. 「그동안 들르지 못해서 미안해.」 안나는 괜찮다고 말했다. 「딸들 때문에. 애들 데리고 파리에 갔었거든. 몇 달 전부터 계획하던 거라서.」 이디스는 말을 길게 끌었다.

「알겠어요.」 안나의 목소리에는 감정이라곤 배어 있지 않았다.

이디스는 와인을 찔끔찔끔 마셨다. 「그래. 난 아직도 니클라스 만나고 있어.」

「그런가요.」 질문이 아니었다.

이디스는 헛기침을 했다. 「그래. 이전처럼 짜릿해.」 안나는 대답 대신 질문을 하듯 기괴하게 연속적으로 눈만 깜박였고, 그게 그렇게 짜릿하다면 어째서 이디스는 외도한다는 사실

을 그처럼 끼워 넣듯이 말하는 걸까 생각했다. 「이거 하자고 온갖 잔머리를 쓰다 보니까 말이야, 안나. 하! 스파이가 된 기분이라니까! 얼마나 교묘해야 하는데! 그게 진짜 좋아. 그냥 섹스 때문에 하는 게 아니라고. 대체로 섹스랑은 상관도 없어.」 이디스는 아랫입술을 깨물었다. 「정말 끝내줘!」 그 깨달음에 본인도 놀라고 말았다.

안나에게도 그 일들은 섹스와는 그다지 상관없었다. 「어디로 가요?」 안나는 별로 관심은 없었다. 그저 공기를 장식하는 단어일 뿐이었다. 그것이 다였다.

「섹스하러? 몰라. 여기저기 다녀. 많이 다니지. 그 사람 아파트. 호텔. 집. 뭐, 집에서는 딱 한 번뿐이었지만. 금기를 깨는 게 좋잖아! 3주 전에는 보덴 호수에서 주말을 보냈어.」

「오토에게는 뭐라고 말하고요?」

「폴린이랑 갈 거라고 말했어.」

「폴린이 누군데요?」

「아무도 아니야. 가공의 인물이지. 내가 만들어 냈어. 하지만 만에 하나 얘기해야 하면 — 그럴 리는 없겠지만 — 폴린은 내가 가짜로 소속된 클럽 회원이라서 알게 된 거라고 할 거야.」

「그렇군요.」 안나는 손톱을 깨물었다. 「나랑은 어떻게 아는 사이라고 하게요?」

「안나, 바보 같긴.」 이디스는 짐짓 짜증 나는 척했다. 「자기는 몰라. 폴린은 내 친구이지. 그냥 내가 폴린 얘기하는 걸 들어 봤을 뿐이야. 하지만 아주 조금이지.」 안나는 동의한다는 뜻으로 고개를 끄덕였다.

방 안은 거의 완전히 조용했다. 와인을 삼키는 소리, 이디스가 다리를 꼬았다 풀었다 할 때 트윌 천이 서로 스치면서 내는 속삭임, 안나가 담요 밑에서 몸을 떨면서 바스락거리는 소리 이외에는.

「오토에게 들키면 어떻게 될 것 같아요?」

「오토에게 들키면?」 이디스는 안나의 질문을 따라 했다. 「생각 안 해봤는데. 들킬 계획은 없거든.」

「이디스?」

「으흠.」 이디스는 점점 지루해진다는 눈치를 내비쳤다.

「쌍둥이 중 한 명이 죽으면 어떻게 할 거예요?」

「세상에, 안나. 진지하게 물어보는 거야?」 안나는 어깨를 으쓱했다. 이디스는 한 번 더 와인을 홀짝거리더니 뻔뻔한 표정을 지었다. 「하나 더 여유가 있어서 다행이다, 라고 생각하겠지.」

「이디스?」

「또 뭔데?」

「사실 당신은 정말 좋은 친구는 못 돼요.」

이디스는 와인 잔 속을 들여다보았다. 「알아.」 그녀는 말했다. 양심의 가책이나 부끄러운 기색이 없는 깨끗한 인정이었다.

두 사람의 관계가 시작되고 얼마 되지 않아, 스티븐은 끝내려 했었다. 「이제야 윤리의 공격에 굴복하는 거예요?」 안나는 물었다. 이 질문을 할 때 안나는 벌거벗고 있었다.

스티븐은 머리를 들고 안나에게서 시선을 돌린 채로 셔츠

단추를 채웠다. 옷을 입는 것이 회개의 행위라도 된다는 듯.
「이게 좋은 생각인지 확신이 없을 뿐이에요.」

물론 좋은 생각이 아니지, 안나는 생각했다. 하지만 말했다. 「물론 좋은 생각이죠!」 스티븐은 눈을 가늘게 뜨고 고개를 갸우뚱하게 기울였다. 그는 명백한 설명을 기다리고 있었다. 그녀는 한숨지었다. 「날 좋아하지 않나요?」 그녀는 〈사랑〉이라는 말을 쓰고 싶었다.

「물론 좋아하죠.」 그는 분명하게 말했다. 샌드위치 취향이나, 신발에 대해 말하는 사람 같은 태도였다. 그래요, 맛 괜찮은데요. 대체로 잘 맞아요. 다른 여자들이라면 이것을 신호로 이해했을지도 몰랐다. 안나는 도전으로 받아들였다.

「내가 결혼했기 때문인가요?」

「뭐, 그렇잖아요. 이건 간통이죠.」

「뭐, 그럼 우리가 성인인 게 다행이네요.」 안나는 말했다. 그런 후에 덧붙였다. 「그게 대체 무엇과 관련이 있죠?」 그건 모든 것과 깊은 관련이 있었지만 안나는 그것을 깎아내렸다. 그녀는 신경 쓰지 않았다. 그녀의 결혼은 어느 순간부터 그만 중요해졌다. 아니, 중요하지 않게 되어 버린 거지. 그걸로 충분해.

안나는 그들이 찾던 구멍을 찾아냈다. 「나라면 걱정하지 않을 거예요. 엄밀히 하자면 당신이 간통을 저지른 게 아니죠. 간통을 저지른 건 나죠.」 안나는 일부러 뻔한 시선으로 스티븐을 보았다. 그녀는 기다렸다. 하지만 그는 그녀의 주장을 반박하지 않았다. 그들은 그의 침대 끄트머리에 함께 걸터앉은 채로 경건에 가까운 침묵에 1분 남짓 잠겨 있었다.

이윽고 안나가 옷을 입고 떠났다.

집으로 돌아오는 전차 안에서 안나는 그날 나눈 사랑을 마음속에서 재생해 보다가 뒤늦게 깨달았다. 평소보다 좀 더 머뭇거렸다는 것을.

「독일어에서 자기가 자기에게 행한 행위는 재귀동사가 필요해요. 재귀동사란 항상 목적격 인칭대명사가 따라오죠. 옷을 입다. 면도하다. 목욕하다. 헛기침하다. 감기에 걸리다. 눕다. 몸 상태가 좋다, 혹은 나쁘다. 사랑에 빠지다. 행동하다. 자기가 행위 촉발자인 동시에 대상인 거죠. 이런 일들을 자기 자신에게 하는 겁니다.」

주전자가 휘파람을 불다 지쳐 텅 비어 버린 지도 한참 후, 브루노가 부엌으로 돌아와서 스토브에서 주전자를 내려놓았다. 안나는 눈을 뜨고 그의 부츠가 자기 머리 주위에서 돌아다니는 것을 보았다. 그녀의 발은 신발 속에서 뜨거웠다. 넘어질 때 라디에이터에 닿은 것이었다. 얼마나 오랫동안 잠들어 있었는지 알지 못했다.

안나는 발의 자세를 바꾸려 하며 바닥에서 일어나려고 해 보았지만, 근육이 따라 주지 않았다. 그녀는 단어로 해석될 수도 없는 소음을 냈다. 브루노가 그녀를 넘어서 싱크대로 갔다. 그는 물을 틀어 보더니 재빨리 잠갔다. 안나는 다시 한 번 일어나려고 했다. 「가만.」 그가 말했다. 짜증이 어린 명령이었다. 그는 그녀를 두 번, 세 번 더 넘어갔다. 목적을 지닌 동작이었다. 안나는 그가 무엇을 하는지 알지 못했다. 서랍

이 열렸다 닫히는 소리가 들리더니, 수도꼭지를 다시 틀었다 또 잠갔다. 이윽고 브루노가 그녀 옆에 무릎을 꿇었다. 그가 다가오자, 안나는 움찔했다. 「가만히 있어.」 그는 반복하더니 한 손을 그녀의 떨리는 얼굴을 향해 뻗어 축축하고 시원한 수건을 멍든 쪽에 올려놓았다. 「붙잡고 있어.」 안나는 그가 시키는 대로 했다. 「자.」

그는 두 손을 그녀의 겨드랑이 아래에 집어넣었고, 축 늘어진 몸을 간신히 뒤집어 앉힐 수 있었다. 그가 그녀를 밀어붙인 바로 그 벽에 기대어 놓자, 그녀는 신음을 했다. 「여기 아파?」 브루노는 그녀의 턱을 잡아서 좀 더 밝은 쪽으로 돌려보았다. 그러더니 한 손가락으로 그녀의 콧날을 쓸어 보았다. 코에선 아직도 피가 흘렀다.

「응.」

「부러진 것 같진 않군.」 의학적인 진술이었다. 「두 팔을 내 목에 감아.」 브루노는 그녀의 한쪽 팔을 잡아 자기 어깨에 걸었다. 안나는 다른 팔도 그대로 했다. 「일어서 봐.」 그는 명령하며 그녀가 땅을 디딜 수 있도록 끌어 올렸다. 그는 한쪽 팔을 그녀의 허리에 감고 그녀가 자기 몸을 지탱하는 동안 붙들었다. 방이 흔들렸고, 안나는 수건을 떨어뜨렸다. 「자.」 안나는 그를 따르는 수밖에는 다른 선택이 없었다. 그는 그녀를 부엌 바깥으로 데리고 나가 욕실로 이끌었다.

브루노는 변기 뚜껑을 닫고 안나를 그 위에 앉혔다. 「앉을 수 있겠어?」 안나는 아니라는 뜻으로 고개를 흔들었고, 브루노는 그녀의 각도를 옆으로 삐딱하게 바꾸어 부엌에서처럼 벽에 기대게 했다. 안나는 웃을 뻔했지만 갈비뼈에 통증

이 느껴졌다. 나의 많은 부분이 너무 경박해, 안나는 생각했
다. 너무 우스꽝스러워. 하하. 안나는 머리가 멍했고, 어지러
웠다. 그녀는 무거운 몸이 녹색 타일 벽으로 쓰러지도록 가
만히 두었다. 방의 건축적 구조가 의심스럽긴 했으나 믿을
수밖에 다른 도리가 없었다.

　브루노는 그녀에게 등을 돌린 채로 욕조 마개를 끼우더니
물을 욕조에 받았다. 안나는 아이들은 어디 있는지 다시 물
었다. 브루노가 아까 말했지만 그녀는 잊어버리고 말았다.
브루노는 대답하지 않았다. 대신에 빙그르 몸을 돌려 그녀
를 마주 보았다. 그는 안나의 왼발에 손을 뻗어 그녀의 신발
과 양말을 벗긴 뒤, 발을 도로 내려놓았다. 그는 똑같은 과정
을 오른쪽 발에도 반복했다. 그런 후에 그녀를 부축해서 일
으켰다.

　그녀의 다리는 젤리 같았다. 그녀는 몸을 지탱하기 위해
두 손으로 그의 어깨를 잡았다. 브루노는 그녀의 청바지 단
추를 풀고 지퍼를 내린 후 끌어 내렸다. 「다리를 빼.」더딘
과정이었으나 안나는 넘어지지 않고 해냈다. 다음에는 팬티
였다. 그녀는 새틴 리본이 달린 검은 끈 팬티를 입었다. 그
상황에서 그녀의 속옷은 야하게 보였다. 고통과 회한 사이
에서, 혹은 이 둘의 가변 조합 때문에 안나는 다시 울기 시작
했다. 스웨터는 좀 더 벗기 힘들었다. 옷이 코에 걸리는 바람
에, 브루노가 머리 위로 벗겨 냈다. 「쉿.」그가 다시 말했다.
위로하려는 뜻은 아니었다. 안나는 브래지어는 하고 있지
않았다. 브루노는 옷을 벗겼을 때만큼이나 격식 같은 건 무
시하고 안나가 욕조 안으로 들어가는 것을 도왔다.

「물은 따뜻해?」

「아니.」 안나는 수도꼭지에 손을 뻗어 온도를 조절하려 했으나 브루노가 그녀의 손을 치워 버리고 자기가 직접 했다.

「나아졌어?」

안나는 고개를 끄덕였다.

브루노는 목욕 수건을 적셔 짠 후에 안나의 얼굴에 묻은 피를 콕콕 닦아 냈다. 가르마를 타주었다. 머리가 벽과 부딪혔던 자리에서도 여전히 피가 났다. 「괜찮을 거야.」 브루노가 말했다. 그는 그 말을 하면서 바닥을 내려다보고 있었다. 그는 원래 그러려던 것보다도 나를 더 아프게 했지, 안나는 생각했다. 그녀는 손을 들어 만지려 했으나 브루노가 막았다. 「누워.」 그는 이제 따뜻해진 물속으로 안나를 천천히 똑바로 누인 후 수도를 잠갔다. 그는 그녀를 더 아래로 밀어 넣었다. 「머리를 감겨야 해.」 브루노는 그녀의 생각을 읽은 것처럼 말했다. 안나의 머리 주변의 물이 분홍색으로 번져 갔다. 내게 세례를 주는 것 같군. 나는 핏속에서 씻김 받는 거야. 안나는 자기가 세례를 받았는지는 알지 못했다. 부모님께 물어본 적 없었고, 부모님도 그렇다 아니다 말하지 않아서 받은 적 없겠거니 할 뿐이었다. 브루노와 안나는 세 아이 모두 세례를 받게 했지만, 그저 관습에 따라서, 그리고 그러기를 강권한 우르줄라를 위해서 했을 뿐이었다. 브루노는 안나를 도로 앉히고 대충 샴푸를 해주었다. 그런 다음 샤워기를 손에 들고 머리를 헹궜다. 안나는 수압이 높고 비누가 따끔거려 움찔했다.

「당신은 괜찮아.」 그는 말하면서 부엌에서처럼 한 손으로

그녀의 얼굴을 잡더니, 욕실의 강한 불빛 속에서 좀 더 자세히 보겠다는 듯 얼굴을 앞뒤로 돌려보았다. 「멍은 들겠네.」 안나는 눈을 깜박였다. 브루노는 자기 뒤로 손을 뻗어 수건을 잡더니 동그랗게 말아 목 베개로 만든 후 그녀를 도로 눕게 도와주었다. 그는 일어서더니 욕조에 누운 그녀를 내려다보았다. 안나는 눈을 감고 물속에서 목욕 수건을 꺼내서 얼굴에 덮었다. 빛이 너무 밝아서 자신의 죄 하나하나가 훤히 드러날 것만 같았다. 「당신은 괜찮을 거야.」 브루노는 마지막으로 말하고, 그녀를 욕조에 홀로 남겨둔 채로 조명 스위치를 끄고 문을 닫았다.

이것이 안나가 받은 사과에 가장 가까운 행동이었다.

메설리 박사는 언젠가 융의 그림자라는 개념을 안나에게 설명하려고 한 적이 있었다. 「물리적 세계에서 그림자는 빛을 받는 물체 뒤에 형성되는 검은 형체죠. 빛이 ── 현재는 ── 닿지 않는 곳이에요. 정신분석에서는 의식을 빛과 동일시해요. 그러므로 무의식은 어둠과 평형을 이루죠. 단순하게 말하면, 그림자는 한 사람이 의식적으로 알지 못하는 자기 자신의 모습으로 이루어져요. 자아가 관심을 기울이지 않은면. 의식이 ── 현재는 ── 닿지 않는 곳.」

「어두운 부분. 불길한 부분.」 안나는 머리를 주억거렸다.

메설리 박사가 흠흠 헛기침했다. 「알지 못하는 부분이죠. 그림자는 원래부터 부정적이진 않아요. 하지만 그래요, 부정적인 그림자는 무척 파괴적이죠. 의도적인 반응이나 합리적인 힘으로 경험되는 경우는 드물어요. 무의식적인 반사죠.

당신은 그것을 통제할 수 없어요. 그림자 속에 머물러 있는 것이 당신을 통제하죠.」

메설리 박사는 천천히, 심각한 태도로 조언했다. 「의식을 향해 나아가지 않으면 그 결과는 고립이에요. 진짜 관계 대신에 상상한 관계만 가지게 되죠. 의식적 삶 속에 몸을 담그지 않게 될수록, 당신의 그림자는 더 검고 짙어지죠. 부정적 그림자에 굴복하고 싶은 소원은 없을 것 아니에요. 그렇지만」 메설리 박사는 그 뒤에 따라올 말들의 결과를 따져 보았다. 「충동의 효과가 긍정적인 경우는 드물어요. 의식이 있는 사람이 상어가 우글거리는 바다 속에 뛰어들까요? 누가 유리를 먹으려 들까요? 쉽게 따뜻해질 수 있는데 누가 부들부들 떨려고 할까요? 의식이 있는 사람은 아무도 그러지 않아요.」

「그러면 그건 나쁜 거군요.」

메설리 박사는 물러났다. 「그런 것만은 아니에요. 그림자의 잠재적인 파괴력은 부인할 수 없죠. 번개가 내리쳐서 집에 불이 날 수도 있죠. 하지만 전기를 깔면 그 집은 스위치한 번으로 밝힐 수 있어요. 백신을 생각해 봐요. 약 안에 작은 양의 질병이 들어 있어요. 빛은 어둠을 필요로 해요. 그게 우주의 질서죠. 견뎌야 할 겨울이 없다면 봄에 해동될 것은 무엇이겠어요? 의식은 부재에 반대하여 조건화된다고, 융은 썼죠. 뱀의 꼬리를 절단하면 치유력이 그 안에서 자라나요.」 안나는 고개를 끄덕였다. 그녀는 이해하려고 노력했다.

「모든 자아 인식은 그림자의 검은 방에서부터 시작돼요. 그 방으로 들어가요, 안나. 그림자와 맞대면해요. 질문을 해요. 대답에 귀를 기울여요. 그 대답을 존중해요. 그림자가

모든 것을 말해 줄 거예요. 어째서 당신이 싫어하는지. 당신이 사랑하는 게 누군지. 어떻게 치유하는지. 어떻게 슬픔과 같이 앉을지. 어떻게 애도할지. 어떻게 살아갈지. 어떻게 죽을지.」

처음 안나가 일기를 쓰기 시작했을 때, 그녀의 글은 고의적으로 엉망이었다. 메설리 박사가 그렇게 써보라고 도전 과제를 주었다. 자동적으로, 판단이나 자기 편집 없이 써보라고. 안나는 생각이 방해받지 않고 흐르도록 놔두어야 했다. 드물게 양보를 하고 싶은 순간이라, 안나는 박사의 충고를 받아들여 박사가 조언한 대로 썼다. 결과적으로 일기는 서둘러 대충 휘갈긴 것이었고, 필체는 알아볼 수가 없었다. 하지만 이렇게 하는 거라고, 안나는 지시를 받았다. 그래서 이렇게 하려고 노력했다. 모든 걸 풀어 놓을 수 있는 곳이 있다는 건 좋았다. 빈 칸은 그녀의 유일한 비밀 친구였다. 나의 영혼의 비밀 친구야, 그녀는 생각했다. 찰스가 죽은 후에 안나의 산문은 느려졌고, 그러지 않아도 이미 추상적이었던 논리는 더욱 혼미해졌다.

어째서 스위스 국기는 빨강의 바다 속에 헤엄치는 하얀 십자가일까? 나는 미치는 것밖에 달리 갈 곳이 없다. 안경 없이 안경을 찾으려 하는 것이나 비슷하다. 불가능하다. 휴대 전화의 부정확한 예언적 문자 메시지처럼. 틀렸어, 틀렸어, 틀렸어. 부러진 뼈를 안마하는 것처럼. 해야 하니까 한다. 내게 온 축복, 내게 떨어진 저주. 나는 모든 통증에 장점을 부여한다.

나는 더는 내 삶과 어떤 관련을 맺고 싶지 않아.

그녀를 욕실에 홀로 남겨 두고 떠난 지 한 시간 후, 브루노
는 욕조에서 나오는 것을 도우러 돌아왔다. 물은 차갑게 식
어 있었다. 안나는 머리 밑에 괴었던 수건을 풀어 몸을 덮었
다. 수치심만큼이나 몸의 떨림 때문이기도 했다. 어두웠던
한 시간 내내 안나는 자기 마음을 텅 비우려고 애썼다. 성공
하진 못했지만, 시도만으로도 그 시간을 채웠고 고통으로부
터 관심을 다른 데로 돌릴 수 있었다.

안나는 알아낼 수가 없었다. 난 당신에 대한 건 뭐든 알지.
안나는 그 말이 사실일까 의심했지만, 세세한 걸 묻지는 않
을 것이었다. 물어본들 그가 자세히 알려 주겠는가. 그가 남
자아이들을 다루는 방식이 늘 그랬다. 너, 네가 뭘 잘못했는
지 알지. 방으로 가. 궁금해하는 것이 벌의 일부였다. 브루노
가 실제로 얼마나 알고 있을까? 안나는 그 대답 없이 살아가
야 할 것이었다.

브루노는 폴리 진이 아는 유일한 아버지였다. 그리고 폴
리 진은 그의 유일한 딸이지. 사람들은 늘 유전학적으로 자
기 자식이 아닌 아이들을 키워 오지 않았는가. 그는 폴리 진
을 사랑했다. 예뻐했다. 그게 그렇게 특이할까? 그는 그 애
를 위해서라면 뭐든 할 것이었다. 그 애를 위해서 어떤 가식
이라도 유지할 것이었다. 그 애를 위해서 자신의 고통을 삼
킬 것이었다. 빅터와 찰스를 위해서.

안나를 위해서.

그가 사랑했던 사람. 진심으로, 깊이 사랑했던.

브루노는 그녀를 부축해서 일으켜 세우고, 수건으로 그녀를 감싸고 말려 주었다. 그녀는 아이가 된 기분이었다. 브루노는 상냥하지도 않았고, 거칠지도 않았다. 그는 이도 저도 아닌 태도로 그녀를 수건으로 닦아 주었다. 그는 잠옷도 욕실로 가져왔다. 안나는 자기가 가장 좋아하는 옷임을 알아보았다. 그는 안나에게 두 팔을 들어 보라고 하고 옷을 입혔다. 그는 욕실의 열린 문 너머 침실 안을 가리켰다. 「혼자 걸을 수 있겠어? 누워 있어. 곧 돌아올게.」 안나는 브루노가 지시하는 대로 했다. 그녀는 순응의 여왕이었다.

몇 분 후, 안나는 주전자가 가늘게 공기를 씩씩 내뿜는 소리를 들었다. 나는 차를 우리려 했지, 그러다가……. 그녀는 생각이 떠돌게 놔두었다. 다시 1분이 지나더니 브루노가 안나의 침대 옆으로 그녀가 두 시간 전에 준비했을지 모르는 차 한 잔을 들고 왔다. 브루노는 잔을 침대 옆 탁자 위에 놓았다. 안나는 힘없이 일어나 앉았다. 「여기.」 브루노는 손바닥을 내밀었다. 그 위에는 작은 알약 세 개가 놓여 있었다.

「세 알?」 메설리 박사가 가장 최근에 처방해 준 알약이었다. 안나는 몇 알만 먹었을 뿐이었고, 한 번에 하나 이상은 먹지 않았다. 하지만 그녀는 브루노의 손에서 알약을 받아 입에 넣고 차를 마셔 삼켜 버렸다. 「브루노.」 안나가 입을 열었다.

그는 고개를 흔들었다. 「오늘 밤엔 이 얘기 안 해.」 그런 후에 그는 방을 나가며 문을 닫았다. 안나는 찻잔을 침대 옆 탁자 위에 놓고 침대와 한 몸이 되었다. 도와줘, 도와줘, 도와줘. 그녀는 베개에 대고 울었다. 그녀의 눈꺼풀이 부어올

라 쓰렸다. 그녀는 간청을 되풀이했지만, 결국 밤새 깨어 있겠다는 결심은 알약 때문에 부드러워졌고, 그녀의 의식은 이름도 없는 내면의 외로운 장소로 물러갔다.

그러다 그녀는 잠이 들었다.

23

불꽃의 색은 그 온도를 말해 준다. 노란 불꽃이 가장 차갑다. 가장 뜨거운 불꽃은 흰색이다. 그것은 눈부신 불꽃이라고 한다. 붉은 불은 푸른색만큼 뜨겁지는 않다. 지구상에서 가장 뜨거운 불의 온도 기록은 섭씨 2백만 도이다. 실험실에서 도달한 온도이다. 어떻게 그게 가능할까? 그건 태양 핵보다도 더 뜨겁다. 매해, 250만 명의 미국인이 화상을 당한다고 보고된다. 사티는 힌두교 과부의 종교적 자살이다. 분신하는 것은 항의의 흔한 형태이다. 모든 고대 문화에는 불의 신이 있었다. 펠레, 헤파이스토스, 불카누스, 헤스티아, 루시퍼, 브리이드, 메소포타미아의 신 기빌, 오스트레일리아 원주민의 여신 빌라, 프로메테우스. 집 안에서 불을 사용하기 시작한 것은 12만 5천 년 전이다. 현대 국가에서는 화형을 금지한다. 훈소*smouldering*는 낮은 온도에서 불꽃 없이 서서히 연소하는 형태이다. 신은 모세의 앞에 불꽃 덤불의 형상으로 나타났다. 팽창 물질은 열에 노출되면 부어오른다. 그레텔은 마녀를 화덕에 밀어 넣어 죽였다. 재는 불의 고형

잔해이다. 소각은 재를 만드는 행위이고, 시적(詩的)으로 말해 보자면 불은 재의 어머니이다. 드문 환경에서는, 불이 그 자체로 회오리를 일으켜, 빙글빙글 도는 불꽃의 소용돌이를 일으킨다. 철과 부딪치면 부싯돌 날은 불똥을 튀게 한다. 불꽃은 고문도 하지만 또한 정화도 한다. 모든 불과 싸울 수 있는 것은 아니다.

24

안나는 잠에서 펄쩍 끌려 나왔다. 전날 밤 먹은 알약 삼총사는 모두 동시에 약효가 사라졌고, 토스터 타이머가 다 되었을 때 빵 조각이 튀어나오듯, 두 눈이 동시에 번쩍 뜨이며 안나는 잠에서 깼다.

집은 음침하고 우울한 분위기 속에 잠겨 있었다. 마룻바닥은 아무 말 하지 않았다. 벽은 숨도 쉬지 않았다. 로젠베크 위의 집은 고요로 지어졌다. 별난 경우였다. 창문이 닫혀 있어도 아침이면 보통 새 소리와 자동차, 거리를 오가는 사람들 소리로 소란스러웠다. 하지만 안나는 그날 아무 소리도 듣지 못했다. 그 고요에 정신이 들었다. 그녀는 알약의 후유증으로 돌렸다.

그녀의 눈은 먼저 초점을 맞추었고, 그다음에는 시계를 향했다. 7시 직전이었다. 종이 곧 울릴 것이었다. 종이 울릴 때까지 여기 누워 있어야지. 안나의 머리가 쿵쿵 울렸다. 그녀는 종소리를 기다리다 일어날 것이다. 오늘 무슨 요일이지? 금요일이었다. 그녀는 종소리를 기다리면서 자기 응석

을 받아 줄 참이었다.

종이 울렸을 때 안나는 일어섰다. 안나는 환자의 걸음걸이로 걸었다. 걸을 때마다 움찔거렸다. 욕실까지 발을 질질 끌며 가는 데 1분이나 걸렸다. 그날 아침의 절대성은 그녀의 상상일 뿐이었다. 디틀리콘은 평소의 디틀리콘처럼 분주했다. 양치기 개 세 마리를 데리고 산책하는 남자가 언덕을 올라가는 길에 집 앞을 지났다. 집배원은 벌써 깨어 일하고 있었다. 그는 노란 오토바이를 타고 도르프슈트라세를 미끄러져 내려왔다. 그는 피부색이 밝은 20대 후반의 남자로, 머리는 밀었고 커다란 입은 철없어 보였다. 이 구역을 돌기 시작한 처음 몇 달 동안, 그는 브루노와 안나를 부부가 아니라 남매라고 착각했다. 더듬거리는 영어로, 그는 안나에게 수작을 걸면서 이번 주말에 어디 갈 거냐, 뭐 할 거냐고 물었다. 그런 다음 자기 계획을 자세히 늘어놓았고, 어느 날 저녁 바깥에서 서로 우연히 마주치기라도 하면 얼마나 근사하겠냐는 말로 두 사람의 대화를 끝냈다. 브루노가 급기야 그의 잘못된 생각을 고쳐 주었다. 어째서 내가 당신 남편이라는 말을 하지 않았어? 브루노는 물었다. 어째서 그가 당신에게 수작을 걸게 놔두었어? 안나는 그가 수작을 거는지 몰랐다고 말했다. 그때 이후로 집배원은 스위스인다운 적절한 거리를 유지했다. 가차 없을 만큼 예의 바르고 지루하게 내성적인 거리. 그는 5년 동안 이 집에 배달하러 다녔다. 안나는 언젠가 그의 이름을 들었지만, 곧 잊어버렸고, 좀 부끄러워서 다시 물어보지는 못했다.

안나는 억지로 힘을 내어 자기 얼굴을 보았다. 뺨과 코 사

이의 공간이 보라색으로 변하기 시작했다. 눈구멍은, 아래 속눈썹부터 눈썹 위까지 눈 전체가 연한 노란색이 도는 녹색으로 쓸개즙처럼 끔찍했다. 브루노가 반지를 잡아 뺀 손가락은 허물이 쓸려 나갔다. 팔과 다리는 시큰거렸지만 그 외에는 멀쩡해 보였다. 하지만 그녀의 얼굴이었다. 이 멍이 한 달은 갈 것이었다.

이게 내 얼굴이야. 그녀는 생각했다. 부인할 수가 없었다. 그 모습이 그녀였다. 그녀가 그 모습이었다. 그녀가 이제까지 본 중에서 가장 진실한 반사상이었다. 그녀의 완벽한 쌍둥이. 그녀의 도펠겡어.

안녕, 안나. 만나서 반가워.

브루노가 서재에서 그녀의 이름을 불렀다. 그녀가 대답하지 않자, 그가 욕실로 들어왔다. 그는 그 전날 밤처럼 그녀를 갑자기 놀라게 하지는 않으려는 노력의 일환으로 적당히 큰 소리를 내며 다가왔다(하지만 솔직히 말해서 이제 더 내동댕이치고 부수고 꺾을 것도 없지 않은가?). 그가 거울에 비친 안나의 얼굴을 보자, 그의 얼굴도 어두워졌다. 안나는 이에 아무런 반응도 보이지 않았다. 브루노는 그녀의 어깨를 토닥였다. 「옷 입어. 거실로 와.」 그의 입은 말랐고, 그가 내뱉는 단어들은 입술을 긁었다.

「알았어.」 안나는 말했다. 브루노가 서재로 가자 안나는 욕실부터 침실까지 비틀비틀 몇 걸음 뗐다.

그날은 잿빛이었다. 바지가 가장 실용적일 테지만, 안나는 치마를 입었을 때 가장 예쁘다고 느꼈고, 옷을 잘 입으면 조금이라도 기분이 나아지는 경우가 대부분이었다. 그런 사치

라니. 이런 질문을 한다고 해도 부적절한 건 아닐 것이었다. 멍청한 허영이라는 약을 복용하는 게 현명할까? 그래, 그녀는 생각했다. 아니, 다음 순간에는 생각을 고쳐먹었다. 옷, 남자, 뭐든. 그들이 너를 덮지. 너는 그들 안에 숨어. 그러다 안나는 모든 철학을 머릿속에서 떨쳐 버리고 옷장 속을 훑기 시작했다. 내가 가질 수 있는 위안을 받을 거야.

전날 밤의 세세한 부분들이 흐릿하다가 점점 또렷해지기 시작하며 그림이 초점 안에 들어왔다. 브루노가 나를 때렸어. 그녀는 마치 이제야 깨달은 사실인 양 똑똑히 생각했다. 그가 나를 심하게 때렸어. 그녀는 방금 전에 무엇이 바뀌기라도 한 것처럼 침실 거울 속 자기 모습을 보았다. 오, 안나. 이런 꼴을 당해도 싸. 그녀는 생각했다. 안나는 그녀의 사고 과정에서 뭔가 어긋난 부분이 있다는 것은 알았다. 이런 꼴을 당해도 싼 사람은 물론 아무도 없었다. 하지만…… 그녀는 매 맞는 아내의 교과서적 예시는 아니었다. 그녀는 다른 사람에게 속아 넘어가 자신이 당한 일이 그럴 만하다고 믿게 되어 버린 피해자는 아니었다. 그녀는 모든 것을 스스로 결정 내렸다. 폭력적이고 복잡한 세계 속에서, 당하고 당하지 않고의 문제에 대한 빠르고 명징한 해결책이라고, 안나는 생각했다. 나는 이런 일을 당해도 싸고, 내가 당한 일은 그럴 만해. 그는 이전에는 그녀를 때린 적이 없었고, 앞으로도 때리지 않을 것이었다. 브루노는 폭력적인 남자는 아니었다. 학대의 습관은 없었다. 이건 내가 자초한 거야. 나 자신에게. 내가 이걸 도발한 거야. 그녀의 얼굴이 쿵쿵 뛰었다. 그녀는 이런 생각을 붙든 채로 옷을 고르면서 앞쪽의 옷은 옆으로

제쳐 두고 뒤에 있는 것을 골랐다. 내가 감당할 수 있는 건 이 정도야. 그녀는 검은색 스커트와 남색 폴로셔츠, 회색 타이츠를 골랐다. 세련된 플랫 슈즈에 발을 집어넣은 후에 그녀는 다시 거울을 보았다. 멍만 빼면 안나는 예뻐 보였다.

그녀는 머리를 위로 올려 묶으며 거실로 걸어갔다. 머리를 부스스한 채로 내려 머리 뒤에 숨는 편이 나을 것 같기도 했다. 그래서 좋을 게 뭐야? 그녀는 마지막에 결심했다. 나는 아무것도 숨길 게 없어. 브루노는 창문 너머로 한스와 마르그리트를 바라보고 있었다. 두 사람은 외양간 앞에 서서 양치기 개들을 데리고 온 남자와 이야기하고 있었다. 남자는 언덕 위로 산책 갔다가 내려오는 길이었다. 안나가 방으로 들어가자 브루노가 빙그르 돌았다. 그는 헛기침을 했다. 「멋있어 보이네.」

「고마워.」 예절과 우아한 태도가 도드라진 분위기였다. 둘 다 초조했다. 댄스파티 전 소개팅 같았다. 그는 그녀의 외모를 칭찬했고, 그녀는 고맙다고 인사했다. 그가 손목에 다는 코르사주를 줄까? 리무진을 타고 댄스파티에 가나? 하지만 브루노는 그녀의 데이트 상대가 아니었다. 그는 그녀의 남편이었고, 그녀는 그의 아내였으며, 안나가 그 순간 가장 원한 것은 사과하고, 설명하고, 다시 사과하는 것이었다. 모든 것에 대해. 그리고 정말로 모든 것을 의미했다. 9년 전 비행기에서 내려 터미널 E에 발을 디딘 순간부터 했던 신랄하고 망가진 생각 모두. 한밤에 집 뒤의 언덕을 올라가며 키워 왔던 원망 모두. 모든 고독. 모든 공포. 모든 사소한 상처. 모든 사회적 두려움. 모든 욕망. 모든 것, 모든 것, 모든 것. 모

든 필연성. 모든 실수. 실수의 문제는 저지를 당시에는 실수처럼 보이는 법이 없다는 것이었다. 잠을 자고 나니 머리가 제대로 돌아왔다. 그녀는 이름을 댈 준비가 되었다. 이제 와 비밀을 지켜 무슨 소용이 있을까? 모든 것들이 무너졌다. 그녀는 파편 속에 서서, 다시 세울 준비를 했다.

브루노는 그녀의 침착한 태도에서 이것을 읽었다. 「아니야.」 그녀가 입을 열기도 전에 그가 막았다. 슬프고, 매끄러운 부정이었다. 「당신은 떠나야 해.」

안나는 그 말을 들었지만 듣지 못했다.

「당신은 지금 떠나야 해.」 브루노는 차분하고 슬퍼 보였다. 그의 얼굴은 붉었고 표정은 복잡했다. 그도 밤새 운 것 같았다. 안나는 얼굴을 돌려 버렸다. 탁자 옆에 작은 여행용 가방이 놓여 있었다. 안나가 이제껏 1박 2일 정도 여행 갈 때 쓰던 것이었다. 아이들이 태어날 때 병원에 들고 갔었다. 그 이후에는 아무 데도 간 적이 없었다. 지퍼는 닫혀 있었다. 브루노가 싸놓은 것이었다.

「아.」

브루노가 가방 쪽으로 걸어가서 가방을 들더니 아내에게 건넸다. 가방은 가벼웠다. 내가 오래 떠나 있길 바라는 건 아니구나. 이건 그런 뜻이야. 9년 동안 안나는 이 집을 자신의 집이라고 부르지 않으려고 싸워 왔다. 그날 아침, 그녀가 절대로 하고 싶지 않은 일은 이곳을 떠나는 것이었다. 역설 중의 역설이었다. 브루노나 안나 둘 다 다음에 무슨 말을 해야 할지 알지 못했다. 안나가 열었던 사과의 창문은 닫혀 버렸고 그에게 얘기를 해달라고 청해 봤자 의미가 없는 것 같았

다. 일반적인 의심이 절대적인 사실이 되어 버렸다. 안나는 긴장된 침묵을 깼다. 「우리…… 끝인 거야?」 끝이라는 말은 딱 맞아 떨어지는 말은 아니었다. 그러나 찾을 수 있는 말은 그뿐이었다.

브루노가 진실하게 대답했다. 「모르겠어.」 그의 목소리는 중립의 옷을 입었다.

「아이들은?」 빅터는 우르줄라의 집에서 곧장 학교로 갔을 것이었다. 하지만 폴리 진은.

브루노는 고개를 저었다. 「애들은 당신 얼굴을 볼 필요가 없어.」

「난 어디로 가?」

브루노는 그건 당신이 정할 일이지, 라는 식으로 한숨을 지었다. 분명한 반응이었다. 경박한 태도라고는 없었다. 브루노의 모순적 솔직함에 그녀는 당황했다. 이 순간을 둘러 싼 모든 것이 유순하고 인간적이었다. 이것이 그간 줄곧 그녀가 원했던 브루노였다. 하지만 그녀는 이를 얻기 위해서 그를 배신해야 했다.

「아.」 그녀는 다시 한번 말했지만 이번엔 확신이 없었다.

두 번째로 브루노가 헛기침을 했다. 「자, 안나.」 그는 그녀 에게로 다가오더니 한 손을 그녀의 어깨 위에 얹고, 그녀를 천천히 정중한 태도로 문으로 안내했다. 그는 그녀가 코트 입는 것을 도와주고 핸드백을 건넸다. 그런 다음 그는 그녀의 일그러진 얼굴을 조심스레 두 손으로 잡고 그녀에게로 몸을 기울여 키스했다. 상냥하고, 의미 깊은 키스였다. 비에 가 그 위로 넘쳤다. 안나는 그 키스에 답을 하지 않았다. 어

쨌든 할 수가 없었다. 「안녕, 안나.」 그의 작별 인사가 무거운 쿵 소리와 함께 내려앉았다. 철문이 그 뒤로 닫혔다. 그는 두 사람이 끝인지는 모르겠다고 말했다. 하지만 안나는 알았다. 키스가 말해 주었다.

그들은 끝이었다.

브루노는 집 안으로 다시 들어가 문을 잠그지 않고 닫았다. 그는 돌아보지 않았다.

독일어 명사는 첫 글자를 대문자*capital*로 써야 해. 왜? 나도 몰라. 그냥 그런걸. 취리히는 스위스의 수도*capital*가 아니야. 베른이지. 베른*Bern*과 영어의 불타다*burn*라는 동사는 거의 음이 동일해. *capital*은 영어로 자본이라는 뜻도 있지. 브루노는 자본을 만지는 일을 해. 대문자 B 없이는 브루노라고 쓸 수 없어. 독일어 알파벳에는 에스체트라고 하는 글자가 하나 더 있어. 그건 대문자 B처럼 생겼지만, 가끔은 s 두 개로 쓰지. 1945년, 독일의 SS[36]는 금지되었지만, 이건 문법하고는 별로 상관없지. 있나? 어쨌든 준거법이 아닌 문법은 뭐지? 질서에 대한 질서, 규칙에 대한 규칙. 스위스는 너무도 깨끗해서, 돈도 세탁해. 똑똑. 누구십니까? 알파인입니다. 알파인 누구요? 당신이 가버리면 내가 당신을 찾을 거예요.[37] 취리히 대성당의 탑을 두고 바그너가 그랬다지. 후추통처럼 생겼다고. 바그너는 자기 아내가 아닌 여자와 사랑

36 나치 친위대*Schutzstaffel*의 약자.
37 〈알파인*Alpine*〉과 〈나는 찾을 것이다*I'll find*〉의 발음이 비슷한 것을 이용한 농담.

에 빠져서 취리히를 떠났어. 나치들은 바그너를 좋아했지. 취리히 경찰은 게슈타포처럼 소총을 차고 다녀. 스위스 육군에서 지급하는 제식 소총은 SIG SG 550이지. 디틀리콘의 표준, 시의 문장은 파란색 깃발 위에 뾰족한 끝이 여섯 개 달린 별이야. 독일어로 별은 *der Stern*이지. 영어로는 고집 세다는 뜻이 돼. 별은 고집 세고, 달은 엄격하고, 하늘은 심각한 사업이지. 천국은 종종 불친절해. 낯선 사람의 친절 *kindness*에 의존해선 안 돼. 낯선 사람의 친절, 종류*kind*. 그들은 감초 사탕처럼 온갖 종류가 다 있어. *das Kind*. 독일어로 어린아이란 뜻이지.

나는 그들이 다 그리워. 그들 모두가. 모든 사람이.

안나는 할 말을 잃은 1분 동안 거리에 서 있다가 집으로부터 떠나 *Bahnhof*(역)로 향했다. 이웃 사람들은 떠나고 없었고, 집배원은 옮겨 갔으며, 안나는 어디로 가야 할지 알지 못했다. 하지만 모든 여행은 기차역에서부터 시작한다. 그녀는 7시 45분을 갓 지났을 때 역에 도착했다. S3 열차는 2분 차이로 놓쳤다. 6분 더 기다리면, S8을 탈 수 있었다. 그녀는 잠에서 깬 지 한 시간도 되지 않았다. 이 모든 일이 분침이 시계를 한 바퀴 도는 것보다도 더 짧은 시간 내에 일어났다.

시간은 얼마나 우스운 것인지. 그것은 가변적이다. 속도를 내다가 느려진다. 후퇴하고 공격한다. 하지만 스위스 시계는 전 세계적으로 불굴의 세밀함을 자랑한다. 비교할 수 없는 정밀성. 정확성. 정확성은 진실의 한 형태이다. 그러나 그 무엇도 정확히 진실일 수 없다. 진실은 시간처럼 가변적이다.

둘 다 **상대적**이다. 둘 다 말해지다*told*라는 동사를 쓴다. 취리히에서 아침 7시 45분이면, 도쿄에서는 오후 2시 45분이다. 각 도시는 각자의 시간 속에서 산다. *Gleich und nicht gleich* (같지만 같지 않다). 지구는 지구 크기만 한 축을 따라 돈다. 모든 것이 진동한다. 그 누구도 아무것도 예외일 수 없다. 행성은 경사각으로 돈다. 그리하여 매일은 매일이 지속되는 만큼 지속된다. 시간은 임의적이다. 1분은 천 년을 견딜 수도 있다. 그리고 한 사건은 한 순간에 일어날 수도 있다.

안나는 아침의 러시아워 동안 중앙 역까지 갔다. 그녀는 문 가까이 서서 창문 너머 풍경을 바라보는 데만 집중했다. 얼굴 각도는 계속 땅을 향했다. 남에게 보이고 싶지 않았다. 안나는 화장은 전혀 하지 않았다. 멍이 아직 완전히 들진 않았지만, 누군가 세심하게 관찰한다면 알아챌 것이었다. 그러나 도시에서 가장 안전한 일은 일단 그 안으로 들어서면 누구도 그 속을 알 수 없다는 것이었다.

그녀는 53번 플랫폼에서 내려 반 킬로미터가량 질 강을 따라 걸어가다가 브루노가 싸준 작은 여행 가방과 핸드백을 열차 안에 놓고 내렸다는 것을 깨달았다. 그녀는 코트 주머니 속에 손을 넣어 보았다. 가진 것이라고는 휴대 전화뿐이었다. 이제 어쩌지? 안나의 핸드백과 여행 가방은 이제 페피콘까지 반은 갔을 것이었다. 신고해야 하나? 누구에게? 어디에? 모든 것이 너무 복잡해 보였다. 모든 날 중에도 오늘. 그녀는 제대로 생각할 수가 없었다. 하지만 노력하고 계속 노력하자 그녀의 마음속에서 뭔가 어깨를 으쓱했다. 뭐, 어쩌겠어. 그에 그녀는 깊은 숨을 신중하게 들이마시면서 계속

뢰벤슈트라세를 향해 남쪽으로 내려갔다.

안나는 정처 없이 뢰벤슈트라세를 따라 헤매다 전차 정류장에 이르렀다. 그녀가 마지막 남은 좌석을 차지했고, 나이 지긋한 부인이 대기소로 걸어왔을 때도 일어나서 자리를 양보하지 않았다. 이건 중요하지 않았다. 전차가 왔다가 갔고, 노부인은 나타났을 때처럼 재빨리 가버렸다. 안나는 주머니에서 휴대 전화를 꺼내 합당한 선택지를 고려해 보았다. 몇 개 없었다. 가장 명백한 행동 방향이 가장 정확한 것이었으며, 가장 먼저 떠올랐다. 메리. 메리에게 전화할 거야. 안나는 전화를 걸었다. 메리는 전화를 받지 않았고, 안나는 메시지를 남기지 않고 전화를 끊었다. 난 전화가 싫어. 메시지를 남기고 싶지 않아. 뭐라고 말해? 그날 아침 안나는 신경 발작을 일으키는 사치를 부릴 여유가 없었다. 그녀는 다시 걸었다. 이번에도, 전화는 네 번 울리더니 음성 사서함으로 넘어갔다. 연속 두 번으로 안나는 메시지를 남기지 않았다. 멍청한 짓 그만해! 그녀는 자기 자신을 꾸짖었다. 그녀는 남에게 도움을 구하는 적이 드물었기에 어떻게 해야 할지 몰랐다. 그게 내가 지금 하고 있는 건가? 도움을 청하고 실패하기? 그녀는 전화를 덮고 손바닥 사이에 끼워 눌렀다. 기도 자세를 취하기만 해도 전화가 울리기라도 할 것처럼. 1분 후 전화기가 떨리더니 문자 메시지가 왔다. 안나는 기도가 상관있다고 믿고 싶지 않았다. 맥스네 반 자원봉사. 나중에 전화할게. 기분이 나아졌으면 좋겠다. 안나가 슬퍼서 나도 안타까워. 내가 옆에 있을게. XO — M

하지만 넌 내 옆에 있지 않잖아, 안나는 생각했다. 넌 그곳

에 있지. 넌 전화도 받지 않잖아. 안나의 생각은 자기 자신의 생각을 가엾게 여겼다. 그녀는 메리에게 세 번째, 그리고 마지막으로 통화를 시도해 보았으나 전화는 바로 음성 사서함으로 이어졌다. 메리가 전화를 끈 것이었다. 안나는 메시지를 남기지 않았다. 어쨌든 메리에게 무어라 말해야 할지 생각해 놓지도 않았다. 그녀는 전화를 도로 주머니에 찔러 넣고 일어섰다. 나이 지긋한 여자가 — 아까와는 다른 사람이 — 고맙다는 듯 미소를 지으며 고개를 끄덕이고 안나의 의자에 스르르 앉았다. 내가 자리를 양보했다고 생각하나 봐. 안나는 그럴 의도는 없었지만, 어쨌든 선행에 대한 인사는 받았다.

안나는 이전에도 취리히를 여러 번 헤매 본 적이 있었다. 도시에서 혼자 있을 때는 숲을 걸을 때나 벤치에 앉아 있을 때와는 다른 방식으로 슬픔과 함께 고독했다. 숲에서 그녀의 슬픔은 날카롭고 부인할 수 없는 끝으로 모였다. 나무들 모두, 떨어진 나뭇가지 모두, 산책로 표지판 모두가 똑같은 안타까운 단어를 소리 내어 말했다. 혼자, 혼자, 혼자. 하지만 도시에서 안나의 고독은 둔기, 고무 곤봉이었다. 그것은 안나를 내리쳤다. 그리하여 취리히 중심부의 굳어 버린 도시에서, 고독이 습격해 오자 그녀는 그것으로부터 해리되어 둔주(遁走) 상태로 빠져들었다. 여기가 어디지? 어떻게 집에 가지? 배가 고픈 것 같은데. 어떻게 먹는지를 잊어버렸네. 내 이름은 뭐지? 그럴 때면 그녀는 자기 자신과 거리를 두고 자기의 의지로부터 가장 끔찍한 방식으로 멀찍이 떨어졌다. 어떤 힘이(내부의? 아니면 외부에서? 안나는 알 수가 없었다)

지휘권을 쥐고 그녀라는 버스를 자기 뜻대로 몰고 가 버리는 것이었다. 오늘도 그런 날인가? 안나는 자신에게 물었다. 그런 것 같지는 않았다. 바람이 불어와 흘러내린 머리를 날렸다. 그녀는 모자를 가져오지 않았다. 그녀는 자신에게 반호프슈트라세 방향을 가리키고는 뭔지 모를 목적의식을 갖고 걸어갔다. 오로지 체념과 얼굴의 고통만이 그 여행을 안내하는 나침반이 되었다.

안나는 좋은 물건들을 좋아하기는 했어도, 노골적으로 소비 지향적인 취리히 반호프슈트라세 거리에는 한 번도 넘어가지 않았다. 거기에는 과도한 면이 있었다. 그녀는 그것을 꿰뚫어 볼 수가 없었다. 그러나 그날 흐린 날씨 덕에 상점의 진열창들이 반짝거렸다. 모두가 그녀를 안으로 초대했다. 필만 상품진열창에 있는 명품 안경들이 자상한 시선으로 그녀를 바라보았으며, 발리 매장에 있는 특색 없는 흰 마네킹들은 예의 바르고 우아하게 절하는 것만 같았다. 바이어 시계점에서 그녀는 이마를 유리창에 대고(그랬던가?) 2만 스위스 프랑이 넘는 빈티지 카르티에 시계를 보고 황홀해했다. 스위스에서 9년을 보내는 동안 그녀는 한 번도 좋은 시계를 가져 본 적이 없었다. 안나는 잠깐 넋을 잃고 그리움에 빠졌다가 옮겨 갔다. 그녀는 초콜릿 상점과 장난감 가게를 지나쳤다. 디오르와 버버리 부티크를 지나갔고, 영어책 서점, 기념품 가게 몇 개를 지나쳤다. 그녀는 그중 하나 앞에 서서 창문 안을 들여다보았다. 엽서와 티셔츠, 유리 제품과 지도, 탁상시계와 손목시계, 스위스 군용 칼. 그 칼을 보자 안나는 즐거워졌다. 그것은 수행을 위한 도구, 쓸모가 있는 날이었다.

스위스의 여러 특성 중에서 안나가 좋아하지 않는 것이 많았지만, 실용적 창의성만은 예외였다. 메리는 안나의 생일 선물로 주었던 손수건에 대해 그렇게 말했다. 쓰지 않으면 실용품이 무슨 소용이야? 스위스 사람들은 정밀성의 장인일 뿐 아니라, 실용성의 마이스터이기도 했다. 그리하여 그들의 탁상시계는 단호하고, 칼은 잘 갈려 있고, 초콜릿은 치아에 좋으며, 은행은 그처럼 유능했다. 안나는 파라데플라츠, UBS와 크레디트 스위스 본사 가까이에 이르렀다. 필연적인 일이었다. 은행을 생각하면 브루노가 생각났지만, 아직 그라는 주제에 대해서 깊이 생각해 볼 준비는 되지 않았다. 그는 줄곧 알고 있었다. 줄곧 그는 알았다. 안나는 남편의 이런 태도를 이해심으로 감쌀 수가 없었기에, 시도조차 하지 않았다. 대신에 그녀는 초점을 진열창의 칼에서 진열창 그 자체로 바꾸었다. 그녀는 유리에 비친 자신의 얼굴을 보고 자신의 반사상에 대해 반추했다. 그녀는 다른 세계의 존재이고 기형처럼 보였다. 원하는 곳은 어디든 갈 수 있었다. 가는 것은 문제가 아니었다. 문제는 간 곳에 속할 수 있을까 하는 것이었다. 처음부터 이것이 문제였다. 오전 10시에 가까운 시각이었다. 그녀는 목적도 없이 두 시간이나 헤매고 다녔다. 하지만 그렇게 멀리 가지도 못했다.

생각해, 안나. 그녀는 자기 자신에게 간청했다. 메리는 연락이 닿지 않았다. 디틀리콘으로 돌아가는 건 선택권이 아니었다. 나중에, 어쩌면. 안나는 나중이라는 가능성에 매달렸다. 집으로 돌아갈 수 없으면, 우르줄라에게도 전화할 수 없다. 지금쯤이면 브루노가 우르줄라에게 모두 다 얘기했을

것이 분명하다. 다는 아니라고 해도 안나가 여전히 나쁘게 보일 사건들의 한 형태를 이야기했으리라. 다비드와 다니엘라에게 전화할 수도 있었지만, 그건 우르줄라와 대면한다는 선택만큼이나 당혹스러웠다. 그녀는 전화기를 열고 연락처를 쭉 훑어보았다. 친구라고 할 수 없는 수많은 친구들. 연락을 끊은 수많은 먼 친척들. 학교 친구들. 애인들.

이런 와중에도 그녀는 이디스에게 전화한다는 건 그다지 좋은 생각이 아님을 알았다. 그래서 이디스가 전화를 받아 여보세요, 라고 말하기 전부터 무용하다는 감각이 치밀어 오르는 느낌이었다. 이디스에게 도움을 부탁하진 않을 거야. 절대로 내 이런 꼴을 보여 주진 않을 거야.

「아. 미안, 이디스. 전화 잘못 걸었어요.」 안나는 둘러댔다.

「하! 그럼 이런 짓 다신 하지 마!」 이디스가 놀렸다. 「보상해. 시내로 와. 벌써 와 있으니까. 나한테 점심 사면 되겠네.」

안나는 이 가능성을 생각해 보는 척하다가 거절했다. 안나는 본능적으로 어깨 너머를 돌아보았다. 취리히는 대도시야, 안나. 우연히 부딪힐 일 없어.

「편한 대로 해!」 그와 함께 이디스는 전화를 뚝 끊어 버렸다. 대화는 30초도 채 되지 않았다.

당신은 떠나야 해, 브루노는 그렇게 말했었다. 그래서 안나는 떠났다.

안나는 뷔르클리플라츠에서 다리를 건너 취리히 호숫가를 따라 남쪽으로 걸었다. 오늘은 도시에 있을 거야. 그리고 오늘 밤 그가 나를 슬슬 그리워할 때쯤에 전화할 거야. 그는 화해하려고 하겠지. 미안해할 거야. 벌써 미안한 마음일걸.

나는 집에 갈 수 있고, 우리는 얘기할 수 있어. 브루노는 그 날 내내 차분했다. 너무도 차분했다. 안나가 아직 내려놓을 수 없는 걱정거리였다. 집에 간다는 것도 선택지 중 하나이 긴 했지만, 목록의 맨 아래에 있었다.

제펠트케를 헤맬 땐 거의 안나 혼자뿐이었다. 대부분의 취리히 사람들은 출근했고, 비수기라서 관광도 뜸했다. 괜찮았다. 안나는 그편이 더 좋았다. 호수는 금속같이 탁한 청회색으로 퉁명스러웠다. 그래도 위로가 되었다. 이것이 그녀가 아는 취리히였다. 모든 위안에서 가장 큰 부분을 차지하는 건 언제나 익숙함이다. 아이의 곰 인형. 가장 좋아하는 신발. 재난의 시기에는 우리가 알거나 그 방식을 아는 물건의 인력에 끌려가기 마련이다. 장례식 날, 한 사람을 물리적 순간에 묶어 놓고 일시적이나마 고통의 영토에서 해방시켜 준 건 침대 정리, 다림질, 설거지 같은 일상적 의무였다. 그리하여 위안을 주는 건 무엇보다도 호수의 청회색 퉁명스러움이었고, 두 번째로는 홀로 외로운 길을 헤매던 안나의 경험이었다. 그것들조차 없었더라면 안나는 더 괴로웠을 것이었다.

그녀는 부두를 따라 쭉 걸어 취리히호른에 이르렀다. 취리히 호수가 점차 넓어지기 시작하는 작은 항구였다. 그녀는 계단 위에 앉아 보았지만, 모직 치마를 입고 있어도 너무 차가워서 급히 일어섰다. 맑은 날이면 알프스 산맥의 윤곽이 땅과 하늘을 갈라놓았다. 아이거, 뮌흐, 융프라우. 구분할 순 없지만 부인할 수도 없는. 그리고 우리 주의 쉴레넨 협곡 위를 지나는 산속 길에 숨겨진, 토이펠스브뤼케, 악마의 다리. 융프라우.[38] 안나는 고개를 저었다. 우리는 계획했지만,

악마는 우리의 계획을 비웃었지. 박사가 말한 게 바로 이것이었다. 이 모든 것.

안나는 몸을 돌려 왔던 길로 다시 올라갔다. 매 걸음 내디딜 때마다 배가 뒤틀리고 꼬였다. 그녀가 종일 피하려 했던 고난이었다. 그러나 필연적이라고 생각했다. 기억. 수십 가지의 기억. 행복했고 동시에 끔찍했던 시간들. 그것들이 하강하는 새들처럼 그녀에게로 닥쳤다. 싸워서 떨쳐 버릴 수가 없었다. 하지만 가장 끔찍했던 기억들조차 지금보다는 행복했다. 안나는 자신이 무척 무력하고 너무나 멍청하다고 느꼈다. 그녀는 중국식 정원을 지나쳤다. 여름에는 놀러 나온 가족들과 일광욕하는 사람들, 소풍 온 사람들로 붐비는 직사각형 땅이었다. 그날 들판에는 문 근처에서 키스하는 젊은 커플 한 쌍 빼고는 텅 비어 있었다. 남자의 두 손은 여자의 재킷 속에 들어가 있고, 여자의 두 손은 남자의 청바지 뒤를 따라 내려가고 있었다. 무척 늙은 여인이 자전거를 타고 안나의 왼편으로 지나갔다. 진한 색 치마와 두꺼운 타이츠, 실용적인 구두를 신은 여자였다. 여자는 붉고 파란 머릿수건 아래 머리카락을 감췄다. 그녀는 지나가며 자전거 종을 울렸다. 안나는 살며시 우습다고 생각했다. 미국에서는 무척 늙은 여자라면 이렇게 날씨 나쁜 회색 날에 호숫가에서 자전거를 타지 않았다. 하지만 안나는 미국을 떠난 이래로 가본 적이 한 번도 없었다. 단 한 번도. 방문할 사람도 없었고, 오늘처럼, 갈 데도 없었다.

---

38 Jungfrau. 원래 이 단어는 독일어로 〈젊은 여자〉 또는 〈처녀〉라는 뜻이 있다.

「독일어 동사는 기본적으로 두 그룹으로 구분해요.」롤란트가 말했다. 「강변화와 약변화 동사. 약변화 동사는 전형적인 규칙을 따르는 규칙 동사예요. 강변화 동사는 불규칙 동사죠. 이런 동사들은 패턴을 따르지 않아요. 강변화 동사는 그 자체의 방식으로 다뤄야 합니다.」

사람처럼 말이지, 안나는 생각했다. 강한 사람들은 눈에 튀지. 약한 사람들은 다 똑같아.

메설리 박사와의 가장 최근 상담 예약은 바로 그 전날이었지만, 안나는 취소해 버렸다. 취소하지 않았어야 했어. 그 사람이 필요해. 박사님은 늘 나를 도우려고 했을 뿐인데. 어제가 백 년 전처럼 느껴졌다. 만났더라면 무슨 말을 했을까? 그들은 폴리 진의 생일과 안나가 얼마나 슬픈지에 대해 이야기했을 것이고, 안나는 메설리 박사에게 고통이 언젠가는 사라질 거라고 생각하는지 물었을 것이었다. 메설리 박사는 동정을 품고 듣다가 자주 그러듯이 이렇게 반응했겠지. 안나는 어떻게에 새애앵각해요오오? 안나는 휴대 전화로 시간을 확인했다. 1시 15분이었다. 메설리 박사는 진료소에 있을 것이었다. 안나가 갈 수 있었다. 가서 위급 상황이라고 말하고 봐달라고 할 수 있었다. 물론, 박사는 봐줄 것이었다. 안 봐줄까? 지금이 위급 상황인가? 비(非) 위급 상황은 아니잖아, 안나는 그 정도는 확신했다. 벌써 점심시간이 지났다. 안나는 방법을 강구해야 했다. 박사라면 어떻게 해야 할지 알 것이었다. 그래, 바로 그거야. 가자. 합리적이고 유능한 결정이었다.

안나는 몇 번을 돌고 돌며 자기 위치를 파악하고 메설리 박사의 진료소로 씩씩하게 걷기 시작했다. 자, 이제 가야만 해. 그녀는 벌써 가는 길이었지만, 이렇게 다짐했다. 트리틀리가세에 가까이 갈수록 걸음이 빨라졌다. 꼬인 위장이 돼지를 감은 구렁이처럼 점점 조여 왔다. 안나가 미처 주의를 기울이지 못한 점이었다. 그녀는 더 빨리 걸었다. 지금, 가야만 해. 지금. 우토케에서 레미슈트라세까지 그녀를 밀고 왔던 결심 대신에 공포가 자리 잡기 시작했다. 그녀는 메설리 박사의 진료소까지 마지막 남은 250미터를 뛰어가다가 거리의 서쪽 끝 조약돌 계단에 걸려 땅에 넘어지고 말았다. 손바닥이 긁혔고, 스타킹 무릎이 찢어졌다. 뭄프에 갔던 날의 추억이 섬광처럼 돌아왔다. 그녀와 카를이 처음 섹스했던 숲속 오두막에서 타이츠를 찢어 먹었던 날. 어쩌다 내가 이렇게 되었을까? 소리 내어 말할 필요도 없었다. 안나를 구성하고 있는 모든 원자가 신음했다. 얼굴이 쿵쿵 뛰고 영혼이 비틀거렸으며 숨을 고를 수가 없었다.

메설리 박사의 진료소 건물에 도착했을 때쯤에 안나는 너무 정신이 나가서 음주 운전 검사를 해도 걸렸을 것이었다. 그녀는 휘청거렸다. 제대로 서 있을 수도 없었다. 초인종을 한 번 눌렀다가 한 번으로는 충분하지 않다고 생각하고, 누르고 누르고 또 눌렀다. 신발 뒤꿈치로 못을 박기라도 하듯. 그러면서 동시에 주머니에서 휴대 전화를 꺼내 박사의 연락처를 찾으려 했다. 무례를 넘어서는 행동임을 안나도 알았다. 전화하면서 동시에 초인종을 누르다니. 박사는 상담 중이었다. 예약은 신성불가침으로, 방해해서는 안 된다. 안나

는 박사가 화났을 것임을 알았다. 하지만 1초가 지날 때마다 하루가 저물어 가고, 안나의 선택권은 더 적어지며, 걱정은 늘어 갔다. 취리히호른으로 가는 길에서 그녀는 이 말만 주문처럼 되풀이했다. 〈난 괜찮을 거야. 난 괜찮을 거야.〉 하지만 조약돌 계단에서 넘어졌을 때, 말은 더듬더듬 끊어지고 주문은 〈난 괜찮을까?〉로 바뀌었다. 자기를 위로하는 재능을 모두 잃었다. 박사의 전화가 음성 사서함으로 넘어가자, 그녀는 미친 듯이 손가락으로 초인종을 찌르는 것도 모자라 미친 듯이 주먹으로 문을 쿵쿵 두드렸다. 들여보내 주세요, 들여보내 달라고요, 들여보내 줘, 망할.

마침내, 메설리 박사가 창문을 열고 내려다보았다. 안나는 떨고 있었다. 온몸이 전극을 꽂은 근육처럼 씰룩거렸다. 3층 위에 있는 박사의 얼굴 표정은 보이지 않았지만, 자세로 봐서는 화가 나고 기분이 상한 듯했다. 줄 달린 안경을 쓰지 않고 목에 걸고 있는 걸 보니, 망가진 안나의 얼굴을 분간하기는 힘들었을 것이다. 하루가 흘러가면서 얼굴은 점점 붓기 시작했다. 그걸 보면 상황이 달라질 수도 있었다. 박사님이 나를 볼 수만 있다면! 안나는 알아들을 수 없는 외침으로 간청했다. 박사는 그녀의 말을 끊고 도로 소리쳤다. 초인종을 그만 누르고 즉시 떠나 달라고. 오늘 예약이 다 끝난 후 전화하겠다고. 안나가 위기에 처했다면, 144에 전화해서 구급차를 불러 병원에 가라고 했다. 그런 후에 메설리 박사는 분노와 악의에 찬 동작으로 창문을 쿵 닫아 버렸다. 안나는 박사를 비난하지는 않았다. 하지만 망할, 난 지금 당장 도움이 필요하다고요.

안나의 두려움은 굳어지기 시작했다. 목에 걸린 돌멩이나 종양처럼. 악성, 수술도 할 수 없는 말기. 박사는 단호한 조언을 내렸다. 144에 전화해. 내가 나중에 전화할 때까지 기다려. 어느 쪽이든 싫다고? 떠나. 지금. 가. 쿵 닫힌 창문은 그날의 가장 확실한 대답이었다.

안나는 진료소를 떠났다.

꿈속에서 나는 엄마와 함께 병원에 있어요. 엄마는 파란 모자를 쓰고 있고, 핸드백엔 샌드위치가 가득 들었죠. 난 웃음이 절로 나와요. 이 때문에 엄마는 짜증이 났고, 엄마는 내게 짜증 났다고 말해요. 의사가 우리를 불러서 내 눈을 고치기 위해 수술이 필요하다고 해요. 난 안 받겠다고 해요. 엄마는 화가 나요. 엄마는 경찰을 불러서 억지로 수술을 받게 하겠다고 나를 윽박질러요. 나는 마음대로 하라고 해요. 엄마는 병원에서 뛰쳐나가요. 나는 엄마를 따라 나가지만 밖은 어두워요. 잠시 찾아보다가 곧 포기하고 집으로 떠나요. 어둠 속에서 나는 길을 잃어요. 잠에서 깨어났을 땐 엄마가 죽었다는 사실을 잊어버렸어요. 30초가 지나서야 다시 기억났죠. 기억이 떠올랐을 땐 엄마가 몹시도 그리웠어요. 몇 년 동안보다도 더, 엄마를 그리워할 권리 이상으로 더. 그렇지 않다는 건 알지만, 모든 걸 잃어버린 것만 같아요.

안나는 넋이 나간 상태로 메설리 박사의 진료소를 뒤로하고 걸어갔다. 박사의 꾸짖음에 뺨을 한 대 얻어맞고 히스테리에서 빠져나와 뉘우쳤다. 금방 자신이 얼간이가 된 기분이

들었다.

트리틀리가세를 반쯤 내려갔을 때 휴대 전화가 울렸다. 메리였다. 안나는 주섬주섬 전화를 열었다. 「안나, 일찍 전화하지 못해서 정말 미안해. 교실에 있느라고…….」

안나가 말을 끊었다. 「괜찮아.」 괜찮아, 그녀는 생각했다. 메리가 나를 도와줄 거야. 안나는 다음 말을 고통스럽게 말했다. 「필요해.」 목적어를 더할 수 없었다. 많은 것들이 필요했다. 도움은 그중 하나일 뿐이었다.

「뭐가 필요해, 안나? 뭐라도 갖다 줘? 집에 있어? 기분은 좀 나아졌어?」 안나는 모든 질문에 한 번에 대답하려고 했지만, 결과적으로는 횡설수설만 나왔다. 메리가 안나의 말을 잘랐다. 「지금 뭐라고 하는지 잘 안 들려. 나 기차 안이야. 사실, 디틀리콘으로 가는 중이야. 팀이랑 만나야 해. 코카콜라 공장 옆에 있는 차 전시장에 가려고. 어딘지 알지?」 안나는 알았다. 기차역에서 바로 이어지는 거리였다. 그때까지 길버트 가족은 카셰어 서비스를 이용하고 있었다. 하지만 메리는 바로 1주일 전에 운전면허증을 간신히 땄다(믿어져??? 진짜!!! 그녀는 안나에게 몇 번이고 말했다). 팀이 집을 비우는 일이 잦고 길버트 가족도 이제 안정된 일상으로 정착하자 차를 사기로 결정한 것이었다. 「이따가 우리가 잠깐 들러도 돼? 집에 있어?」 메리는 다시 물었다. 안나는 자기가 집에 없다고 설명하려 했지만 통화 신호가 약해서 메리가 들은 것 같지 않았다. 「안나, 정말 소리가 잘 안 들려. 터널로 들어갈 것 같아. 나중에 얘기하자. 정말 잘됐다 기분이…….」

메리가 문장을 맺기도 전에 전화가 끊겼다. 안나에게는

뜻은 좋지만 타이밍은 나쁜 메리의 안부 인사만 남았다. 정말 잘됐다 기분이……! 메리가 사실을 알기만 한다면. 이 기분에는 잘된 것이 하나도 없었다. 메리는 운전면허를 땄다. 메리는 차가 생길 것이다. 메리는 맥스와 알렉시스의 학교에서 자원봉사를 한다. 그 밖에도 메리는 무엇을 하게, 갖게 될까? 무엇이 될까? 언제 다 이렇게 된 거지? 안나는 메리의 발전에 심란했다. 어째서 메리야? 안나는 안성맞춤으로 들어맞는 논리적인 답변이나 이 쓰라린 패배감을 규명할(위로까지는 못 한다고 하더라도) 융 학파의 용어를 찾아보았다. 패배감? 안나는 자기를 꾸짖었다. 친구가 잘되면 기뻐해야 하는 것 아냐? 안나의 딜레마에 대한 시적 반응은 불이 강철을 벼리듯 시련이 인격을 형성한다는 사실과 관련이 있었다. 그리고 어떻게 안나가 — 그래야 착하지! 기운 내! — 불꽃을 통과하여 자신의 결함을 씻고 정화되어 자신만의 위대하고 훌륭한 보상을 얻게 될지와 관련이 있었다. 그녀도 운전을 배울 것이었다. 차를 살 것이었다. 은행 계좌도 만들 것이었다! 다시 행복해질 것이었다. 안나는 한때는 행복했었다. 하지만 후회할 만한 진실은 결국 모두 이 한마디로 요약되었다. 안나는 벌써 자신의 상을 받았다. 그녀의 상은 고통이었다. 그리고 그녀의 인격은 벌써 버려졌다. 나는 앞으로 착해질 수 있는 만큼은 이미 착해.

안나는 다음 30분 동안은 갈 곳 없이 떠돌았다. 메설리 박사와 있었던 일 때문에 안나는 공황 상태로부터 확 끌려 나왔다. 그러나 메리와의 대화는 그녀를 반호프슈트라세에서 빠져나왔던 익숙한 망상으로 다시 밀어 넣는 결과를 빚었

다. 나는 빙빙 돌고 있어. 출발한 곳으로 다시 돌아왔어. 이 말은 사실이 아니었다. 그녀가 돌고 있는 건 원이 아니었다. 나선이었다. 가까이 붙어 평행으로 휘어지는 두 호는 동일하다는 환상을 주었다. 그러나 매번 돌 때마다 중심에 더 가까워졌다. 안나는 그날 감정적 스펙트럼의 모든 사분면을 지나쳤다. 그녀를 손아귀에 쥔 것이 무엇이든, 그녀를 쉽게 놔줄 리가 없었다. 그녀는 현재의 침착함을 활용해서 치워 버릴 수 있는 건 마음속에서 깨끗이 치워 버리려고 했다. 그녀는 의식이 또렷한 동안 맑은 판단을 내리고 싶었다. 그리하여 그녀의 다음 결심은 아치에게 가는 것이었다.

그렇게까지 사전 숙고가 필요하진 않은 결정이긴 했다. 그녀는 이미 니더도르프에 와 있었다. 하지만 그 결정을 하려면 굳이 끌어모으지 않아도 되는 겸손이 필요했다. 그렇지만 가게가 가까웠고, 밤은 다가오는데 갈 데가 없다는 걱정이 스멀스멀 밀려왔다. 현재 궁핍한 상황이 이런 가능성을 우선시했다. 두 사람 사이에 무엇이 지나갔든 — 심지어 옛정 때문이라고 해도 — 그러면 절대적으로 그녀를 받아들여 줄 것임을, 적어도 그날 밤은 재워 줄 것임을 그녀는 알았다. 두 사람은 동물원에서의 그날 이후 말을 하지 않았고, 그를 마지막으로 본 것은 찰스의 장례식 때였다. 그녀는 아치에게 갈 것이다. 그는 그녀에게 얼음 주머니와 스카치위스키 한 잔, 그날 밤 잘 곳을 줄 것이다. 감히 그 이상은 바랄 수 없었다. 그녀는 그의 아파트 창문을 올려다보았지만, 닫혀 있었다. 그녀는 그의 전화번호를 한 달 전에 지워 버려서 전화할 수가 없었다. 요새 전화번호를 외우고 다니는 사람도

있어? 안나는 위스키 상점 앞을 10분 정도 서성거리다가 마침내 안으로 들어갈 용기를 찾았다. 그때에도 그녀가 끌어모은 건 용기가 아니라, 체념이었다.

그녀가 문을 열자 종이 딸랑 울렸다. 글렌으로 추측되는 남자가 카운터에 서 있었다. 두 사람은 한 번도 만난 적이 없었다. 그는 아치보다 키가 작았고, 더 젊었다. 하지만 안나는 글렌의 눈과 헝클어진 적갈색 고수머리에서 닮은 구석을 볼 수 있었다. 그는 송장을 살펴보며, 집게 달린 판을 상자 더미 위에 놓고 목록을 확인하고 있었다. 안나가 들어가자 글렌은 고개를 들었다.

「어떻게 도와드릴까요?」 그래, 글렌이 나를 도와줄 거야. 안나는 생각했다. 아치가 어디 있는지 말해 줄 거야.

안나는 어떤 말을 할지 미리 준비해 놓지 못했다. 문장을 만들어 낼 수 없었다. 「아치요. 어디?」 글렌은 가늘게 뜨더니 안나의 얼굴을 살폈다. 그의 시선은 불안해 보였다.

「죄송하지만 여기 없어요.」 그의 목소리는 평온하고 정중했다.

안나는 자기 얼굴 상태를 계속 깜박 잊고 있었다. 「어디 있나요?」 안나의 어조 자체는 절뚝거렸다. 그녀는 그 질문을 재빨리, 기묘하게 꺾인 말투로 물었다.

「스코틀랜드에 갔어요. 다음 주에나 오는데.」 글렌은 그녀를 위아래로 훑어보았다. 그녀의 어깨는 구부정했고, 휴대전화를 든 손은 떨렸다. 글렌이 맨 처음 품었던 의혹은 누그러져서 그의 앞에 선 낯선 여인에 대한 걱정으로 바뀌었다. 「제가 뭐 도와드릴 일이 있을까요? 괜찮으세요, 부인?」

안나는 살짝 고개를 흔들며 쿡쿡 웃었다. 이거 정말 웃겨. 안전장치가 이렇게나 많았는데, 모두 다 실패했어. 아니, 그 사람이 도와줄 수 있는 일은 없었다.

「저기요?」 그 웃음은 해석을 요구했다.

「아니에요. 폐를 끼쳐서 죄송합니다.」 안나는 실망을 드러내려고 뻣뻣한 말투로 말했지만, 해야 할 말은 그게 전부였다. 그녀가 문으로 나올 때 글렌이 뒤에서 불렀지만, 안나는 손을 흔들며 계속 걸어갔다. 위스키 상점을 나오자, 안나는 외투의 허리띠를 졸라매고 두 손을 비틀었다. 아, 그래. 아, 그렇단 말이지.

상점에 있었던 시간은 1분밖에 되지 않는데 안으로 들어갈 때보다 날씨는 더 싸늘해졌다. 기온은 그녀의 기분처럼 휙 바뀌고 있었다. 그녀는 다시 웃었다. 달리 대응할 길이 없었다. 그녀의 하루가 펼쳐지는 꼴이 암담하게 웃겼다. 어떻게 탈출로마다 죄다 벽돌로 막혀 버렸는지. 보이지 않는 목록에 적어 두었던 그녀의 선택권은 이제 벌써 다 떨어졌다. 모든 선택지가 암울했다. 이젠 어쩌지? 그녀는 심장의 귀를 바짝 세우고 대답을 들으려 했다. 아무 답변도 돌아오지 않았다. 안나는 자기를 위로하려 해보았다. 자, 자. 그녀는 달랬다. 우리는 방도를 알아낼 거야. 우리는 해낼 거야. 해낸다고! 우리라는 복수로 말하자 위안을 느꼈다. 이걸 게임이라고 하자, 안나. 이렇게 연속적인 불행한 우연과 함께 놀아 보는 거야. 그리고 다시 한번, 입을 모아 그녀는 자아들을 안심시켰다. 자, 자. 안나는 한숨을 쉬고 슈타델호펜을 향해 남쪽으로 갔다.

안나는 슈타델호펜까지 걸어갔다가 거기서 기차역 뒤의 언덕을 올라서 *Kantonsschule*(주립 학교) 뒤의 작은 공원을 가로질렀다. 거기서 S자 형태로 구부러진 거리를 따라 왼쪽으로 돌아 프로메나덴가세를 계속 걷다가 성 안드레아 성당에 다다랐다. 취리히에 사는 영어권 신자들이 모이는 성공회 성당이었다. 그녀는 이전에도 이 성당에 와본 적이 있었다. 스위스에서의 생활이 시작되고 나서 첫 몇 달 동안, 친구가 그립고 너무 외로울 때 서너 번 왔었다. 하지만 빅터가 태어난 이후로, 육아가 자기 응석에 가까운 우울을 대체했다. 그 후에 안나는 이디스를 만났고, 잠시 동안은 그녀의 우정만으로도 충분했다. 안나는 건물 주위를 돌다가 입구에 이르렀다. 들어가지 못할 게 뭐람? 안나는 의식적인 계획 없이 이 방향으로 걸어왔다. 하지만 그녀는 들어갔다. 안나는 성소를 헤매며 강당을 지나 복도를 따라갔다. 마침내 그녀는 사제실일 것 같은 사무실을 찾았다. 문은 안으로 당겨 놓았지만 닫혀 있지는 않았다. 안나는 문을 밀어 열었다. 굳이 노크할 생각도 하지 않았다.

중세 기독교에서는 일곱 가지가 아니라, 여덟 가지 대죄가 있다고 가르쳤다. 여덟 번째 죄는 절망이었다. 그리고 용서받을 수 없는 유일한 죄였다. 절망은 신의 궁극적 권능과 우주적 통치를 부인하는 것이기 때문이었다. 절망은 완전한 불신, 방종한 무력감이며 신의 지혜와 자비, 통제를 거부하는 행위였다. 완전한 타락이지. 안나는 생각했다. 오늘의 고통은 항상 내 것이었어. 나만을 겨냥한 거야.

「전 도움이 필요한 것 같아요.」 안나가 말했다. **도움.** 그날

그 단어를 소리 내어 말한 것은 그때가 처음이었다. 생각만큼 좋은 느낌이 들지 않았고, 내뱉은 순간 도로 집어넣고 싶었다.

신부는 퍼뜩 놀라며 그의 책상에서 고개를 들었다. 「아!」그는 이메일을 쓰던 중이어서 안나가 들어오는 소리를 듣지 못했다. 신부는 그녀의 얼굴을 훑었지만 교구민 중의 한 사람이라고는 생각하지 못하는 듯했다. 그는 일어서서 한 손을 내밀었다. 안나는 힘없이 악수했다. 그는 책상 반대편의 빈 의자를 가리켰다. 그녀의 멍을 보고도 눈 하나 깜짝하지 않았다.

신부는 키가 작고 전체적으로 둥근 체형의 나이 든 남자로, 얼굴은 햇볕에 탔고, 턱수염은 희끗희끗했으며, 웨일스 억양이 있었다. 「그럼, 물론이지요. 어디 얘기해 볼까요.」그는 마치 할아버지처럼 미소 지었지만, 나이가 많아 봤자 그녀보다 열다섯 살 정도 연상일 것이었다. 위스키 상점에서처럼 안나는 할 말을 미리 정해 놓지 못했다. 그날의 대화 각각이 다른 곳으로 방향을 틀었다. 고백해야 해. 신부님이 내 고백을 들어 주어야만 해. 그녀는 자신의 이야기를, 모든 이야기를 누군가에게 하고 싶었다. 브루노는 그날 아침 그 얘기를 들으려 하지 않았다. 아무도 듣지 않았다. 내가 진실을 이야기하면 신부님이 나의 죄를 사하여 주실 거야. 안나는 숨을 세게 들이마셨다 천천히 내쉬며 용기를 냈다. 진실을 말해야 해. 그러면 모든 것이 좋아질 거야.

하지만 그녀가 입을 열었을 때 굴러 나온 것은 질문이었다. 「운명 예정설을 믿으세요?」 그녀가 의도한 말은 아니었지

만, 생경한 말도 아니었다. 그녀는 어디에 가든 이런 불확실함을 안고 다녔다.

「제가요? 아니면 교단이요?」

「신부님이요.」 그녀는 사람과 이야기하고 싶었다.

신부는 의자에 기대면서 대답을 고심했다. 안나의 얼굴은 그녀의 질문에 진지하게 대답해야 할 이유가 되었다. 신부는 그녀의 이름을 묻지 않았다. 「어디 보자……」 신부는 잠깐 더 생각했다. 「좋아요, 아가씨.」 신부는 책상 의자에서 자세를 고쳐 앉았고, 안나는 그가 자신을 〈아가씨〉라고 불렀을 때 짧게 미소 지었다. 「어린아이였을 때 도미노 놀이를 해보신 적이 있지요? 한 줄로 쭉 세운 후에 넘어뜨리는 것 말입니다. 쌓아 보았겠죠? 밀어서 넘어뜨리기도 하고?」

「네.」

「물론이겠죠. 그것을 제대로 세우려고, 그렇게 배열하려고 온 시간을 쓰지만 살짝 밀기만 해도 모든 것은 무너집니다.」 안나는 고개를 끄덕였다. 「당신의 삶을 길게 늘어선 도미노라고 생각해 보십시오, 알겠죠? 여러 날 여러 해의 연속이지요. 모든 도미노는 선택입니다. 이건 어느 학교에 다니느냐지요. 이건 당신이 결혼한 남자입니다. 이건 이사한 집이죠. 이건 일요일 저녁 식사로 만든 통구이 요리입니다……」 사제는 손으로 도미노를 세우는 시늉을 했다. 「우리의 삶은 원인과 결과지요. 아무리 작은 선택이라도 중요해요. 한 도미노가 다른 걸 치고, 그다음 것을, 또 그다음 것을 치지요.」 신부는 맨 앞에 있는 보이지 않는 도미노를 집게손가락으로 툭 치는 척했고, 그 결과 상상 속의 대형 전체가 앞으로 쓰러

졌다. 안나에게는 대열이 무너지면서 뼈 색깔 플라스틱이 툭 떨어지는 소리가 들리는 듯했다. 「도미노를 조금씩 나누어 주시는 이는 바로 주님입니다. 그걸 한 줄로 세우고 넘어뜨리는 것이 우리지요. 우리는 어떤 특정한 몫을 받을 수 있는지 결정할 수가 없습니다. 하지만 가진 걸 어떻게 배열할지는 선택할 수 있습니다. 그리고 모든 것이 무너지고 망가졌을 때 다시 시작하는 선택을 할 수도 있지요. 제가 운명 예정설을 믿느냐고요? 아닙니다. 미리 예정된 영원이 있다면 저는 일찌감치 이 직업을 그만두어야 했겠지요.」 신부는 쿡 웃으며 안나에게 미소를 보냈고, 안나도 그에 대한 답례로 미소를 지으려 해보았다.

아이들을 위해서 지어낸 단순하고 진솔한 비유였다. 친절하게 말하는 친절한 진실. 그것을 말하는 친절한 사람. 하루 종일 기다렸던 눈물이 마침내 그녀의 눈에 고였다.

하지만 신부가 한 말을 믿고 싶었던 만큼, 그럴 수가 없었다. 일어날 운명인 사고는 그저 일어난다. 그녀는 신부님이 반대의 확신을 주길 바랐다. 그는 누구보다도 가장 가까이 다가설 수 있었던 사람이었다.

신부는 동정 어린 눈길로 그녀를 바라보았다. 「자」 그는 말을 이었다. 「그 명에 대해서 말해 주겠어요?」 안나는 코를 훌쩍였지만 대답하진 않았다. 그는 헛기침을 하며 책상 아래 서랍을 열더니 파일을 꺼냈다. 그는 말하면서 엄지손가락으로 페이지를 넘겼다. 「저는 당신을 도와드리고 싶습니다, 하지만,」 그는 말을 쉬지 않고 파일에서 종이 한 장을 꺼냈다. 「교리 신학의 논제가 이 순간 당신이 가장 급하게 걱정해야

할 일인지는 모르겠군요.」아버지처럼 다정한 목소리가 너무 위로가 되어 안나는 부서지고 말았다.「전문가와 상담하는 게 가장 현명할지도 모르겠습니다.」그는 종이를 안나에게 건넸다. 이 지역에서 영어를 하는 정신과 의사들의 목록이었다. 메설리 박사의 이름은 위에서 네 번째였다.「아니, 원하시면 제가 전화를 걸어 드릴 수 있습니다만…….」

안나는 고개를 저었지만, 그렇게 큰 확신은 없었다. 아니, 아니에요, 아닙니다.

안나가 더 말을 해주기를 신부가 기다리고 있던 그 순간, 문을 두드리는 소리에 둘 다 뒤를 돌아보았다. 키가 크고 여위었으며 미간이 넓은 남자였다. 그는 안나의 존재도 아랑곳하지 않고, 안나의 머리 위에서 내려다보며, 성당 음악과 오르간 수리, 성가대 지휘자, 성가대원 등에 대해 불만을 늘어놓기 시작했다. 급기야는 이런 긴급 상황을 강력히 조치해야 할 이메일을 제때 답장해 주지 않는 신부님도 불만의 대상이었다. 남자는 짜증스럽게 말했다. 그의 목소리는 오만하고 명령조였다.

신부는 남자를 보고 얼굴을 찌푸렸다. 안나가 추측하기에 오르간 연주자인 듯한 남자는 한쪽 발을 탁탁거리며 본인도 얼굴을 찡그렸다. 신부는 여전히 동정심이 어린 눈길을 안나에게 돌렸다.「죄송합니다. 부디 이해해 주시죠. 잠깐이면 됩니다. 차 좀 드실래요? 차를 가져다 드리지요.」안나는 눈을 깜박였고, 신부는 자리에서 일어나 사제실을 떠났다. 그들이 복도를 지나갈 때, 신부가 오르간 연주자에게 투덜대는 소리가 들렸다. 바닥을 딸깍딸깍 딛는 신발 소리는 그들이 멀

어지면서 점점 희미해졌다.

안나는 아무 소리도 들리지 않을 때까지 기다렸다가 의자에서 일어나 사제실을 떠났다. 그녀는 옷을 벗을 때 자주 그랬던 것처럼 그렇게 슬프도록 쉽게 성당을 빠져나왔다.

그래 그렇구나. 그렇게, 그냥 그렇게 되어 버렸다.

그녀는 온 길을 도로 걸어갔다. 중학교를 지나서, 슈타델호펜 위의 가는 입술 같은 도시공원을 지나, 도보교를 넘어, 급경사의 뼈대 같은 계단을 내려가 기차역 앞의 광장으로 들어서서 오페라 극장과 호수가 있는 남쪽으로 향했다.

일단 그 생각이 떠오르자 두 번도 생각하지 않았다.

한 번도 걸어 본 적이 없는 번호였다. 몇 시였지? 취리히에서는 막 3시가 지났다. 보스턴에서는 아침 9시일 것이었다. 그녀는 오페라 극장의 계단 위에 앉았다. 전화가 두 번 울리자 그가 받았다.

「스티븐 니코데무스입니다.」

그녀는 무어라 말할지 미리 연습해 놓지 않았다. 이 통화를 미리 예상한 적은 없었다. 너무 빨리 벌어진 일이었고, 충동적이었다. 그녀는 헛기침을 하고 앞으로 밀고 나갔다. 「스티븐.」

「네?」

「안나예요.」

「안나?」 그녀는 그를 놀라게 했다. 그것은 분명했다. 「안나!」 그는 명랑하게 그녀의 이름을 반복했다. 안나의 마음도 밝아졌다. 「당신 어떻게 지내요?」 그의 강조점은 〈당신〉에 있었다.

「난……」 그녀는 어떻게 지내는지 말하지 않을 작정이었다. 그녀는 가상의 미소를 띠고 말했다. 「난 괜찮아요.」 거기에는 상대적인 진실이 있었다. 지금이 아니면 절대 못 해, 안나. 하려고 했던 말을 해. 「난 당신 생각을 하고 있었어요. 전화해서 안부 인사 전하고 싶었어요. 이거 알아요?」 그는 알았다 해도 그렇게 대답하지 않았다. 「당신이 그리워요.」

도미노가 쓰러지기 시작했다.

무선 연결에 지지직하는 소리가 들렸다. 그는 지금 6천5백 킬로미터 떨어져 있지만, 다시 한번 그들은 같은 방 안에 있었다. 시간 차이는 실증적이었다.

「알아요. 좋았었죠.」 그의 목소리는 단조로웠지만, 진지했다. 차갑지는 않았지만 사실을 진술하는 투였다. 〈좋았다〉는 안나가 그 일에 가장 붙이고 싶지 않은 단어였다. 끔찍했다? 강렬했다? 성가셨다? 불같았다? 한탄스러웠다? 생산적이었다? 결국 두 사람은 아이를 하나 생산해 냈으니까. 하지만 스티븐이 그 사실을 알 길은 없었다. 하지만 좋다니? 뭐가 좋았단 말인가?

「그래요.」 안나는 실망을 감출 수 없었다. 그녀는 하려던 말을 숨겼다. 두 사람이 마지막으로 나누었던 대화는 일련의 연극 대사일 뿐이었다. 종일 그랬던 것처럼, 흘러내린 머리카락을 바람이 날렸다. 머리카락이 얼굴 주위에 파닥파닥 흩날렸다.

스티븐은 코로 숨을 들이마셨다. 「안나. 난 당신을 좋아했어요. 당신도 그건 알잖아요.」 그는 다음에 할 말을 찾지 못하고 말을 멈추었다. 「당신 이해해요?」 안나에게는 명령처

럼 들리는 질문이었다. 당신, 이해해요.

「아.」 안나의 입은 종일 모음을 발음하듯 벌어져 있었다.

대화가 바뀌었다. 안나가 일부러 그렇게 했다. 불타는 건물에서 빠져나가는 가장 빠른 방법, 가장 덜 부끄러운 방법, 그리하여 안나가 낯을 세울 수 있는 방법이었다. 그녀는 그의 실험과 작업, 지금 어떻게 지내는지 물었다. 스티븐은 바뀐 대화에 따라갔다. 그는 자신의 연구에 대해 말했다. 그는 결혼했으며, 아내는 여자아이를 임신했다고 말했다. 잔인한 진술은 아니었다. 스티븐은 그럴 의도가 없었으며, 안나도 그러리라고 생각하진 않았다. 그래도 문 하나가 닫혔다.

내가 아니었어. 나인 적은 없었지. 앞으로도 나일 일은 없을 거야.

그 깨달음이 망치처럼 그녀를 내리쳤다. 지난 2년간 쌓아 올렸던 환상 위에 떨어졌다. 그녀는 착각하고 있었다. 다른 노선의 버스를 탄 것처럼. 파티에서 다른 사람의 술을 집은 것처럼.

그래 그렇구나. 그렇게 되었다.

스티븐은 질문을 되돌려 주었다. 안나는 좋아요, 좋아, 우린 모두 무척 좋아요, 라는 말밖에 할 수 없었다. 찰스에 대해선 말하지 않을 작정이었다. 말해서 무엇하겠는가? 폴리진에 대해서는 절대로 말하지 않을 작정이었다. 그래도, 그 첫날 그랬던 것처럼 천천히 말하며 되도록 대화를 길게 끌려고 애썼다. 그가 고개를 끄덕이며, 전화기 너머에서 시계를 확인하는 소리가 들릴 정도였다. 그녀가 듣고 싶은 말을 그가 아직 하지 않았다는 것을 그 자신도 알았다. 「안나, 난 가

야겠어요. 수업에 늦어서.」

좋아요, 스티븐. 무척 예의를 갖춘 말이었다.

「하지만 소식 들을 수 있어서 반가웠어요. 전화해 줘서 정
말 기뻐요.」 그리고 그걸로 끝이었다.

그걸로 끝. 그녀는 줄곧 잘못 생각했었다. 사랑으로 가장
한 실수. 2년 묵은 자기기만. 완전한 문장이 되어 걸어다니
고 말도 할 수 있을 정도였다. 내 것! 그 실수는 외쳤다. 결코
남과 나누는 법을 배우지 못했다. 안나는 스티븐에게 전화
했다. 그리고 이제 알았다. 그는 정중하고, 쾌활하고, 그녀의
소식을 들을 수 있어 순수하게 기쁜 듯했다. 하지만 그는 그
들의 관계로부터 벗어나 버렸다. 대서양은 광활하고 2년은
길었기에. 두 사람은 한 계절 동안 좋았다. 하지만 계절은 변
한다.

그리고 이젠 나도 알아.

그녀는 계단에서 일어서서 치마의 주름을 펴며 한 번 돌아
본 후 다음으로 갈 곳을 정했다. 그녀는 벨레뷔플라츠를 가
로질렀다. 여름에는 취리히 시에서 대관람차를 세우는 장소
이며, 월드컵 기간에는 대형 스크린과 긴 의자를 설치해서
사람들이 모두 나와 스위스 팀을 응원하는 곳이었다. 〈Hopp
Schwyz(가라 스위스)!〉가 구호였다. 안나는 케브뤼케 한가
운데로 걸어갔다. 벨레뷔플라츠에서 뷔르클리플라츠까지
리마트 강 위에 뻗은 다리였다. 다리 한가운데 이르렀을 때,
안나는 알프스 산맥을 보기 위해 남쪽을 향했다. 그녀는 산
들이 움직이기라도 할 것처럼 잠시 바라보았다. 산맥, 너는
내게 아무런 의미도 없어. 안나는 생각했지만, 이 말은 사실

이 아니라는 것도 알았다. 산맥은 그녀에겐 중요한 의미가 있었다. 하지만 이제는 정말 소용없었다. 알프스 산맥은 내가 갇혀 있는 문이야. 그녀는 죄수처럼 참으로 피로한 감정을 느꼈다. 백조 한 마리가 그녀 아래에서 빙글빙글 헤엄쳤다. 회색 깃털엔 윤기라고는 없었고, 자기가 일으킨 물거품으로 일그러진 자기 반사상을 보면서 꽥꽥 울고 으르렁거렸다. 가장 못생긴 백조라 해도 울타리에 앉은 가장 사랑스러운 까마귀보다는 훨씬 더 아름답지. 안나는 생각했다. 그러면서 이런 생각도 했다. 이제 울타리를 넘어갈 때야. 그리고 이후의 일에 대한 걱정 없이, 그녀는 휴대 전화를 주머니에서 꺼내 차갑고 칙칙한 물속에 던져 버렸다. 충동적인 행위지만, 정확히 옳은 행동이었다. 안나는 몇 달 만에 마음이 가벼워지는 것을 느꼈다. 그녀는 손을 깨끗이 털 때처럼 앞뒤로 손뼉을 치며 혼잣말을 했다. 뭐, 그걸로 됐어.

문고리가 풀렸다. 문이 열렸다. 으스스한 빛의 기둥이 안나가 서 있는 바로 그 자리를 밝혔다.

갈 때가 되었다.

「동사의 가장 기본적인 형태는 부정사(不定詞)라고 합니다.」 롤란트가 말했다. 「한정되지 않았다는 뜻이죠. 그 가능성이 아직 다 쓰이지 않았다는 뜻이에요. 부정사의 예를 좀 들어 볼 사람?」

「*Leben*(살다).」 낸시가 말했다.

「*Versuchen*(시도하다).」 메리가 말했다.

「*Küssen*(키스하다).」 아치가 말했다.

모든 단어는 수백 가지의 개연성을 가지고 있었다. 다른 동사들도 나왔다. *Fragen*(묻다). *Nehmen*(가지다). *Lügen*(거짓말하다). *Laufen*(달리다). *Sein*(있다).

「안나?」 롤란트는 안나에게 단어를 대보라는 듯 쳐다보았다. 입에선 여남은 개의 동사가 맴돌았지만, 하나로 정해졌다. *Lieben*(사랑하다). 사랑의 한정되지 않은 형태.

왜냐하면, 안나는 생각했다. 사랑이 무한하거나 영원한 게 아니라면? 그랬다면 나는 조금도 원하지 않았을 거야.

안나는 평소와 같으면서도 의도를 담은 걸음걸이로 걸었다. 미래를 생각할 때야, 그녀는 생각했다. 미래를 생각하는 것에 대해 생각할 때야. 안나는 중앙 역의 중앙 홀로 들어섰다. 수요일이면 거대한 장터가 되는 장소였다. 50명이 넘는 판매자가 가판을 세웠다. 지역 농민, 와인 제조자, 치즈 장인, 소시지 판매자, 크레페 요리사, 제빵사…… 상인들의 목록은 길었고 다양했다. 안나는 매번 가려고 노력했다. 유기농 올리브 오일과 고지대 육우로 만든 여름 소시지, 그리고 달콤한 먹을거리로는 보통 설탕 씌운 아몬드나 쇼기바나네[39]를 사곤 했다. 크리스마스 때는 계절 음식과 공예품을 파는 노점, 가판들이 거대한 크리스마스트리 주변에 서로 밀치듯 꽉꽉 들어찼다. 그날 홀은 텅 비어 있었고, 가판은 사라졌다. 모든 것이 메아리쳤다. 바람이 불고 지나갔다. 그녀는 한기를 느꼈다.

그래도 안나는 거대하고 텅 빈 방을 가로지를 때, 발이 마

39 초콜릿을 입힌 바나나.

룻바닥에 부딪히며 내는 무뚝뚝하고 공허한 불평 소리에 안도를 느끼며 탁 트인 공허를 헤맸다. 그녀는 역의 수호천사 아래 섰다. 이 기묘한 1톤짜리 조각상은 아무도 모를 재질로 만들어져 천장 대들보에 매달려 있었다. 세상에, 정말 흉해. 안나는 생각했다. 조각은 10년 전에 설치되었다. 안나와 천사는 스위스에 산 기간이 거의 비슷했다. 천사는 민머리에 이목구비가 없고, 가슴을 위로 모아 주는 브래지어가 달린 미니 원피스를 입은 것처럼 색칠해 놓았다. 날개에는 구멍이 있었다. 천사의 무늬는 잘 어울리지 않았다. 그리고 뚱뚱했다. 예술가는 정염과 활력이 넘치는 천사의 형태에서 풍만한 여성성을 떠올리도록 할 의도를 품었으리라는 것을 안나는 읽어 냈다. 남들이 뭐라고 생각하든 눈곱만큼도 신경 쓰지 않는 여성들의 고유한 태도였다. 현대 여성을 위한 현대 미술. 안나가 이 천사를 참아 내지 못하는 것도 별로 놀랄 일은 아니었다. 그녀는 홀의 반대편에 있는 설치 작품도 좋아하지 않았다. 2만 5천 개의 작은 전구가 빽빽하게 배치된 3차원의 정사각형이 천장에 매달려 있다. 작품은 색과 디자인, 깊이의 패턴을 바꾸며 요동쳤다. 작은 전구들은 침침해졌다가, 환히 빛을 발했다가 완전히 꺼졌다가 팟 터졌다. 최면을 걸거나 전지전능해 보이는 효과가 있었다. 빛이 가끔 그런 효과를 낼 때처럼.

바로 전날 밤처럼. 머리 위의 형광등 아래에서 부엌이 그렇게 냉혹하게 보인 적이 없었다. 어떤 방도 그렇게 환했던 적이 없었다. 안나는 그렇게 결론 내렸다. 무엇도 그늘 속에 남아 있지 않았다. 끔찍했다. 박사는 그것이 의식이 들 때의

가장 흔한 부작용이라고 경고했던 적이 있었고, 박사의 말이 맞았다.

안나는 머리 위에서 빛을 발하는 상자를 바라보았다. 분홍색이 되었다. 노란색이 되었다. 창백해졌다. 오, 안나. 한 번의 삶인데, 그렇게도 많은 거짓말을 했다니. 전구는 푸른색으로 변했다. 어느 거짓말이 최악이었는지 궁금한데? 안나는 자기 자신에게 물어본 적이 한 번도 없었다. 하지만 대답은 쉬웠다.

나는 늘 외롭다고 말해 왔지만, 언제나 그렇게까지 외로운 적은 없었어.

진실은, 안나에게는 전화할 수 있는 사람들이 있었다는 것이었다. 손을 뻗으면 닿을 수 있는 사람들. 가령 사촌인 신디라든가. 아이였을 때 두 사람은 자매처럼 꼭 붙어 지냈다. 안나는 휴대 전화의 연락처 목록에서 신디의 전화번호를 스티븐의 전화번호로 바꾸어 놓았기는 했어도, 그 번호를 완전히 버리지 않았다. 신디의 번호는 집 안 어딘가에 있을 것이었다. 찾아낼 수 있었다. 그런데도, 안나는 신디에게 몇 년 동안이나 전화하지 않았다. 그리고 안나가 이따금 연락하고 지냈던 다른 쪽 친척 아주머니도 있었다. 2년 전 아주머니는 유럽 여행 중에 취리히를 지나면서 벤츠 가족과 일주일을 같이 보냈다. 안나는 거의 잊어버렸던 기억이었다. 어떻게 그런 일을 거의 잊어버릴 수가 있지? 그리고 옛날 이웃에 살던 여자애들. 연락 끊긴 지는 20년 가까이 되었지만, 함께 자랐고 가족들도 서로 친구였다. 그중 한 명에게 불쑥 전화한다고 해도 눈살 한 번 찌푸리지 않을 것이었다. 어쩌면 안나가

가장 좋아했던 선생님에게라도 연락할 수 있었다. 중학교 때 도서실 사서 선생님이었는데, 어느 날 책장 사이에 숨어 있는 안나를 찾아내 주었다. 안나가 자기를 소진해 버리려고 할 만큼 실의가 깊어 속으로 곪아 있다는 것을 알아봐 주었다. 여자 선생님은 안나의 눈물을 닦아준 후, 음료수를 사주면서 말했다(안나는 이 말을 완벽히 기억했다). 애야, 너는 이렇게 괴로워할 필요 없어. 그 순간에는 그것만으로 충분했다. 안나는 대학에 다닐 때까지는 그 선생님과 연락하고 지냈다. 선생님은 안나 부모님의 장례식 때도 왔다. 안나의 결혼식에도 참석했다. 벌써 10년도 넘은 일이지만, 선생님에게는 전화할 수 있었다. 그렇지 않을까? 물론 할 수 있다. 이 여자들 누구에게라도 전화할 수 있었다.

하지만 안나의 전화는 이제 호수 바닥에 있었다. 누구에게 어떻게 전화한들, 비밀을 털어놓는 것과 완전히 같을 리는 없었다. 여러 면에서 안나에게는 혼자 짐을 지는 편이 남과 나누는 것보다 쉬웠다. 설명하는 데 필요한 노력이 고백해야 하는 슬픔의 무게보다 더 크다고, 그녀는 자기 자신에게 말했다. 주위에 벽을 치면, 두 사람 사이의 진정한 친밀감이라는 위험과 사랑에는 늘 결국 따라오고 마는 피할 수 없는 상실감을 돌아서 갈 수 있었다. 자기 자신을 다른 사람의 걱정으로부터 해방시키려고 한 일이었지만 그와 함께 해로운 목적도 이루었다. 안나가 기댈 수 있는 사람은 거의 없었다. 거짓말하고 들키지 않는 것이 제일 쉬운 방법이었다. 누구에게도 중요한 사람이 되지 않는 것.

전구가 다시 분홍색으로 요동치더니 하얀색, 더 하얀색,

제일 하얀색이 되었다. 안나는 정말로 혼자였다. 그렇게 되도록 조율하고 배치한 것은 자기 자신이었다. 하지만 거짓말 중에서도 최악의 거짓말은 그녀의 고독이 필연적이라는 것이었다. 의무적이었다는 것이었다. 예정되었다는 것이었다. 다른 거짓들은 그저 불가사리의 팔일 뿐이었다.

거대한 도착 안내판이 연속적으로 번호를 쫙 내보내며 정보를 업데이트했다. 안나는 역의 시계를 보았다. 15분 후에 디틀리콘으로 가는 기차를 탈 수 있었다. 안나는 아직 그럴 준비가 되어 있지 않았다. 그녀는 역을 가로질러 반대편으로 갔다.

그로부터 10분 후, 그녀는 취리히에서는 끝없이 나오는 것만 같은 다리들 중 하나를 또 건너서 북쪽으로 향했다. 이 망할 다리들. 박사는 다리는 과도기를 상징한다고 했다. 존재의 하나의 상태에서 다른 상태로의 여행.

그래, 그렇구나. 그녀는 다시 한번 자기 자신에게 말했다. 얼마나 우스운 일이야. 사랑을 믿는다는 것이.

하지만 그것은 사랑이 아니었다. 어떤 형태의 사랑이었다. 모든 형태의 사랑이었다. 10분 후 그녀는 뉘렌베르크슈트라세에 다다랐다. 스티븐의 집 쪽으로는 눈길 한 번 주지 않았다. 이제 그 병으로부터는 치료되었다.

안나가 썼지만 스티븐에게 부치지 못한 편지 중 마지막 것은 짧았다. 중요한 의미가 없었다면, 아무 의미도 없었던 거겠죠. 가장 중요하지 않았다면, 전혀 중요하지 않았던 거겠죠. 그녀는 그 편지를 쓰면서 그 말이 사실이 아니길 바랐다. 하지만 이제는 그 말이 사실임을 알았다. 그래도, 그녀는

전화를 했다는 사실이 기뻤고, 그가 대답을 했다는 사실이 기뻤다. 그리고 이제 깨달았다는 사실이 기뻤다. 그래, 안나는 생각했다. 나는 깨달았어. 심장은 뼈가 아니라 근육이지. 정말로 부서지진 않아. 하지만 근육은 찢어질 수 있었다. 그녀는 이름 붙일 수 없는 절박함으로 찰스가 보고 싶었고, 살아 있는 한 내내 그럴 것이었다. 내 남은 평생 내내. 그리고 일그러진 자신의 결혼에 관한 사실들을 후회했다. 다 무엇을 위해서였지? 안나는 마음속으로 어깨를 으쓱했다. 어쨌든 중요하지 않았다. 하루라는 공간과 사랑이라는 가식의 껍질이 드리운 그림자 속에서, 안나는 자기 자신을 어쩔 수 없이 받아들였다. 이미 저지른 건 저지르지 않은 걸로 할 순 없어. 그 생각에는 평화가 있었다.

4시 30분에 가까운 시각이었다. 도시를 횡단하는 데 한 시간 반이 걸렸다. 그녀는 기차가 디틀리콘으로 가는 것과 거의 같은 시간에 비프킹겐에 다다랐다.

안나와 브루노가 스위스 땅에서 처음 싸웠던 것은 그 플랫폼에서였다. 이사한 후 일주일쯤 지났고 안나가 아직도 기차 시간표를 외우지 못했을 때였다. 브루노가 안나에게 비프킹겐 역에서 만나자고 했지만, 그녀는 탔어야 하는 열차를 놓쳐 버렸다. 그녀는 다음 기차를 탔지만, 도착했을 때 브루노는 없었다. 그녀는 전화가 없었다. 집에 어떻게 가야 하는지도 몰랐다. 그래서 그녀가 할 수 있는 유일한 행동을 했다. 벤치에 앉아서 울었다.

브루노가 한 시간 후에 돌아왔을 때 — 그는 안나가 나타나지 않자 디틀리콘으로 돌아갔고, 거기에도 없자 비프킹겐

으로 다시 온 것이었다 ─ 그는 분통을 터뜨렸다. 안나는 설명하려 했으나 그는 씩씩대고 투덜대고 그녀의 팔을 움켜쥐면서 늦었다고 말했다. 무엇에 늦었는지는 이젠 기억나지 않는다. 그러면서 아무 말 없이 그녀를 역에서 끌고 나왔다. 그날 그가 얼마나 화를 냈던지. 지난 밤 그가 얼마나 화를 냈던지.

심장은 그럴 필요가 없다면 잘게 나누어지지 않아요. 언젠가, 안나는 메설리 박사에게 이처럼 떠벌린 적이 있었다. 박사는 아무 대답도 하지 않았다.

참으로 대단한 날이었다. 안나는 현재 마음의 고요를 느꼈다. 역에 가까워질수록, 자기가 없다는 사실을 브루노가 빅터에게 어떻게 설명할지 궁금해졌다. 내가 여행 갔다고 말하겠지, 그런 후에 피자를 먹으러 갈 거야. 그게 가장 그럴듯한 시나리오였다. 그녀는 찰스를 그리워하듯 빅터가 무섭도록 그리워지기 시작했다. 어쩔 수 없이 그 애를 덜 사랑하게될 때도 많았다. 하지만 지금, 마침내, 그녀는 그런 마음이부끄러웠다. 부끄러움은 사랑의 그림자야, 그녀는 생각했다. 그리고 폴리 진을 떠올리며 스티븐의 다른 딸도 폴리를닮게 될까 생각했다. 그녀는 그에게 말하지 않았다. 절대 말하지 않을 것이었다. 폴리 진은 여동생이 있다는 사실을 모르고 살 것이었다.

계시의 하루였다. 놓쳐 버린 통화의 하루였다. 상처받은 감정의 하루였다. 망상. 좌절. 잘못된 행동. 그녀는 돌이킬수 없는 일들을 저질렀던가? 아, 그렇지. 그래, 그래, 그래.

그녀는 스위스를 생각했다. 미소를 지으면 미국인이라는티가 나는 곳. 금기가 아닌 것은 관습적으로 필요한 것인 곳.

차갑고 효율적인 스위스. 여자들은 곱고, 남자들은 용모를 잘 가꾸며, 모든 사람들이 결연한 얼굴로 사는 곳. 스위스. 유럽의 지붕. 깎아 놓은 빙하. 가장 살기 힘든 곳이 가장 아름답다. 아주 깔끔한 26개의 주가 있는 스위스. 근면한 스위스. 노바티스. 롤렉스. 네슬레. 스와치. 취리히는 세계에서 가장 좋은 도시로 자주 꼽히기도 한다. 그녀는 그것을 생각해 보고, 자신이 지난 9년 동안 그렇게 슬프지 않았더라면 이 사실을 보았을지도 모른다고 생각했다. 빅터는 사려 깊은 스위스 아내를 맞기를 바랐다. 그녀의 딸은 원한다면 떠날 자유를 얻길 바랐다.

그러다 다시 한번, 가끔은 안전장치도 실패할 때가 있다는 생각을 했다. 가라앉지 않을 배가 대양의 바닥에 내려앉기도 하고 로켓이 항상 재진입에 성공하지는 못한다. 사랑은 주어진 것이 아니다. 미래를 약속받은 사람은 아무도 없다. 그녀는 그녀가 사랑했던, 혹은 사랑했다고 말했던 모든 남자들을 잘못 판단했다. 그녀는 모든 것을 잘못 판단했다. 그녀는 이야기가 한창 진행되는 중간에서야 자신의 삶 안으로 들어갔다. 그녀는 자신을 연기하는 배우와 자기를 혼동해 버렸다.

그리고 그녀는 운명 예정설을 생각했다. 어떻게 그녀의 나날들이 한데 합쳐져 여기에 이르렀는가. 그녀 인생의 플롯은 벌써 출판되었다. 모든 것은 앞서 운명 지어졌다. 모든 것이 미리 정해졌다. 내가 한 일, 어쩔 수 없어. 일어날 일이 이미 일어난 거야. 그녀는 동사에 대해서 뭘 배웠던가? 과거와 미래 시제에서 동사는 문장 끝에 온다. 현재 시제에서만 동사

는 주어를 따라온다. 어디를 가든 그녀에게 꼬리처럼 따라 붙는다. 돌 자루처럼 뒤에 질질 끌고 다닌다.

그리고 그녀는 메설리 박사를 생각했다. 안나는 이제 박사가 틀렸다는 것을 확신했다. 문제는 그녀의 양동이가 비었다는 것이 아니었다. 문제는 양동이가 가득 찼다는 것이었다. 너무 가득 차서 흘러넘친다. 너무 가득 차서 너무 무겁다. 안나는 그것을 들 수 있을 만큼 강하지 못했다. 쏟아 버려야만 했다. 난 뱀을 잘라 버릴 거예요, 박사님! 내가 뭘 했는지 좀 봐요!

그녀는 집 뒤의 숲을 생각했다. 언덕을 생각했다. 벤치를 생각했다. 카를과 아치를 생각했지만, 스치듯 지나가 버렸다. 메리를 생각했다. 마지막으로 메리를 본 지 24시간도 채 지나지 않았는데, 안나는 이제 그때로 돌아갔으면 하고 바랐다. 이전에는 그리워할 만큼 가까운 여자 친구를 사귄 적이 없었다. 이디스에 대해서도 생각하려 했지만 생각할 게 없었다. 우르줄라가 여성 협회의 부인들에게 뭐라고 얘기할까 궁금했다. 뭐라 말을 하기는 할까. 그녀는 어머니와 아버지를 생각했다. 그녀의 아버지가 그녀를 사랑했던 이래로, 그녀의 어머니가 귀를 기울여 주었던 이래로, 너무나 길고 끔찍한 세월이 흘렀다.

그녀는 브루노를 생각했다. 그녀가 사랑했고 사랑하지 않았던 남자. 하지만 사랑했었다. 그도 마찬가지로 그녀를 사랑했다. 나는 좋은 아내였어, 대체로.

그리고 그녀는 불을 생각했다.

그녀는 기차가 도착하기 3분 전 비프킹겐 역의 플랫폼에

도착했다. 그 하루가 그녀의 힘을 뺐다. 너무 피곤해서 걱정할 수조차 없었다. 이런 기분은 새로웠다. 하지만 그 이상이었다. 그녀는 걱정할 것이 남아 있지 않았다. 대단한 자율성을 얻었다. 그 생각에 마음이 안정되었다. 그녀는 자신이 만든 나선의 중심점에 섰고, 이곳은 고정된 자리였다. 안나는 침착하고, 솔직하며, 평온했다. 이런 모습이 되지 않게 해주세요, 라고 그녀는 기도했었다. 하지만 그렇게 되어 버렸다.

그녀는 역 시계를 보았다. 그리고 선로를 보았다. 그런 다음 터널을 보았다. 그리고 눈을 감았다.

그날의 남은 오후, 그리고 밤까지도, 시내 기차는 일정보다 늦게 운행했다.

감사의 말

바다와도 같은 고마운 마음을 내 첫 번째이자 최고의 독자인 제시카 피아자에게 전합니다. 내가 포기하지 않도록 붙들어 주었어요. 그리고 다른 독자들도 고맙습니다. 에밀리 앳킨슨, 리사 빌링턴, 재나 러스크, 로린 마튼스, 닐 엘리스 오츠. 사랑과 감사를 보내요.

슈테판 도이힐러, 많은 것을 알려 준 나의 스위스 정보원에게 고마움을 전합니다.

이 책의 일부를 『너버스 브레이크다운』에 출판해 준 지나 프란젤로에게도 감사합니다.

집필과 편집 과정에서 저를 안내해 주신 여러분들에게도 고맙다고 말하고 싶어요. 캘리포니아대학교 리버사이드 캠퍼스의 로 레지던시 예술 석사 프로그램, 특히 지지대가 되어 주고 좋은 말로 마음을 진정시켜 주는 데 탁월한 능력이 있는 토드 골드버그, 내 소설 혼을 이끌어 주고 충고를 아끼지 않은 마크 해스켈 스미스, 내게 이 이야기를 끝까지 써보라고 말해 준 첫 번째 사람인 닉 해나, 융 분석 전문가이자

일급 상담가인 미셸 할샬, 외국인으로서 함께 우정을 나누며 내 인생을 구해 준 수재너 가드너와 안드레아 그랜트에게 감사합니다. 시베르트 회엠과 마드루가다의 음악은 이 책을 쓸 때 배경 음악이 되어 주었고, 그들의 노래는 내 예술적 의식 속에서 안나의 주제가가 되었죠. 오래전 나와 함께 국외 거주자의 모험을 떠났던 악셀 에스바움에게도 감사의 말 전합니다. 스위스 지방의 삶에 대해서 내가 저녁 내내 끝없이 질문하며 괴롭히는 것을 받아 준 안나 타프자크도 고마운 사람입니다. 그리고 질 바움가르트너, 레브 리빙스턴, 셰릴 슈나이더, 제이 슐츠, 루이자 스파벤타, 베카 타일러, 앤드루 와이너. 그들의 우정과 격려가 없었더라면 전 해내지 못했을 겁니다. 그러고 싶지도 않았겠죠.

세르게이 침베로프에게도 끝없는 고마움을 전합니다. 이 경험의 초기 단계를 조정해 주고, 매처럼 날카로운 눈으로 편집을 해서, 지금 사람들이 읽는 이 책의 일부분을 책임진 사람이죠.

제 문학 에이전트인 캐슬린 앤더슨에게도 헤아릴 수 없는 감사를 보냅니다. 그녀가 제게 얼마나 보물 같은 사람인지 찬양하려고 해도, 그에 걸맞는 열렬한 찬양가는 없을 겁니다.

국립 예술 기금에도 매우 감사드립니다. 이 책의 일부는 문학 지원금의 도움으로 쓰였습니다. 재정적 지원은 하늘이 보내 준 선물 같았어요. 창작 보증은 축복이었지요.

모든 감사 중에서도 최고의 감사는 제 편집자인 데이비드 에버쇼프에게 바칩니다. 제가 이 일을 계속할 수 있도록 도와주고, 제가 가끔 좌절하고 무거운 마음이 들 때도 항상 격

려해 주었죠. 데니즈 크로닌과 훌륭한 저작권 팀 모두 고맙습니다. 위로와 도움을 준 케이틀린 매키나와 풍부한 인내심을 보여 준 베스 피어슨에게도요. 그리고 마지막으로 랜덤하우스 출판사에 감사의 마음을 전합니다. 모두에게요. 저와 안나가 환영받는다는 느낌을 주었습니다.

저를 잠시나마 받아 주고 살게 해준 도시 디틀리콘에도 감사합니다. 얼마나 아름다운 곳이었는지 몰라요.

그리고 제 남편, 앨빈 펭. 당신은 세상에서 내가 제일 좋아하는 것이에요.

그리고 마지막으로 한마디 덧붙입니다. 저는 정신분석 전문가가 아니므로 메설리 박사가 한 말을 소설 이상으로 받아들이지는 말아 주세요. 안나처럼 괴로워하고 있다면 부디, 제발 부탁드리는데, 전문적 도움을 받으시길 바랍니다.

옮긴이의 말
고독이라는 외국에 익숙해지기까지

고독이란 우리가 낯선 공간에 놓였을 때 느끼는 감각이다. 올리비아 랭의 『외로운 도시』는 뉴욕이라는 도시에서 만난 고독을 탐구하는 책인데, 거기에는 이런 구절이 있다. 〈나는 깨닫기 시작했다. 고독이란 사람들이 그 속에 머무는 장소임을. 도시에, 맨해튼처럼 엄격하고 논리적으로 구축된 공간에 거주할 때 어떤 사람이든 처음에는 길을 잃게 된다. 시간이 흐르면서 어떤 정신적 지도, 각자 좋아하는 방향과 더 잘 가는 노선들이 개발되어 하나의 컬렉션을 구성한다.〉* 고독의 장소성을 잘 요약한 구절이다. 사람들은 낯선 도시에서 자신만의 지도를 만들 듯이 곧 고독에 익숙해지고, 그를 친구 삼기도 한다. 하지만 어떤 이는 낯선 곳에서 영 빠져나오지 못한다. 그 무엇에도 익숙해지지 못한다. 고독의 미궁 속에 갇혀서, 길을 알려 줄 실을 기다리다가 그 끝을 잡지 못하고 영원히 헤매는 사람들이 있다. 『하우스프라우』의 안나가 바로 그런 인물이다.

* 올리비아 랭, 『외로운 도시』, 김병화 옮김(서울: 어크로스, 2017), 20면.

안나의 고독은 어느 정도 기질적인 것이기도 했으나, 외국이라는 장소에서 유래했다. 스위스인의 아내로 살아가는 미국인 안나의 고독은 단정한 스위스의 틀 안에서 한층 더 부각된다. 『하우스프라우』는 한 여자의 고독이라는 외국을 여행하면서, 결혼과 사랑, 자유와 삶의 목적을 생각해 보는 소설이다.

이 책을 몇 장 넘기면서 많은 이들이 〈행복한 가정은 모두 엇비슷하지만, 불행한 가정은 각자의 방식으로 불행하다〉라는 『안나 카레니나』의 첫 문장을 떠올렸을 것이다. 안나 벤츠와 안나 카레니나의 유사성은 무척 선명하다. 결혼 생활에 만족하지 못하고 다른 사람과 사랑에 빠진 안나들, 그리고 결국 그들이 향하게 된 종착역. 질 알렉산더 에스바움은 안나 카레니나라는 모델에 엠마 보바리의 특성을 얹고, 다시 현대적인 터치를 가미했다. 이렇게 탄생한 안나 벤츠는 무척 고전적인 여성이면서도 동시대적인 면모를 보여 준다.

소설은 안나의 내면을 재생하기 위한 방식으로 크게 세 가지를 택했다. 첫 번째는 안나의 일상을 다룬 전통적인 서사이다. 여기서 안나는 무관심한 스위스인 남편과 냉담한 시어머니에 둘러싸여 외로운 아내로 살아간다. 아이들이 있지만, 그들은 안나를 스위스에 붙잡아 놓는 닻이 되지 못한다. 그러다 찾아온 사랑과 결별, 연이은 일탈. 반듯하게 구획된 도시 취리히에서, 하얀 알프스 산맥과 그 위의 푸르른 하늘 아래서, 안나는 회색 삶을 이어간다.

두 번째는 현대의 여성 중심 소설에서 흔히 볼 수 있는 정신분석의 과정이다. 여성의 심리를 그리는 요새 영미 소설에

서는 정신과 의사가 주인공이거나 정신분석을 받는 장면이 드물지 않다. 여성에게 억압적인 제도와 문화가 결국은 어떻게 여성의 사적인 삶의 문제와 연결되는가를 꾸준히 추적하는 과정이 현대 여성 소설에서는 극히 일반화되어 있다. 가정과 사회에서 〈조용한〉 역할을 강요당하는 여성들이 발언할 수 있는 곳은 가장 내적인 영역을 탐사하는 상담 시간이다. 안나는 메설리 박사와 함께 유사하고 대조되는 개념들을 미세하게 나누면서 내면에 숨겨진 상처와 욕망을 발견하지만, 삶을 바꾸는 동력은 찾지 못한다. 에스바움은 정신분석 과정이 돌출되지 않고 소설의 사건 구조와 잘 융합되도록 정교하게 배치하였다.

정신분석에서 드러난 안나의 고백은 이 소설의 세 번째 형식인 외국어 수업과 맞물린다. 외국어를 배운다는 것은 또 하나의 세계에 발을 들여놓는 것이지만, 역설적이게도 외국어를 배우는 동안 우리는 언제나 이방인이다. 안나는 독일어와 영어의 문법을 비교하면서 거기서 발견되는 유사점과 차이점에 골몰한다. 언어 사이의 유사성이란 우리가 새로운 세계에 적응할 수 있다는 희망이다. 낯선 문화에 동화될 수 있다는 가능성이다. 하지만 언어 간의 번역할 수 없는 차이는 그런 희망을 무너뜨린다. 어떻게 해도 우리는 늘 외국어 안에서 고독하리라는 운명이다. 외국어 화자는 이렇게 희망과 좌절 사이를 오가며, 가능과 불가능 사이를 탐구하며 〈완벽한 이중 언어 화자〉라는 다다를 수 없는 환상을 향해 나아간다.

이 세 가지 형식은 안나의 외로움을 보여 주는 삼각도법이다. 이해받지 못하며 살아가는 일상, 위로받지 못하는 고백,

더듬거리며 나아가다 부딪히는 외국어의 벽. 그리하여 자기 나름의 방식으로 불행했던 안나의 삶은 보편적으로 독자들의 마음에 호소한다. 현대인 모두가 그 고독이란 땅에 발을 디뎌 본 적이 있기 때문이다. 우리 모두가 불통(不通)의 들판을 건너기 때문이다. 아직 헤매고 방황하고 있기 때문이다.

어떤 이들은 자신의 경계를 스스로 넘지 못하는 안나의 비극은 모두 그녀 자신의 수동성에 있다고 비난할 것이다. 가슴 아프게도 그를 반박할 수는 없다. 우리는 메리라는 인물을 통해서 안나가 갈 수 있었던 다른 가능성을 본다. 운전면허를 딸 수도 있었고, 아이들의 학교에서 자원봉사를 하며 다른 친구를 만들 수도 있었다. 공허한 섹스에 탐닉하지 않을 수도 있었다. 그러나 역시 비극적이게도 우리는 모두 같은 기질을 타고나지 않았다. 이 책에서는 우리가 쓰는 말은 결국 우리 기질의 반영이라고 말한다. 더듬거리지만 정확하게 말하려고 애쓰는 메리에 비해, 안나는 지나치게 수동태에 의존하는 사람이었다. 〈살다〉라는 동사를 가장 먼저 떠올리는 낸시와 달리, 안나는 〈사랑하다〉를 가장 먼저 떠올리는 사람이었다. 고독은 어떤 사람에게는 더욱 뼈저리다. 고독에 가장 먼저 삼켜지는 사람이 있다. 이렇게 약하고, 그리하여 실수를 저지르는 사람을 돌아보는 것이 문학이기도 할 것이다.

질 알렉산더 에스바움은 첫 번째 소설 『하우스프라우』를 쓰기 전, 몇 권의 시집을 발표한 저명한 시인이다. 그녀의 시는 단어 놀이, 언어유희 등 언어의 형식을 실험하는 동시에, 에로스와 신성의 이미지를 묘사하는 것으로 알려져 있다. 그 시적 특성이 소설에도 고스란히 반영되며 작품의 여러 겹

을 이루어 냈다. 성적 이미지는 대담하게 표현되고, 대화는 철학적이며, 단어와 문장은 중의적이다. 이 소설은 운문과 산문의 사이에 있는 언어적 다리를 넘어선다. 그리고 아내이 자 엄마였고 애인이었던 한 여자의 삶을 정련된 언어로 재현 하면서, 동시에 인간 존재의 근원에 있는 깊은 우울을 그려 낸다.

에스바움의 「오전 4시 13분」이라는 시에는 이런 구절이 있다.

> 그리하여 꼭두새벽, 슬픔의 젖은 시간은 누그러진다.
> 30년 후에 당신은 아마도 잊을지도 모르지
> 오늘 밤의 고통이 정확히 어떤 느낌이었는지를.
>
> 누구의 검은 집에 살고 있었는지를.

안나의 이야기는 슬픔 속에서 흘러갔지만, 우리는 안다. 잠 못 이루는 밤, 고독의 괴로움에 몸부림쳐도 새벽이 오면 누그러진다는 것을. 30년이라는 세월을 버티고 살아가면 잊을지도 모른다는 것을. 우리가 해야 할 일은 자기를 파괴하지 않고 그 시간을 살아가는 것이다. 고독은 우리가 평생 살아야 할 집일지도 모르지만, 우리는 그 안에서 살아가는 법을 배울 것이다.

2017년 6월
박현주

옮긴이 **박현주** 1975년 서울에서 태어났다. 고려대학교 영어영문학과와 동 대학원을 졸업하고 일리노이 대학교에서 언어학 박사학위를 취득했다. 현재 고려대학교에서 강의하고 있으며 수필가, 번역가로 활동 중이다. 옮긴 책으로 찰스 부코스키의 『우체국』, 『여자들』, 『호밀빵 햄 샌드위치』, 존 르카레의 『영원한 친구』, 이언 뱅크스의 『비즈니스』, 제드 러벤펠드의 『살인의 해석』, 『죽음 본능』, 페터 회의 『스밀라의 눈에 대한 감각』, 『경계에 선 아이들』, 마이클 온다치의 『잉글리시 페이션트』, 트루먼 커포티의 『인 콜드 블러드』, 『차가운 벽』, 도로시 L. 세이어즈의 『증인이 너무 많다』, 『맹독』, 켄 브루언의 『런던 대로』, 하워드 엥겔의 『메모리 북』, 레이먼드 챈들러 선집 여섯 권 등 다수가 있으며, 지은 책으로 에세이집 『로맨스 약국』이 있다.

하우스프라우

발행일   2017년 7월 20일 초판 1쇄

지은이   질 알렉산더 에스바움
옮긴이   박현주
발행인   홍지웅 · 홍예빈
발행처   주식회사 열린책들

경기도 파주시 문발로 253 파주출판도시
전화 031-955-4000 팩스 031-955-4004
www.openbooks.co.kr

이 도서의 국립중앙도서관 출판예정도서목록(CIP)은 서지정보유통지원시스템 홈페이지(http://seoji.nl.go.kr)와 국가자료공동목록시스템(http://www.nl.go.kr/kolisnet)에서 이용하실 수 있습니다.(CIP제어번호:CIP2017008237)